DIE SCHÖNE BRAUT

CLAIRE DELACROIX

Übersetzung:

EVA MARKERT

Redaktion:

CHRISTINA LOW

DEBORAH A. COOKE

DIE SCHÖNE BRAUT

DIE JUWELEN VON KINFAIRLIE, BAND 1

Höhergeschätzt als Gold sind die Juwelen von Kinfairlie und nur die Würdigsten dürfen um ihre Liebe kämpfen ... Der Laird von Kinfairlie hat fünf unverheiratete Schwestern – jede für sich ein Kleinod. Und er hat keine andere Wahl, als sie in aller Eile zu verheiraten.

Lady Madelines Herz ist nicht käuflich zu erwerben ... vor allem nicht durch einen verrufenen Geächteten wie Rhys FitzHenry. Und doch wurde Madelines Hand verkauft, an keinen anderen als an diesen kampfesmüden Krieger, auf den ein Kopfgeld ausgesetzt ist. Eine pflichtgetreuere Maid würde dem Befehl des Lairds vielleicht Folge leisten und ihr Schicksal widerspruchslos annehmen, doch Madeline war noch nie gehorsam. Sie beschließt, fortzulaufen, und denkt nicht im Traum daran, dass Rhys sie verfolgen könnte.

Sie erwartet nicht, dass dieser wortkarge Mann ihr den Hof macht, indem er ihr fantasievolle Geschichten erzählt, und noch viel weniger, dass jeder seiner packenden Berichte eine Narbe auf seiner Seele enthüllt, die er hinter einem Schutzschild verborgen hält. Es ist für sie unvorstellbar, dass ein Mann wie Rhys ihr Herz in Gefahr bringen könnte, während er selbst so wenig von seinen eigenen Gefühlen verrät. Als Rhys' Vergangenheit seine Zukunft bedroht, fasst Madeline den Entschluss, ihm blind zu vertrauen. Sie geht das Wagnis ein, zu glauben, dass er unschuldig ist – und riskiert ihr Leben für eine Leidenschaft, die wertvoller ist als das kostbarste Juwel.

DIE JUWELEN VON KINFAIRLIE

Höhergeschätzt als Gold sind die Juwelen von Kinfairlie und nur die Würdigsten dürfen um ihre Liebe kämpfen ... Der Laird von Kinfairlie hat fünf unverheiratete Schwestern – jede für sich ein Kleinod. Und er hat keine andere Wahl, als sie in aller Eile zu verheiraten.

1. Die schöne Braut
Madelyn & Rhys

2. Die rosenrote Braut
Vivienne & Erik

3. Die schneeweiße Braut
Alexander & Eleanor

4. Die Ballade von Rosamunde
Rosamunde & Padraig

~

Die „Juwelen-von-Kinfairlie"-Trilogie ist meinen Lesern und Leserinnen gewidmet, denen ich meinen tief empfundenen Dank für ihre Treue und Unterstützung aussprechen möchte.

Mögen Sie so viel Freude an der Lektüre der „Juwelen von Kinfairlie" haben, wie ich beim Schreiben ihrer Geschichten hatte.

PROLOG

Kinfairlie, an der Ostküste Schottlands – April 1421

Alexander, der neue Laird von Kinfairlie, schaute seine Schwester finster an.

Dies zeitigte keine unmittelbare Wirkung. Tatsächlich schenkte Madeline ihm ein bezauberndes Lächeln. Sie war eine Frau von großer Schönheit mit dunklem Haar und blauen Augen. Haar- und Augenfarbe sowie ihre Anmut waren atemberaubend, sodass Männer sie oft bewundernd anstarrten. Sie war liebreizend und dazu noch äußerst klug. All diese Eigenschaften und die Vielzahl von Männern, die unbedingt ihre Hand gewinnen wollten, machten Madelines Weigerung, sich zu vermählen, umso ärgerlicher.

„Schau nicht so böse, Alexander", sagte sie in scherzhaftem Ton. „Mein Vorschlag ist aus Vernunft geboren."

„Es ist nicht vernünftig, wenn eine Frau von dreiundzwanzig Sommern unvermählt bleibt", knurrte er. „Ich weiß beim besten Willen nicht, was Papa sich dabei gedacht hat, dass er nicht schon vor zehn Jahren einen guten Ehemann für dich gefunden hat."

Madelines Augen funkelten. „Papa hat gedacht, dass ich James liebe und ihn irgendwann heiraten werde."

„James ist tot", gab Alexander zurück. Seine Worte klangen harscher als gewöhnlich. Sie hatten dieses Streitgespräch schon ein Dutzend Mal geführt und er war es leid, dass seine Schwester sich hartnäckig weigerte, die offensichtliche Wahrheit anzuerkennen. „Und das schon fast ein Jahr", setzte er hinzu.

Ein Schatten zog über Madelines Gesicht und sie reckte ihr Kinn. „Darüber haben wir keine Gewissheit."

„Alle sind bei dem Angriff auf die Engländer bei Rougemont umgekommen – dass niemand überlebt hat und davon berichten könnte, ändert nichts an dieser Tatsache." Als Madeline den Blick abwandte und ihre Tränen wegblinzelte, fügte Alexander mit sanfterer Stimme hinzu: „Wir hätten uns beide ein anderes Schicksal für James gewünscht, aber du musst dich damit abfinden, dass er nicht zurückkehren wird."

Er war erfreut, als er sah, wie Madeline sich aufrichtete und das Feuer wieder in ihren Augen leuchtete. Wenn sie beherzt genug war, um mit ihm zu streiten, konnte das nur ein gutes Zeichen sein. „Obwohl ich verstehe, dass es lange dauert, bis eine Wunde im Herzen geheilt ist", fuhr er fort, „musst du bedenken, dass du nicht jünger wirst, Madeline."

Madeline zog eine Augenbraue hoch. „Keiner von uns wird das, mein Bruder. Warum vermählst du dich nicht zuerst?"

„Weil es nicht notwendig ist." Alexander starrte sie zornig an, was erneut ohne Wirkung blieb. Er wusste, dass er sich wie ein Mann anhörte, der fünfzig Jahre älter war als er, aber er konnte nicht anders. Madelines Weigerung, sich zu fügen, verdross ihn. „Ich bitte dich nur, dich zu verheiraten und dies aus Rücksicht auf deine vier jüngeren Schwestern zu tun, damit sie es ebenfalls können."

„Ich stehe ihrer Eheschließung nicht im Wege."

„Sie werden nicht vor dir heiraten, das weißt du genau. Das haben Vivienne, Annelise, Isabella und Elizabeth mir übereinstimmend gesagt. Ich versuche nur, das zu tun, was für euch am besten ist, aber ihr habt euch alle gegen mich verbündet!" Alexander ballte die Fäuste, stand auf und lief missmutig in der Kammer auf und ab.

Madeline – zum Teufel mit ihr! – betrachtete ihn mit zunehmender Erheiterung. Es passte zu ihr, dass sie Trost darin fand, ihn zu necken!

„Es ist keine leichte Bürde, Burgherr zu werden", stellte sie fest. Als er herumfuhr, um sie anzusehen, bemerkte er ihren verständnisvollen Blick. „Und noch weniger, uns alle am Hals zu haben. Vor einem Jahr warst du noch viel fröhlicher, Alexander."

„Und das ist auch kein Wunder! Dies hier ist die Hölle!", rief er und fühlte sich gleich besser. „Nicht eine von euch macht es leichter für mich, diese neu übernommene Pflicht zu schultern. Ich bin nicht verrückt, wenn ich verlange, dass du dich vermählst. Ich versuche nur, eure Zukunft zu sichern, und dennoch trotzt ihr mir bei jedem Schritt!"

Madeline neigte ihr Haupt. Ihre Augen begannen zu blitzen und ihre Mundwinkel hoben sich zu einem Lächeln. „Kannst du nicht verstehen, dass dies eine süße Vergeltung ist für all die Streiche, die du uns über die Jahre gespielt hast, Alexander? Wie herrlich ist es doch, deine Pläne zu durchkreuzen, nachdem du plötzlich so streng und sittsam geworden bist! Denk an all die Frösche in meiner Wäsche und Schlangen in meinen Schuhen, für die ich mich jetzt rächen kann."

„Ich lasse mir meine Vorhaben nicht vereiteln!", brüllte er und schlug mit der Faust auf den Tisch zwischen ihnen.

Angesichts dieser Unbeherrschtheit schnalzte Madeline missbilligend mit der Zunge. „Und ich lasse mich nicht verheiraten", sagte sie in einem sanften Ton, der im Gegensatz zu der Entschlossenheit in ihrem Blick stand. „Nicht so einfach. Du hast ohnehin nicht das nötige Geld für eine Mitgift in der Schatzkammer, deshalb brauchen wir über diese Angelegenheit nicht zu sprechen, bevor der Zehnt im Herbst erhoben wird."

Alexander wandte sich mit einem Ruck um und schaute aus dem Fenster. Er hoffte, er konnte seinen Gesichtsausdruck vor seiner selbstbewussten Schwester verbergen. Es fühlte sich an, als ob sich ein Stahlband um seine Brust zuzöge, denn ihm war etwas bekannt, von dem Madeline nichts wusste: Der Zehnt würde dieses Jahr niedrig ausfallen, hatte der Kastellan ihm anvertraut. Im Frühjahr hatte es sintflutartige Regenfälle gegeben und was an Samen nicht fortgeschwemmt worden war, verrottete im Boden. Er wunderte sich, dass er bis zum vergangenen Jahr nie über solche Dinge nachgedacht hatte, und staunte auch, wie viel er noch zu lernen hatte.

Wie war Papa mit all diesen Sorgen fertig geworden? Wie hatte er lachen und so fröhlich sein können mit dieser Last auf seinen Schultern? Alexander hatte das Gefühl, von der ungewohnten Verantwortung beinahe erdrückt zu werden.

Sein Blick schweifte über die See und die Wellen, die sich unterhalb der Türme von Kinfairlie brachen, und er betrauerte erneut den Verlust ihrer Eltern. Er wusste, dass seine Geschwister sich ihm nur widersetzten, weil das ihre Art war, der grausamen Wahrheit über den plötzlichen Tod ihrer Eltern ins Auge zu blicken. Aber er wusste auch, dass er im nächsten Winter nicht alle ernähren konnte, die im Augenblick in der Burganlage lebten. Das hatte der Kastellan ihm ebenfalls unmissverständlich gesagt.

Seine Schwestern mussten verheiratet werden, und es war notwendig, dass sich zumindest die beiden ältesten noch in diesem Sommer vermählten. Sie waren zwischen dreiundzwanzig und zwölf und somit im heiratsfähigen Alter, aber Madeline war das einzige Hindernis in seinem Plan.

Er drehte sich um und sah sie an. Dabei bemerkte er Besorgnis in ihrem Gesicht, die sie schnell vor ihm verbarg. Sie musste ahnen, was es ihn kostete, entgegen seiner Natur seine Unbekümmertheit für die Verantwortung aufzugeben. Und sicher wusste sie auch, dass er diese Aufgabe um ihrer aller willen auf sich nahm.

Dennoch trotzte sie ihm immer noch.

„Du könntest wenigstens deine Einwilligung heucheln", schlug er vor. Ärger schwang in seinen Worten mit. „Du könntest versuchen, mir meine Aufgabe zu erleichtern, Madeline, statt unsere Schwestern zu ermutigen, mir die Stirn zu bieten."

Sie lehnte sich zu ihm hinüber. „Du könntest wenigstens darum bitten", gab sie zurück, wobei das saphirblaue Funkeln in ihren Augen verriet, dass es kein leichter Sieg werden würde. „Ehrlich gesagt, Alexander, du verlangst so viel in letzter Zeit, dass selbst ein Heiliger dir Widerstand leisten würde, und das nur aus Freude daran, dir einen Strich durch die Rechnung zu machen. Du bist ein anderer Mann geworden, seit du Laird bist, und zwar einer, den man nur schwer mögen kann."

„Ich treffe Entscheidungen zum Besten von uns allen", betonte er, „und ihr macht mir nur Kummer."

Madeline lächelte voll ihres vermaledeiten Selbstvertrauens. „Du bist nicht bekümmert. Verärgert vielleicht."

„Ungehalten", ergänzte eine andere weibliche Stimme. Vivienne schaute um die Ecke und verriet mit diesem Wort, dass sie dem gesamten Gespräch gelauscht hatte. Sie hatte rostrotes Haar und ihre Augen waren dunkelgrün. Ansonsten teilte sie Madelines Tugenden und nicht wenige ihrer Fehler einschließlich der Tatsache, dass sie ebenfalls vor der Ernte verheiratet werden musste.

Alexander knirschte mit den Zähnen, wenn er daran dachte, wie gering die Aussichten waren, dass ihm dies gleich zweimal gelingen würde.

Drei kleinere weibliche Wesen lugten durch die Türöffnung. Ihre Augen blitzten vor Neugier. Annelise war sechzehn. Sie hatte rotbraune Locken und kornblumenblaue Augen. Isabella war vierzehn. Ihre Augen leuchteten grün, ihr Haar war karottenrot und ihre Nase voller Sommersprossen. Elizabeth hatte Haar so schwarz wie Ebenholz, wie er selbst und Madeline, und auffallend grüne Augen. Der Anblick all dieser unbedeckten Locken – das Kennzeichen unvermählter Jungfern – bereitete Alexander Bauchschmerzen.

Sie waren nicht länger nur seine Schwestern, seine Kameradinnen oder auch nur die Opfer seiner Scherze – sie und ihre Zukunft lagen in seiner Verantwortung.

„Aber du bist ganz sicher nicht verärgert, Alexander", fuhr Vivienne mit einem Lächeln fort.

Madeline nickte zustimmend. „Wenn Alexander richtig verärgert ist, schreit er. Nehmt also zur Kenntnis, Annelise, Isabella und Elizabeth, ihr habt Alexander erst dann wirklich zornig gemacht, wenn er so laut brüllt, dass das Dach abhebt." Die fünf jungen Frauen kicherten, und jetzt reichte es ihm.

„Ich bin in der Tat verärgert!", schnauzte er. Die einzige Auswirkung seines Ausbruchs war, dass die drei jüngeren nickten.

„Jetzt ist er wirklich verärgert", sagte Annelise.

„Das merkt man daran, wie er schreit", stimmte Elizabeth zu.

„So ist es", sagte Madeline und wieder verzog sie ihre Lippen zu diesem schelmischen Lächeln. „Aber er ist immer noch ein Ehrenmann, darauf können wir uns alle verlassen." Sie erhob sich und gab dem vor Wut kochenden Alexander einen Kuss auf beide Wangen.

Sie lächelte ihn so selbstsicher an, dass er sie am liebsten erwürgt hätte, denn sie hatte recht.

„Doch selbst im Zorn wird er nie die Hand gegen eine Frau erheben." Madeline tätschelte seine Schulter, als wäre er nicht bedrohlicher als ein junges Kätzchen. „Ich werde mich vermählen, wenn ich es für richtig erachte, Alexander, und nicht einen Tag früher. Hab keine Furcht – am Ende wird sich alles fügen."

Damit verließ Madeline die Kammer und versammelte nebenbei ihre Schwestern um sich. Sie schwatzten über Ober- und Untergewänder und neue Schuhe. Elizabeth verlangte nach einer Geschichte und als Vivienne einwilligte, verklangen ihre Stimmen.

Alexander ließ sich schwer auf einen Stuhl fallen und stützte seinen Kopf in die Hände. Was sollte er bloß tun?

ZUR SELBEN ZEIT herrschte lärmende Betriebsamkeit in den Höhlen unter der benachbarten Burganlage von Ravensmuir.

Ravensmuir war an der Küste gelegen, und das Netzwerk natürlicher Höhlen unterhalb seiner hohen Mauern war über Äonen von Menschenhand erweitert worden. In den letzten Jahrhunderten hatte eine Familie namens Lammergeier, die mit religiösen Reliquien

Handel trieb, Ravensmuir für sich beansprucht und die Höhlen mit ihren Schätzen gefüllt. Es wurde behauptet, dass keine lebende Seele dort eindringen könnte, geschweige denn Gegenstände daraus stehlen, ohne dass der Laird von Ravensmuir etwas davon bemerkte.

Was allerdings im Umkehrschluss die Anwesenheit einer kleinen Fee – genauer gesagt, einer Spriggan – erklärte, die zufrieden zwischen all den Schätzen schlief, denn es ist gemeinhin bekannt, dass Feen keine Seele besitzen. Was Spriggans betrifft – wahrscheinlich hat noch niemand eine gesehen –, sie sind ziemlich klein, klein genug, um in einer Hand zu schlafen. Sie sind auch ziemlich hässlich, obwohl Darg – das war der Name dieser Spriggan – noch unansehnlicher war als die meisten.

Darg war ganz dunkel, als ob sie mit der Rinde eines knorrigen alten Baumes überzogen wäre. Ihr Kopf sah aus wie die Blüte einer Wilden Karde. Sie hatte eine lange, spitze Nase, dunkle Knopfäuglein und kleine flinke Finger. Angesichts ihrer seltsamen Erscheinung würde jeder denkende Mensch auf den ersten Blick zu dem Schluss kommen, dass Darg eine habgierige kleine Diebin war (und er hätte recht). Man könnte ihr Geschlecht nicht erraten – nicht, dass es bedeutsam wäre, denn tatsächlich würde man sie wahrscheinlich nie zu Gesicht bekommen.

Nichtsdestotrotz war sie da, in den Höhlen von Ravensmuir.

Darg hatte vor einigen Jahren ein Reliquiar als Bett in Beschlag genommen. Obwohl es sie am Anfang geärgert hatte, dass diese fremden Beutestücke in ihre schöne dunkle Höhle gebracht worden waren, hatte das goldene Reliquienbehältnis einen hübschen Glanz. Sorgfältig zusammengerollt lag darin weiches goldenes Haar. (Darg wusste nicht – und es wäre ihr auch gleichgültig gewesen –, dass dies drei Haare der heiligen Ursula sein sollten, die elftausend Jungfrauen gerettet hatte und deren flachsblonde Locken ihr bis zu den Füßen fielen).

Die runden Kristalle an den Seiten des Reliquienbehältnisses, durch die Darg hinausspähen konnte, mochte sie besonders, hauptsächlich weil deren Krümmung alles zu unkenntlichen Formen verzerrte. Als Fee – auch wenn sie nur klein war und einen Hang dazu hatte, Ärger zu verursachen – liebte sie fantastische Formen und Sinnestäuschungen.

Einige ziemlich eindrucksvolle konnte sie selbst erzeugen. Spriggans sind für ihre Fähigkeit bekannt, zu gewaltigen Trugbildern zu werden, wenn sie verärgert oder überrascht sind. Wenn sie sich so manifestieren, können die meisten Sterblichen sie sehen und verwechseln sie dann unglücklicherweise oft mit Rachegeistern.

Spriggans sind sicherlich rachsüchtig, aber sie sind keine Geister.

Dieser ungewohnte Lärm reichte, um Darg, die mehrere Jahrzehnte lang zufrieden geschlafen hatte, aufzuwecken. Seit ein Laird namens Merlyn die Familientradition des Reliquienhandels aufgegeben hatte, war es in den Höhlen so ruhig gewesen, dass Darg begonnen hatte, die funkelnden Kostbarkeiten als ihre eigenen zu betrachten. Allerdings kam eine Sterbliche hin und wieder vorbei, um den Schatz zu plündern, eine Frau mit langen roten Haaren und kühnem Auftreten, und es war der Spriggan niemals gelungen, sie aufzuhalten.

Beim Klang menschlicher Stimmen wurde Darg ganz wach. Sie gähnte, streckte sich und zog eine Grimasse. Dann spähte sie durch einen großen, klaren Bergkristall. Sie war sicher, dass die Frau für den Lärm verantwortlich war, und vielleicht würde Darg diesmal ihre Rache bekommen. Tatsächlich überlegte sie gerade, welche riesige und furchteinflößende Erscheinungsform am wirksamsten sein würde, als sie die erschreckende Wahrheit erkannte: Die Eindringlinge waren Männer. Ein gutes Dutzend. Was führten sie im Schilde? Darg schielte weiter hinaus, um sie zu beobachten.

„Aye, der größte Teil muss in die Halle gebracht werden", sagte ein Dunkelhaariger, der ihr irgendwie bekannt vorkam. „Rosamunde wird dann aussortieren, was verkauft wird."

„Aber da ist so viel!"

„Du siehst nicht mal die Hälfte davon", sagte der erste Mann und wies in die Dunkelheit, die kaum vom Licht der flackernden Laternen durchdrungen wurde. „Es heißt, dass es versteckte Höhlen gibt, die damit angefüllt sind. Ich fürchte, diese Höhlen werden nie ganz ausgeräumt werden, denn wahrscheinlich sind viele vergessen worden."

Seine drei Begleiter pfiffen anerkennend. Der abschätzende Ausdruck in ihren Gesichtern war Darg vertraut, aber wenn sich solch ein Blick auf ihre Schätze richtete, nahm sie das übel.

„Wir fangen am besten an", sagte der erste Mann. Die anderen brummten zustimmend und begannen, Körbe und Kisten mit goldenem Plunder zu füllen. Jeder arbeitete eilig, griff mit beiden Händen zu, ohne darauf zu achten, was zusammengeworfen wurde. Darg war entrüstet.

Aber längst nicht so entrüstet, wie sie wurde, als die Männer die Kisten hochhoben und sich den Treppen zuwandten, die in die Burganlage hinaufführten.

Sie brachten die Reliquien fort.

Sie stahlen Dargs Schätze!

„*Aiiii!*" Darg sprang aus ihrem Versteck und kreischte mit aller Macht. Ohne es geplant zu haben, verwandelte sie sich in eine riesige, in der Mitte rot glühende Wolke, die brüllte und so groß war wie sechs Männer. Sie schien gegen die Wände und die Decke der Höhle zu drücken und ließ die Laternen der Eindringlinge erlöschen.

Und dann brüllte sie noch mehr.

So viel Vergnügen hatte Darg in Jahrhunderten nicht mehr gehabt.

Die Kerle dagegen wurden von Angst und Schrecken erfüllt, ließen ihre Kisten fallen und rannten auf die Treppe zu. Dabei rempelten sie sich gegenseitig an in ihrer Hast, wegzukommen.

„Halt! Bewahrt Ruhe!", rief der erste Mann, aber niemand schenkte ihm Beachtung. „Was für Männer seid ihr, dass ihr Angst vor der Dunkelheit habt?", brüllte er. Seine Worte gingen beinahe in dem Gepolter der Stiefel auf der Treppe unter.

Als er allein war, zündete er mit angewiderter Miene seine Laterne wieder an. Er fluchte, bückte sich und hob eine Kiste mit Reliquien hoch. Darg kreischte erneut, sie hielt ihn für ungewöhnlich heldenhaft, doch er zollte ihr keinerlei Aufmerksamkeit. Er runzelte die Stirn, dann legte er sorgfältig zwei weitere goldene Gegenstände in seine Kiste. Darg wirbelte direkt in sein Gesicht, umgab ihn mit feurigem Rot und kreischte wieder. Er prüfte, wie schwer seine Last war, und richtete sich auf, um zu gehen.

Verwundert ließ sich Darg zurückfallen. Er konnte sie nicht sehen, in keiner Form. Sie schrumpfte zu ihrer normalen Größe zusammen, denn es war sinnlos, sich zu verausgaben, wenn es nichts brachte. Um die Wahrheit zu sagen, sie war ein wenig enttäuscht und fühlte sich um seinen Schrecken betrogen. Darg beobachtete den dunkelhaarigen Mann und versuchte, herauszufinden, was an diesem Sterblichen anders war. Sie zog keine Schlüsse, denn sie wusste nur sehr wenig über Sterbliche.

Er hob die Kiste hoch und wandte sich zur Treppe.

Nay! Er durfte nicht mit ihren Schätzen entfliehen! Darg huschte durch die Kammer und sprang dem Dieb auf die Schulter. Sie hockte sich in den schaukelnden goldenen Reifen, den er als Ohrring trug, und ritt so zum Ursprung des Übels.

Sie würde wetten, dass die Rothaarige hinter diesem Unheil steckte. Und auch, dass die nur sehr wenig davon wusste, welches Unheil Darg anrichten konnte. Mit der boshaften Vorfreude, die Spriggans eigen ist, sah sie diesen Verheerungen entgegen.

Die Verteidigung ihrer Schätze könnte sich tatsächlich als vergnüglich erweisen.

Zum Glück war sie gut ausgeruht.

Obwohl der Himmel bereits dunkler wurde, saß Alexander immer noch mit dem Kopf in den Händen vergraben, als seine Besucher auf Kinfairlie ankamen.

„Er sieht in der Tat recht verdrießlich aus", sagte eine vertraute Stimme, in der unterdrücktes Gelächter mitschwang. „Davor wurden wir gewarnt."

Alexander schaute auf, als sich seine Tante Rosamunde auf der Bank niederließ, die Madeline verlassen hatte. Mit der für sie typischen Ungeduld schüttelte sie die Nadeln aus ihrem Haar. Die von der Sonne beleuchteten Strähnen fielen lose über ihre Schultern und sie seufzte vor Erleichterung.

Bei ihrem bloßen Anblick hob sich seine Stimmung, denn über die Jahre hatten er und Rosamunde so manchen Streich gemeinsam ausgeheckt. Ihr Wesen war von Mutwillen geprägt und sie war nie abgeneigt, Konventionen zu brechen oder Risiken einzugehen.

Sie zwinkerte ihm nun zu, obwohl sie den anderen Besucher ansprach: „Ich wette, dass Schwestern sein Kummer sind, Tynan."

„Da gibt es nicht viel zu wetten", erwiderte sein Onkel Tynan grimmig und schlug seinen Umhang aus, bevor er sich an der Fensterkante abstützte. Er war ein nüchterner Mann, wog immer Kosten und Nutzen ab und riet gewöhnlich zur Vorsicht. „Sie sind so fröhlich, dass man annehmen muss, sie haben gerade einen Sieg über Alexander davongetragen." Der ältere Mann lächelte seinen geplagten Neffen an. „Sie sind in der Überzahl und du bist zusätzlich deiner Ehre verpflichtet. Diese Fünf werden jedes Mittel gegen dich einsetzen."

In letzter Zeit war das Paar eine unwahrscheinliche Verbindung eingegangen, da es sich herausgestellt hatte, dass zwischen ihnen keine Blutsverwandtschaft bestand. Rosamunde war von Gawain und Evangeline adoptiert worden, was jeder wusste, doch sie war nicht Gawains Bastard, wie alle lange angenommen hatten. Tynan war der Sohn von Merlyn, Gawains Bruder. Obwohl es schon lange zwischen Vetter und Base gefunkt hatte, hielten sie Abstand voneinander, weil sie davon ausgingen, verwandt zu sein. Niemand war überraschter als sie selbst von der Enthüllung, dass nicht dasselbe Blut in ihren Adern floss.

Wie sie sich gegenseitig wahrnahmen, hatte sich daher in den vergangenen Jahren geändert, und zwar in einer Weise, die Alexander lieber nicht näher erforschte. Wer wusste schon, was auf Ravensmuir, der Burg seines Onkels, vorging, wenn Rosamundes

Schiff dort in der Bucht vor Anker lag? Rosamundes Handel mit echten und etwas weniger echten Reliquien ließ es Alexander geraten erscheinen, keine Fragen zu stellen.

Er schüttelte den Kopf und zog eine Grimasse. „Ich könnte Madeline erwürgen."

Rosamunde hielt das für keinen guten Einfall. „Dann würdest du vor Gericht gestellt, im Namen des Königs verurteilt und in einen elenden Kerker gesperrt werden."

„Ganz zu schweigen von dem Fegefeuer, wenn nicht sogar der Hölle selbst", fügte Tynan hinzu.

„Das wäre es kaum wert", sagte Rosamunde weise und zwinkerte ihm dann erneut zu. „Was hat Madeline diesmal getan – beziehungsweise nicht getan?"

„Sie weigert sich, zu heiraten. Sie denkt, sie tut mir einen Gefallen damit, weil ich so der Schatzkammer kein Geld entnehmen muss." Alexander seufzte, dann senkte er die Stimme. „Aber es gibt ohnehin keine Münzen und es wird auch so bald keine geben. Der Kastellan sagt, dass die Ernte schlecht ausfallen wird, und ich fürchte, ich werde diesen Winter nicht alle innerhalb dieser Mauern ernähren können."

„Und die anderen?", fragte Tynan und lehnte sich aufmerksam nach vorn.

„Ich vermute, sie lehnen es ab, sich vor Madeline zu vermählen", sagte Rosamunde leise.

Alexander nickte niedergeschlagen. Seine Gäste wechselten einen Blick, dann räusperte sich Rosamunde. „Vermisst du nicht die alten Zeiten, Alexander, als deine Taten am haarsträubendsten von allen waren?"

„Ich habe nun Verpflichtungen, auch Papas Vermächtnis gegenüber", erwiderte Alexander in schier unglaublich verantwortungsbewusstem Ton.

„Und so ist jeder Funke in deinem Leben und dem, was du tust, erloschen." Rosamunde lehnte sich zurück und schüttelte den Kopf. Dabei glitzerten ihre Augen schalkhaft. „Ich denke, du solltest Madeline überraschen. Immerhin hast du versucht, vernünftig mit ihr zu reden, und das ohne Erfolg."

„Rosamunde ...", sagte Tynan und in diesem einzigen Wort lag eine Warnung.

Rosamunde beugte sich unbeeindruckt zu Alexander hinüber. „Wir sind heute hergekommen, um dir von unserem gemeinsamen Entschluss zu berichten, alle Reliquien von Ravensmuir fortzuschaffen. Tynan ist nicht bereit, sie noch länger unter seinem Dach zu dulden, denn er ist meine nächtlichen Besuche leid, bei denen ich seinen Schatz plündere."

Tynan schnaubte, aber er sagte nichts.

„Du meinst doch sicher nicht, du willst deinen Handel aufgeben?", fragte Alexander erstaunt. „Ich dachte, deine Geschäfte wären äußerst erfolgreich?"

Rosamunde zuckte mit den Schultern und schaute zu Tynan hinüber. Ihre Wangen röteten sich leicht auf verführerische Weise, dann begegnete sie wieder Alexanders Blick. „Ich werde nicht jünger, Alexander, und die Gefahren der Seefahrt erscheinen mir heute weniger reizvoll als früher. Vielleicht werde ich Nonne."

Beide Männer lachten laut bei dieser Vorstellung und Rosamunde schmunzelte ebenfalls.

„Wir sind übereingekommen, dass der Handel, den die Familie getrieben hat, endlich ein Ende finden muss", fuhr sie ernsthafter fort. „Und auch, dass die letzten Reliquien aus Ravensmuir verschwinden müssen, damit Tynan seine Ruhe hat."

„Aber was willst du mit ihnen machen?", fragte Alexander. „Du hast doch sicherlich nicht vor, sie zu verschenken?"

Tynan lachte mit finsterem Gesicht in sich hinein. „Dann wäre ich in der Tat ein großzügiger Spender."

„Wir beabsichtigen, sie Mitte Mai zu versteigern, wenn alle auf eine Zerstreuung erpicht sind", erklärte Rosalind mit glänzenden Augen. „Wir werden von überall her Adlige, Bischöfe und Ritter einladen, die sich gegenseitig überbieten können, um diese Stücke zu erwerben. Es wird ein großartiges Fest werden und ein würdiger Abschluss meiner geschäftlichen Tätigkeit."

„Madeline könnte dort einen Gemahl finden", überlegte Alexander, aber seine Tante lachte laut.

„Sei ein bisschen kühner als das, Alexander!", erklärte sie. „Du klingst wie ein Mann, der dreimal so alt ist wie du bist."

„Rosamunde", warnte Tynan sie erneut, aber er wurde nicht mehr beachtet als beim ersten Mal.

Tatsächlich sprach Rosamunde nun leiser und tippte mit einem Finger auf Alexanders Knie. Der Schalk lachte aus jedem ihrer Blicke. „Alexander, vielleicht solltest du das Juwel von Kinfairlie versteigern. Du sagtest doch, du benötigst Geld."

Alexander blickte zwischen beiden hin und her. Tynan hatte die Hand über die Augen gelegt und schüttelte den Kopf in offensichtlicher Verzweiflung. Rosamunde wirkte so begeistert über ihren eigenen Vorschlag, dass Alexander wusste, er hatte ein entscheidendes Detail nicht verstanden.

„Aber es gibt kein Juwel von Kinfairlie", begann er vorsichtig. Rosamunde lachte und nun dämmerte es ihm. „Oh! Aber Madeline würde mich für immer hassen, wenn ich ihre Hand dem Meistbietenden geben würde!"

„Schhh", machte Rosamunde. Offensichtlich resigniert schloss Tynan die Tür und lehnte sich dagegen.

Alexander schaute von einem zum anderen. Bei dieser Aussicht beschleunigte sich sein Herzschlag. Oh, er konnte sich gut vorstellen, wie wütend Madeline sein würde – und ehrlich gesagt, bereitete ihm diese Vorstellung einiges Vergnügen. „Das würde ich nicht wagen", sagte er zurückhaltend.

Rosamunde lachte. „Es gab eine Zeit, in der du weit mehr gewagt hättest, um Madeline ein Schnippchen zu schlagen." Sie stützte die Ellenbogen auf ihre Knie. „Sag mir nicht, dass ich dich zu dieser Tat herausfordern muss! Alexander, was ist aus dir geworden? Sicher steckt doch der Rüpel, den wir kannten und liebten, noch in dir?"

Mehr war nicht nötig.

Alexander hob einen Finger. „Wir machen das unter einer Bedingung: Ich stelle eine Liste von Männern zusammen, die ich für geeignete Partien halte, und nur diesen wird mitgeteilt, dass das Juwel von Kinfairlie zum Verkauf steht."

„Es ist nichts verkehrt an einer privaten Versteigerung, vorausgesetzt, alle Eingeladenen haben prall gefüllte Geldbörsen", räumte Rosamunde ein.

„Ich kann nicht glauben, dass ich an dieser Torheit beteiligt bin", brummte Tynan.

„Natürlich bist du daran beteiligt", erwiderte Rosamunde kurz angebunden. „Du bist nämlich derjenige, der die Nachricht verbreiten muss." Sie tätschelte seinen Arm und ein Funke sprang zwischen ihnen über, der so heiß glühend war, dass Alexander sich veranlasst fühlte, wegzusehen. „Wer könnte besser als du diskret und kompetent dafür sorgen, dass die Bedürfnisse unserer Nichte erfüllt werden?"

Ein schwaches Lächeln umspielte Tynans Lippen. „Ich habe auch einen Vorschlag für dich, Alexander. Du wirst vielleicht der Ansicht sein, er kommt zur rechten Zeit. Es geziemt einem Onkel, seine Neffen zu Rittern zu erziehen. Wenn du es wünschst, werde ich deinen Bruder Malcolm nach Ravensmuir mitnehmen, denn er ist alt genug, um darauf vorbereitet zu werden."

„Du bist zu freundlich, Onkel. Und ich weiß, dass Malcolm dieses Vertrauen schätzen wird. Er bringt dir große Zuneigung entgegen und ist äußerst erpicht darauf, mit seiner kriegerischen Ausbildung zu beginnen."

„Und wenn du es wünschen solltest", fuhr Tynan fort, „könnte ich an Falk von Inverfyre eine Nachricht senden. Ich zweifele nicht daran, dass er Ross unter seine Fittiche nehmen und ihn schulen würde. Das wäre ein guter Plan, denn Falk hat viele eigene Söhne, mit denen sich Ross ertüchtigen könnte."

„Und du müsstest im Winter noch ein hungriges Maul weniger stopfen", fügte Rosamunde ruhig hinzu.

Alexander spürte, wie seine Bürde leichter wurde. „Ihr seid zu freundlich, dass ihr mir bei alledem helft."

„Wir sind Familie", sagte Rosamunde in bestimmtem Ton. „Es ist unsere heilige Pflicht, einander beizustehen, und du benötigst in diesen Zeiten mehr Unterstützung als die meisten."

„Ich danke euch für euren Rat und eure Hilfe", sagte Alexander, wohl wissend, dass seine Dankbarkeit offensichtlich war.

„Du musst es irgendwie einfädeln, Madeline für die Versteigerung nach Ravensmuir zu bringen", sagte Rosamunde entschlossen. „Denn wenn sie die Wahrheit errät, bevor die Eheschließung vollzogen ist, wird es Ärger geben. Wir müssen schnell und wagemutig handeln, wenn wir Erfolg haben wollen."

„Weh und Ach wird aus diesem Plan erwachsen", sagte Tynan düster.

Rosamunde lachte. „So etwas meinst du immer. Ich habe jedoch das Gefühl, dass Madeline jemanden finden wird, der ihr gewachsen ist."

„Es wird schon seit jeher behauptet, dass du siehst, was andere nicht sehen können", räumte Tynan ein.

„Andererseits sehe ich nicht, was für alle offensichtlich ist", gab Rosamunde lachend zu. „Wenn ich die Wahl hätte, bin ich nicht sicher, für welche dieser beiden Möglichkeiten ich mich entscheiden würde, aber die Wahl wurde für mich getroffen."

Ihr Geplänkel führte dazu, dass es schien, als wäre alles in Ordnung. Zum ersten Mal in vielen Monaten merkte Alexander, dass er zu lächeln begann. Mit solch einem Plan konnte viel erreicht werden, und ehrlich gesagt, freute sich ein boshafter Teil von ihm darauf, Madeline ein Schnippchen zu schlagen, so wie er es jahrzehntelang getan hatte. Sonst wäre er nicht ihr älterer Bruder gewesen.

„Ich habe vor, dafür zu sorgen, dass sie ihresgleichen findet." Alexander stellte sich Madelines Empörung vor und schmunzelte, während er im Geiste eine Liste von Freiern zusammenstellte, von denen er wusste, dass sie sie gut behandeln würden. Innerhalb eines Jahres würde Madeline James vergessen, dem sie versprochen gewesen war und den sie verloren hatte, und die Wunde in ihrem

Herzen würde heilen. Er wusste mit untrüglicher Gewissheit, dass sie glücklich sein würde, wenn sie erst verheiratet war und ein Kind unter dem Herzen trug. In einem Jahr würde Madeline ihm zutiefst dankbar sein für seine kühne Tat.

Sicher war dies die bestmögliche Lösung.

„Ich bin ja ein pflichtvergessener Gastgeber", sagte Alexander mit einem Elan, von dem er nicht geglaubt hatte, dass er ihn so bald wieder fühlen würde. „Ihr seid meine Gäste, und doch habt ihr weder Wein noch Bier in der Hand. Kommt in den Burgsaal, kommt und feiert mit uns allen. Ihr seid gern gesehene Gäste auf Kinfairlie. Ich danke euch, Tante und Onkel, denn ihr habt frohe Kunde gebracht und höchst willkommenen Rat erteilt."

WÄHRENDDESSEN TRAF sich einige Meilen entfernt an der Nordseeküste ein Krieger mit einem Priester. Der Krieger war ein Fremder für alle auf Kinfairlie und Ravensmuir, obwohl ihn sein Anliegen bald an diese Pforten bringen würde Er war auf der Suche nach einer anderen Madeline, nach Madeline Arundel – einer Madeline, die doppelt so alt wie Madeline Lammergeier auf Kinfairlie sein müsste. Alnwyck hieß die Burganlage, wo sich der Priester und der Krieger trafen, und an diesem Tag würde der Krieger ein Geheimnis erfahren.

Rhys FitzHenry berührte den Namen in den Eintragungen mit der Fingerspitze. Nach monatelanger Suche hatte er seine Base Madeline Arundel endlich gefunden.

Sie war vor rund dreiundzwanzig Jahren im Winter 1398 gestorben.

Rhys schaute aus dem Fenster der Kapelle. Das windgepeitschte Ufer jenseits dieser Steinmauern nahm er nicht wahr. Der Regen prasselte gleichmäßig auf das Dach und versprühte Silber über die See und die Küste. Doch vor seinem geistigen Auge sah Rhys seine Base an einem Sommertag. Tausendschönchen waren in ihr rabenschwarzes Haar gewunden, ihre Hand lag fest in Edward Arundels. Sie waren jung, gut aussehend und von Herzen glücklich.

Sein Onkel Dafydd hatte Madeline als eine Braut bezeichnet, die als Tribut weggegeben wurde, um mit dieser Ehe eine Vereinbarung zwischen neuen Verbündeten zu besiegeln, aber niemand glaubte, dass Madeline sich allein aus Pflichtgefühl mit Edward vermählte. Sterne leuchteten in ihren Augen und Lachen klang aus ihrer Stimme. Selbst die beiden alten Krieger, Dafydd und Owain Glyn Dwr selbst, die für die Eheschließung verantwortlich waren, hatten über diese Fröhlichkeit gelächelt. Rhys war damals erst ein Junge gewesen, aber er erinnerte sich gut an die jubelnde Freude an diesem Tag.

Danach hatte Madeline nur noch ein Jahr gelebt. Es war kaum zu glauben, wenn auch nicht überraschend, dass niemand es erfahren hatte, wenn man bedachte, in welches Chaos Wales in jenen Jahren gestürzt war. Rhys Herz zog sich schmerzhaft zusammen, wenn er sich an das Lachen des Paares erinnerte, als sie aufbrachen, um sich der Familie des Ritters in Northumberland anzuschließen.

Ein Jahr hatten sie gemeinsam genossen. Es schien viel zu wenig für das Glück, das sie gefunden hatten.

„Gott habe sie selig", murmelte der Priester und Rhys wiederholte den Segen.

Ihm wurde bewusst, dass er enttäuscht war, wenngleich er es, logisch betrachtet, nicht sein sollte. Obwohl er sich nur schwach an Madeline erinnerte, obwohl nur sie seine ehrgeizigen Pläne hätte vereiteln können, wünschte er, seine Suche hätte zu einem anderen Ergebnis geführt.

Es wäre nicht schlecht gewesen, hätte er lebende Verwandtschaft in diesen traurigen Zeiten gefunden. Der Aufstand in Wales gegen die englische Krone hatte die reifsten Früchte vom Stammbaum der Familie gepflückt und nur noch sehr wenige der vielen Verwandten, die Rhys in seiner Kindheit gekannt hatte, waren noch am Leben.

Madelines Tod bedeutete, dass er selbst Caerwyn besitzen würde. Rhys schloss einen Moment die Augen. Die Stärke seines Verlangens ließ seine Knie weich werden. Er war auf Caerwyn aufgewachsen, hatte dort gelernt, ein Schwert zu führen, und hatte sich unter diejenigen eingereiht, die diese Mauern verteidigten, als er noch ein junger Mann war. Er liebte die Burg mehr als das Leben, er hatte davon geträumt, sie zu besitzen, und alle Hoffnung aufgegeben, dass ihm solches Glück jemals zuteilwerden würde.

Doch entgegen aller Wahrscheinlichkeit gehörte Caerwyn nun ihm.

Zum Abschied strich Rhys ein letztes Mal mit dem Finger über Madelines Namen, dabei fiel ihm ein Wort auf, das er zuvor nicht bemerkt hatte.

„Im Kindbett?", fragte er den Priester, während sich Furcht in ihm regte. „Madeline starb bei der Geburt eines Kindes?"

Der Priester nickte. „Es tut mir leid, mein Sohn, aber es geschieht nicht selten, dass wir Frauen auf diese Weise verlieren. Es hieß, dass ihr Ehemann Edward ihr sehr ergeben war, und ich habe keine Zweifel, dass er die Dienste der besten Hebamme in Anspruch genommen hat."

„Aber was ist mit dem Kind geschehen?" Rhys hatte Angst, dass seine Suche nur zur Hälfte abgeschlossen war. Das Kind wäre ein direkter Abkömmling von Dafydd und könnte Caerwyn an Rhys' Stelle erben.

Er musste wissen, wo es sich aufhielt!

Der Priester lächelte. „Ihre Nächstenliebe für eine Base ist ungewöhnlich, mein Sohn. Wie gütig von Ihnen, sich um das Wohl des Kindes einer Verwandten zu bekümmern!"

„Was wurde aus dem Kind?", zischte Rhys mit zusammengebissenen Zähnen.

„Vielleicht ist es ebenfalls gestorben." Der Priester zuckte die Achseln. „Vielleicht hat der Vater es allein aufgezogen oder er hat sich erneut verheiratet."

„Ich muss die Wahrheit darüber erfahren!", rief er und der Priester zuckte bei seiner Heftigkeit zurück. Sofort zeigte sich Rhys zerknirscht. „Es tut mir leid, Vater, aber die Angelegenheit ist von äußerster Wichtigkeit für mich." Er schluckte. „Dieses Kind wäre die letzte lebende Seele meiner Sippe."

„Natürlich, natürlich. Ihre Anhänglichkeit ist höchst bewundernswert, mein Sohn." Der Priester fuhr mit einer Fingerspitze über die Zeilen in seinem Verzeichnis und runzelte die Stirn. „Hier wurde kein weiterer Todesfall in diesem Jahr vermerkt. Ich kann mir nicht vorstellen, dass der Säugling vor seinem Tod nicht von seinen Sünden losgesprochen worden wäre, wenn der Priester das Ableben der Mutter festgehalten hat. Es wird keine Taufe erwähnt, aber die Aufzeichnungen meines Vorgängers sind nicht immer vollständig. Wurde Lady Madelines Familie kein Kind übergegeben?"

„Nay." Dessen war sich Rhys sicher.

„Wie seltsam. Vielleicht ist es hier beim Vater geblieben." Der Priester dachte nach, während er die Schriftrolle weiter entrollte. Rhys konnte sich kaum zurückhalten, nur zu gern hätte dem Priester die Urkunde aus der Hand gerissen.

„Ah!" Der Geistliche bedachte Rhys mit einem Lächeln. „Hier findet sich ein Eintrag von 1403, der von Interesse sein könnte: Lady Catherine von Kinfairlie nahm an der Trauermesse für Ritter Edward Arundel teil, der im Kampf mit Henry Percy fiel." Der Priester schaute hoch. „Es steht geschrieben, dass der alte Earl von Northumberland eintausend Tränen über das vorzeitige Hinscheiden seines Sohnes und Erben Henry ‚Heißsporn' vergoss."

„So wird es in den Geschichten erzählt, die mir ebenfalls bekannt sind."

„Aber der Bericht hält fest, dass diese Lady Catherine das Baby von Edward als Mündel in ihre Obhut genommen hat, nachdem beide leibliche Eltern verstorben waren." Er nickte. „Man würde annehmen, dass die beiden Damen Freundinnen waren, wenn Lady Catherine Lady Madelines kleines Kind zu sich genommen hat." Er setzte seine Brille ab und betrachtete Rhys. „Vielleicht befindet sich Ihre Verwandtschaft auf Kinfairlie, mein Sohn."

„Vielleicht." Rhys zog seine Handschuhe an. Er wusste, dass seine Suche noch nicht zu Ende war. „Wo liegt dieses Kinfairlie, Vater?"

KAPITEL 1

Die Versteigerung der Reliquien von Ravensmuir versprach das Ereignis des Jahrzehnts zu werden. Madeline und ihre Schwestern hatten den kurzen Zeitraum zwischen der Ankündigung und der Veranstaltung damit verbracht, dafür zu sorgen, dass sie so gut wie möglich aussehen würden. Onkel Tynan hatte erklärt, dass es unumgänglich wäre, den Eindruck zu erwecken, dass sie das Geld nicht brauchten, und seine Nichten taten ihr Bestes, dem nachzukommen.

Es war äußerst vorteilhaft, dass sie Kleider von der einen zur nächsten weitergeben konnten, obwohl zwangsläufig Veränderungen vorgenommen werden mussten. Sie mochten Schwestern sein, doch sie hatten mitnichten dieselbe Figur. Säume mussten gekürzt oder verlängert, Nähte eingehalten oder herausgelassen werden und kleine Stickereien waren notwendig, um jedes Kleidungsstück für die augenblickliche Besitzerin „neu" zu machen.

Meinungsverschiedenheiten mit der jeweils jüngeren Schwester waren nicht zu vermeiden, denn ihre Geschmäcker, was Verzierungen betraf, wichen erheblich voneinander ab. Madeline zog einfache Kleidungsstücke vor, während Vivienne aufwendige Stickereien am Saum, möglichst mit Goldfaden, schätzte. Die beiden stritten nicht mehr miteinander – obwohl es früher heftige Wortwechsel gegeben hatte, denn Madeline stickte ausgesprochen ungern und war als junges Mädchen zu der Überzeugung gelangt, dass es ungerecht wäre, wenn sie eine ihr so eine verhasste Aufgabe übernehmen musste, nur um ihrer Schwester einen Gefallen zu tun.

Nun überlegten sie gemeinsam, wie sie es bewerkstelligen konnten, dass Madelines abgelegte Kleider Vivienne besser gefielen, während Vivienne mit flinker Nadel jedes neue Kleidungsstück umarbeitete, das für Madeline bestimmt war. Vivienne war auch größer als Madeline, obwohl sie jünger war, sodass die Säume verlängert werden mussten.

Annelise war sogar noch kleiner als Madeline und wenn ein Kleid an sie weitergegeben wurde, mussten die Säume doppelt umgenäht werden. Das führte oft dazu, dass die feinsten Stickereien nicht mehr zu sehen waren, obwohl dies Annelises nüchternem Geschmack entsprach. Isabella wiederum war nahezu so groß wie Vivienne, doch leider konnte sie goldene Stickereien nicht ausstehen. Sie hatte das röteste Haar von allen Schwestern und sie war überzeugt, dass das Gold des Fadens ihr Haar auf unschöne Weise feurig aussehen ließ. Wenn Kleider an sie weitergegeben wurden, überstickten ihre Schwestern das Gold mit Silber und anderen Farbtönen und die Kleider sahen wirklich prachtvoll aus.

Elizabeth schließlich bekam jedes Kleid als Letzte. Dies war nie eine Schwierigkeit gewesen, denn ihre Größe entsprach Isabellas genau und sie hatte keinen übertrieben anspruchsvollen Geschmack. Elizabeth war ein Mädchen, das zum Träumen neigte, und sie wurde oft geneckt, dass sie dem, was sie nicht sehen konnte, mehr Bedeutung beimaß als dem, was ihr direkt vor Augen war.

Doch dieses Jahr brachte eine neue Herausforderung: Elizabeth wurde zwölf Sommer alt und ihr Zyklus hatte eingesetzt. Damit einhergehend, hatte sich ihre Figur radikal verändert. Plötzlich hatte sie einen viel üppigeren Busen als ihre älteren Schwestern – was dazu führte, dass sie puterrot anlief, sobald irgendein männliches Wesen auch nur in ihre Richtung schaute. Außerdem passten ihr jetzt Isabellas Kleider überhaupt nicht mehr. Sie hatten nicht genug Stoff, auch wenn die Schnüre so locker wie möglich gelassen wurden, um die Schicklichkeit von Elizabeths Erscheinung zu gewährleisten.

Es folgten Tränen, bis Madeline und Vivienne den Einfall hatten, an beiden Seiten des betreffenden Kleides bestickte Stoffbahnen einzusetzen. Isabella, die am besten mit der Nadel umgehen konnte, stickte Muster darauf, die zu der Stickerei passten, die sich schon am Saum befand, sodass der Einsatz aussah, als hätte er von Anfang an zum Kleid gehört.

Danach mussten noch Fragen zu Schuhen, Strümpfen und Hüftgürteln geklärt werden, doch als die Schwestern in Ravensmuir ankamen und in den Raum gerufen wurden, wo die Versteigerung stattfand, hätte niemand etwas an ihrer glanzvollen Erscheinung aussetzen können. Sie hatten sogar neue Tapperts für ihre Brüder gefertigt. Auf Alexanders Brust prangte die glänzende Kugel des Wappens von Kinfairlie, wie es ihm nun zustand.

UND SO KAMEN sie in ihrer feinsten Kleidung an die Tore von Ravensmuir geritten. Ein Reiter folgte ihnen schnell, ein einzelner Mann auf einem gescheckten Destrier. Er war dunkel angezogen und seine Kapuze war über den Helm gezogen. Er fiel Madeline auf, weil er auf dem Pferd eines Ritters saß, jedoch keinen Schildknappen bei sich hatte. Er schien auch nicht so derb wie ein Söldner.

Seltsamerweise kam Rosamunde aus der Halle, nachdem er nach ihr geschickt hatte. Sie rief dem geheimnisvollen Ankömmling einen Gruß zu, dann lehnte sie sich näher zu ihm hinüber, um hören zu können, was er murmelte. Madeline war neugierig, weil sie sich nicht vorstellen konnte, welcher Bote ihre Tante hier aufsuchen würde, und noch weniger, was für ein Bote ein Schlachtross reiten würde statt eines schnellfüßigeren Pferdes. Er hatte nur einen Hund als Begleiter.

„Die Farben von Kinfairlie stehen dir gut", sagte Vivienne und zupfte liebevoll an Alexanders Tappert.

„Dies ist ein wunderbares Stück", erklärte Alexander und bedachte seine Schwestern mit einem strahlenden Lächeln. „Ihr verwöhnt mich zu sehr, indem ihr euch alle an der Nadelarbeit beteiligt." Er küsste jede auf beide Wangen und benahm sich mehr wie ein älterer Gentleman als der Schlingel, den sie kannten und liebten. Seine Überschwänglichkeit verunsicherte die Schwestern und machte sie misstrauisch.

„Als wir dir das Kleidungsstück auf Kinfairlie geschenkt haben, warst du nicht so begeistert", stellte Vivienne fest.

„Aber hier gibt es viele, die die seltenen Begabungen meiner schönen Schwestern zu schätzen wissen."

Die vielen Jahre, in denen dieser Bruder ihnen Streiche gespielt hatte, machten die fünf Schwestern argwöhnisch.

„Ich hatte erwartet, du würdest uns kitzeln", beschwerte sich Elizabeth.

„Oder ein Gesicht ziehen", fügte Isabella hinzu.

„Oder uns sagen, wir hätten bei einem Detail des Emblems einen Fehler gemacht", trug Annelise bei.

„Komplimente zu machen, passt überhaupt nicht zu dir", sagte Vivienne abschließend.

Alexander lächelte engelsgleich. „Wie könnte ich mich beklagen, wo ihr so unsagbar freundlich wart?"

Auf das Schlimmste vorbereitet, wichen alle Schwestern gleichzeitig zurück.

„Traut ihm nicht", riet Madeline und die zwei ältesten Schwestern nickten sich zu.

„Alexander ist nur so fröhlich, wenn er sich auf Kosten eines anderen lustig machen kann", stimmte Vivienne zu.

„Ich?", fragte Alexander, ganz falsche Unschuld und Charme.

„Na, wenigstens bist du nicht wie eine Herzogin gekleidet", beschwerte sich Malcolm. Er zeigte auf die Stickerei auf seinem Tappert. „Das ist zu aufwendig für einen Mann, der zum Ritter ausgebildet wird.“

„Zumindest musst du nicht dieses schauderhafte Grün tragen“, meinte Ross und riss an seinem eigenen Tappert. „Ich versuche besser nicht, diesen Farbton zu benennen.“

„Er passt zu deinen Augen, du Dummkopf“, klärte Annelise ihn schalkhaft auf.

„Wir haben Tage damit verbracht, den perfekten Stoff auszuwählen“, setzte Isabella hinzu.

„Ich habe diese Bahn des Wollstoffes dir überlassen, Ross“, sagte Vivienne. „Und ich werde jedwede Behauptung, er wäre besser für ein Kleid als für einen Tappert geeignet, nicht gut aufnehmen.“

Ross zog eine Grimasse und zupfte am Saum seines Tapperts, dabei sah er aus, als juckte es ihn in den Fingern, ihn abzustreifen. „Die anderen Schildknappen von Inverfyre werden sich über mich lustig machen, dass ich mich hübscher anziehe als jede eitle Maid.“ Er zerrte verdrießlich an dem Kleidungsstück. „Was, wenn Falk mich nicht an seinem Hof aufnehmen will?“

„Du hast nichts zu befürchten. Unser Onkel ist äußerst gerecht und Tynan hat ihm bereits ein Schreiben gesandt“, sagte Madeline beruhigend. Ihr Blick folgte dem Fremden und Rosamunde, als diese den Burghof betraten. Das, was sie gesehen hatte, konnte ihre Neugier nicht befriedigen.

„Eine Maid könnte auf dich aufmerksam werden, Ross, wenn du gut aussiehst“, warf Elizabeth schüchtern ein.

Ross wurde flammend rot, was bei seiner feurigen Haarfarbe nicht sehr vorteilhaft aussah.

„Unsere Finger bluten und unsere Augen schmerzen“, meinte Vivienne und warf ihre Locken zurück. „Und das ist der Dank, den wir dafür bekommen. Ich habe erwartet, dass meine Brüder sich erkenntlich zeigen.“

„Eine Rose im Winter“, verlangte Annelise.

„So etwas gibt es nicht“, schnaubte Malcolm.

„Du solltest geloben, dass du auf die Suche gehen wirst“, schlug

Elizabeth vor. „Einen Schwur leisten, dass du für jede von uns einen Schatz finden wirst."

„Schwestern!" Ross rollte mit den Augen, dann ging er zum nächsten Pferdeknecht.

Danach hatte Madeline keine Zeit mehr, sich über den Fremden Gedanken zu machen, dessen Ruf Rosamunde gefolgt war. Es gab das übliche Gewimmel bei der Ankunft vieler Gäste. Pferde mussten in die Ställe gebracht werden, Stallburschen liefen umher, dazwischen Junker und Pagen. Gäste wurden einander vorgestellt und Bekanntschaften erneuert. Der Begrüßungstrunk musste herumgereicht werden, die Schwestern mussten sich umkleiden und die Gesellschaft musste versammelt werden.

Bald würde der große Moment kommen. Die Versteigerung, auf die alle warteten. Die Versteigerung, die selbst die Luft auf Ravensmuir summen ließ.

~

„Jede Seele der Christenheit muss hier sein", wisperte Vivienne Madeline zu, als sie hinter Alexander in den Raum gingen. Dutzende von Männern beobachteten, wie sie hereinkamen. Sie traten höflich beiseite, während die Familie nach vorne ging.

„So viele sind es nun auch wieder nicht", erwiderte Madeline. Sie hatte sich seit ihrer Ankunft unwohl gefühlt, weil die anwesenden Männer ein ungewöhnliches Interesse für sie an den Tag zu legen schienen.

„Vielleicht wirst du hier einen Ehemann finden." Vivienne zwinkerte ihr fröhlich zu. „Alexander ist fest entschlossen, dass du bald einen auswählen musst."

„Ich werde meine Wahl treffen, wenn ich es will und nicht vorher", antwortete Madeline verhalten. Dann fiel ihr ein, wie sie ihre Schwester ablenken konnte. „Vielleicht ist Nicholas Sinclair hier", fügte sie in scherzhaftem Ton hinzu.

Bei der Erwähnung ihres früheren Verehrers schüttelte Vivienne ihr Haar nach hinten. „Ach der! Der hat doch nicht genug Geld für eine solche Versteigerung."

Alexander trat zur Seite und bedeutete Madeline und Vivienne, dass sie vorangehen sollten. Er wirkte steif und ungewöhnlich ernst.

„Lächele, Bruder", flüsterte Madeline ihm zu, als sie an ihm vorbeiging. „Mit solch einer sauertöpfischen Miene wirst du nie einer fröhlichen Maid ins Auge fallen."

„Der Laird von Kinfairlie muss eines Erben bedürfen", neckte Vivienne ihn lachend.

Alexander wandte nur seinen Blick ab.

„Er bleibt nie lang schwermütig", behauptete Vivienne, als sie sich auf die Bank setzten. „Seht mal! Da ist Reginald Neville."

Madeline würdigte den eitlen jungen Mann, der glaubte, in sie vernarrt zu sein, kaum eines Blickes. Wie üblich war er nicht nur sehr edel gekleidet, sondern gab sich auch die allergrößte Mühe, damit alle dies bemerkten. Sogar als er ihr zuwinkte, hielt er seinen Umhang mit der anderen Hand offen, damit die Stickerei besser bewundert werden könnte.

„Ich habe ihn erst ein Dutzend Mal abgewiesen", sagte Madeline trocken. „Es könnte noch Hoffnung für seine Werbung bestehen."

„Was für ein Albtraum wird das Leben seiner Gemahlin sein!"

„Und was wird er tun, wenn das Vermögen aufgebraucht ist, das er geerbt hat?"

„Du denkst immer so praktisch, Madeline." Vivienne rückte enger an sie heran, ihre Stimme wurde zu einem verschwörerischen Wispern: „Da ist Gerald von York." Die beiden älteren Schwestern wechselten einen Blick, denn die endlosen Erzählungen dieses trübsinnigen und behäbigen Mannes brachten sie beide unweigerlich zum Einschlafen.

„Seine Braut wird gut ausgeruht sein, so viel steht fest."

Vivienne kicherte. „Oh, du bist zu boshaft!"

„Bin ich das? Als Nächstes wird Alexander dich dazu ausersehen, bald zu heiraten."

„Doch sicher nicht vor dir?"

„Warum denn nicht? Er scheint entschlossen, uns alle in großer Eile zu verheiraten."

Vivienne knabberte an ihrer Lippe, ihre gute Laune war verflogen. „Da ist dieser Andrew, der Verbündete unseres Onkels."

„Er ist auch fast so alt wie Falk von Inverfyre."

„Uralt", stimmte Vivienne schaudernd zu. Sie stieß ihren Ellenbogen in Madelines Seite. „Allerdings wärst du vielleicht bald verwitwet, wenn du ihn ehelichen würdest."

„Das ist wohl kaum eine Eigenschaft, die man in einem Ehegespons suchen sollte. Und ich werde sowieso keinen von ihnen heiraten."

Die Red-Douglas-Männer und die Black-Douglas-Männer kamen ebenfalls an und versammelten sich jeweils an den gegenüberliegenden Seiten der Halle, damit sie sich aus der Entfernung noch besser böse Blicke zuwerfen konnten. Madeline wusste, dass sich Alexander lieber mit der Black-Douglas-Familie verbünden würde, so wie es ihr Vater getan hatte, aber sie konnte den Anblick von Alan Douglas nicht ertragen, deren einzigem noch unverheirateten Abkömmling. Er war so hellblond, dass es schon fast unnatürlich war. Er sah sie ziemlich lüstern an, dieser Schuft, und sie schaute weg. Roger Douglas auf der anderen Seite der Halle war so dunkel, wie sein Vetter blond war. Er fand die Zusammenkunft amüsant und verbeugte sich höflich in ihre Richtung.

Madeline wandte sich von beiden ab. Ihr Herz tat einen Sprung, als sie bemerkte, dass ein Mann in einer Ecke sie fortwährend ansah. Er war groß und braun gebrannt, hatte ein ruhiges Auftreten und war schwer bewaffnet. Seine Haare waren dunkel wie seine Augen. Er stand so bewegungslos da, dass sie ihn leicht hätte übersehen können.

Aber nun, da sie hingeschaut hatte, konnte sich Madeline nicht ohne Weiteres von seinem Anblick losreißen. Es war der Fremde vom Burghof, da war sie sie sicher.

Und er beobachtete sie. Madeline bekam einen trockenen Mund.

Sein Haar schien feucht, denn es lockte sich auf seiner Stirn, als ob er schnell geritten wäre, um hierherzukommen. Er lehnte an der Wand, seine Kleidung war so dunkel, dass sie nicht sagen konnte, wo sein Umhang endete und die Schatten anfingen. Hin und wieder wanderten seine Blicke über die Gesellschaft, kein Detail entging ihnen, und immer kehrten sie zu ihr zurück. Er stand da und beobachtete, was vorging. Seine Bewegungslosigkeit ließ Madeline an ein Raubtier auf der Jagd denken. Der einzige helle Fleck auf seiner Kleidung war ein wilder roter Drache, der auf der Brust seines Tapperts prangte.

Sein Blick, der auf ihr ruhte, fühlte sich genauso an wie eine Berührung und sie wusste, dass sie errötete.

„Schaut mal!" Plötzlich stand Elizabeth zwischen Madeline und Vivienne. „Da ist eine kleine Person!"

„Der Raum ist voller verschieden großer Menschen", entgegnete Madeline, froh über eine Ablenkung, sodass sie von dem dunklen Fremden wegsehen konnte.

„Nein, eine sehr kleine Person." Elizabeth senkte die Stimme. „Fast wie eine Fee."

Vivienne schüttelte den Kopf. „Elizabeth, du hast zu viel Fantasie. Feen gibt es nur in alten Geschichten."

„Es ist eine in diesem Raum", beharrte Elizabeth mit für sie ungewöhnlichem Nachdruck. „Sie sitzt auf Madelines Schulter."

Madeline blickte von einer ihrer Schultern zur anderen, die beide frei von Feen waren, dann lächelte sie ihre jüngste Schwester an. „Bist du nicht langsam zu alt, um an solche Geschichten zu glauben?"

„Sie ist da", wiederholte Elizabeth ungewohnt heftig. „Sie ist da und sie kichert, aber nicht sehr nett."

Die beiden älteren Schwestern wechselten einen Blick. „Was macht sie noch?", wollte Vivienne wissen, offensichtlich darauf bedacht, auf Elizabeth einzugehen.

„Sie bindet eine Schleife." Elizabeth schaute zur anderen Seite des Raumes, als ob sie wirklich etwas sähe, was die anderen nicht wahrnahmen. „Es ist ein goldenes Band, Madeline, es zieht sich um dich herum, obwohl ich mich nicht erinnern kann, dass wir eins auf dein Gewand genäht haben.“

„Das haben wir auch nicht“, wisperte Vivienne, die ihre Stimme senkte, weil ihr Onkel Tynan seine Hand hob und um Ruhe bat. „Madeline mag keine goldenen Bänder auf ihrem Kleid.“

Elizabeth runzelte die Stirn. „Sie windet das goldene und ein silbernes Band umeinander“, fuhr sie träumerisch fort. „Sie macht daraus eine Spirale, die auf der einen Seite golden und auf der anderen silbern ist.“

„Meine Damen und Herren, Ritter und Herzöge, Herzoginnen und Maiden“, begann Tynan.

„Ein silbernes Band?“, fragte Madeline leise.

Elizabeth nickte und zeigte zur anderen Seite des Raumes. „Es kommt von ihm.“

Mit den Augen folgte Madeline der Geste ihrer Schwester, die auf den Mann in den Schatten wies. Ihre Blicke trafen sich erneut. Ihr Herz hämmerte auf höchst ungewohnte Weise, obwohl sie nichts über ihn wusste.

„Du solltest keinen Unsinn reden, Elizabeth“, mahnte sie leise, dann richtete sie ihre Aufmerksamkeit auf ihren Onkel. Elizabeth machte ein verächtliches Geräusch und Madelines Herz klopfte noch schneller in der Gewissheit, dass der Fremde sie sogar beobachtete, als sie sich abwandte.

„Wie Euch allen bekannt ist, wird der größte Teil der Schätze am morgigen Tag versteigert“, fuhr Tynan fort, nachdem er noch weitere Begrüßungen vorgenommen und die Familie vorgestellt hatte. Rosamunde stand strahlend in einem prächtigen Gewand neben ihm. „Morgens werdet Ihr die Gelegenheit haben, die Stücke zu begutachten, die für Euch von Interesse sind, bevor in der Mittagsstunde das Bieten beginnt. Natürlich werden am Morgen noch viel mehr Leute dazukommen.“ Die Gesellschaft bewegte sich unruhig und die Schwestern wechselten verwirrte Blicke. „Ihr, meine Herren, seid heute Abend zu einer besonderen Auktion eingeladen, der Versteigerung des Juwels von Kinfairlie.“

„Ich wusste gar nicht, dass es ein Juwel von Kinfairlie gibt", flüsterte Vivienne stirnrunzelnd.

„Ich auch nicht." Madeline schaute Alexander an, der sie beide standhaft ignorierte.

„Ich danke dir, Onkel", sagte er. Offensichtlich fühlte er sich unwohl bei der Aufmerksamkeit, die die Gesellschaft ihm zuteilwerden ließ. „Wie Ihr alle zweifellos festgestellt habt, ist das Juwel von Kinfairlie makellos."

„Wo ist es?", fragte Vivienne und Madeline zuckte die Schultern. Ein paar Männer warfen ihr anzügliche Blicke zu und sie hatte ein zunehmend ungutes Gefühl in der Magengegend.

Wie konnte es solch ein Kleinod geben, ohne dass die Schwestern etwas davon wussten?

Alexander drehte sich zu Madeline um und zeigte auf sie. „Eine Schönheit sondergleichen, mit untadeligem Charakter, von einwandfreier Abstammung – meine Schwester Madeline wird die Hallen eines jeden Edelmannes zieren, der das Glück hat, ihre Hand heute Nacht für sich zu gewinnen."

Vivienne rang nach Luft. Madeline fühlte, wie ihr die Farbe aus dem Gesicht wich. Die Schwestern hielten einander fest bei der Hand.

Alexander wandte sich den Gästen zu und Madeline kam der Verdacht, dass er ihrem Blick nicht länger standhalten konnte. „Gentlemen, die Ihr mit Sorgfalt ausgewählt und heute Nacht zusammengerufen wurdet, ich fordere Euch auf, die Vorzüge des Juwels von Kinfairlie zu bedenken und entsprechend zu bieten."

„Sicher ist das nur einer seiner Streiche", wisperte Vivienne.

Madeline wurde es jedoch kälter als kalt. Wenn es ein Schabernack war, müssten viele daran beteiligt sein. Sollte es ein reiner Scherz sein, war es kaum vorstellbar, dass dies Alexanders Ruf bei seinen Nachbarn nicht schädigen würde.

Doch es war völlig unmöglich, dass er sie tatsächlich versteigern würde.

Zu Madelines Bestürzung gab Reginald mit unverhohlener

Begeisterung das erste Gebot ab.

„Alexander!", schrie sie entsetzt.

Doch ihr Bruder bedachte sie mit einem so kühlen Blick, dass ihr das Blut in den Adern gefror. Dann nickte er der Gesellschaft zu als Zeichen, dass das Bieten weitergehen sollte. Er hielt sich so aufrecht, dass Madeline wusste, er würde seine Worte nicht zurücknehmen.

Aber sie zu verkaufen? Voll Grausen ließ Madeline die Augen über die Anwesenden wandern. Was, wenn einer dieser Männer tatsächlich ihre Hand erwerben würde?

Sie schienen darauf erpicht, es zu versuchen. Reginald überbot jedes Mal und trieb den Preis mit so hemmungsloser Unbekümmertheit in die Höhe, dass er in der Tat einen prall gefüllten Geldbeutel haben musste.

Es wurde hitzig geboten, so hitzig, dass es nicht lange dauerte, bis Gerald von York sich vor Madeline verneigte und in die Menge zurücktrat. Er war rot im Gesicht vor Verlegenheit, dass er nicht weitermachen konnte. Madeline saß wie versteinert da, schockiert über die Tat ihres Bruders.

Reginald Neville bot erneut voll Überschwang. War ein Mann unter diesen Gästen, der an Nevilles Reichtum heranreichte? Der ältere Andrew verzog sein Gesicht, gab erneut ein Gebot ab und wurde schnell von Reginald übertrumpft.

Er schaute den Jungen böse an und schüttelte den Kopf.

„Ist das die Endsumme?", schrie Reginald, der diesen Augenblick sichtlich genoss. Er drehte sich um sich selbst, sein bestickter Umhang flog um ihn herum. „Will niemand einen Penny mehr für diesen Preis, diese schöne Braut, bezahlen?"

Die Männer scharrten mit den Füßen, aber niemand erhob seine Stimme.

„Reginald Neville", wisperte Vivienne in ungläubigem Ton. Voll Mitleid drückte sie mit ihren kalten Fingern fest Madelines Hand. Die konnte den Wahnsinn dessen, was da ablief, immer noch nicht fassen.

„Letzte Chance, zu bieten, Gentlemen", rief Alexander. „Oder das Juwel wird mit Reginald Neville vermählt werden."

Madeline musste etwas tun! Sie stand auf und jeder Mann wandte sich ihr zu. „Dies ist der Moment, an dem du erklären musst, dass es sich nur um einen Scherz handelt, Alexander." Sie sprach ruhig und wie es sich geziemte, was ihr nicht leichtfiel, denn ihr Herz raste.

„Es wäre der richtige Moment", erwiderte Alexander, „wäre dies bloß ein Scherz. Ich versichere dir, dass es keiner ist."

Madeline blieb beinahe das Herz stehen, dann durchbrauste sie Zorn und verlieh ihr neue Kraft. Sie richtete sich auf, wohl wissend, dass ihre Wut deutlich zum Ausdruck kam, und sah ein leichtes Lächeln auf dem Gesicht des dunklen Fremden. Etwas Geheimnisvolles und Anziehendes lag darin, etwas, das ihren Puls schneller schlagen und ihr das Blut in die Wangen steigen ließ. „Wie kannst du es wagen, mir eine solche Schmach anzutun! Ich lasse nicht zu, dass du ohne guten Grund Schande über unsere Familie bringst!"

Alexander begegnete ihrem Blick und sie sah seine stahlharte Entschlossenheit. „Ich habe triftige Gründe. Du hattest die Wahl, dich aus freien Stücken zu verheiraten, und du hast es abgelehnt. Deine eigene Launenhaftigkeit zwingt uns, so zu verfahren."

„Ich habe nicht mehr verlangt als etwas Zeit."

„Die ich dir nicht gewähren kann."

„Das ist unfassbar! Ein Skandal!"

„Du wirst lernen, das zu tun, was du tun musst, genauso wie ich gelernt habe, zu tun, was nötig ist." Alexander senkte die Stimme. „Du wirst sehen, es wird kein so beschwerliches Schicksal sein, Madeline."

Doch das beruhigte Madeline nicht. Sie würde wie eine Milchkuh auf dem Mittwochsmarkt dem Höchstbietenden überlassen werden. Schlimmer noch! Alle fanden, dass es eine lustige Unterhaltung war.

Und am allerschlimmsten: Der Höchstbietende war Reginald Neville. Madeline konnte sich nicht entscheiden, ob sie lieber ihren Bruder oder ihren glühenden Verehrer ermorden wollte.

Sie stieß höchst undamenhafte Flüche aus und hoffte, dass dies

Reginald von seinem Vorhaben abbringen könnte, doch die Männer unter den Gästen lachten nur. „Ihr seid alle Barbaren!", schrie sie.

„Oh, ich mag eine Frau mit Temperament", sagte Alan Douglas und zählte sein Geld. Er gab ein weiteres Gebot ab, über das Reginald schnell hinausging.

„Die Ehe, die aus dieser Farce hervorgeht, wird keinen Wert haben", erklärte Madeline, doch nicht einer von ihnen achtete auf sie. Die Gebote stiegen sogar noch höher, während sie zitternd vor Wut dastand. Sie konnte hören, wie Vivienne leise neben ihr betete, denn zweifellos fürchtete ihre Schwester, dass sie sich bald in einer ähnlichen Situation befinden würde.

Konnte es noch schlimmer werden?

Zu Madelines Entsetzen bot Reginald erneut. Sie spürte, wie der Blick des Fremden schwer auf ihr lastete, und dieses Bewusstsein ließ ihr eine Gänsehaut über den ganzen Körper laufen.

Egal, welches Gebot abgegeben wurde, Reginald ging darüber. Er trieb den Preis mit schwindelerregender Hemmungslosigkeit höher und als die Gäste immer zurückhaltender dagegenhielten, zwinkerte er Madeline verwegen zu.

„Du bist mir jeden Silberpenny wert, Madeline", schrie er. „Fürchte dich nicht, Geliebte, ich werde standhaft bleiben bis zum Ende."

„Solange er mit dem Geld seines Vaters den Sieg erringen kann", flüsterte Vivienne.

Inzwischen boten nur noch fünf Männer mit und jedes Mal kamen die Gegengebote langsamer. Madeline konnte kaum noch atmen.

„Kein Geld mehr?", fragte Reginald fröhlich, als ein Mann errötete, den Kopf senkte und sich aus dem Gefecht zurückzog.

Noch vier Männer. Madelines Mund war so trocken wie gesalzener Fisch.

Roger Douglas überprüfte den Inhalt seiner Geldbörse, dann überbot er Reginald.

Reginald drehte eine Pirouette, erhöhte und forderte Roger förmlich heraus, erneut zu kontern. Der Mann senkte geschlagen den Kopf.

Noch drei Männer. Reginalds Verhalten wurde überschwänglich, seine Gesten ausladender, als er sich seines Sieges immer sicherer wurde. „Nun kommt schon“, rief er. „Ist nicht einer von euch bereit, solch eine lächerliche Summe für das Juwel von Kinfairlie zu bezahlen?“

Dann waren noch zwei Männer übrig: Reginald und der ungewöhnlich bleiche Alan Douglas. Sosehr sie Reginald auch verabscheute, es war ein Zeichen, wie verzweifelt Madeline war, dass sie zu wünschen begann, Reginald würde den Sieg davontragen. Wenigstens machte der ihr keine Angst, im Gegensatz zu Alan.

Über jedes Gebot, das Alan abgab, ging Reginald schwungvoll hinaus. Das machte er schnell und auffällig, offensichtlich kümmerte es ihn nicht, wie viel er bezahlte.

Aber Vivienne hatte es richtig erkannt: Es war das Geld seines Vaters, und obwohl keines mehr da sein würde, wenn er es einmal ausgegeben hatte, zeigte Reginald keine Zurückhaltung, während er sich von dieser Bürde befreite.

Alan runzelte die Stirn, trat vor und bot erneut. Alle Anwesenden hielten gleichzeitig den Atem an.

Reginald lachte, dann erhöhte er das Gebot in triumphierendem Ton.

Es folgte eine lange Pause. Alan schaute Reginald wütend an, dann ließ er seine Schultern sinken. Geschlagen trat er beiseite, seine Haltung sagte alles, was zu sagen war.

„Ich gewinne! Ich gewinne! Ich gewinne!“ Reginald schrie wie ein kleiner Junge, der beim Damespiel gewonnen hat. Er tanzte herum und umarmte sich selbst vor Begeisterung.

Madeline beobachtete ihn voll Abscheu. Das war der Mann, den sie gezwungenermaßen heiraten würde.

Es musste eine Möglichkeit geben, Alexanders verrücktem Plan zu entgehen.

Reginald gluckste. „Ich, ich, ich! Ich gewinne!“

„Ihr habt noch nicht gewonnen“, sagte ein Mann. Er sprach leise und mit einem verführerischen Rhythmus. „Der Sieger kann seinen Preis erst dann beanspruchen, wenn die Versteigerung abgeschlossen ist.“

Madeline blieb beinahe das Herz stehen, als der dunkle Fremde aus den Schatten heraustrat. Obwohl er nicht viel älter als Alexander war, wirkte er auf eine Weise erfahren, die Madelines Bruder fehlte. Sie hegte keinen Zweifel, dass er jedes Duell gewinnen würde, dass seine Klinge Blut geschmeckt hatte. Er bewegte sich mit der Selbstsicherheit eines Kriegers und die anderen Männer machten ihm den Weg frei, als ob sie nicht anders könnten.

„Er ist ein Narr, solch ein Emblem offen zu tragen“, murmelte ein Mann.

„Wer ist das?“, fragte Madeline. Sie fuhr zusammen, als Rosamunde hinter ihr zu sprechen begann. Ihre Tante war zu ihr getreten, während Madeline von der Versteigerung abgelenkt gewesen war.

„Der König von England hat wegen Verrats einen Preis auf seinen Kopf ausgesetzt“, sagte Rosamunde. „Jeder Kopfgeldjäger in England kennt den Namen von Rhys FitzHenry.“

„Ich wage zu behaupten, dass jeder in der gesamten Christenheit von mir weiß, Rosamunde“, erwiderte der betreffende Mann selbstbewusst. „Ehre, wem Ehre gebührt.“ Er schaute Madeline an, als ob er sie herausfordern wollte, Angst vor ihm zu zeigen. Sie erwiderte absichtlich seinen Blick, obwohl ihr das Herz in der Brust flatterte wie ein Vogel im Käfig.

Dann verdoppelte Rhys Reginalds Gebot mit einer Leichtigkeit, die zeigte, dass er mehr als genug Geld hatte.

~

Lady Madeline war perfekt.

Sie hatte das richtige Alter, um das überlebende Kind von Rhys’ Base Madeline Arundel zu sein. Sie hatte dieselbe Augen- und Haarfarbe wie ihre Mutter und trug deren Namen. Ihre sogenannte

Familie war so erpicht darauf, sie ohne Mitgift loszuwerden, dass sie auf diese vulgäre Sitte zurückgegriffen und eine Versteigerung anberaumt hatte – etwas, das kein Mann seiner leiblichen Schwester antun würde.

Und Rhys musste zugeben, dass ihm das Feuer in Madelines Augen gefiel. Sie war groß und schlank, wenn auch nicht ohne weibliche Kurven. Ihr Haar war so schwarz wie Ebenholz und hing ihr lose über die Schultern, ihre Augen funkelten vor Wut. Rhys war schon vielen Frauen begegnet, doch er hatte noch nie eine gesehen, die so betörend war wie diese zornige Schönheit.

Ein einziger Blick auf sie hatte genügt, um Rhys davon zu überzeugen, dass er seine Probleme am besten lösen konnte, indem er ihre Hand erwarb.

Wenn Caerwyn unter seiner Führung stand, würde er schließlich eine Braut benötigen, um einen Erben zu bekommen. Und falls sich herausstellte, dass sie tatsächlich Madelines Tochter und die einzige Erbin war, die ihm Caerwyn streitig machen konnte, würde eine Ehe mit ihr sicherstellen, dass niemand seinen Anspruch auf den Besitz in Frage stellen konnte. Er bildete sich nicht ein, dass sein Charme ausreichen würde, um die Zuneigung einer solchen Braut auf andere Weise zu gewinnen. Rhys hatte keine Skrupel, die Tochter seiner Base zu heiraten, wenn Madeline wirklich diese Frau war. In Wales war es nicht ungewöhnlich, wenn Vettern und Basen heirateten, deshalb verschwendete er auf die Möglichkeit, dass sie blutsverwandt sein könnten, kaum einen Gedanken.

Tatsächlich würde sie gezwungen sein, heute Nacht einen Mann zu ehelichen, und Rhys bezweifelte, dass irgendjemand ihr den fairen Handel gewähren würde, den er seiner Braut anzubieten bereit war. Rhys musste glauben, dass er einer Frau ein besseres Leben zusichern konnte als ihre Familie oder diese unangenehme Junge, dieser Reginald,

Eine Heirat war die perfekte Lösung für sie beide.

Also bot er.

Und es wurde still im Raum.

So einfach war das. Madeline würde ihm gehören.

Rhys ging nach vorn, um zu zahlen, was er schuldig war, zufrieden mit dem, was er zuwege gebracht hatte.

Der junge Laird von Kinfairlie, der für diese Narretei verantwortlich war, erhob endlich kraftvoll seine Stimme: „Ich erhebe Einspruch gegen Euer Gebot. Ihr wart zu dieser Versteigerung nicht eingeladen und ich werde meine Schwester nicht in Eure Hand geben."

Bevor Rhys protestieren konnte, bedachte Tynan den jüngeren Mann mit einem giftigen Blick. „Habe ich dich nicht gewarnt, dass sich die Dinge anders entwickeln könnten, als du es geplant hattest, Alexander?"

Alexander errötete. „Aber trotzdem …"

„Die Sache ist dir entglitten." Tynans Worte klangen endgültig. Rhys wusste, dass Tynan ihn hinausgeworfen hätte, wenn Rosamunde nicht für seinen Charakter gebürgt hätte. Es gab wenigstens einige Seelen, die sich um Lady Madelines Zukunft sorgten.

„Ihr könnt sie nicht beanspruchen!", rief Alexander. „Ich lasse es nicht zu."

Rhys lächelte frostig und ließ seinen Blick über den jungen Mann gleiten. „Ihr könnt mich nicht aufhalten. Und Ihr könnt es Euch nicht leisten, mehr zu bieten als ich."

Der junge Laird wurde puterrot im Gesicht und trat zurück, dabei murmelte er eine Entschuldigung, die an seine Schwester gerichtet war. Rhys fand, das hätte er schon längst tun müssen.

Dann wandte Rhys sich an den schnaufenden Reginald Neville. „Habt Ihr nicht mehr Geld?"

Reginald errötete und warf seine Handschuhe auf den Boden. „Ihr könnt nicht dermaßen viel Geld haben!"

Rhys zog eine Augenbraue hoch. „Weil Ihr nicht so viel habt?"

Zorn flammte in den Augen des Jungen auf. „Zeigt Euer Geld, bevor wir weitermachen. Ich bestehe darauf!"

Er breitete die Arme aus und wandte sich an die Versammelten.

„Können wir darauf vertrauen, dass ein Mann von solch schlechtem Ruf seine Schulden begleicht?"

Ein Murmeln setzte sich unter den Anwesenden fort und Rhys zuckte die Schultern. Er schlenderte zu dem erhöhten Tisch hinüber und holte ein ledernes Säckchen aus seinem Wams. Die Lady hielt den Atem an, als er neben ihr stehen blieb und sie einen Herzschlag lang betrachtete. Ihre Augen waren weit geöffnet und von einem prachtvollen, vor Zorn schwelenden Blau. Obwohl er spürte, dass sie ihm gegenüber unsicher war, wich sie nicht zurück.

Es war nicht ganz und gar schlecht, dass sie ihn so wahrnahm. Er mochte das Leuchten von Intelligenz in ihren Augen und die Tatsache, dass sie versucht hatte, diese Torheit zu unterbinden. Er war es gewöhnt, dass Frauen ihre Meinung sagten, und eine Braut, die dies tat, wäre ihm sehr recht.

Er lächelte sie leicht an in der Hoffnung, sie so zu beruhigen, und sie schluckte sichtbar. Sein Blick verharrte auf ihren roten, vollen Lippen und er stellte sich vor, diese Frau zu schmecken, und da wusste er, wie er ihre Vereinbarung besiegeln würde.

Aber erst musste das Abkommen geschlossen werden.

„Ihr braucht euch keine Sorgen zu machen, Sir", entgegnete Rhys kühl. „Ich werde für die Hand der Lady nichts schuldig bleiben." Es war mehr als genug Geld in seinem Säckchen, doch Rhys war nicht darauf aus, seinen Reichtum zur Schau zu stellen. Er holte bedächtig nur den notwendigen Betrag heraus und stapelte die Münzen sorgfältig auf der Tischplatte. Tynan beugte sich hinunter und biss in jede hinein, um ihre Echtheit zu prüfen, und nickte dann zustimmend.

„Dann nehmt sie Euch!" Ohne viel Wert auf Schicklichkeit spuckte Reginald auf die Binsen, die den Boden bedeckten, und stürmte hinaus. Rhys' Meinung nach fehlte es ihm etwas an höflichem Benehmen.

Es herrschte absolute Stille im Raum, als Rhys den Arm ausstreckte und Madelines Hand forderte. So still war es, dass er hörte, wie sie Luft holte. Seine Hand war viel größer als ihre und ihre Finger zitterten in seinem Griff.

Doch sie zog sie nicht weg und hielt seinem Blick stand. Wieder bewunderte er, dass sie unerschütterlich zu den Bedingungen der Vereinbarung stand. Er neigte sich über ihre Hand und streifte ihre Knöchel mit den Lippen. Dabei fühlte er, wie sie leicht erbebte.

Alexander legte eine Hand auf Rhys' Arm. „Ich schere mich weder um Konventionen noch gebrochene Verträge. Ihr könnt meine Schwester nicht ehelichen – Ihr seid des Verrats angeklagt."

„Ihr wollt doch wohl nicht sagen, dass der Laird von Kinfairlie ein Mann ist, der sein Wort nicht hält?" Rhys sprach leise, ohne die Hand der Lady loszulassen.

Alexander wurde feuerrot. Sein Blick fiel auf den Stapel Münzen und Rhys wusste, dass er dieses Geld dringend brauchte.

Er lehnte sich zu dem jungen Mann hinüber, hielt Madelines Hand weiterhin fest in seiner und forderte den neuen Erben von Kinfairlie heraus. Er würde der Lady zeigen, was für ein Mann ihr Bruder war. „Ich gebe Euch eine Chance, Euer Angebot zurückzuziehen, obwohl es mehr ist, als Ihr verdient. Lehnt mein Geld ab, aber nur unter der Bedingung, dass die Lady an keinen anderen Mann verkauft wird."

Es war offensichtlich, dass der Jüngere mit dieser Entscheidung zu kämpfen hatte. Er warf seiner Schwester einen bittenden Blick zu. „Madeline, du weißt genau, dass ich dies nicht ohne Grund tun würde."

Und er griff nach dem Geld.

„Hundesohn!", schrie sie und ihre Verachtung war genauso groß wie die von Rhys. Der wandte sich zu ihr um und ihm stockte der Atem, als er den Zorn sah, der in ihren Augen loderte. „So nimm es, Alexander. Nimm es und bezahle, welche Schulden auch immer du hast, und verwirf jede Treue, die du – wie Papa vielleicht geglaubt hat – deinen Geschwistern schuldig bist."

Alexanders Hand zitterte leicht, als er nach den Münzen griff. „Madeline, du verstehst nicht. Ich muss an die anderen denken ..."

„Ich verstehe so viel, wie ich verstehen muss", sagte sie. Ihre

Stimme war kalt wie Eis. „Gott schütze meine Schwestern, wenn du in der Weise über sie denkst, wie du über mich gedacht hast."

„Madeline!"

Aber die Lady drehte ihrem Bruder den Rücken zu. Ihr Gebaren war so majestätisch wie das einer Königin. Rhys' und ihre Blicke kreuzten sich und er sah, wie verletzt sie war und dass sie versuchte, dies zu verbergen. Er fühlte eine Verbundenheit mit ihr, denn auch er war von Menschen betrogen worden, von denen er geglaubt hatte, er würde ihnen etwas bedeuten.

„Ich glaube, es wurde ein Mahl bereitet, um unsere anstehende Vermählung zu feiern, Sir", sagte sie. Ihre Worte klangen deutlich durch die Halle.

Aye, diese Braut würde gut zu ihm passen. Rhys hob ihre Hand, die er noch festhielt, neigte sich darüber und küsste sie leicht als Ehrbezeugung. Sie erschauerte und er lächelte in der Gewissheit, dass ihre Hochzeitsnacht voll Lust sein würde.

„Gut gemacht, meine Liebe", murmelte er. Es gefiel ihm, dass sie nicht leicht einzuschüchtern war. „Vielleicht sollte unsere Übereinkunft in angemessenerer Weise besiegelt werden."

Eine verführerische Röte überzog ihr Gesicht und ihre Lippen öffneten sich einladend. Rhys zupfte leicht an ihrer Hand, während die Gäste johlten, und sie trat einen Schritt auf ihn zu. Deutlich konnte er die Hitze ihres Atems auf seiner Wange spüren. Dennoch schaute sie nicht weg, obwohl sie in ihrer Unsicherheit schneller atmete.

Rhys verflocht seine Finger mit ihren und hob seine andere Hand an ihr Gesicht. Er bewegte sich langsam, um sie nicht zu erschrecken, denn er bemerkte ihre Beklommenheit sehr wohl. Sie war zweifellos noch Jungfrau. Es wäre nicht angebracht, ihr Angst vor seiner Berührung zu machen. Rhys hob Madelines Kinn mit einer Fingerspitze an. Ihre Haut fühlte sich unglaublich weich an und ihre Tapferkeit war bewundernswert. Er lächelte leicht, sah einen Funken in ihren Augen, der ihn mehr beruhigte, als es alles andere hätte tun können.

Dies war keine zerbrechliche Maid, die Angst vor ihrem eigenen Schatten hatte.

Rhys neigte den Kopf und fing Madelines süße Lippen ein. Zu seiner Zufriedenheit zuckte die Lady nicht zusammen und wich auch nicht zurück.

Aye, dies war eine Ehefrau, die gut zu ihm passte.

KAPITEL 2

Rhys' Kuss war sanfter, als Madeline erwartet hatte.

Tatsächlich bekam sie dabei sogar ziemlich weiche Knie. Eine berauschende Hitze überrollte sie, das Gefühl seiner Lippen auf ihren erweckte in ihr die Sehnsucht nach mehr. Er roch nach Wind und Regen und Leder, ganz und gar männlich und betörend.

Und doch war er sanft zu ihr. Und geduldig. Madeline wusste, dass er ihr Liebkosungen entlocken wollte, dass er sie für unschuldig hielt, und ihre Furcht vor ihm schwand wie die Nacht beim Morgengrauen, obwohl sie vermutete, dass dies seine Absicht war.

Mit einem derartigen Kuss konnte der Mann wahrhaftig die Sinne einer Frau verwirren. Madeline hätte nie gedacht, dass aus einer so zarten Berührung solche Lust erwachsen könnte, und sie hätte sich auch nie vorgestellt, dass sie diese Umarmung willig erwidern würde.

Andererseits waren die Umstände auch äußerst ungewöhnlich. Sie war wütend und verletzt und wusste nicht, wohin sie sich wenden sollte. Dass ein völlig Fremder – den sie gegen ihren Willen heiraten musste – sie trösten würde, war nicht zu glauben.

Genauso wenig, dass er sie mit einem Kuss trösten würde.

Ihr war beinahe der Atem stehen geblieben, als sie erraten hatte, was er tun würde. Als er ihr Kinn berührte, begann ihr Herz zu rasen. Ihr Widerstand war bereits teilweise dahingeschmolzen, als sein Gesichtsausdruck weicher geworden war, und sie hatte keinen Zweifel, dass er das genau wusste.

Dann hatten seine Lippen die ihren gefordert und sie merkte, dass sie dies reizvoll fand. Ihr Zorn auf Alexander war nach drei Pulsschlägen vergessen, ihre Neugier, warum er so plötzlich Geld benötigte, verflog völlig.

Das Einzige, was zählte, war Rhys' Kuss, der sie sanft verführte. Madeline hätte niemals vermutet, dass ein Mann, der so hart erschien, zu solch unwiderstehlicher Zärtlichkeit fähig war. Diese bloße Tatsache ließ sie sich fragen, was für ein Mann er wirklich war und ob sein Erscheinungsbild und sein Verhalten seine wahre Natur Lügen straften.

Als Rhys den Kopf hob, blitzen seine dunklen Augen und dieses Blitzen war so aufregend wie sein Kuss. Er hielt ihre Finger fest umschlungen und schien, aufs Äußerste gespannt, auf ihre Reaktion zu warten, so wie ein Pfeil in einem gespannten Bogen darauf wartet, abgeschossen zu werden.

Als ob es bedeutsam für ihn wäre, ob sie Freude an dem Kuss empfand.

Madeline war atemlos und aus der Fassung gebracht. Sie bemerkte, dass ihre Hand auf seiner breiten Brust lag und sich ihre Finger in dem Schnürband seines Lederwamses verheddert hatten, und sie wusste nicht, was über sie gekommen war.

Dann begegnete sie seinem Blick und verstand, worin die Gefährlichkeit dieses Mannes bestand. Rhys hatte ihre Einwände gegen diese unkonventionelle Verbindung untergraben, und das nur mit einem Kuss. Die Bedrohung durch diesen Mann lag nicht in seinem Ruf, sondern in seiner Fähigkeit, sie über das hinwegsehen zu lassen, was sie wusste.

Er war ein Verräter, der vom König gesucht wurde. Er war ein Mann, der böse Taten begangen hatte und äußerst wohlhabend war.

Doch Madeline bezweifelte, dass er sein Vermögen mit ehrlicher Arbeit erworben hatte. Sie wagte nicht, der Leidenschaft, die er so mühelos in ihr erweckt hatte, nachzugeben, so wie sie es in diesem Augenblick getan hatte.

Sie brauchte Zeit. Irgendwie musste sie Alexanders Plan und Rhys' Absichten entkommen. Doch sie konnte nicht nachdenken, solange ihre Sinne so verwirrt waren.

Madeline zwang sich zu einem Lächeln. „Ich möchte, dass die Hochzeit erst morgen stattfindet", sagte sie und hoffte, dass ihr ruhiger Ton ihre Absicht verbarg, sich diesem Ehegelübde zu entziehen. Sie senkte ihre Lider, als wäre sie weitaus züchtiger, als sie war. „Dann hätte ich eine Nacht, um mich vorzubereiten."

„Das ist durchaus vernünftig", sagte Tynan bestimmt, als es aussah, als wollte Alexander protestieren. „Auf Madeline haben an diesem Tag mehr Überraschungen gewartet, als irgendjemand verkraften könnte."

Madeline bekam ihrerseits kaum Luft, so bewusst war sie sich Rhys' begehrlicher Blicke, die auf ihr ruhten. Er schien direkt in ihre Gedanken hineinzusehen, die Wurzel ihres Zögerns zu erraten, und sie fühlte einen seltsamen Drang, zu gestehen, dass sie keineswegs den Wunsch verspürte, ihn zu ehelichen.

Sie hätte es geradeheraus abgelehnt, ihn zu heiraten, wenn sie gewusst hätte, warum Alexander dieses Geld so dringend benötigte, und sicher gewesen wäre, dass er nicht sofort statt ihrer Viviennes Hand zur Versteigerung anbieten würde. Schließlich waren bereits genug willige Gäste versammelt.

„Ich bitte Euch alle zu Tisch, um diese Verbindung zu feiern", erklärte Tynan. Die Männer johlten und machten sich auf den Weg in die Halle. Sie beeilten sich, dem verlockenden Duft von gebratenem Fleisch zu folgen. Madeline hörte, wie Weinfässer in die Halle gerollt wurden, und eine Frau aus der Küche rief, es sei genug Bier für alle da.

„Tu das nicht", schrie Elizabeth plötzlich. Sie zeigte auf eine Stelle über den Köpfen von Madeline und Rhys. Dort war nichts, was irgendjemand erkennen konnte.

„Elizabeth, jetzt reicht es mit diesem Unsinn", sagte Madeline energisch. Sie hatte in diesem Augenblick keine Geduld mehr für ihre Schwester und deren albernes Gerede über Feen.

„Es ist kein Unsinn!" Elizabeth schlug so heftig mit ihrer Hand nach etwas, dass sie beinahe Madeline getroffen hätte. „Diese Fee verknotet eure Bänder!"

„Was für Bänder sollten das sein?", fragte Rhys.

„Die natürlich, die sie vorher miteinander verwoben hat", antwortete Elizabeth ungeduldig. „Euer silbernes und Madelines goldenes. Aber jetzt verknotet sie die Bänder zu einem fürchterlichen Gewirr und lacht." Sie warf Rhys einen düsteren Blick zu. „Es ist kein nettes Lachen."

„Das würde ich auch nicht erwarten", stimmte er genauso ernsthaft zu und Madeline war klar, dass er ihre Schwester für verrückt halten musste.

„Halt!" Elizabeth erhob erneut ihre Faust gegen den unsichtbaren Feind und Rhys duckte sich gerade noch rechtzeitig. „Hör auf mit deinem Unfug, kleine Fee! Ich weiß nicht, was diese Bänder bedeuten, aber du kannst nichts Gutes im Schilde führen."

„Elizabeth, hör du mit deinem Unfug auf!", gab Vivienne zurück und packte ihre jüngste Schwester am Arm. Einige der Gäste begannen, Elizabeth schief anzusehen, und mehrere Leute flüsterten miteinander, zweifellos redeten sie über das merkwürdige Verhalten des Mädchens.

Madeline öffnete den Mund, um Vivienne zuzustimmen, da kam ihr ein Gedanke. Würde Rhys darauf bestehen, sie zu heiraten, wenn er dächte, sie wäre ebenfalls verrückt? Kein Mann würde sich eine Ehefrau wünschen, die ihm mit einem Makel behaftete Kinder gebären könnte.

Perfekt! Hier kam ihre Möglichkeit, die Übereinkunft zu hintertreiben.

„Du wirst die Fee mit solchen Gesten bestimmt verletzen", sagte

Madeline, ohne eine Sekunde länger darüber nachzudenken, „und das wäre wohl kaum klug. Man sagt, sie suchen Vergeltung, wenn sie verwundet werden.“

Elizabeth starrte sie an. Sie war offensichtlich erstaunt, dass jemand ihre Partei ergriff. „Kannst du sie sehen?“

„Fühlst du dich wohl, Madeline?“, fragte Vivienne.

„Natürlich fühle ich mich wohl. Und natürlich kann ich sie sehen.“ Madeline lächelte ihre verwunderte Familie an. Rhys kniff die Augen zusammen und beobachtete sie genau. „Was stimmt nicht mit euren Augen? Sie ist genau dort.“ Und sie zeigte nach rechts, hoch über sie. Alle wandten den Kopf, um hinzuschauen, und blickten dann wieder zu Madeline.

„Nein, sie ist dort“, stellte Elizabeth verächtlich richtig und wies in die entgegengesetzte Richtung. Die Familienmitglieder drehten sich erneut um und betrachteten die beiden Schwestern dann mit unverhohlener Skepsis.

„So ist es. Sie bewegt sich sehr schnell für solch ein kleines Wesen.“ Madeline lachte fröhlich und klopfte Elizabeth auf die Schulter, als ob sie einen Scherz miteinander teilen würden. „Es müssen diese goldenen Flügel sein, die ihr solch eine Geschwindigkeit verleihen.“

„Sie hat keine Flügel.“ Elizabeth knurrte es fast. „Ich würde wetten, dass du sie überhaupt nicht sehen kannst.“

Also, Elizabeth könnte ihr wirklich eine größere Hilfe sein! Madeline packte ihre Schwester an der Schulter. „Vielleicht hast du nicht genau genug hingeschaut, um ihre Flügel zu erkennen“, sagte sie entschlossen. „Ich sehe genau, dass sie goldene Flügelchen hat. Und Glöckchen an den Zehen. Tatsächlich ist sie eine recht hübsche kleine Fee. Sie könnte sich mit dir anfreunden, Elizabeth, wenn du aufhören würdest, nach ihr zu schlagen.“

Elizabeth bedachte Madeline mit einem düsteren Blick. „Sie ist die hässlichste Kreatur, die ich je gesehen habe, und außerdem ist sie grausam. Das merkt man, wenn man sieht, mit welcher Bosheit sie dein Band verknotet." Damit reckte die jüngere Schwester ihre Nase in die Luft und marschierte in Richtung der großen Halle.

Madeline blickte ihr einen Augenblick nach, dann setzte sie ein strahlendes Lächeln auf. „Natürlich, ich hatte die Bänder vergessen", sagte sie munter zu ihrer Familie.

„Vielleicht, weil du sie nicht sehen kannst?", legte Vivienne nahe.

„Heißt es nicht, dass Feen in den Augen eines jeden Sterblichen verschieden erscheinen?", sagte Madeline und wünschte, irgendein Blutsverwandter wäre ihr an diesem Tag eine Hilfe. „Wer kann schon sagen, welchen Plan diese verfolgt, um auf Elizabeth so abscheulich zu wirken?"

„Ja, wer wohl?", murmelte Rhys und fasste sie dann am Ellenbogen. „Sollen wir in die Halle hinübergehen, meine Liebe?"

„Seht mal! Die kleine Fee sitzt auf Eurer Nasenspitze!" Madeline lachte und zeigte auf Rhys' Nase. „Könnt Ihr sie nicht wahrnehmen?"

„Nay, das kann ich nicht", erwiderte er. „Aber vielleicht bin ich auch bloß hungrig."

„Oh, da fliegt sie, sie flattert mit ihren Flügelchen!" Madeline lachte wie eine Wahnsinnige und alle außer Rhys gingen schnell auf Abstand zu ihr. „Oh, sie hat sich in den Bändern verfangen! Wie lustig!"

Rhys begann, sie aus dem Raum zu führen. Offensichtlich ließ er sich durch ihr Verhalten nicht aus der Ruhe bringen.

Madeline entzog sich seinem Griff, um ihm in die Augen zu blicken. „Seid Ihr nicht in Sorge, weil ich Kreaturen wahrnehme, die Ihr nicht sehen könnt?"

Er schüttelte den Kopf. „Feen zeigen sich, wo sie wollen. Tatsächlich wird gesagt, dass es eine Gabe ist, sie sehen zu können. Vielleicht bringt mir deine Glück im Leben, meine Liebe."

Madeline knirschte mit den Zähnen, verärgert, dass er in ihrer List einen Vorteil sehen konnte. „Ich habe noch nie gehört, dass Irre ihren Ehegatten Glück gebracht haben – ganz im Gegenteil!"

„Das kann schon sein", stimmte er leichthin zu. „Doch du bist nicht verrückter als ich."

„Aber meine Schwester …"

„Hat eine ungewöhnliche Gabe, das ist klar, so wie du vielleicht. Ich habe keine Vorbehalte gegen Verwandte, die Feen sehen können – ganz und gar nicht. Komm, das Mahl ist bereitet."

Madeline starrte den Mann, dem sie versprochen war, mit offenem Mund an. Sie war nicht sicher, wie sie sein Verhalten beurteilen sollte. Dieser Krieger glaubte an Feen?

Er warf ihr plötzlich einen Blick zu und seine Augen funkelten so lustig, dass er ganz anders wirkte als der ernsthafte Mann, der ihre Hand gewonnen hatte, und ihr Herz überschlug sich erneut.

Wie viel wusste sie noch nicht über Rhys FitzHenry?

MADELINES SCHWESTERN UMRINGTEN SIE, als sie sich geräuschvoll auf den Weg in die große Halle machten, und sie wurde von Rhys getrennt. Vivienne griff nach ihrer rechten Hand, ihre typische Fröhlichkeit war verflogen. Annelise hielt Madelines andere Hand fest und war selbst für jemand, der als ruhig bekannt war, außergewöhnlich still. Madeline nahm an, dass Rhys weiter in die Halle gegangen war, und freute sich, dass sie einen ungestörten Augenblick mit ihren Schwestern hatte.

„Wir werden dafür sorgen, dass dein Kleid absolut perfekt ist", sagte Vivienne mit so viel falscher Freude, dass Madeline wusste, sie tat dies um der jüngeren Mädchen willen. „Glaubst du, dass das blaue Samitkleid noch eine Reihe Perlen auf dem Saum benötigt?"

„Eine Hochzeit sollte unbedingt prächtig sein", meinte Isabella. „Und du bist die Erste von uns, die sich vermählt, Madeline. Können wir dich in deinem neuen Zuhause besuchen?"

„Natürlich", antwortete Madeline und fragte sich gleichzeitig, wo dieses sein würde. Nannte Rhys überhaupt eine Burg oder eine Hütte sein Eigen oder war er die ganze Zeit auf Reisen? Wo würde ihr Heim sein? Wäre Alexander verantwortungsvoll vorgegangen, würden sie alle dieses entscheidende Detail kennen.

„Wirst du eigene Babys bekommen?", fragte Annelise schüchtern.

„Ich denke, ja", antwortete Madeline.

„Wir könnten Onkel Tynan überreden, seine Schatzkammern zu öffnen und ein paar Kleinodien für dich zu erübrigen", meinte Isabella. „Um sicherzustellen, dass du eine wunderschöne Braut sein wirst."

Rosamunde lachte in sich hinein und legte ihre Hand auf Madelines Schulter. „Das wäre allerdings eine ziemliche Leistung."

„Was ist mit dir, Tante Rosamunde?", fragte Isabella. „Willst du Madeline in der Nacht vor ihrer Hochzeit nicht mit Rubinen und Saphiren überhäufen? Sie könnte so strahlen wie die Sonne!"

„Ja, wirklich, Tante Rosamunde", sagte Tynan düster. „Es sind reichlich Schätze in deinen Lagern, sodass du ein paar entbehren könntest."

Rosamunde warf ihm einen vielsagenden Blick zu. „Madeline wird strahlend aussehen – ob mit oder ohne noch mehr Juwelen. Ich würde lieber ein etwas dauerhafteres Geschenk an sie weitergeben."

„Was denn?" Die Mädchen drängten sich mit großen Augen um Rosamunde.

„Das bleibt zwischen Madeline und mir", erwiderte diese geheimnisvoll, was die Neugier von Madelines Schwestern kaum befriedigte. Madeline war nicht ganz klar, was ihre Tante meinte, obwohl sie vermutete, dass Rosamundes Gabe aus Ratschlägen bestehen würde.

Sie wusste ein wenig darüber, was zwischen Männern und Frauen passierte – schließlich war sie im Frühjahr auf den Feldern gewesen, wenn die Tiere sich paarten –, doch sie hatte das Gefühl, sie benötigte ein bisschen mehr Informationen. Sie hatte keine Zweifel, dass Rosamunde besser über solche Dinge Bescheid wusste.

„Trotzdem werden wir die ganze Nacht wach bleiben." Isabelle freute sich auf die Feier. Sie rannte hinter Tynan her, während die ruhige Annelise nahe bei Madeline blieb. Diese konnte die Besorgnis der beiden Schwestern, die ihr im Alter am nächsten kamen, und deren Angst vor ihrer eigenen Zukunft förmlich riechen.

Sie musste etwas tun, um zu verhindern, dass Alexander diese Torheit wiederholte.

Man musste ihm zugutehalten, dass er beunruhigt aussah über das, was er getan hatte. „Es tut mir leid, Madeline", sagte er. „Du musst wissen, dass dies nicht das Ergebnis ist, das ich erwartet hatte."

Wenn er glaubte, er könnte alles mit einer netten Entschuldigung in Ordnung bringen – nachdem er skrupellos den Rest von Madelines Leben bestimmt hatte –, so hatte er sich geirrt. „Du hast sein Geld liebenswürdig genug angenommen", stellte sie fest und gab sich keine Mühe, ihren Unwillen zu verbergen.

Alexander errötete. „Du wolltest dich nicht freiwillig verheiraten und ich musste eine Entscheidung fällen. In einem Jahr, wenn du erst mal ein Kind im Bauch hast, wirst du glücklich genug sein."

„Du denkst, das ist so einfach?" Madeline war entsetzt.

Alexander kniff störrisch die Lippen zusammen. „Ich hatte kaum eine andere Wahl. Du verstehst nicht, welchen Herausforderungen ich mich stellen muss."

„Nein, das verstehe ich nicht." Madeline schaute ihm ins Gesicht, sie war nicht minder entschlossen als er. „Du könntest mir davon erzählen."

„Das kann ich nicht." Alexander streifte seine aufmerksam lauschenden Schwestern mit einem Blick. „Nicht hier und nicht jetzt."

Seine Zurückhaltung ließ Madeline glauben, dass er nur wenig Grund für diese Torheit hatte – oder einen Grund, der nicht schmeichelhaft für ihn war. „Du hast es bloß als einen Scherz angesehen", beschuldigte sie ihn. „Aber ich möchte, dass du mir etwas versprichst, mein Bruder, nämlich, dass du unsere Schwestern nicht genauso beschämst wie mich."

„Ich habe es gut gemeint, Madeline. Daran kannst du doch nicht zweifeln."

„Deine Absichten sind von geringerer Bedeutung als deine Taten. Du warst immer zu sehr eingenommen von deinen eigenen Ideen, egal, wie wild sie waren." Madeline sprach so streng, wie ihr Vater es oft getan hatte. „Du kannst nicht die ganze Welt so leicht mit deinen Plänen begeistern wie Mama und Papa. Gehe achtsamer mit dem Leben unserer Schwestern um als mit meinem."

Unnachgiebig presste Alexander die Lippen zu einer dünnen Linie zusammen, die Madeline nur allzu gut kannte. „Du kannst mir nicht befehlen, dir deinen Willen zu lassen. Nicht, wenn ich der Laird von Kinfairlie bin."

„Schwöre es!", rief Madeline so ungewohnt heftig aus, dass ihre Geschwister sie erschrocken anschauten. „Ich werde nicht zulassen, dass du diese Torheit wiederholst! Du hast als Folge der heutigen Narretei genug Geld, um alle Schulden zu bezahlen. Also schwöre es, Alexander."

Er sah nicht so aus, als wäre er geneigt, dies zu tun, und ihre Schwestern griffen Madelines Hände fester.

„Ich rate Euch, zu tun, was die Lady sagt", mischte sich Rhys ein, der näher stand, als sie erwartet hatten. „Eure Schwester spricht mit mehr Vernunft, als Ihr bisher gezeigt habt."

„Ich dachte, wir Geschwister wären unter uns", beschwerte sich Alexander und warf Rhys einen bösen Blick zu. „Ihr hättet Euch eher bemerkbar machen müssen."

„Und Ihr solltet Euch umschauen, bevor Ihr sprecht." Rhys nahm Madelines Hand wieder in seine und schob Annelise behutsam beiseite. „Ein Mann muss seine fünf Sinne besser beisammenhalten als Ihr heute Abend, wenn er als Pachtherr überleben will. Er muss auch seine Schätze besser hüten, als Ihr das Juwel von Kinfairlie gehütet habt. Außerdem werden wir schon bald zur selben Familie gehören, Laird von Kinfairlie."

Alexander wurde feuerrot, offensichtlich erkannte er einiges an Wahrheit in Rhys' Worten. Madeline war erstaunt, dass ausgerechnet der Mann, dem sie nun versprochen war, für ihre Forderung eintrat. Ihre Schwestern betrachteten Rhys voll Bewunderung.

Rhys zog Madeline näher zu sich heran, als ob sie mit einer Stimme sprechen würden. „Gewährt meiner Lady, was sie von Euch erbeten hat, und gewährt es ihr sofort."

Seine Lady. Das verräterische Flattern begann tief in Madelines Bauch. Rhys' Berührung ließ etwas in ihr erbeben und sie war so verwundert über seine Unterstützung, dass ihr kein Wort über die Lippen kam.

Alexander betrachtete sie beide mürrisch. „Ich schwöre es, Madeline, ich werde unsere Schwestern nicht versteigern."

Und da, einfach so, leistete er ihn, den Schwur, den sie ihm abverlangt hatte. Madeline hatte das seltsame Empfinden, Rhys würde dafür sorgen, dass er das Versprechen auch hielt. Sie war erleichtert, dennoch hatte sie das Gefühl, in Rhys' Schuld zu stehen, und es wäre ihr lieber gewesen, ihm nichts schuldig zu sein.

„Ist es dir so recht?", fragte Rhys sie.

„Ja."

„Dann hat das, was schlecht begann, ein gutes Ende gefunden." Rhys legte Madelines Hand in seine Ellenbeuge „Komm, meine Liebe. Unser Verlobungsmahl wartet."

Auf seine Aufforderung hin wandte sich Madeline um, als würde sie diesem Deserteur tatsächlich eine pflichtgetreue Ehefrau werden. Sie wagte nicht, ihn den Trotz sehen zu lassen, der ihr Inneres in Aufruhr versetzte. Sie passte ihre Schritte den seinen an und es gelang ihr sogar, ihm ein schwaches Lächeln zu schenken. Obwohl sie froh über Rhys' Fürsprache war, misstraute sie den Gründen dafür.

Ihre Schwestern dankten ihm artig für sein Eingreifen. Ihre Einschätzung seines Charakters stieg offensichtlich von Minute zu Minute. Madeline hatte keine Zweifel, dass Rhys sich absichtlich um ihre Anerkennung bemühte – und dass er das tat, erfüllte sie mit Argwohn.

Jeder Mann konnte für einen Abend charmant sein.

Jeder Mann mit einem schlechten Ruf könnte zu dem Schluss kommen, dass es ihm nützlich war, einen Abend lang solchen Charme zu versprühen, wenn es ihm die Braut einbrachte, die er für alle Ewigkeit begehrte.

Madeline war es, die mit dem Ergebnis leben musste.

Rhys schien so entschlossen, ihre Bedenken zu zerstreuen – und gut von ihr zu denken –, dass es ihr Misstrauen erweckte. Dass er ein Verräter der Krone war, stärkte Madelines Entscheidung, sich nicht für immer an einen vollkommen Fremden zu binden. Aber egal, am Morgen würde Madeline von Ravensmuir spurlos verschwunden sein, ohne Hinweis auf ihr Ziel.

Letzteres würde einfach sein, denn sie hatte noch keine Ahnung, wohin die Reise ging.

~

RHYS KONNTE den Widerstand seiner Zukünftigen geradezu riechen. Wenn er ehrlich war, vermochte er ihr keinen Vorwurf zu machen, dass sie nicht unter solch eigenartigen Umständen heiraten wollte, und erst recht nicht einen Mann, den sie nicht kannte.

Noch weniger einen Mann, dem man nachsagte, ein Schurke zu sein.

Aber vermählt werden würden sie, und zwar am morgigen Tag. Rhys würde nichts mehr hinnehmen, was seine Inbesitznahme von Caerwyn weiter hinauszögerte.

Deshalb musste er zusehen, dass er die Lady in der kurzen Zeit, die zwischen diesem Mahl und dem Ablegen der Ehegelübde blieb, beschwichtigte. Er hatte damit begonnen, die Schwestern zu beruhigen, und so würde er weitermachen. Tatsächlich hatte deren Munterkeit Sehnsucht in Rhys wachgerufen. Er musste an seine eigenen Schwestern denken, die er verloren hatte, und wie sie ihren einzigen und viel jüngeren Bruder gepeinigt hatten. Er verspürte eine ungewohnte Zärtlichkeit inmitten dieser Schwestern, denn ihre Wortgefechte erinnerten ihn an seine eigene halbvergessene Vergangenheit.

Tynans Kastellan wies den Gästen ihre Plätze an der erhöht stehenden Tafel zu. Tynan saß in der Mitte mit Rosamunde auf seiner linken und einem jungen Mann an seiner rechten Seite. Der Junge hatte genauso schwarzes Haar wie Madeline und Alexander, doch seine Augen waren leuchtend grün, sodass Rhys vermutete, dass er zu den Geschwistern gehörte. Weiter zu Tynans Rechten saßen Alexander und zwei der jüngeren Schwestern.

Rhys erhielt den Stuhl links von Rosamunde mit Madeline an seiner linken Seite und daneben Vivienne. Elizabeth – die Schwester, die die Fee wahrgenommen hatte – ließ sich am Ende der Tafel nieder und wirkte niedergeschlagen, weil niemand ihr zuvor geglaubt hatte. Sie warf verstohlene Blicke über den Tisch, oft in seltsame Richtungen, und Rhys fragte sich, was sie wohl sah.

Am ersten Tisch gegenüber der erhöhten Tafel saßen verschiedene Bischöfe, Herzöge und Lords in vollem Staat, ihre Gemahlinnen und Gefährtinnen zu ihrer Seite. Ihre Plätze entsprachen ungefähr ihrem Rang, obwohl das Bier schon so reichlich geflossen war, dass niemand in der Stimmung war, Anstoß an einer unvermeidlichen Kränkung zu nehmen.

Rhys sah zu, dass die Damen Platz nehmen konnten und ihre Becher gefüllt wurden, dann zwinkerte er der geknickten Elizabeth zu. Sie wurde rot und spielte mit ihrem Trinkgefäß, obgleich sie ihm einen bösen Blick zuwarf.

„Macht Euch nicht über mich lustig", sagte sie.

„Das würde mir nicht im Traum einfallen. Ihr müsst über beeindruckende Kräfte verfügen, wenn Ihr in der Lage seid, die Fee so deutlich zu sehen."

„Glaubt Ihr das?"

„Ihr habt eine seltene Gabe."

Als er nickte, hellte sich die Miene des Mädchens auf und Rhys spürte, wie sich Madeline neben ihm versteifte. Da kam ihm der Gedanke, dass die Geschwister der Lady dazu beitragen könnten, dass sich ihr Widerstand abschwächte.

„Sie zieht an Eurem Ohr und schneidet furchterregende Grimassen", teilte Elizabeth ihm vertraulich mit.

„Dann ist es eine Gnade, dass ich sie nicht sehen und vor allem den Schmerz nicht spüren kann."

Elizabeth lachte. „Warum glaubt Ihr an Feen?"

„Weil es sie gibt, natürlich."

„Aber woher wollt Ihr das wissen, wenn Ihr sie nicht sehen könnt?"

„Meine Mutter und ihre Familie sollen von einer Wasserfee abstammen, die einen Sterblichen, meinen Vorfahren, geheiratet hat." Rhys sah, wie das Mädchen große Augen machte, und merkte, dass Vivienne sich umwandte, um seinen Worten besser lauschen zu können. „Kennt Ihr die Geschichte von Gwraggedd Annwn?"

Beide Mädchen schüttelten den Kopf, während Madeline mit betonter Aufmerksamkeit beobachtete, wie das Wildbret hereingebracht wurde. Rhys zweifelte nicht daran, dass sie ihm ebenfalls zuhörte, und er war froh, dass er diese Erzählung gewählt hatte.

Tatsächlich beschrieb sie genau seine Reaktion auf die Lady an seiner Seite und er hoffte, sie würde das Körnchen Wahrheit in seinen Worten entdecken. Er war sich ihrer Gegenwart bewusst, ihres Kleides, das sich so nahe an seinem Bein bauschte, ihres süßen Duftes, ihres Oberschenkels neben seinem. Ihre zarte, feingliedrige Hand lag auf dem Tisch, und obwohl er sich danach sehnte, sie in seine zu nehmen, fürchtete er, ihr damit Angst einzujagen.

Eine Geschichte könnte ihren Widerstand ihm gegenüber verringern.

Er räusperte sich und begann: „Es gibt viele Seen in Wales, wo ich geboren wurde, und die meisten sind von Geheimnissen umwoben. Es heißt, dass es Feen gibt, die unter der Wasseroberfläche in prächtigen Palästen leben, und nur sehr selten können Sterbliche einen Blick darauf erhaschen. Man sagt, dass ihre Töchter unglaublich schön sind und unsterblich und weise. Und man erzählt sich, dass eine solche Wasserfee gern auf einem bestimmten Felsen am Ufer saß und ihr Haar im Sonnenlicht kämmte."

„Ich wette, dass ein sterblicher Mann sie dort erblickt hat." Viviennes Augen leuchteten.

„In der Tat, so war es", bestätigte Rhys. „Und wie man sich denken kann, war er vom Anblick dieser seltenen Schönheit hingerissen. Einige sagen, dass sie sang und ihre Stimme so wunderschön war, dass er verzaubert wurde. Andere erzählen, dass es nur ihre Schönheit war, die ihn betörte. Mir wurde berichtet, dass sie Haare so schwarz wie Rabenflügel hatte und Augen, die wie Saphire funkelten. Und ich habe gehört, dass er sie nur einmal anzusehen brauchte, um sein Herz vollständig an sie zu verlieren."

Bei diesen Worten, die fast so klangen, als würde er sie beschreiben, warf Madeline ihm einen Blick zu und Rhys erwiderte diesen, während er fortfuhr: „Sie war die Schönste unter den Schönen, so viel steht fest, und ihr Charakter war nicht weniger anziehend als ihr Gesicht. Und so war der Sterbliche von ihr berückt und in der Hoffnung, ihre Aufmerksamkeit zu gewinnen, bot er an, sein Brot mit ihr zu teilen."

Rhys schaute auf den Tisch hinunter, denn er wusste, Madelines Blick würde seinem folgen, und er betrachtete den Holzteller mit dem geschnittenen Brot, das sie gleich teilen würden. Madelines Wangen färbten sich plötzlich rot und sie ließ ihre Augen durch die Halle wandern.

„Und was passierte dann?", wollte Elizabeth wissen.

„Das Feenmädchen sagte, sein Brot wäre zu hart. Vielleicht hat sie über seine Bestürzung gelacht, dann verschwand sie unter Wasser, das sich an der Oberfläche kaum kräuselte."

„Oh." Elizabeth war offensichtlich enttäuscht, weil sie dachte, die Geschichte wäre zu Ende, doch Vivienne ergriff das Wort: „Aber wahrscheinlich gab er nicht so einfach auf."

„Das tat er tatsächlich nicht, denn die Liebe ist eine ungeheure Macht. Er wusste, dass er die Zuneigung der Jungfrau gewinnen musste, und es kümmerte ihn nicht, wie schwierig diese Aufgabe sein könnte. Kein verdienstvoller Mann gibt so leicht auf, wenn seine Lady etwas begehrt."

Ein Page legte Fleisch auf den Holzteller und Rhys schob Madeline die besten Stückchen zu. Sie blickte hinunter, nahm nichts und schaute wieder weg, den Rücken kerzengerade.

Das schreckte Rhys nicht ab.

„Der Mann kehrte nach Hause zurück und suchte den Rat seiner Mutter und sie gab ihm am folgenden Morgen Brot, das noch nicht gebacken worden war. Er ging zu derselben Stelle und war hocherfreut, die Wasserfee dort wieder vorzufinden. Er bot ihr an, dieses Brot mit ihr zu teilen, doch sie lachte nur und sagte, es wäre zu weich für sie. Damit verschwand sie erneut im Wasser."

„Und am dritten Tag?", hakte Elizabeth nach.

„Am dritten Tag brachte er ihr Brot, das zur Hälfte gebacken war, und das Feenmädchen mochte es sehr. Tatsächlich, vermute ich, gefiel ihr, dass er sich so entschlossen darum bemüht hatte, ihre Zuneigung zu gewinnen." Vivienne lachte darüber, Madeline dagegen rückte leicht von Rhys ab. War sie empfänglich für seinen dürftigen Charme oder fühlte sie sich von ihm abgestoßen? Es war unmöglich für ihn, dies zu erraten, und er fuhr fort: „Kaum hatte sie jedoch von dem Brot gegessen, verschwand sie wieder im See. Der Mann war enttäuscht, denn er dachte, das Feenmädchen würde ihn verschmähen."

Die Schwestern hörten andächtig zu und selbst Madeline schaute Rhys über ihre Schulter an. „Hat er seine Werbung dann aufgegeben?", fragte sie und Rhys wagte ein Lächeln.

„Habe ich nicht erwähnt, dass die Liebe ihn gefangen hielt? Gerade als er anfing, sich zu grämen, erhoben sich drei strahlende Gestalten aus den Tiefen des Sees. Sie liefen über das Wasser auf ihn zu, ihre Kleidung und ihr Schmuck glitzerten im Sonnenlicht. Es waren zwei Jungfrauen, die eine so schön wie die andere und sich so ähnlich, dass sie dieselbe Frau an zwei verschiedenen Orten hätten sein können. Zwischen ihnen stand ein älterer, fein gekleideter Herr, der dem Sterblichen mitteilte, er wäre der König der Feen im See. Er bot ihm an, ihm eine seiner Töchter zur Frau zu geben, wenn er herausfinden könnte, welche sein Brot angenommen hatte."

Rhys schürzte die Lippen. „Das war keine leichte Aufgabe. Der Mann schaute zwischen ihnen hin und her und fürchtete, dass er versagen würde, denn er konnte keinen Unterschied zwischen den Schwestern feststellen. Und gerade als er glaubte, es wäre alles verloren, schob die auf der rechten Seite ihren Fuß ganz leicht nach vorn.

Denn ihr müsst wissen, das Feenmädchen hatte sich in den Sterblichen verliebt und wollte ihn nicht verlieren."

Er griff nach Madelines Hand und strich mit dem Daumen über ihre Haut. Sie erschauerte und ihre blauen Augen funkelten noch feuriger, obwohl sie ihm ihre Hand nicht entzog. „Er erkannte den Schuh seines geliebten Mädchens sofort und war überglücklich, dass sie auch zu dieser Heirat bereit war. Er gab seine Antwort und hatte seine Braut richtig gewählt."

„Und so wurden sie getraut", fuhr Vivienne fort.

„Und so wurden sie getraut, obwohl der Feenkönig eine Verfügung erließ: Sollte der Sterbliche seine Feenfrau dreimal schlagen, würde er sie für immer verlieren, denn dann wäre sie gezwungen, in das Reich ihres Vaters zurückzukehren."

„Und hat er dem zugestimmt?", fragte Madeline.

„Selbstverständlich." Rhys ließ ihren Blick nicht los. „Kein Ehrenmann schlägt aus welchem Grund auch immer seine Gemahlin."

Die Anspannung wich ein wenig aus ihren Schultern.

„Der Sterbliche stimmte der Forderung des Vaters zu, denn er sah keinen Grund, warum er seine schöne Braut derart misshandeln sollte. Und so wurden sie vermählt und bekamen Söhne und das Glück war ihnen hold und sie hatten reiche Ernten und konnten viele Schafe ihr Eigen nennen. Alle Nachbarn sagten, dass der Mann wirklich an dem Tag gesegnet worden war, als er seine Braut ehelichte."

Rhys nippte an seinem Bier. Ihm war bewusst, dass Madeline bisher nichts gegessen und kaum etwas getrunken hatte. Ihre Hand in seiner schien zu zittern, als ob er einen Wildvogel gefangen hätte, und als sie ihre Hand diesmal wegziehen wollte, ließ er sie los. Begriff sie, dass er sie mit dieser Erzählung beruhigen wollte?

„Das kann noch nicht das Ende ihrer Geschichte sein", protestierte Vivienne.

„Weit gefehlt, denn die Feenfrau des Mannes war ein wenig merkwürdig. Vielleicht, weil sie unsterblich war, vielleicht, weil sie hellseherische Fähigkeiten hatte, waren sie gelegentlich nicht einer

Meinung. Erst lachte sie bei einer Beerdigung, lachte so unbändig, dass ihr Mann sich gezwungen fühlte, sie leicht auf die Schulter zu schlagen und zu verlangen, dass sie ruhig war. Sie blieb einen Augenblick still, dann sagte sie: ‚Dieses war der erste Streich.‘ Der Mann war entsetzt über das, was er getan hatte, und nahm sich vor, in Zukunft vorsichtiger zu sein.“

„Aber das war er nicht“, vermutete Elizabeth.

Rhys nickte. „Sie weinte bei einer Hochzeit, weinte, als ob durch diese Verbindung die Welt all ihren Wert verloren hätte. Und die Leute, die dort versammelt waren, beobachteten ihr Benehmen missbilligend und schließlich verlor der Mann die Selbstbeherrschung. Er schlug seine Frau wieder leicht auf die Schulter und bat sie, ruhig zu sein. Sie blieb einen Augenblick still, dann sagte sie: ‚Dieses war der zweite Streich.‘ Und sie sprach tagelang nicht mit ihm, denn sie liebte ihn so sehr, wie er sie liebte, und sie fürchtete, dass er sie beide dazu zwingen würde, sich für alle Ewigkeit zu trennen. Einige Jahre ging alles gut, ihre Söhne wurden immer größer und ihre Schafe immer zahlreicher.“

„Und dann?“, wollte Vivienne wissen.

„Und dann?“, fragte Elizabeth.

„Und dann ertrank ein Kind in demselben See, aus dem die Feenfrau gekommen war. Es war ein Kind, das beide gut kannten, ein liebes Kind, das an jeder Tür herzlich willkommen war. Aber als sich die Nachricht verbreitete und die Leute sich am Ufer des Sees versammelten, wo die Leiche des Kindes gefunden worden war, sang seine Feenfrau. Es war keine Totenklage, sondern ein Freudenlied, als ob es einen Grund zum Feiern gäbe und nicht zum Trauern. Als sich die Leute voll Empörung von ihr abwandten, wurde ihr Ehemann abermals ungeduldig. Er schlug sie leicht auf die Schulter, sagte, dass das Lied nicht angemessen wäre, und bat sie, ruhig zu sein. Sie blieb einen Augenblick still, und dann sagte sie: ‚Dieses war der dritte Streich.‘ Sie küsste ihre Söhne und streichelte ihrem Ehemann die Wange, dann ging sie ins Wasser. Sie verschwand unter der Oberfläche und war für alle Zeit für ihn verloren. Sein Weinen und Bitten hörte sie allem Anschein nach nicht. Und so wurden sie getrennt, genau wie der Feenkönig es vorhergesagt hatte."

Beide Mädchen wirkten enttäuscht über dieses Ende, aber Rhys hob einen Finger, denn er war noch nicht fertig. „Doch es heißt, dass sie ihre Söhne und ihren Geliebten niemals vergessen hat. Einige Leute behaupten, dass sie in Mondnächten zu dem Stein zurückkehrte wo ihr Gatte auf sie wartete, und dort saßen sie, eine Armlänge voneinander entfernt, und sprachen miteinander. Andere sagen, dass sie ihre Söhne im Traum besuchte und all ihr Wissen über Heilkräuter an sie weitergab. Sie wurden eine Familie von berühmten Ärzten, die bis zum heutigen Tag an diesem See lebt."

Vivienne seufzte zufrieden. „Was hast du für ein Glück, Madeline, dass du dich mit einem Mann vermählst, der so gut Geschichten erzählen kann."

„Und der von Feen abstammt", begeisterte sich Elizabeth.

Rhys schaute den Tisch entlang und dachte, er könnte auch vom Wohlwollen der beiden anderen Schwestern ausgehen. Annelise hatte er beruhigt, weil er darauf bestanden hatte, dass Alexander diese törichte Versteigerung nicht wiederholte, während Isabella zufrieden schien, dass es dank Rhys und seinem Gebot bei der Versteigerung eine Hochzeit gab.

Nur Madeline war immer noch nicht von seinen Verdiensten überzeugt. Rhys hatte die Schwestern für sich eingenommen, jedoch nicht seine Braut.

„Ich finde, es ist eine traurige Geschichte", sagte sie missbilligend und faltete ihre Hände in ihrem Schoß.

Sein Pech, so schien es, hatte sich nicht ganz gewandelt. Aber genauso wie der Mann in seiner Erzählung ließ sich Rhys nicht so leicht von der Herausforderung abschrecken, das Verlangen nach ihm in seiner Lady zu wecken.

KAPITEL 3

Madeline hätte am liebsten geschrien, so ungeduldig wartete sie darauf, verschwinden zu können. Es schien, als würden die versammelten Gäste die halbe Nacht brauchen, bis sie genug von Tynans Wein und Bier getrunken hatten. Madeline gelang es, jedes Anzeichen, dass sie fliehen wollte, zu verbergen.

Rhys sprach sie nicht mehr direkt an, doch sie spürte die Hitze seines Oberschenkels nah an ihrem und konnte beinahe hören, wie er auf ihren Atem lauschte. Obwohl er sich in der Halle umschaute und sie scheinbar nicht beachtete, wusste Madeline, dass sie seine ganze Aufmerksamkeit hatte.

Es war äußerst verwirrend.

Schlimmer noch, seit seiner Geschichte über die Wasserfee schienen Elizabeth und Vivienne von Rhys entzückt zu sein. Isabella, die eine Feier immer ruhigeren Momenten vorzog, sah der Hochzeit schon mit Freuden entgegen. Sogar Annelise, die stets lange brauchte, bis sie Fremde mochte, betrachtete Rhys mit Wohlwollen, seit er darauf bestanden hatte, dass Alexander keine weitere seiner Schwestern versteigerte.

Nur Madeline hatte anscheinend noch Augen im Kopf oder alle

fünf Sinne beisammen. Sie würde fliehen, und zwar so weit weg, dass niemand jemals wieder etwas von ihr hören würde.

„Geht es dir gut, Madeline?", fragte Vivienne nun schon mindestens zum siebten Mal. „Du bist heute Abend so still."

Da sie genau wusste, dass Rhys ihrem Gespräch lauschte, wünschte Madeline, ihre Schwester würde die Angelegenheit auf sich beruhen lassen. „Ich bin immer so zurückhaltend", sagte sie mit einer Liebenswürdigkeit, die ihre Schwester hätte warnen müssen.

Stattdessen lachte Vivienne. „Du? Das finde ich nicht!"

Madeline biss die Zähne zusammen und trat ihre Schwester unter dem Tisch. Vivienne trat fest genug zurück, um einen blauen Fleck auf ihrem Schienbein zu hinterlassen.

„Wie witzig du bist, Vivienne", erwiderte sie mit Nachdruck. „Wir wissen alle, dass ich die Ruhige in der Familie bin."

Vivienne, in seliger Ahnungslosigkeit, welche Botschaft Madeline aussenden wollte, kicherte so sehr, dass sie kaum sprechen konnte. „Du? Du redest mehr als wir alle zusammen. Weißt du noch, wie unsere alte Kinderfrau das immer behauptet hat?"

„Ich habe das Geschwätz dieser Verrückten vergessen", sagte Madeline in bestimmtem Ton.

„Wie könntest du das? Sie war diejenige, die sagte, dass du mehr als genug Kühnheit für uns Acht hättest."

Elizabeth lachte laut auf. „Weißt du noch, wie sie versucht hat, dich zu knebeln, damit du für einen Morgen den Mund hieltst?"

Madeline spürte, wie sie bei Rhys' Seitenblick errötete. „Ich entsinne mich nicht."

„Wie könntest du das vergessen? Wirklich, Madeline, du bist heute Nacht nicht du selbst." Zu Madelines Entrüstung tippte ihre Schwester Rhys auf den Arm, als ob sie alte Kameraden wären. „Es muss einfach daran liegen, dass sie verwundert ist, Sir."

„Die Umstände dieser Nacht sind sicherlich ungewöhnlich", stimmte Rhys zu.

Vivienne lächelte. „Oh, aber ich versichere Euch, dass meine Schwester sonst viel lebhafter ist. Sie ist praktisch veranlagt und auch geradeheraus. Ihr könnt Euch darauf verlassen, Sir, dass Madeline Euch ihre Gedanken mitteilt, aber auch hilfreich ist."

„Vivienne!"

Rhys nippte an seinem Bier und Madeline hätte schwören können, dass er lächelte. „Es geht nichts über die Neckereien einer Schwester", sagte er so leise, dass Vivienne ihn nicht hören konnte.

Madeline war überrascht, als sie feststellte, dass sein Ton, der von betrübter Zuneigung zeugte, ein genaues Echo ihrer Gedanken war. „Ihr müsst ebenfalls Schwestern haben."

Ein Schatten legte sich auf sein Gesicht und Madeline merkte, dass sie mehr erfahren wollte. „Vier hatte ich einst", bestätigte er und schaute weg.

„Wie kann es sein, dass Ihr diese Schwestern nicht länger habt?"

Rhys starrte eine ganze Weile in die Halle, als hätte er sie nicht gehört. „Sie sind alle tot."

Madeline war zutiefst erschrocken. Er sagte nichts weiter, aber sein finsterer Gesichtsausdruck schnitt ihr ins Herz. „Das tut mir leid."

„Mir auch." Er strich mit den Fingerspitzen über ihre Hand und Madeline fühlte, wie es in ihrem Bauch warm wurde, wenngleich sie nicht sagen konnte, ob es an seiner sanften Berührung oder seinem Geständnis lag. Sie spürte, wie ihre Wangen heiß wurden, und senkte den Blick, um zu verbergen, wie bewusst sie sich seiner Nähe war.

Dann fragte sie sich, ob seine Worte zutrafen oder eine Lüge waren, die dazu dienen sollte, ihren Widerstand ihm gegenüber abzumildern.

Vivienne war plötzlich wieder aufmerksam geworden, als würde sie spüren, dass sie etwas verpasst hatte.

„Vielleicht bin ich ein wenig ruhiger als gewöhnlich", räumte Madeline ein, „weil ich noch nie den Abend vor meiner Hochzeit erlebt habe."

Das ernüchterte Vivienne. „Oh, aber du brauchst dir um morgen keine Sorgen zu machen, Madeline. Du wirst die schönste Braut sein, die Ravensmuir je gesehen hat, das weiß ich genau, selbst wenn

Onkel Tynan es nicht für nötig hält, mehr Perlen für den Saum deines Kleides herauszurücken. Der blaue Samitstoff steht dir so gut. Rosamunde hat recht, wenn sie sagt, dass alles perfekt sein wird."

Madeline biss sich auf die Zunge, damit sie keine Bemerkung darüber machte, dass ihr Aussehen an ihrem Hochzeitstag nicht ihre größte Sorge war. Schließlich war es ihre Absicht, Rhys glauben zu machen, dass sie sich diesem Wahnsinn fügte.

„Dann bin ich ja beruhigt", erwiderte sie steif und nahm einen Schluck Bier, damit sie nicht mehr sagte.

„Du und still", murmelte Vivienne und schüttelte den Kopf. „Den Witz sollte ich Alexander erzählen."

„Vielleicht sind es die Bedenken, einen Fremden heiraten zu müssen, die der Lady ihre Zunge gestohlen haben", brachte Rhys vor.

Madeline fühlte, wie ihr das Blut ins Gesicht stieg, weil ihre Furcht so deutlich geworden worden war und weil derjenige, der ihr Angstgefühl benannt hatte, sie eigentlich am wenigsten kannte.

„Dazu noch einen Fremden mit einem so schlechten Ruf", ergänzte Rhys und Madeline wusste, dass sie inzwischen puterrot sein musste.

Viviennes Augen weiteten sich. „Ist wirklich ein Preis auf Euren Kopf ausgesetzt?", fragte sie mit einer Bewunderung, die sicherlich unverdient war.

Rhys nickte bloß.

„Natürlich werdet Ihr zu Unrecht beschuldigt", sagte Vivienne voll Überzeugung. „Und der König wird Euch begnadigen und um Eure Vergebung bitten und es wird so romantisch sein wie in einer alten Erzählung. Schließlich kennt Rosamunde Euch."

Dass Rosamunde alle möglichen Schurken und Spitzbuben kannte, machte diese unterstützende Bemerkung weniger überzeugend, als es Madeline lieb war.

Vivienne schwatzte weiter, ganz gefesselt von der Geschichte, die sie wob: „Vielleicht muss Madeline sogar an den Hof des Königs reiten, um seine Gnade zu erflehen."

Elizabeth erschauerte vor Entzücken. „Wäre das nicht wunderbar?"

Rhys wirkte erneut, als müsste er sich ein Lächeln verbeißen.

„Es könnte eine Torheit sein." Madeline konnte nicht länger schweigen.

Vivienne runzelte die Stirn. „Inwiefern?"

„Vielleicht hat der König das Verbrechen zu Recht als solches bezeichnet."

„Vielleicht", stimmte Rhys so gleichmütig zu, dass die Angelegenheit ihn nicht besonders beunruhigen konnte.

„In dem Fall wäre es kaum vernünftig, nicht davor zu bangen, einen solchen Mann zu ehelichen", sagte Madeline schärfer, als sie gewollt hatte. Dann bemühte sie sich, die Fassung zurückzugewinnen. „Könnten wir über etwas anderes reden? Vielleicht über den Regen?"

„Es regnet, so wie immer im Frühling", sagte Vivienne, um dieses Thema zu beenden. Dann lehnte sie sich wieder zu Rhys hinüber. „Seid Ihr des Verrats schuldig, Sir?"

„Vivienne!"

„Du willst doch sicher die Wahrheit darüber erfahren", erwiderte Vivienne mit einer Verachtung, die nur eine Schwester für eine andere übrighat. „Immerhin sollst du den Mann heiraten."

Madeline biss sich auf die Zunge, damit sie ihren zukünftigen Gemahl nicht beleidigte. Sie merkte, dass er sie beobachtete, und tat so, als wäre sie von ihrer Serviette fasziniert. Sein Blick war so durchdringend, dass sie fürchtete, er hätte erraten, dass sie eine Flucht plante.

„Vielleicht ist die Lady nicht davon überzeugt, dass ich die Wahrheit preisgeben werde", sagte Rhys vorsichtig. „Eine Unwahrheit zu erzählen, wäre schließlich ein weitaus geringeres Verbrechen als Verrat."

Vivienne wirkte sehr beeindruckt von diesen Schlussfolgerungen, doch Madeline verbarg nur mit Mühe ihre Überraschung. Wie konnte dieser Fremde ihre Gedanken so leicht erraten, wenn ihre gesamte Familie unfähig schien, sie zu verstehen?

„Ein Verräter in unseren eigenen Reihen!" Vivienne zeigte erneut unangebrachte Ehrfurcht. „Aber warum wurde diese Anklage gegen Euch erhoben? Wollt Ihr den König vom Thron stürzen? Werdet ihr in der Nacht gefangen genommen und zum Galgen geschleift werden?"

Rhys' Augen verengten sich leicht. „Ihr braucht Euch keine Sorgen um die Sicherheit Eurer Schwester zu machen, wenn sie sich in meiner Begleitung befindet. Was die Beschuldigungen betrifft, so habe ich herausgefunden, dass der Ruf, gefährlich zu sein, die Wölfe von der eigenen Tür fernhält."

„Wie beruhigend!", bemerkte Madeline und trank einen Schluck Bier. Vivienne wandte sich ab, um eine Frage von Alexander zu beantworten, und Madeline reagierte kratzbürstig, als sie Rhys' volle Aufmerksamkeit spürte.

„Hast du Angst?", fragte er so leise, dass niemand außer Madeline ihn hören konnte. Es ärgerte sie, dass ausgerechnet er ihr Mitgefühl zeigte, und trotz ihrer Absicht, gelassen zu bleiben, konnte sie vor Wut den Mund nicht halten.

„Und wenn schon! Ein Mann, der sich eine Braut bei einer Auktion kauft, kann sich keine Sorgen um die Ängste dieser Lady machen." Sie warf ihm einen bösen Blick zu und war erstaunt, dass er lächelte. Sie starrte ihn an, denn dieser Gesichtsausdruck veränderte ihn und ließ ihn jünger und attraktiver aussehen.

„Endlich geruht die Lady, ihre Gedanken auszusprechen", sinnierte er und dieses Lächeln erhellte das Dunkel seiner Augen. Er hob seinen Becher, als wollte er ihr zuprosten, und nippte an seinem Wein. Dabei ließ er sie nicht aus den Augen.

Madeline hielt ihren Blick auf ihn gerichtet, denn sie war immer dafür getadelt worden, dass sie ohne Umschweife sagte, was sie dachte. „Und was soll das heißen?"

Rhys schien es jedoch nichts auszumachen. „Dass ich erwartet habe, vorher vom Feuer deines Zorns versengt zu werden."

Madeline zwang sich, daran zu denken, dass sie sein Vertrauen gewinnen wollte. Mühsam verzog sie ihr Gesicht zu einem Lächeln.

„Jetzt verhehlst du deine Gedanken erneut“, sagte er leise.

Madeline richtete sich auf. „Vielleicht bin ich eher erfreut als verängstigt über die Aussicht, endlich vermählt zu sein.“

„Mit einem Verräter? Deine Familie muss in der Tat ein hinterlistiger Haufen sein.“ Rhys’ Lächeln nahm seinen Worten die Spitze. Madeline hatte das Gefühl, dass er sie herausfordern wollte, und sie fühlte sich auch herausgefordert, war jedoch aufs Neue entschlossen, ihre Gedanken zu verbergen.

„Oh, der Ruf eines Mannes ist nicht dasselbe wie seine Wahrheit“, sagte sie so liebreizend, dass ihr beinahe die Zähne wehtaten. „Zweifellos wurden Eure Taten missverstanden und von Euren Feinden falsch dargestellt.“

Rhys stützte sich auf die Tafel und lehnte sich zu ihr hinüber, sodass er ihr gefährlich nahe kam. Madeline konnte seinen Duft riechen, schlimmer noch, sie konnte das vergnügte Blitzen in seinen Augen sehen. „Du bringst mir viel Vertrauen entgegen, meine Liebe, wenn ich bedenke, dass ich wenig geleistet habe, um solche Ergebenheit zu verdienen.“

Madeline berührte seine Hand flüchtiger, als sie beabsichtigt hatte. „Ihr habt euch eine Braut gekauft, Sir, und ich kann nichts anderes tun, als über diese Tatsache glücklich zu sein.“

Er hielt ihre Hand fest, als sie sie wegziehen wollte, und sie zitterte bei der Hitze seiner Haut auf ihrer. „Wirklich nichts anderes?“, fragte er leise, so leise, dass Madeline vermutete, er wusste, dass sie log.

Sie lächelte verkniffen und wand sich fast unter seinen ständigen forschenden Blicken. „Ich bin sicher, wir werden sehr glücklich sein.“

„Ich auch“, murmelte er. „Obwohl ich nicht im Mindesten erwartet hatte, dass wir so schnell dieselben Gedanken haben würden. Lass uns unsere Vereinbarung also ausgiebig feiern.“

Ein gefährliches Funkeln in seinen Augen warnte Madeline. Bevor sie antworten konnte, legte er mit sanfter Entschlossenheit eine Hand in ihren Nacken und presste, ohne zu zögern, seinen Mund auf ihren. Die Menge johlte begeistert und klopfte mit den Bechern auf den Tisch.

Madeline hatte das Gefühl, dass Rhys erneut probierte, sie zu provozieren und eine Reaktion aus ihr hervorzulocken. Sie war versucht, ihn wegzustoßen und vor den versammelten Gästen für seine Kühnheit zu ohrfeigen.

Er verdiente nichts anderes und das wusste er zweifellos. Selbst Vivienne keuchte erschrocken neben ihnen auf.

Madeline entsann sich gerade noch ihrer Absicht, seinen Verdacht zu zerstreuen. Sie seufzte, als ob sie sehr zufrieden wäre, und ließ ihre Hände auf seine Schultern sinken. Es war nicht so schwierig, dies zu tun.

Mehr Ermutigung benötigte Rhys nicht. Er vertiefte seinen Kuss und zog sie so selbstverständlich an sich wie jemand, der solch kühne Umarmungen mehr gewöhnt war als sie. Er war jedoch sanft, trotz des Überraschungseffekts dieses liebevollen Angriffs.

Und dann war es zu spät, um sich zurückzuziehen. Der Kuss war anders als sein erster. Er war nicht weniger aufregend und ließ nicht weniger Hitze in ihrem Bauch entstehen. Aber dieser Kuss war besitzergreifend und verlangend. Er forderte sie nicht auf, sich ihm zu ergeben, sondern sich ihm anzuschließen in seinem Streben nach Lust. Ihr Blut floss schneller, ihre Lippen öffneten sich. Sie hörte sich selbst keuchen, als seine Zunge in ihren Mund schnellte und sie dabei reizte und kostete.

Und sie wollte mehr.

WÄHREND RHYS SIE KÜSSTE, wurde Madeline eine schockierende Wahrheit bewusst: Selbstverständlich hatte auch James sie geküsst, doch er hatte ihren Mund nie mit solch besitzergreifender Inbrunst gefordert. Nie hatte er seine Zunge zwischen ihre Lippen gleiten lassen, nie seine Arme fest um ihre Taille gelegt und sie so eng an sich herangezogen, dass ihr Busen gegen seine Brust gedrückt wurde.

Niemals hatte ihr ein Kuss so sehr gefallen wie der von Rhys. Und nie hatte ihr Puls gerast wie verrückt, wenn James sie umfangen hielt. Es war nicht schwierig, so zu tun, als würde sie diese Liebkosung genießen, denn jede Faser in ihrem Körper reagierte auf seine erfahrene Berührung.

Mit Mühe löste sie sich von ihm- Ihr war klar, dass ihr das nur gelungen war, weil Rhys sie losließ. Sie errötete heftig, als die Gäste in Applaus ausbrachen, und nahm einen langen Zug von ihrem Bier, um ihr Unbehagen zu verbergen.

Nur der Tatsache, dass dies der letzte Kuss war, den sie je von Rhys bekommen würde, war es geschuldet, dass sie beschlossen hatte, das Beste daraus zu machen. Das war die ganze Wahrheit, versicherte Madeline sich selbst. Und sie spielte bloß mit, weil Alexander sich wand, als er sah, dass sie vor ihrer Hochzeit wie eine Hure behandelt wurde, und sie danach lechzte, sich an ihrem Bruder für seine Machenschaften zu rächen.

Trotz dieser naheliegenden Erklärung war Madeline so aufgewühlt wie nie zuvor in ihrem Leben. Ihr eigener Körper strafte sie Lügen. Auch merkte sie, dass Rhys sie beobachtete.

Zufriedenheit lag in seinem Blick. Madeline schnappte nach Luft und straffte ihre Schultern, während die Gäste johlten, weil sie mehr sehen wollten. Sie verlangte gewiss nicht danach, Rhys FitzHenry erneut zu küssen. Das wäre unvernünftig.

Auch wenn ihr Puls immer noch raste und ihr Blut in Wallung geraten war.

Rhys grinste ein wenig boshaft, offensichtlich war er sich seiner Wirkung auf sie bewusst. Mit seiner warmen Fingerspitze strich er über ihre Wange, als er eine Haarsträhne hinter ihr Ohr steckte. „Das entspricht schon eher der Ehefrau, die ich erwartet habe", murmelte er.

Madeline schaute ihn an. Sie verstand nicht ganz, was er meinte. „Die Ehefrau oder die Hure?"

„Du bist nicht demütig genug, um dieses Schicksal anzunehmen, so wie du es mich glauben machen möchtest", sagte er mit listigem Blick. „Du hast zu viel Leidenschaft in dir, um solch eine Schmach, wie du sie heute erfahren hast, klaglos zu erdulden. Lüg mich niemals an, meine Liebe, und wir werden eine gute Ehe führen. Alles, was ich von dir verlange, ist Loyalität."

„Das ist alles?"

„Und Söhne natürlich."

Madeline konnte sich von seinem intensiven Blick nicht losreißen. Ihr kam es beinahe so vor, als wollte er sie dazu bringen, dass sie ihm ihre Fluchtpläne gestand. Seine Augen waren wach, sein Verhalten wirkte selbstsicher.

Doch er konnte es nicht wissen. Er konnte ihre Gedanken nicht gelesen haben.

Madeline bedachte ihn mit einem Lächeln. „Ärger fruchtet nichts, Mylord, wenn man sein Schicksal nicht ändern kann. Ich nehme mein Los an, so wie eine Frau es tun sollte."

Rhys schnaubte. „Du weißt genauso gut wie ich, dass man sein Schicksal immer ändern kann."

„Aber nicht notwendigerweise zum Besseren." Madeline sah, dass sie seine volle Aufmerksamkeit hatte. „Ihr solltet den Ursprung meines Streites mit meinem Bruder kennen: Ich habe es abgelehnt, irgendeinen Mann zu heiraten, weil ich mein Herz nicht mehr verschenken kann."

Rhys verstummte, doch er schaute nicht weg.

„Mein Bräutigam starb."

Zu Madelines Überraschung stand wieder dieses Mitleid in Rhys' Augen. „Das tut mir leid."

Madeline lächelte betrübt. „Ich danke Euch für Euer Mitgefühl, obwohl es Euch nicht so leidtun kann wie mir." Sie zwang sich, zurückhaltend zu klingen. „James lebt nicht mehr, doch mein Herz gehört für immer ihm. Lieber wäre ich unvermählt geblieben, wenn ich mich meinem Gatten nicht ganz und gar schenken kann." Sie seufzte. „Mein Bruder sah die Sache allerdings anders."

„Man könnte zu seinen Gunsten vorbringen, dass er um deine Zukunft besorgt ist."

„Man könnte vorbringen, dass man sich, wenn er zu solchen Mitteln wie zu einer Versteigerung greift, um mich loszuwerden, nicht darauf verlassen kann, dass er mich in Ruhe lässt oder auf angemessenere Weise einen Gatten für mich findet."

Madeline sprach hitziger, als sie gewollt hatte, und ihr war klar, dass der aufmerksame Mann an ihrer Seite dies bemerkt haben musste. Sie versuchte, viel Resignation in ihr Lächeln zu legen. „Ich kann Euch ehelichen oder Alexanders nächsten Plan abwarten. Mir bleiben nur wenige Auswahlmöglichkeiten und eine Vermählung mit Euch scheint die beste davon zu sein."

„Ich wette, morgen sieht alles besser aus", erwiderte Rhys behutsam. „Schließlich bist du heute schon genug gedemütigt worden."

Mitgefühl war die Ehrbezeugung, die Madeline am allerwenigsten von diesem Mann bekommen wollte. Tatsächlich jedoch schwächte er ihren Widerstand mit fast allem, was er sagte und tat. Sie musste von Ravensmuir verschwinden, bevor sie sich das Jawort gaben und sie die Wahrheit über seine Vergangenheit vergaß.

Denn jeder Mann konnte genug Anziehungskraft für eine Nacht aufbringen. Doch von einem, den sie heiraten würde, erwartete Madeline mehr, als dass er ihr für eine Nacht Beachtung schenkte.

„Gewiss habt Ihr recht", stimmte sie zu und dachte, dass sie bis dahin weit weg sein würde. „Eine gute Nachtruhe verkleinert jedes unüberwindlich scheinende Problem."

Er kämpfte wieder gegen ein Lächeln an. Offenbar amüsierte es ihn, dass sie ihn indirekt als solch ein Problem bezeichnet hatte. Bevor Madeline ihren Fehler wettmachen konnte, stieß Rhys mit ihr an. „Auf unsere morgige Hochzeit, meine Liebe. Möge diese einen neuen Anfang für uns beide bedeuten."

Madeline erhob ihren Becher auf seinen Trinkspruch und fühlte sich hinterlistiger, als es ihrer Meinung nach angemessen war.

~

Die Lady hatte einen Plan.

Rhys würde sein wertvolles Schlachtross darauf verwetten. Es war unmöglich, dass die Frau, die dermaßen erbost über die Absicht ihres Bruders, sie zu versteigern, gewesen war, nun so bereitwillig Frieden mit ihrem Schicksal geschlossen hatte. Sie bemühte sich zwar bei jeder Bemerkung, die sie machte, ihren Ärger zu verstecken, doch das Blitzen in ihren Augen verriet, dass sie nicht im Mindesten fügsam war.

Rhys wusste, was seine Vorzüge waren, und er kannte seinen Ruf gut genug, um sicher zu sein, dass keine Frau darauf drängen würde, sich für alle Ewigkeit an ihn zu binden.

Sicherlich keine Frau mit solch scharfem Verstand wie Madeline.

Tatsächlich fand er seine Lady noch faszinierender, weil sie versuchte, ihn zu entwaffnen, zu täuschen und ihm einzureden, dass er sich nicht wünschen konnte, sie zur Ehefrau zu haben. Madeline war klug und nicht daran gewöhnt, sich mit jemandem zu messen, der genauso intelligent war wie sie.

Das verhieß wahrlich Gutes für ihre Ehe.

Rhys wartete ab und beobachtete. Er trank wenig von dem Bier und täuschte schließlich Erschöpfung vor. Er war so wach wie eine Katze auf der Jagd, obwohl niemand in der Halle von Ravensmuir dies zu ahnen brauchte.

Schließlich wurde die Gesellschaft ruhiger, es wurde ausgiebiger gegähnt und das Feuer war zu glühenden Schlacken heruntergebrannt. Die Damen zogen sich in ein Gemach im Turm zurück und Rhys stand auf und griff nach Madelines Hand, als sie den erhöhten Tisch verließ.

Sie schaute ihn einen Moment an. Ihr Blick verdüsterte sich, dann lehnte sie sich zu seinem Erstaunen zu ihm herüber. „Seid Ihr wirklich des Verrats gegen den König beschuldigt?", wisperte sie.

Rhys wünschte, er hätte lügen können, denn er wusste, dass eine Unwahrheit genügen würde, um ihre Angst zu beschwichtigen. Stattdessen nickte er. „So ist es."

Er glaubte, ihr Herz zu hören, das in ihrer Brust flatterte, und das erinnerte ihn wieder an den gefangenen Vogel. Dann drehte sie sich von ihm weg. Er wusste, er hatte sich die Furcht in ihren Augen nicht eingebildet.

Doch kein Mensch auf der Welt konnte ändern, was er in der Vergangenheit getan hatte. Rhys rief sich ins Bewusstsein, dass es mehr Bewunderung verdiente, wenn jemand die Wahrheit sagte, obwohl sein Herz ihn einen Narren schalt. Er bemerkte, dass Madeline ein letztes Mal den Blick durch die Halle schweifen ließ, bevor sie die Treppen emporstieg, und er hatte keinen Zweifel, dass sie glaubte, sie würde ihn nie wiedersehen.

Sie würde heute Nacht fliehen und er würde sie verfolgen und sie würden trotzdem vermählt werden. Er hätte ihr sagen können, dass es nicht so einfach war, Rhys FitzHenry loszuwerden.

Er sah, dass Reginald Madeline beobachtete, bis sie außer Sicht war. Die schmalen Lippen des Mannes verrieten dessen Missfallen. Reginald schaute giftig in Rhys' Richtung. Der hielt dem Blick des anderen stand und forderte ihn heraus, einen Streit über das zu beginnen, was geschehen war.

Reginald wandte sich ab. Wie eine Henne, die ihre Küken um sich versammelt, rief er seine Knechte zusammen und bestand darauf, dass angemessene Vorkehrungen für seinen Schlummer getroffen wurden. Ruhig belegte Rhys eine Pritsche, von der aus er die Treppen beobachten konnte, und zog seinen Umhang fester um sich. Kerzenflammen wurden gelöscht und bald war die Halle erfüllt von Schnarchgeräuschen.

Rhys ließ sich auf seiner Pritsche nieder. Er behielt ein Auge offen und tat, als ob er schliefe. Er wartete und wusste, dass Madelines letzter Kuss an der Tafel und die Erinnerung, wie sie unerwartet seiner fordernden Umarmung nachgegeben hatte, sein Blut die ganze Nacht in Aufruhr halten würden.

Er brauchte nicht lange zu harren.

~

MADELINE HÄTTE RHYS' Ehrlichkeit zu schätzen gewusst, wenn er ihr eine harmlosere Wahrheit gesagt hätte. Sie wusste genau, Verräter erwartete ein grauenvolles Schicksal und ihren Gemahlinnen, Kindern und ihrem Besitz erging es nicht viel besser. Rhys' verführerischer Kuss ließ sie noch stets bis ins Mark erzittern und sie wusste, dass er mit seiner unwiderstehlichen Berührung ihre Vernunft schnell zum Schweigen bringen würde. Obwohl sie sich davor fürchtete, allein in der Nacht zu fliehen, hatte sie noch mehr Angst vor Rhys FitzHenry.

Sie war überrascht, als Rosamunde sie am Ärmel zupfte. Fast war sie davon überzeugt, dass ihre aufmerksame Tante ihre Absicht erraten hatte.

„Komm für einen Moment mit mir." Rosamunde tat geheimnisvoll und sprach mit leiser Stimme. Madelines Schwestern gingen weiter zum Frauengemach und merkten nicht, dass sie nicht begleitet wurden.

„Es wird ihnen nichts geschehen", sagte Rosamunde, als Madeline zögerte. „Ich will erfüllen, was ich deiner Mutter gelobt habe."

Mehr an Überredung brauchte Madeline nicht, um ihrer Tante zu folgen. Rosamunde war in ein prunkvolles Gewand aus dunklem saphirblauem Stoff gehüllt, der Saum war reich mit goldener Stickerei verziert und der Schnitt betonte die Konturen ihrer schlanken Gestalt. Ihr Gürtel war mit unglaublich kostbaren Juwelen besetzt und ihr Haar fiel lose wie eine rotgoldene Kaskade bis zu ihren Hüften. Obwohl sie in weiblicher Pracht gekleidet war, lag eine Entschlossenheit in Rosamundes Schritten, die einer Dame nicht geziemte.

Rosamunde führte sie zum Privatgemach des Lairds und schien vertrauter damit, als Madeline erwartet hatte. Sie riss die Augen auf und zwang sich, zu schweigen. Sie hatte Gerüchte gehört über die enge Beziehung des älteren Paares, doch sie hatte solche Geschichten immer für unwahr gehalten.

Rosamunde drehte sich um und lächelte. „Hier drin können wir sicher sein, allein zu bleiben. Dies ist eine Verpflichtung, der man ungestört nachkommen sollte."

Tynans Gemach war reich ausgestattet und zu seiner Bequemlichkeit war bereits ein Feuer entfacht worden. Es flackerte fröhlich und tauchte den Raum in ein behagliches Licht. Die Jungfer und ihre Tante gingen gemeinsam zu den zwei Stühlen hinüber, die nahe am Kamin standen.

Rosamunde fröstelte. „Ich werde mich nie an die Kühle in diesem Land gewöhnen", murmelte sie und zog dann ein Samtsäckchen aus ihren aufwendig gearbeiteten Röcken. „Das ist für dich." Sie lächelte Madeline an, als sie ihr den kleinen Beutel in die Hand drückte.

Das Säckchen war viereckig und in Länge und Breite nicht größer als die ersten beiden Glieder ihres Fingers, Madeline könnte es leicht in ihrer Hand verstecken. Sie bewunderte den satten tief dunkelroten Farbton. Der kleine Beutel war so reich mit Gold bestickt, dass er für sich schon ein Schatz war. Der Goldfaden bildete einen glänzenden Stern auf dem Samt. Das Säckchen wurde mit einer goldenen Kordel zugezogen, die lang genug war, dass man es wie ein Kleinod um den Hals hängen konnte. Es war leicht – so leicht, dass sie annahm, es wäre leer.

„Ist das Seidensamt?", fragte Madeline ehrfürchtig.

Rosamunde lachte. „Zweifellos, aber das ist nur ein Behältnis. Das eigentliche Geschenk befindet sich darinnen."

Madeline schaute ihre Tante einen Augenblick an, dann löste sie die Kordel.

„Sei vorsichtig", riet Rosamunde und neigte sich näher zu ihr hin.

Madeline drehte den kleinen Beutel um und etwas Rundes, nicht größer als ihr Fingernagel, fiel in ihre Hand. Es hätte ein Wassertropfen sein können, aber das Kügelchen war hart und schimmerte im Licht des Feuers.

„Das ist die Träne der Jungfrau", hauchte Rosamunde. „Maria soll sie bei der Kreuzigung vergossen haben."

Staunend betrachtete Madeline das Kleinod, während ihre Tante weitersprach: „Obwohl Maria wusste, dass Jesus starb, um die ganze

Menschheit zu retten, war er doch ihr einziger Sohn. Sie trauerte um ihn, wie es jede Mutter tun würde. Und es wird erzählt, dass Gott auf die Frau, dieses schwache Gefäß, herabschaute, die Tränen wie Juwelen vergoss, und Er wurde von Erbarmen erfüllt, dass sie solch einen Verlust zum Wohle ihrer Mitmenschen ertragen musste. Es heißt, Er verwandelte vierundzwanzig ihrer Tränen in Juwelen zum Gedenken an ihr Leid."

„Also gibt es noch mehr von diesen wunderbaren Kleinoden?"

Rosamunde zuckte mit den Schultern. „Das kann ich nicht sagen. Es ist die einzige Träne, die ich je gesehen habe, und ich habe die Geschichte nur von Merlyn, deinem Großvater, gehört."

„Aber ich dachte immer, Großvater hätte die Reliquien gemieden."

„Er hat gewiss den Handel der Familie damit gemieden, aber er verehrte diejenigen, die er für echt hielt." Rosamunde wies auf das Kleinod in Madelines Hand und lächelte, während sie sich erinnerte. „Diese Reliquie war eine, die ihm, wie er sagte, am Herzen lag. Tatsächlich schenkte er sie deiner Mutter am Abend vor ihrer Hochzeit."

Madeline blickte erstaunt auf und Rosamunde nickte. „Sie erzählte, Merlyn habe ihr erklärt, dass er die Reliquie gern seiner Tochter bei deren Hochzeit geschenkt hätte. Da er keine eigene Tochter hatte, hoffte er, dass Catherine sie annehmen würde. Merlyn und Ysabella betrachteten deine Mutter als ihre Tochter, weil sie ihren Sohn Roland heiratete."

Madelines Hand schloss sich wie von selbst um das Kleinod. Alles, was sie mit ihrer Mutter verband, bedeutete ihr sehr viel. Sie kämpfte mit den Tränen, so stark fühlte sie die Gegenwart ihrer Großeltern und Eltern in diesem Raum. Sie wusste, dass Merlyn und Ysabella Ravensmuir wiederaufgebaut und dieses Gemach selbst viele Jahre lang bewohnt hatten. Sie wusste auch, dass es ihren Eltern in ihrer Hochzeitsnacht zur Verfügung gestellt worden war und Merlyn oft gescherzt hatte, dass sein Enkel Alexander in seinem Bett gezeugt worden wäre.

Mühsam schluckte sie, fühlte sich umarmt von den Geistern um sie herum. „Und nun schenkst du mir das Kleinod vor meiner Hochzeit", sagte sie mit belegter Stimme.

„Deine Mutter hat es so gewünscht." Rosamunde lehnte sich zurück und blickte in die Flammen. „Du wirst dich nicht daran erinnern, denn in der letzten Zeit war nicht viel davon die Rede, aber ich war eine deiner Patinnen."

„Wirklich?" Madeline war auch hierüber erstaunt, obwohl der Blick in Rosamundes Augen ihr verriet, dass die Geschichte glaubhaft war.

„Entgegen allen Erwartungen", schmunzelte Rosamunde. „Obwohl ich nicht die erste Wahl deiner Mutter war und mir diese Aufgabe auch nicht allein übertragen wurde. Und doch bin ich die letzte deiner Patinnen, die noch am Leben ist." Sie wurde ernst. „Von all den Frauen, die mit deiner Erziehung betraut waren, bin ich tatsächlich die letzte, die noch lebt."

Madeline schaute weg. In diesem Augenblick fühlte sie die Abwesenheit ihrer Mutter besonders schmerzlich.

Rosamundes Hand legte sich über ihre. Die Wärme war ein Trost. „Ich empfand immer Zuneigung für dich." Madeline fragte sich, ob sie sich nur einbildete, dass die Stimme ihrer Tante plötzlich heiser klang. „Vielleicht hat mir deine Mutter ins Herz geblickt, als sie mir diese kostbare Pflicht übertrug." Sie drückte leicht Madelines Hand. „Aber tatsächlich hat deine Mutter mir bei deiner Taufe dieses Kleinod anvertraut. Sie bat mich, es dir am Vorabend deiner Hochzeit zu übergeben, so wie Merlyn es ihr übergeben hat, und dir von der Reliquie zu erzählen. Es war die einzige Pflicht, die sie mir auferlegte – so sagte sie –, und hiermit erfülle ich sie zum Andenken an sie."

Madeline schluckte erneut und schaute ihre Tante wieder an. „Was ist so Besonderes an dem Kleinod?"

„Es soll eine Kraft besitzen, obwohl ich für die Wahrheit dieser Aussage nicht garantieren kann. Deine Mutter hat mir die Geschichte nur anvertraut, damit ich sie zusammen mit dem Juwel an dich weitergeben kann. Es heißt, dass die Träne gemäß ihrem Ursprung die drohende Schwere von Schmerz fühlt und die Farbe ändert, um den Besitzer vor Unglück zu warnen. Vielleicht ist es Maria selbst, die den Träger auf eine Gefahr hinweist. Das kann ich nicht sagen."

Da fürchtete Madeline, dass die Tante mit ihrem Scharfblick ihre Absicht erkannte hatte, von Ravensmuir zu fliehen und der Hochzeitszeremonie zu entkommen, und dass Rosamunde sie davon abhalten wollte.

Doch Rosamunde runzelte die Stirn, als sie Madelines geschlossene Faust sah. „Es wird gesagt, dass der Stein sich schwarz färbt, wenn dem Besitzer ein böses Los beschieden ist, und dass er hell leuchtet, wenn alles gut ist."

„Glaubst du das?"

Rosamunde lächelte. „Es gibt vieles, was für uns wenig Sinn macht, viele Geheimnisse, die unter Umständen niemals gelüftet werden. Vielleicht ist dies eines davon, vielleicht ist dies nur ein hübscher Quarzstein, an den eine Geschichte geknüpft ist. Wie dem auch sei, du hältst ein Zeichen der Liebe deiner Mutter in Händen, ein Erbstück deiner Familie und das bedeutet nicht wenig."

Madeline strich über das Kleinod in ihrer Hand. „Und ich soll es meiner ältesten Tochter am Vorabend ihrer Hochzeit übergeben?"

Rosamunde lächelte. „Ich wette, das würde Merlyn gutheißen."

Madeline schaute zur Seite, während sie ihre Tränen wegblinzelte und die Kordel zwischen ihren Fingern drehte. „Hat Mama das Schmuckstück getragen?"

Rosamunde nickte. „Catherine hat es an ihrem Hochzeitstag angelegt. Zwar war ich nicht dabei, doch es hieß, dass die Träne mit der Sonne um die Wette gestrahlt hätte."

„Dann ist es vielleicht wahr, dass das Kleinod diese Kraft besitzt." Madeline juckte es geradezu in den Fingern, die Faust zu öffnen und den Farbton des Steins zu enthüllen, doch sie wollte erst nachschauen, wenn sie allein war.

„Das ist möglich. Deine Eltern haben einander sehr geliebt und ihre Liebe wurde über die Jahre immer stärker. Erinnere dich an sie als fröhliche Menschen, Madeline. Das ist das beste Andenken, das du ihnen bewahren kannst."

Die Frauen saßen einen Augenblick schweigend da und Madeline bemühte sich, zu tun, was ihr aufgetragen war. Sie waren erst vor so kurzer Zeit gestorben, dass sie noch nicht damit begonnen hatte, sich das frohe Lachen ihrer Mutter ins Gedächtnis zu rufen oder das Funkeln in den Augen ihres Vaters, wenn er eins seiner Kinder neckte.

Rosamunde räusperte sich. „Catherine hat auch diesen Beutel für das Kleinod gefertigt, mit ihrer eigenen Nadel, um es zu schützen. Offen oder versteckt, sie trug es Tag und Nacht, bis du geboren wurdest." Rosamunde erhob sich. In ihren Augen schimmerten unvergossene Tränen. „Dann hat sie es mir anvertraut, obwohl ich nie gedacht hätte, dass ich es weitergeben müsste ohne sie an meiner Seite."

„Rosamunde, du warst die einzige Person in der Halle, die zugab, Rhys FitzHenry zu kennen", sagte Madeline leise.

Rosamunde nickte und wartete, dass Madeline fortfuhr. Ihre Augen glänzten.

„Alexander behauptete, der Mann wäre nicht eingeladen gewesen."

„Nicht von Alexander. Er kam vorher in eigener Sache und ließ nach mir schicken. Er fragte mich nach dem Grund für die Zusammenkunft und als ich ihm erklärte, worum es ging, gab er zu, neugierig zu sein." Rosamunde zuckte mit den Schultern. „Und so sorgte ich dafür, dass er dabei sein konnte, ohne zu wissen, dass er ebenfalls eine Ehefrau suchte. Rhys war immer ein überzeugter Einzelgänger."

„Aber du hast ihm nicht untersagt, mitzubieten."

Rosamunde lächelte. „Es schien mir, Madeline, dass du vor Langeweile sterben könntest, wenn du mit einem Mann vermählt wärst, den Alexander ausgewählt hat."

„Werde ich nicht an irgendeinem anderen Übel sterben, wenn ich mit diesem Verräter verheiratet bin?"

Rosamunde lachte in sich hinein, was Madelines Ansicht nach eine höchst merkwürdige Reaktion war. „Der Ruf eines Mannes ist nicht dasselbe wie seine Wahrheit, Madeline." Sie strich ihre Röcke glatt, was sicherlich unnötig war, und räusperte sich erneut. „Ich muss mich um deine Schwestern kümmern. Mit einer Halle voller Männer, die mit Alkohol abgefüllt sind, möchte ich dafür sorgen, dass sie morgen alle noch Jungfrauen sind."

„Ich würde gern einen Moment hier sitzen bleiben." Madeline hob ihre Faust, die sich um das Schmuckstück geschlossen hatte, an ihre Lippen. Die Träne schien in ihrer Handfläche zu pulsieren.

Rosamunde berührte sie liebevoll an der Schulter. „Gib nicht zu viel auf alte Geschichten, Madeline. Eine Ehe ist das, was Mann und Frau daraus machen, und Rhys hat genug Geld ausgegeben, dass er sie pflegen wird."

Es war nicht das Beruhigendste, was Rosamunde hätte sagen können, doch sie entschwand in einem Wirbel aus Seide, bevor Madeline mehr Einzelheiten über Rhys erfragen konnte.

Nicht dass es allzu viel Bedeutung gehabt hätte. Bevor der Morgen anbrach, würde sie fort sein – vor ihrer Hochzeit, bevor Rhys ihre Hand für immer beanspruchen konnte. Allerdings wollte sie zuerst den Edelstein betrachten und hoffen, dass er ihr ein wenig Zuversicht gab. Sie hielt den Atem an, öffnete ihre Finger und ließ den Feuerschein das Kleinod in ihrer Hand berühren.

Die Träne hätte aus Obsidian bestehen können, so dunkel war sie. Der Stein war bis ins Innerste schwarz, in seinen Tiefen war kein Funke von Licht zu erkennen. Madeline wurde es eiskalt. Ihr Herz stockte, dann begann es, zu rasen. Mit zitternden Fingern schob sie das Schmuckstück zurück in den Samtbeutel, zog ihn zu und hängte sich die Kordel um den Hals.

Sie musste fliehen. Sie hatte sich richtig entschieden, denn selbst das Kleinod sagte ihr ein böses Schicksal voraus, wenn sie in Ravensmuir blieb und Rhys FitzHenry heiratete.

KAPITEL 4

Abgesehen vom Schnarchen der Männer und Hunde herrschte Stille auf Ravensmuir. Madeline hörte das Trommeln des Regens auf den Steinen und das Rauschen des Meeres, das ans Ufer brandete. Der Wind hatte sich gelegt, aber es regnete immer noch heftig.

Ihre Schwestern schliefen tief und fest auf ihren Pritschen, die um ihre herumstanden. Die jüngeren Mädchen waren heute Nacht bei der Aussicht auf eine Hochzeit besonders aufgeregt gewesen und hatten verdammt lange gebraucht, um zur Ruhe zu kommen. Vor allem Elizabeth hatte nicht aufgehört, mit sich selbst zu sprechen, als ob sie wirklich mit der unsichtbaren Fee reden würde. Madeline war überzeugt gewesen, dass sie niemals einschlafen würde.

Doch nun, in der Stille der Nacht, war Madelines Tante Rosamunde, die es sich zur Aufgabe gemacht hatte, über sie alle zu wachen, das einzige Hindernis, das ihrer Flucht im Weg stand.

Madeline rollte sich auf die andere Seite und blickte verstohlen durch ihre Wimpern in die Richtung ihrer Tante. Diese saß auf einer Bank bei der Tür. Rosamunde gähnte ausgiebig und verschränkte dann die Arme vor der Brust. Ihre Augen glänzten in der Dunkelheit.

Madeline biss sich auf die Lippe und überlegte, wie sie es anstellen sollte.

Beide bemerkten die Spriggan Darg nicht, die voller Schadenfreude um Rosamunde herumtanzte. Sie sahen nicht, wie Darg die Zähne fletschte und das goldene Band – welches von Rosamunde ausging und das sie ebenfalls nicht erkennen konnten – verdrehte und verknotete. Und sie hörten nicht das gehässige Liedchen, das die Fee sang.

Vielleicht war das auch gut so. Darg hatte keine schöne Stimme.

Madeline hatte gerade beschlossen, ihre Tante anzulügen und zu behaupten, sie müsste zum Abort, als es leise an der Tür klopfte. Es war ein so schwaches Geräusch, dass Madeline es kaum hörte. Sie sah, dass ihre Tante sich umwandte und die schwere Holztür sich leicht öffnete.

„Du hast doch sicher nicht vor, die ganze Nacht schlaflos hier herumzusitzen?", wisperte jemand. Es war eine Männerstimme, doch Madeline konnte nicht erkennen, wer sprach. Sie bemerkte, dass Rosamunde lächelte, und wusste, dieses Lächeln hatte sie schon einmal gesehen.

Madeline würde wetten, es war Onkel Tynan.

Unbemerkt von allen anwesenden Sterblichen stürzte Darg sich auf Tynans silbernes Band und begann, es zu zerfetzen und zu verknoten, sodass es aussah wie ein Rattennest.

„Was sollte ich sonst machen?", murmelte Rosamunde schelmisch. „Ich weiß nicht, wie ich die Nachtstunden auf andere Weise herumbringen könnte."

„Wie tragisch", dachte Tynan laut nach. „Ich wäre ein schlechter Hausherr, wenn ich einem Gast keine besseren Umstände bieten würde."

Rosamunde lachte leise. Sie streckte ihre Hand durch den Spalt der geöffneten Tür, ihr Lächeln wurde breiter. „Und was könnt Ihr mir bieten, Laird von Ravensmuir?"

„Es gibt hier ein weiches Bett, das breit genug ist, um es zu teilen."

„Mit wem soll ich es teilen?"

Rosamunde keuchte auf, als offensichtlich an ihrer Hand gezogen wurde. Sie verschwand mit wehenden Röcken durch die geöffnete Tür und Madeline schloss die Augen, als sie die Geräusche einer zärtlichen Umarmung hörte. Sie dachte an Rhys, der sie so hingebungsvoll geküsst hatte, und ihr Gesicht brannte.

„Aber die Mädchen …“, protestierte Rosamunde. Ihre Stimme klang eigenartig atemlos.

„Können auch ohne dich gut genug schlummern.“

„Aber …“

Tynan fiel ihr entschlossen ins Wort: „Wohingegen ich es nicht kann.“

„Du hast doch gar nicht vor, zu schlummern.“ Rosamundes Lachen machte ihre angebliche Entrüstung zunichte.

„Du ja wohl auch nicht“, gab Tynan zurück.

„Ein Mann setzt seinen Willen stets durch.“

„In der Vergangenheit hast du das immer als ausgesprochen befriedigend empfunden.“

Rosamunde seufzte und weitere zärtliche Laute drangen an Madelines Ohren. Sie starrte an die Decke und begriff nun mehr von dem Verhältnis zwischen ihrer Tante und ihrem Onkel als zuvor und sie wusste nicht, ob sie darüber froh war.

Die Tür schloss sich mit einem lauten Klicken und Tynans Schritte hallten durch den Gang. Rosamundes Wispern verklang, dann schloss sich eine weitere Tür.

Man hörte deutlich, wie der Schlüssel im Schloss umgedreht wurde.

Das war ihre Chance.

Madeline glitt von der Pritsche und zog ihre Stiefel an. In ihrer Hast zitterten ihr die Hände. Sie war mit Strümpfen und im Hemd ins Bett gegangen und hatte sich beklagt, ihr wäre kalt, als ihre Schwestern darüber Bemerkungen machten. Sie zog ihr dickes Wollkleid über den Kopf, durchsuchte die Beutel ihrer Schwestern nach losen Münzen und nahm sich Viviennes neuen Wollumhang mit

Pelzbesatz. Danach steckte sie ihr eigenes Essmesser in den Gürtel und schlich zur Tür.

Ihr Herz hämmerte so laut, dass sie fürchtete, es würde alle im Haus wecken. Madeline schluckte und straffte ihre Schultern, warf ihren Schwestern zum Abschied eine Kusshand zu und schlüpfte dann hinaus in die Schatten des Korridors.

Sie hätte eine Magd oder eine ihrer Schwestern mitnehmen können, doch sie fürchtete, ihre Begleiterin unnötig in Gefahr zu bringen. Wenn sie allein war, konnte sie vorgeben, ein Dorfmädchen zu sein. Hätte sie einen Dienstboten bei sich, würde das Verdacht erregen. Sie war zutiefst verängstigt, doch zugleich auch freudig erregt. Sie war noch nie zuvor allein gereist, doch sicher war sie gewitzt genug, um für ihre eigene Sicherheit zu sorgen. Schließlich war sie immer die mit dem praktischen Verstand gewesen.

Erst musste sie die überfüllte Halle durchqueren.

Dann musste sie ein Pferd stehlen.

Danach musste sie durch die geschlossenen Tore von Ravensmuir kommen, ohne dass die Wachen ihren Aufbruch bemerkten.

Wahrlich, bei diesem Unterfangen standen ihre Chancen denkbar schlecht. Madeline sprach ein stummes Gebet und lief so unauffällig wie möglich den Korridor entlang. Zum Glück würde sie genug Zeit haben, um genau zu überlegen, wohin sie fliehen sollte, sobald sie durch die Tore von Ravensmuir nach draußen gelangt war.

Und selbst Darg bemerkte nichts von Madelines Aufbruch.

MADELINES HÄNDE WAREN SCHWEISSNASS, als sie die Ställe erreichte. Mit klopfendem Herzen war sie durch die Halle geschlichen, über schlummernde Männer hinweggestiegen oder hatte sich zwischen ihnen hindurchgezwängt. Glücklicherweise war ihr Onkel mit seinem Wein großzügig gewesen und die Männer schliefen fest.

Jedes Geräusch, jeder Mann, der sich umdrehte, jeder Hund, der im

Schlaf mit dem Schwanz wedelte, hatte sie zusammenzucken lassen. Sie hatte Rhys nicht bemerkt, auch nicht nach ihm Ausschau gehalten, denn in ihren Umhängen waren die Männer buchstäblich nicht voneinander zu unterscheiden und sie wagte nicht, Zeit darauf zu verwenden.

Sie war froh gewesen, den verlassenen Säulengang zu erreichen, obwohl der Seewind sie frösteln ließ. Niemand hatte eine Warnung ausgerufen, niemand war aufgewacht und hatte das Haus aufgeschreckt.

Rhys FitzHenry, sein gefährlicher Ruf und seine noch gefährlicheren Küsse lagen für immer hinter ihr.

Madeline stieß einen Seufzer der Erleichterung aus, doch sie hielt auf der Schwelle zu den Ställen nicht inne. Sie wusste, welches Ross sie wollte, den Zelter, auf dem sie von Kinfairlie bis hierher geritten war. Die Stute kannte sie und daher wäre es bei diesem Pferd am unwahrscheinlichsten, dass es vor Schreck wiehern würde, wenn sie es mitnahm.

Zu Madelines Bestürzung waren die Pferde nicht mehr an ihrem Platz. Sicher waren sie bewegt worden, um für die Schlachtrösser der ebenfalls angereisten Männer Platz zu machen. Bei der Suche nach Tarascon verschwendete sie wertvolle Minuten und fand sie schließlich in einem Verschlag mit zwei anderen Zeltern von Kinfairlie.

„Tarascon!", wisperte Madeline und wusste, dass das Tier ihre Aufregung bemerken würde. Die Stute bewegte den Schweif, als sie Madelines Stimme erkannte, und drehte sich um, wodurch sie die anderen Pferde ebenfalls weckte.

„Tarascon, sei leise! Seid alle leise, ich habe euch etwas Leckeres aus der Halle mitgebracht." Madeline nestelte an der Verriegelung und schlüpfte in den dunklen Bretterverschlag, darauf bedacht, die Pferde zu beruhigen, bevor der Stallknecht erwachte.

Die Tiere umringten sie sofort, schnupperten an ihrem Umhang und suchten nach Leckerbissen. Tarascon zupfte liebevoll an Madelines Zopf und drückte sie beinahe flach gegen die Wand. Madeline lachte in sich hinein und bot ihnen die drei Äpfel an, die sie von dem Essen mitgenommen hatte, das noch in der Halle herumstand. Weil sie so damit beschäftigt war, Tarascons Sattel zu finden, merkte sie nicht, dass sie nicht länger allein war.

Erst als der Mann sich räusperte.

BEI DEM GERÄUSCH fuhr Madeline zusammen und unterdrückte einen Schrei.

Ein blonder Mann lächelte sie liebenswürdig an und lehnte sich auf die Tür des Verschlags. „Ist es üblich, die Pferde in Ravensmuir nachts zu füttern? Und ohne dass der Stallknecht darüber Bescheid weiß?"

„Kerr!", wisperte Madeline. Vor Erleichterung wurden ihr die Knie weich. Kerr war ein Krieger, der auf Kinfairlie gedient hatte, solange sie denken konnte. „Du hast mir einen unglaublichen Schrecken eingejagt."

Er schaute sie finster und doch auch mit der Zuneigung eines älteren Bruders an. „Es sollte jemand auf Euch achtgeben, Lady Madeline, denn es geziemt sich nicht, dass Ihr auf dem Burggelände herumlauft, während es mit Soldaten bevölkert ist." Er schüttelte den Kopf. „Schlimmer noch, mit Soldaten, die mehr als genug zu trinken hatten." Er drohte ihr mit dem Finger. „Ihr solltet zusammen mit Euren Schwestern in Eurer Kammer eingeschlossen sein."

Madeline entschied, sich ihm anzuvertrauen. „Ich muss fliehen, Kerr, und zwar noch heute Nacht."

Er schürzte die Lippen. „Ihr wollt Eurer Hochzeit entkommen." Es war keine Frage, dennoch nickte Madeline schnell. Sie wollte alles erklären, aber Kerr hob seine Hand. „Ihr braucht nichts weiter zu sagen, Lady Madeline. Ich habe Euch immer für ein vernünftiges Mädchen gehalten, und in dieser Angelegenheit zeigt Ihr mir, dass ich recht hatte. Rhys FitzHenry ist ein gefährlicher Mann, auf den wegen Verrats ein Kopfgeld ausgesetzt ist. Keiner Frau kann man es vorwerfen, wenn sie versucht, einer Eheschließung mit ihm zu entgehen."

„In der Tat, Kerr ..."

Er drohte ihr wieder mit dem Finger, so als wollte er mit ihr schimpfen. „Aber es ist äußerst töricht, dass Ihr in Betracht zieht, allein aufzubrechen. Ihr könnt weder wissen, was oder wer Euch auf der Straße begegnen wird, noch, welchen Gefahren Ihr Euch gegenübersehen werdet. Eine Lady sollte in diesen Zeiten nicht allein reisen."

„Aber Kerr, ich konnte keine Magd und keine meiner Schwestern bitten, mich zu begleiten, und Rosamunde wäre auch nicht mitgekommen." Madeline seufzte. „Sie scheint Rhys zugetan zu sein, was ich mir nicht erklären kann."

„Zweifellos zwei vom gleichen Schlag, Mylady", sagte Kerr düster. „Vergebt mir, wenn ich so offen spreche, aber Eure Tante lebt schon so lange außerhalb des Gesetzes, dass sie in einem anderen Gauner nur das Gute sieht und nicht das Böse."

Madeline wandte sich wieder ihrem Ross zu, froh, dass sie es selbst satteln konnte. „Ich danke dir für deinen Rat, Kerr, aber ich muss fort, bevor meine Abwesenheit bemerkt wird."

„Aber Ihr werdet nicht allein reisen", beharrte der kräftige Schotte.

Madeline schaute hoch, erstaunt über seinen Ton.

„Wenn Ihr darauf besteht, Mylady, werde ich Euch bis zu einem sicheren Hort begleiten. So viel zumindest schulde ich dem Andenken Eures Vaters."

Madeline lächelte, erleichtert über sein Angebot. „Mein Onkel und mein Bruder werden nicht erfreut darüber sein, Kerr."

Er zuckte die Schultern. „Sie sind nicht einzigen Lairds der Christenheit, die das Geld haben, Krieger anzuheuern." Er wurde ernst und sah sie mit ruhigem Blick an. „Es gibt Zeiten, Mylady, da muss ein Mann tun, was er tun muss, ungeachtet der Folgen, die sein Handeln haben wird."

„Ich danke dir, Kerr."

„Beeilt Euch", sagte er schroff und schaute über seine Schulter wie jemand, der sich unwohl fühlt, wenn eine Lady ihm Dankbarkeit zeigt. „Es gibt viele in Ravensmuir, die heute Nacht nur einen leichten Schlaf haben."

DIE MORGENRÖTE FÄRBTE den östlichen Himmel, bevor Kerr endlich eine Rast einlegte. Madeline war erschöpft, denn sie war es nicht gewöhnt, ohne ihren nächtlichen Schlaf auszukommen. Wenigstens hatte der Regen kurz nach ihrem Aufbruch aufgehört. Zwar war ihr Weg schlammig, doch sie waren nicht durchnässt worden. Kerr wies auf eine Schlucht und sie lenkte Tarascon in diese Richtung. Die Stute bewegte sich zielsicher darauf zu, als sie das strömende Wasser eines verborgenen Flüsschens hörte.

Kerr in den Ställen zu begegnen, war ein ungewöhnlicher Glücksfall gewesen. Madeline wusste nicht, wie er den Torwächter dazu überredet hatte, die doppelten Fallgitter von Ravensmuir zu öffnen, und sie wusste auch nicht, wie er einen Pfad durch die Wildnis der Heide gefunden hatte.

Es hatte jedoch einen gegeben, oder zumindest einen, der sichtbar war, wenn man wusste, dass dort ein Weg verlief, und dieser umging die Städte und Klöster. Die einzige Stadt, die sie passiert hatten, war das schlafende Galashiels gewesen.

In der aufgehenden Sonne sah sie um sich herum kaum etwas außer Hügeln, die grüner waren und sanfter anstiegen als die bei Kinfairlie. Madeline konnte das Meer nicht mehr riechen und vermutete, dass sie gen Süden geritten waren, mit einer leichten Abweichung in westlicher Richtung.

Aber sie hatte keine Einwände. Ihr war nun klar, dass es ihr niemals allein gelungen wäre, zu entkommen, so begrenzt war ihre Erfahrung mit solchen Reisen. Während des nächtlichen Ritts war ihr in den Sinn gekommen, wohin sie reiten könnte – sie könnte versuchen, selbst die Wahrheit über James' Ableben herauszufinden. Sie fragte sich, ob sie genug Geld hatte, um Kerr anzuheuern, damit er ihr bei dieser Suche half, denn sie würde nach Frankreich reisen müssen.

Sie waren die ganze Nacht stumm geritten und sie hatte das Schweigen nicht brechen und ihn darum bitten wollen, noch nicht. Kerr war kein Mann, der viel sprach, doch Madeline vertraute seinen Fähigkeiten. Er konnte nicht mehr als zehn Jahre älter sein als sie, allerdings war sein Leben ganz gewiss härter verlaufen als ihres.

Sie war froh, dass er so kundig war, und noch froher, dass sie nun rasten würden.

Obwohl der Regen längst aufgehört hatte, war Madelines Kleidung noch feucht. Sie fröstelte und alles tat ihr weh. Sie hatte sich nicht über dieses ungewohnte Ungemach beschwert, denn nun lagen viele Meilen zwischen ihr und Rhys FitzHenry. Erst jetzt würde Ravensmuir erwachen, erst jetzt würde man dort ihre Abwesenheit entdecken.

Dank Kerr würde sie niemand so bald finden. Madeline schenkte ihm ein Lächeln. Er erwiderte es nicht, warf ihr nur einen kurzen Blick zu, bevor er die Augen zusammenkniff und erneut den Horizont absuchte. Dicht entlang der Uferböschung wuchs noch mehr Ginster und Madeline verstand seine Befürchtungen. Möglicherweise hatten dort allerlei wilde Tiere Unterschlupf gefunden, die es übel nehmen könnten, aufgeschreckt zu werden.

Vielleicht war sie dumm, aber Madeline war zu müde, um sich darüber Sorgen zu machen. Sollten die Wölfe sie doch angreifen, wenn sie es wagten. Sie würde jetzt ihr Gesicht waschen. Madeline stieg ab, dankbar, eine andere Körperhaltung einnehmen zu können, und streckte sich. Sie folgte Tarascon den steilen Abhang hinunter, setzte sich auf einen Felsen und beugte sich nach vorn, um aus der hohlen Hand kaltes Wasser zu trinken.

Es musste herrlich kalt sein. Madeline hörte, wie Kerr und sein Schlachtross die steile Böschung hinter ihr hinabstiegen. Tarascon watete in das Flüsschen hinein und trank geräuschvoll, während ihr Schweif hin und her schlug. Madeline neigte sich wieder nach vorn.

Doch bevor sie das Wasser berühren konnte, legten sich behandschuhte Finger auf ihren Mund und Kerr zerrte sie grob von hinten an sich. Die kalte Schneide seines Messers berührte ihre Kehle.

Sie versuchte, zu schreien, doch der Druck der Klinge wurde stärker. „Gib nur einen Mucks von dir, Mädchen, und ich werde dir die Zunge herausschneiden, bevor ich dich nehme."

Madeline wimmerte in seinen Handschuh hinein, sie war völlig überrumpelt. Als sich der Druck des Messers erneut verstärkte, wurde sie still.

„So ist es besser, Mädchen." Kerr gab ihren Mund frei. Er drehte sie zu sich herum, griff nach ihrem Mieder und zerriss die Vorderseite ihrer Kleidung mit einem Ruck.

Madeline keuchte auf, als die kalte Luft ihre nackten Brüste berührte. Sie wich zurück und unterdrückte ihren Schrei, um den Mann nicht noch mehr zu verärgern.

„Die will ich schon so manches Jahr sehen", sagte er während er ihre Gestalt mit seinen Blicken verschlang. Ein grausames Lächeln umspielte seine Lippen. „Und ich werde mir meinen Anteil nehmen, obwohl ich den Preis, den dein Bruder verlangt hat, niemals hätte zahlen können."

„Aber ... Aber du, mein Vater ..."

„Dein Vater kannte meine Gelüste genau." Kerr lachte. „Was denkst du, warum ich Kinfairlie letztes Jahr verlassen habe? Doch er war dumm genug, seinen Sohn nicht einzuweihen, und so hat Alexander mich schnell wieder gedungen." Kerr grinste. „Ihr Adeligen denkt alle, ihr wärt so klug."

Madeline bemerkte, dass Kerrs Hose schon offen war. Sie konnte seinen Schwanz sehen und seine Absicht war ihr völlig klar.

„Komm her zu mir, denn ich habe lange genug gewartet. Ich werde jetzt bekommen, was ich will, und zwar wieder und wieder, bis ich befriedigt bin." Kerr griff nach ihr und Madeline rannte los.

Kerr fluchte und setzte ihr nach. Er schloss seine Faust um ein Haarbüschel und zerrte daran, sodass sie vor Schmerz stehen bleiben musste. Tarascon wieherte und wollte ihrer Herrin zu Hilfe kommen, doch Kerr hieb mit seinem Messer in die Flanke des Pferdes. Diese

Gewalttat brachte den gewünschten Erfolg – die Stute floh, als die lange und tiefe Wunde heftig zu bluten begann.

Madeline schrie.

Kerr schlug ihr ins Gesicht. „Ich habe dir befohlen, still zu sein."

„Aber mein Pferd! Du hast es absichtlich verletzt."

Kerr verstärkte seinen Griff, indem er Madelines langes Haar um seine Faust wand. „Es ist doch bloß ein Pferd", stieß er höhnisch hervor.

Madeline fürchtete, dass sie erst wenig von seiner Grausamkeit gesehen hatte, und zweifelte nicht, dass der schlimmste Teil ihr gelten würde. Ihr Herz überschlug sich vor Angst.

Sie wagte nicht, einen Protestlaut von sich zu geben.

Kerr lächelte kalt. „Ich habe lange genug auf diesen Moment gewartet und ich werde keinen weiteren Aufschub hinnehmen." Er schüttelte sie. „Du wusstest, dass ich dich in deines Vaters Wohnstätte beobachtet habe. Du spürtest, wie schwer mein Blick auf dir lag, und du hast mich absichtlich in Versuchung geführt, denn du wolltest es genauso sehr wie ich."

„Nein! Ich – "

„Schweig!" Er schwenkte das Messer unter ihrer Nase. „Nun hebe deine Röcke hoch, Hure, und biete dich mir an." Er lehnte sich weiter zu ihr herüber, sein Atem streifte ihre Wange. „Sei lieb zu mir, meine Madeline."

Wut und Wollust standen in seinen Augen ebenso wie Entschlossenheit, und das verhieß nichts Gutes. Würde sie lebend aus diesem Flüsschen herauskommen? Sie glaubte es nicht.

Zorn brannte in Madeline, der ihre Furcht vertrieb. Wie konnte er es wagen, ihr die Schuld für seine unheilige Begierde zu geben? Was fiel ihm ein, zu behaupten, sie hätte ihn in Versuchung geführt? Irgendwie musste sie ihm entkommen.

Sie wagte nicht, Kerr ihre Absicht ahnen zu lassen, deshalb senkte sie den Blick, als wäre sie verlegen.

„Du sprichst die Wahrheit, Kerr", sagte sie unterwürfig. „Kein anderer Mann hätte meine Gedanken so gut erraten können wie du."

„Ich wusste es. Sag mir, dass du von diesem Augenblick geträumt hast."

Madeline schluckte die Galle hinunter, die ihr in die Kehle stieg. „Natürlich habe ich davon geträumt." Sie schaffte es nicht, ihre Worte überzeugend klingen zu lassen, dennoch schienen sie ihn zu erfreuen. Sie schluckte erneut, dann begann sie, scheinbar willfährig, ihre Röcke zu heben. „Ich habe nur von dir geträumt."

Kerr gluckste, als er ihre Knie sehen konnte, und sein Schwanz wippte in Vorfreude.

Madeline nahm einen zitternden Atemzug und schob den Saum ihres Gewandes noch höher. Ihre Hände bebten, sowohl vor Wut als auch, weil es notwendig war, dass sie ihn täuschte.

Die Wolle gab den oberen Rand ihrer Strümpfe und ihre Strumpfbänder frei. Kerr hielt erwartungsvoll die Luft an, als er ihre nackten Oberschenkel sah. Madeline vermutete, dass er so unaufmerksam war, wie es vor dieser Tat zu erwarten war. Sie ließ eine Hand zu ihrer Taille wandern und zählte darauf, dass die andere, die ihre Röcke noch höher hob, Kerr weiter ablenkte.

Sie ergriff das kleine Messer, das in ihrem Gürtel steckte, holte aus und zielte nach seiner Hand. Zu ihrem Entzücken fand die Klinge den unbedeckten schmalen Streifen zwischen Handschuh und Ärmel und schnitt tief hinein. Kerr brüllte und Madeline trat ihn so hart in den Schritt, wie sie konnte.

Er fluchte und ließ ihr Haar los. Das war ihre Chance! Madeline tat einen Satz von ihm weg, landete knietief im kalten Wasser und rannte los.

Kerr fluchte heftig. Madelines Herz hämmerte in ihrer Brust. Mit großen Sprüngen überquerte sie das Flüsschen und verdammte das Gewicht ihres nassen weiten Rocks.

Weinend kletterte sie auf allen vieren die Uferböschung auf der anderen Seite hinauf, ihre Schuhe rutschten im Schlamm weg. Sie achtete nicht auf die Richtung, die sie einschlug, wollte nur Abstand zwischen sich und ihn legen.

Kerr war ihr dicht auf den Fersen, sie hörte seine schweren

Schritte die Böschung hinaufkommen, während er Flüche ausstieß. Madeline schaute nicht zurück. Sie ergriff den Ast eines Baumes und zog sich den Abhang so schnell wie möglich hoch. Ihr Atem ging stoßweise und sie hatte Seitenstiche, doch sie wagte nicht, sich langsamer zu bewegen.

„Hure!", schrie Kerr. „Undankbares Miststück! Du wirst noch früh genug bekommen, was du verdienst, und die Strafe wird härter ausfallen, weil du dich widersetzt hast."

Madeline hatte die Anhöhe erklommen. Sie blieb nicht stehen, um Luft zu schöpfen, sondern rannte in die Heide hinein.

„Du wirst nicht weit kommen!", brüllte Kerr.

Er folgte ihr, mit seinen langen Schritten war er doppelt so schnell wie sie. Sie hörte seinen keuchenden Atem und schaute über ihre Schulter.

Ihr blieb beinahe das Herz stehen, als sie sein wütendes Gesicht sah. Er war ihr dicht auf den Fersen – zu dicht.

Er machte einen Satz nach vorn und wollte sie packen.

Madeline wich aus und entkam ihm im letzten Moment. Sie spürte förmlich, wie seine Finger durch ihr Haar glitten. Er fluchte. In ihrer Panik raffte sie ihre Röcke hoch bis über die Knie und verdoppelte ihre Geschwindigkeit.

Dann rutschte sie im Schlamm aus. Madeline wusste sofort, dass sie ihr Gleichgewicht nicht wiedererlangen konnte, obwohl sie es versuchte. Sie stürzte.

Ihre Flucht war zu Ende. Kerr würde sie jetzt nehmen, er würde sie nach unten drücken und festhalten. Er würde sie umso brutaler behandeln, weil sie vor ihm geflohen war.

Sie hörte Kerrs Triumphschrei, nahm ein merkwürdiges Pfeifen wahr, dann kam sie hart auf dem Boden auf. Sie stöhnte, dann fiel Kerr so schwer auf sie, dass ihr der Atem aus der Brust gepresst wurde. Sein Kopf landete neben ihrem, seine Lippen berührten fast ihr Ohr, er lag mit seinem ganzen Gewicht auf ihr. Sie wurde unter ihm zerquetscht, doch das war ihre geringste Sorge.

Madeline hoffte, sein Verbrechen würde schnell vorbei sein. Sie kniff die Augen zu, mehr konnte sie nicht tun, und wartete auf das Schlimmste.

ROSAMUNDE ERWACHTE im Privatgemach des Lairds von Ravensmuir und war ganz und gar zufrieden. Sie öffnete ihre Augen nicht sofort, denn es gefiel ihr, die Annehmlichkeiten zu genießen, die sie umgaben. Tynans Bett war breit, seine Matratze dick und weich, die Vorhangstoffe waren luxuriös genug, um selbst Rosamundes anspruchsvollem Geschmack zu genügen. In seinem Privatgemach war es warm. Dies war in diesem elenden nördlichen Klima nur selten der Fall, und sie lächelte, weil er das Feuer vielleicht nur für sie entfacht hatte.

Sie hatte auf das richtige Pferd gesetzt, als sie ihr Leben auf den Meeren gegen ein Leben mit Tynan eingetauscht hatte. Obwohl sie die Reisen zu fremden Häfen vermissen würde, war es eine Erleichterung, ruhig zu schlafen in dem Wissen, dass niemand in der Nacht kommen würde, um sie zu überfallen.

Rosamunde streckte ihren großen Zeh zur anderen Seite des Bettes aus und war bereit, ihre Übereinkunft erneut zu feiern, doch sie fand nur kühles Bettzeug vor. Sie fröstelte und öffnete ein Auge.

Obwohl sie allein im Bett lag, war sie nicht allein im Raum. Tynan war vollständig angezogen. Wie es seine Gewohnheit war, trug er tiefes Indigoblau. Sein Haar war feucht, er stand halb mit dem Rücken zu ihr, das Gesicht den züngelnden Flammen im Kamin zugewandt, seine Arme waren vor der Brust verschränkt. Sie sah sein attraktives Gesicht im Profil, das Silber an seinen Schläfen, die Lach-fältchen seitlich am Auge und ihr Herz wurde weich in der Gewiss-heit, dass er ihre große Liebe und ihr Gefährte war.

„Du solltest ins Bett zurückkommen, damit wir beenden können, was wir angefangen haben." Rosamunde sprach leise, doch Tynan zuckte zusammen.

Fast so, als fühlte er sich wegen irgendwas schuldig.

Rosamunde war sofort hellwach. Sie setzte sich aufrecht hin, ohne sich die Mühe zu machen, ihre nackten Brüste zu bedecken, doch Tynan blickte nur stirnrunzelnd ins Feuer.

Er räusperte sich, wie er es oft tat, wenn er ahnte, dass seine Worte ihr nicht gefallen würden. „Wenn du so freundlich wärst, ich möchte nicht, dass man dich hier entdeckt, wenn der Rest des Haushalts aufwacht."

Rosamunde lief eine Gänsehaut über den Rücken, doch sie gab vor, ihn nicht richtig verstanden zu haben: „Oh, es gibt keinen Grund zur Sorge." Widerwillig verließ sie das warme Bett und streckte sich wie eine Katze. Sie schüttelte ihr Haar über ihre Schultern, denn sie wusste, dass er sie heimlich beobachtete. Das Verlangen, das sie beide fühlten, war schließlich nicht zu leugnen. „Inzwischen weiß jeder, dass du nicht mein Halbvetter bist. Alle reden darüber, dass ich mit der Lammergeier-Familie, die mich aufgezogen hat, nicht blutsverwandt bin." Sie lachte leise, als sie erst ein hauchdünnes Hemdchen überstreifte und dann eine reich bestickte Seidenrobe. „Und sei es auch nur deshalb, weil es Erstaunen hervorruft, dass Gawain Lammergeier so viel Mitgefühl zeigen konnte, ein fremdes Baby als sein eigenes großzuziehen."

„So ist es", stimmte er kühl zu. „Aber ich bestehe trotzdem darauf, dass du zum Frauengemach zurückkehrst."

Rosamunde hielt seinem Blick stand und hoffte, sie verbarg ihre aufkeimende Furcht gut. „Was macht es schon, wenn man mich in deinem Bett findet? Die meisten wissen, dass ich es in den letzten zwölf Jahren viele Male mit dir geteilt habe." Rosamunde hielt inne, dann kam sie zum springenden Punkt: „Und alle werden es wissen, sobald bekannt gegeben wird, dass wir heiraten."

Tynan wandte sich wieder dem Feuer zu. Seine Schultern versteiften sich und da wusste Rosamunde es. Sie wusste, was er jetzt sagen würde.

„Es wird keine Hochzeit geben."

Ihr Ärger überraschte sie nur, weil er so heftig war. „Was soll das heißen? All diese Jahre haben wir uns geliebt und waren uns einig, dass das einzige Hindernis zwischen uns mein Handel mit Reliquien war!"

„Stimmt."

„Und nun habe ich zugesagt, den Handel aufzugeben, um dich zufriedenzustellen. Gemäß dieser Vereinbarung werden wir die besten Stücke, die noch übrig sind, versteigern."

„Stimmt."

„Ich habe meine Mannschaft entlassen. Mein Schiff verkauft! Ich habe alles, was ich für meinen Handel brauchte, aufgegeben, damit ich mich in Ravensmuir niederlassen kann. Bei dir."

Tynan fühlte sich offensichtlich unbehaglich. „Du hast meine Absicht missverstanden. Wir haben keine gemeinsame Zukunft, weder hier noch anderswo."

„Du Hundesohn! Das hättest du gestern Abend erwähnen können!" Rosamunde lief zu ihm hin und packte ihn an den Schultern, sodass er sie ansehen musste. „Du hättest eine solche Entscheidung rückgängig machen sollen, bevor du erneut dein Vergnügen suchtest!"

Er hatte so viel Anstand, zu erröten, doch sie sah in seinen Augen, dass er seine Meinung nicht ändern würde. „Es ist wahr, dass ich dich schäbig behandelt habe, Rosamunde." Sein sanfter Ton milderte ihren Zorn und sie war erbost, dass er so viel Macht über sie besaß.

Tynan nahm eine Locke ihres rotgoldenen Haares und rieb sie zwischen Daumen und Zeigefinger. Er begegnete ihrem Blick. „Du machst mich verrückt. Ich konnte der Versuchung nicht widerstehen, eine letzte Nacht mit dir zu verbringen."

„Und dir war klar, ich würde sie dir nicht gewähren, wärst du Manns genug gewesen, mir die Wahrheit zu sagen." Rosamunde verhehlte nicht ihre Bitterkeit, als sie ihm die Haarlocke entzog. „Wir hatten eine Vereinbarung."

Er schüttelte einmal den Kopf. „Ich habe nie gelobt, dich zu heiraten."

Das traf zu. Rosamunde ließ die Erinnerungen an ihre Gespräche Revue passieren und ihr wurde kalt bis ins Mark. Er hatte nie solch ein Versprechen abgegeben – sie hatte nur angenommen, dass ein Mann wie er ihre heißen Liebesnächte ohne offizielles Ehegelübde nicht fortsetzen würde. Auch hätte sie nicht gedacht, dass er auf das Vergnügen, das sie sich gegenseitig bereiteten, verzichten würde.

Offensichtlich hatte sie sich geirrt. Es war, wie es oft über sie gesagt wurde: Sie mochte in der Lage sein, in die Zukunft zu schauen oder etwas zu sehen, was andere nicht sahen, aber gelegentlich nahm sie nicht wahr, was für alle anderen klar auf der Hand lag.

„Dann will ich meinen Anteil an dem Vermächtnis bekommen, das in den Kellern von Ravensmuir lagert", verlangte sie. „Ich werde einen Teil des Bestands, der zur Versteigerung steht, zurückziehen, bevor die Stücke heute verkauft werden."

Tynan schüttelte den Kopf. „Für dich gibt es hier in Ravensmuir kein Vermächtnis." In seinem Blick stand kalte Entschlossenheit. „Du bist nicht mit den Lammergeiers verwandt."

Rosamunde starrte ihn lange schweigend an, so groß war ihr Zorn. „Du Schuft! Wie kannst du es wagen, darauf zu bestehen, dass ich alles, was in meinem Leben wertvoll war, aufgebe, und mich dann wie Abschaum wegzujagen?"

„Du wirst dich schon durchschlagen. Wir wissen beide, dass das wahr ist." Er wandte sich ab und Rosamunde widerstand dem Drang, ihn wegen seiner Treulosigkeit anzuspucken. „Beeile dich. Bald wird jemand kommen, um das Feuer anzuzünden."

„Du könntest mir wenigstens sagen, warum. Was hat sich geändert?"

Tynan sah sie über seine Schulter an. Sein Blick glitt über sie hinweg und es bereitete Rosamunde einige Genugtuung, dass er sein Staunen nicht verbergen konnte. Tynan schaute sie immer an, als wäre sie ein seltenes Wunder, und unter seinen Liebkosungen fühlte sie sich auch so.

Zumindest hatte sie sich so gefühlt, bis heute Morgen.

„Du kannst nie die Herrin von Ravensmuir werden, Rosamunde. Das wäre nicht sinnvoll." Er wandte sich ab und entfernte sich von ihr und sie fragte sich, ob er sich selbst nicht zutraute, die Hände von ihr lassen zu können.

„Warum um alles in der Welt nicht?"

Sein kurzer Blick war voller Ungeduld. „Ehen werden für Bündnisse geschlossen, nicht zum Vergnügen. Wenn ich dich ehelichen würde, könnte ich dadurch weder meine Grenzen sichern noch meine Nachbarn an mich binden."

„Und nun, wo die Reliquien verkauft werden, die durch ihr bloßes Vorhandensein deinen Ruf schädigen, werde ich dir keinen Reichtum bringen." Sie sprach hitzig und zeigte ihm so, wie schmerzlich seine Entscheidung sie traf.

„Rosamunde …"

Sie wich vor ihm zurück, denn er wusste nur zu gut, wie er sie ihren Zorn vergessen machen konnte. „Versuche nicht, deine Grausamkeit in schöne Worte zu kleiden!" Einer plötzlichen Regung folgend, sprach sie ihre Angst aus und hoffte, sie irrte sich: „Zweifellos würdest du anders denken, wenn ich jung genug wäre, dir die Aussicht auf einen Sohn zu bieten."

Die Stille zwischen ihnen bewies Rosamunde, dass sie richtig vermutet hatte. Ihr wurde übel, doch sie würde keine Schwäche vor ihm zeigen.

Es war nicht ihre Schuld, dass sie betrogen worden war, betrogen aus Liebe mit einer Geschichte, die zu ihrem Schutz erzählt wurde. Es war eine falsche Geschichte, und sie wurde zu spät enthüllt, sodass sie ihrem Geliebten keine Kinder mehr schenken konnte. Ihre geliebten Pflegeeltern hatten die Wahrheit nur aus Güte verschwiegen, doch das machte es nicht leichter.

Tynan atmete tief durch und blieb stehen. Er starrte auf den Boden, als ob er darum kämpfen würde, die richtigen Worte zu finden, dann suchte er erneut ihren Blick. „Du solltest wissen, dass ich vorhabe, meinen Neffen Malcolm nicht nur auszubilden. Ich will ihn aufziehen wie meinen Sohn und ihn zum Erben von Ravensmuir machen." Seine Stimme war angespannt und obwohl sie merkte, dass seine Entscheidung ihn viel kostete, würde sie ihm die Sache nicht einfacher machen.

„Deshalb brauchst du also gar keine Ehefrau und erst recht keine mit solch einem schlechten Leumund, wie ich ihn habe.“

Tynan streckte seine Hände aus. „Siehst du nicht, dass es im Grunde deine eigene Geschichte ist? Du hast zugelassen, dass Rhys FitzHenry an Madelines Versteigerung teilnimmt! Was hat dich da geritten?“

„Ich würde wetten, dass sie in einer Ehe mit ihm glücklicher werden wird als mit einem dieser armseligen Tölpel, die Alexander eingeladen hat.“

„Meine Nichte ist einem Mann versprochen, der des Verrats beschuldigt wird! Du musst zugeben, dass dies ihren Ruf schädigt und ihr Wohlergehen gefährden wird.“ Tynan fuhr sich mit der Hand durchs Haar und lief im Zimmer auf und ab. „Ich habe die ganze Nacht darüber nachgedacht …“

„Nicht die ganze Nacht.“

Er schaute sie böse an. „Dann den größten Teil der Nacht. Ich kann die Hochzeit nicht stattfinden lassen. Alexander muss diesem Rhys das Geld zurückgeben …“

„Rhys FitzHenry.“ Rosamundes Blut kochte. Wie konnte Tynan es wagen, sie nicht nach ihrer Meinung über Rhys zu fragen? Wie konnte er es wagen, nicht zu fragen, was sie über diesen Mann wusste oder warum sie gestattet hatte, dass er teilnahm, nachdem er bei seiner Ankunft in Ravensmuir um ein Gespräch mit ihr gebeten hatte? Sie war die einzige Person in dieser Halle gewesen, die Rhys kannte. Wie konnte Tynan es wagen, anzunehmen, dass Rosamunde ihr eigenes Patenkind wissentlich in Gefahr bringen würde, indem sie das Mädchen an einen verrufenen Halunken band?

Eigensinnig hielt sie den Mund, denn Tynan verdiente es nicht, zu erfahren, dass seine Schlussfolgerungen nicht zutrafen. Sollte er sich doch zum Narren machen!

„Ich werde darauf bestehen, dass die Hochzeit abgesagt wird. Madeline wird heiraten, aber nicht einen Mann, der wegen Verrats gesucht wird. So viel bin ich meinem Bruder Roland schuldig. Und ich schulde seinen Kindern mehr, als ihre Eheschließung und ihre Zukunft zu solch einer Farce zu machen." Tynan schüttelte den Kopf. „Ich kann nicht begreifen, wie du mich dazu überreden konntest, mich an diesem Wahnsinn zu beteiligen. Kein Mann von Ehre würde seine Nichte versteigern!"

„Weil es die Nachbarn nicht gutheißen könnten?"

Wütender, als er es je gewesen war, ging er auf sie los: „Mach dich nicht über mich lustig, Rosamunde! Ich muss mit diesen Leuten zusammenleben und mich in Zeiten der Not auf die Bündnisse mit ihnen verlassen können."

„Du bist nicht dazu verpflichtet, hierzubleiben. Du sagst das nur, weil du Ravensmuir mehr liebst als jedes menschliche Wesen."

„Ich kann nicht einfach die Segel setzen, um einen freundlicheren Hafen anzusteuern. Ich kann nicht jede Herausforderung des Lebens als einen Scherz betrachten. Ich kann nicht meine eigenen Regeln aufstellen und das Gesetz des Landes missachten, wenn es meinen Wünschen widerspricht."

„Denkst du, dass ich so lebe?"

„Ist es nicht offensichtlich, dass du das tust?"

„Zumindest habe ich ein Leben. Ich kann noch ein Risiko eingehen oder darauf setzen, dass etwas zu meinen Gunsten ausgeht. Erhebst du Anspruch auf Ravensmuir oder erhebt Ravensmuir Anspruch auf dich?"

„Ich werde Ravensmuir nie aufgeben."

„Aber wenn nötig, wirst du alles und jeden dafür im Stich lassen. Wer ist hier wirklich der Narr, Tynan?"

Er sagte nichts, was Antwort genug war.

Rosamunde ging auf Tynan zu. „Ich habe mehr von dir erwartet. Ich dachte, du wärst ein Mann, der sich nicht um das Gerede seiner Nachbarn schert." Sie blickte ihn zornig an. „Ich dachte, du wärst der Sohn deines Vaters."

Ihre Blicke trafen sich. Beide erinnerten sich allzu gut, dass

Tynans Vater allein aus Liebe geheiratet und in der Wahl seiner Braut allen Konventionen getrotzt hatte.

Dann seufzte Tynan und schaute weg. Er sah so mutlos aus, dass Rosamunde versucht war, eine Hand auf seine Schulter zu legen.

„Ich bin ein Mann, der gelernt hat, welchen Preis die Entscheidungen seines Vaters hatten, und ich möchte diese Last nicht auf meine Schultern laden." Es klang, als wäre er tausend Jahre alt.

Rosamunde wappnete ihr Herz gegen ihn. Sollte Tynan doch seine Bürden von diesem Tag an allein tragen. Dies war schließlich die Wahl, die er selbst getroffen hatte.

Da klopfte ein armer Tropf an die Tür.

KAPITEL 5

Tynan warf Rosamunde einen scharfen Blick zu, doch sie gab nicht nach.

„Ich bin hier, Laird von Ravensmuir, und ich werde hier bleiben“, sagte sie voll Spott über sein offenkundiges Missfallen. „Du bist ein geringerer Mann, als ich dachte, wenn dir so wichtig ist, was in deiner eigenen Halle geschwätzt wird.“

„Rosamunde!“, knurrte er, aber sie ließ ihn nicht weiterreden.

„Du und deine Erwartung, dass ich die Augen vor der Wahrheit über das, was ich getan habe, verschließen sollte, dürfen gern den Weg in die Hölle finden.“ Sie warf sich in den feinen Sessel, den er bevorzugte. Ihre Beine ließ sie über eine Seite baumeln und forderte Tynan so beinahe heraus, eine Bemerkung darüber zu machen, dass ihre nackten Beine und Füße sichtbar waren. Sonnenlicht fiel auf den Stuhl und Rosamunde wusste, dass es ihr Haar feurig leuchten ließ. „Ich beabsichtige, hier sitzen zu bleiben. Wer auch immer seinen Herrn so früh am Tag belästigt, kann mich gern in Augenschein nehmen. Lass ihn raten, was in diesem Gemach und Bett in den vergangenen Stunden vorgegangen ist.“

„Das kannst du nicht machen.“

„Oh doch, und das werde ich auch, es sei denn, du vertreibst mich mit Gewalt.“

„Das ist äußerst verlockend.“ Tynan warf einen vielsagenden Blick auf das Fenster.

Rosamunde lächelte, ihr Herz so kalt wie Eis. „Sei versichert, mein Lieber, dass über tote Kurtisanen mehr geklatscht wird als über lebendige.“

In ihrer Reichweite stand noch ein Becher Wein. Lässig nahm sie ihn und hielt Tynans wütendem Blick stand, während sie genussvoll trank. Sie leckte sich über die Lippen, öffnete den Ausschnitt ihres Kleides noch ein wenig weiter, sodass die Schwellung ihrer Brust sichtbar wurde, und klimperte mit den Wimpern. Dabei schaute sie den verärgerten Mann vor sich an. „Willst du nicht die Tür öffnen?“

Tynans Kiefer bildete eine harte Linie und er drohte ihr mit dem Finger. Seine Augen sandten Blitze aus und sie war froh, dass zumindest noch etwas Feuer in seinen Adern verblieben war. Doch das genügte ihr nicht, nicht mehr. Sie wollte ihn ganz, sie wollte offen als seine Gefährtin anerkannt werden, sie wollte die Sicherheit einer dauerhaften Bleibe.

Tynan hatte ihr all dies geboten und er wusste sehr genau, was sie zwischen den Zeilen ihrer Vereinbarung gelesen hatte. Er hatte ihr gegeben, was ihr Herz begehrte, und es ihr dann wieder entrissen, nur um den Konventionen zu genügen.

Rosamunde würde ihre Rache bekommen, so viel stand fest. Das Blut ihres Pflegevaters Gawain mochte nicht in ihren Adern fließen, doch sie allein hatte das Vermächtnis des Mannes an sich genommen, der der größte Dieb der Christenheit gewesen war. Sie allein hatte Gawain gebeten, ihr seine gerissenen Tricks beizubringen, seine Mittel der Täuschung, seine Diebeskunst.

Tynan mochte glauben, dass sein Erbe sicher war, doch Rosamunde wusste, dass Hinterlassenschaften genauso oft gestohlen wie gesetzlich vererbt wurden.

∾

DIE VORSTELLUNG, Rosamunde zu erwürgen, bereitete Tynan mehr Vergnügen als viele Verantwortlichkeiten, denen er sich in der letzten Zeit gegenübergesehen hatte.

Die einzige Ausnahme war die Nacht, die sie gerade eng umschlungen miteinander verbracht hatten. Er wusste, dass er ein Schuft der schlimmsten Sorte war, weil er sie so getäuscht hatte, doch er war wie besessen von Rosamunde. Allein das Wissen, dass sie sich in den Mauern von Ravensmuir befand, raubte ihm den Schlaf.

Er wagte nicht, sie auch nur ahnen zu lassen, wie nahe er daran gewesen war, Ravensmuir abzuschwören, nur um sie an seiner Seite zu haben. Hätte sie nicht diesen Verräter zu der Versteigerung eingeladen, hätte er womöglich gar nicht mehr auf seinen Verstand gehört.

Die Lösung war klar: Es war unabdingbar, dass Rosamunde Ravensmuir verließ. Tynan musste die Lage nüchtern betrachten, denn sie wurde immer komplizierter. In ihrem Streben nach Macht verhielten sich die Red-Douglas-Familie und die Black-Douglas Familie stets aggressiver – und Ravensmuir lag genau in der Mitte zwischen ihrem jeweiligen angestammten Land. Er würde sich bald auf eine Seite schlagen und seine Wahl wahrscheinlich mit einer Eheschließung besiegeln müssen.

Am besten mit seiner eigenen.

So sah es aus, ob es Tynan nun gefiel oder nicht. Aber selbst dann würde Ravensmuir vermutlich von der Seite angegriffen werden, die er nicht gewählt hatte, doch zumindest würde er dann Verbündete haben, die ihm bei der Verteidigung halfen. Er konnte nicht zulassen, dass sein Familiensitz zerstört wurde. Rosamunde würde nie verstehen, dass er sich Ravensmuir verpflichtet fühlte, welches sie oft als einen Haufen alter Steine bezeichnete, doch Tynan konnte diese Bindung nicht leugnen.

Genauso wenig wie sein Verantwortungsgefühl gegenüber seinen Vorfahren. Es bereitete ihm keine Freude, dem Verlangen seines Herzens zu entsagen. Vielmehr lastete dies wie ein schwerer Stein auf seiner Brust, der immer größer zu werden schien, je heftiger er Rosamunde von sich stieß.

Es würde für sie beide leichter sein, wenn sie von Ravensmuir fortging und nie mehr zurückkehrte.

Es klopfte erneut. Tynan fluchte, dann rief er: „Herein!"

Die Tür öffnete sich einen Spalt. Tynan ging hinüber und riss sie so plötzlich ganz auf, dass Alexander in den Raum hineinstolperte.

Sein Blick flog von Tynan zu Rosamunde, die sich tatsächlich wie eine Kurtisane zur Schau stellte, und der junge Mann lief feuerrot an. Er stammelte, während er versuchte, zu erklären, warum er gekommen war. Sein Blick blieb starr auf Tynans Gesicht gerichtet, während sich seine Wangen noch mehr röteten.

Verdammte Rosamunde!

„Was ist los? Was plagt dich, Alexander?" Tynan zwang sich, daran zu denken, dass Alexander bereits fünfundzwanzig Sommer erlebt hatte. Er wirkte so viel jünger, weil sein Vater ihn zu sehr verhätschelt hatte.

Andererseits, wie hätte Roland ahnen sollen, dass er so jung sterben würde?

„Es geht um James. Er ist hier!"

Der Name sagte Tynan nichts. „James? Wer ist James?"

„Madelines zukünftiger Gemahl", erwiderte Rosamunde schnippisch. „Es passt zu dir, dass du solch ein Gelöbnis vergisst."

Alexander schaute seine Tante an und nickte. „James ist aus Frankreich zurückgekehrt und fordert Madelines Hand. Sein Vater begleitet ihn und es gibt viel Durcheinander bei der Unterbringung der Rösser und Knechte, weil die Ställe im Augenblick so voll sind."

„Es sieht so aus, als ob sich diese Angelegenheit von selbst regelt." Tynan bedachte Rosamunde mit einem listigen Blick, der nicht verhehlte, dass er über diese Kunde tatsächlich erfreut war.

„Fürwahr, warum sollte irgendwer danach fragen, was Madeline wünscht", sagte Rosamunde bitter und schlenderte dann zum Frauengemach hinüber. Der Duft ihres verführerischen Parfüms hing noch weiter in der Luft und verriet zweifellos jedem, der eintrat, dass sie in der vergangenen Nacht zugegen gewesen war. Niemand sonst benutzte ein so exotisches Parfüm wie Rosamunde.

„Aber was ist mit dem Geld, Onkel Tynan?", fragte Alexander beklommen. „Ich werde Rhys FitzHenry die Summe zurückgeben müssen, wenn er Madeline nicht heiratet, aber der Kastellan sagt eindeutig, dass die Ernte von Kinfairlie schlecht ausfallen wird."

„Du wirst im kommenden Winter zumindest eine Person weniger zu ernähren haben", erwiderte Tynan. „Und James' Familie lässt sich möglicherweise dazu überreden, einen Brautpreis zu zahlen. Er hat schließlich allzu lang dafür gebraucht, zurückzukehren, um Madeline zu heiraten, und man könnte durchaus eine Entschädigung für diese Kränkung erwarten." Er legte Alexander eine Hand auf die Schulter. „Ich werde sehen, was sich machen lässt."

Natürlich hätte Tynan sich denken können, dass sich nichts einfach lösen ließ, wenn Rosamunde ihre Hände im Spiel hatte. Sie kam langsam zurück, schlenderte mit wiegenden Hüften den Korridor entlang und er hatte das Gefühl, sie brachte unerwünschte Nachrichten.

„Madeline ist fort", sagte sie, sichtlich erfreut.

Beinahe hätte Tynan ihr etwas vorgeworfen, was er bedauert hätte, denn Rosamunde hatte es sich in der vergangenen Nacht selbst zur Aufgabe gemacht, über die jungfräulichen Tugenden ihrer Nichten zu wachen. Rosamundes scharfer Blick erinnerte ihn daran, dass er allein dafür verantwortlich war, dass sie ihren Posten verlassen hatte.

Alexander blickte zwischen ihnen hin und her. „Aber wohin könnte sie gegangen sein?"

„Sie könnte in der Halle oder in der Küche sein", überlegte Tynan.

„Madeline würde nie allein in eine Halle voller Männer gehen", wandte Alexander ein.

„Zumindest nicht, solange sie wach waren", setzte Rosamunde hinzu. „Wohl aber könnte sie geflohen sein. Sie ist immerhin eine Frau mit ungewöhnlich viel Selbstvertrauen und sie hatte gestern Abend Grund genug, über euch beide verärgert zu sein."

„Geflohen?" Alexander trat einen Schritt zurück. „Sie ist noch nie alleine gereist! Sie hat keine Waffen. Sie könnte in Gefahr sein!"

„Wenn sie fort ist, werden wir sie natürlich verfolgen", sagte Rosamunde.

„Durchsucht das Burggelände", wies Tynan den Kastellan an, der gerade erschienen war. „Meine Nichte Madeline ist nicht in ihrem Bett." Der Verwalter nickte und beeilte sich, seiner Aufgabe nachzukommen.

„Du wirst sie nicht finden." Rosamunde legte ihr Gewand ab, während sie den Raum durchquerte. Das seidene Hemd darunter umschmeichelte ihre Kurven, allerdings war ihr Verhalten alles andere als verführerisch. „Sag diesem James, dass er in wenigen Augenblicken bereit sein soll, loszureiten. Ich werde den Suchtrupp anführen."

„Du?", fragte Tynan.

Sie warf ihm einen verächtlichen Blick zu, den er verdient hatte, das war ihm bewusst. „Natürlich. Von dir kann man ja nicht erwarten, dass du Ravensmuir verlässt."

„Aber was ist mit mir?", wollte Alexander wissen. „Ich werde gehen. Wenn ihr etwas zustieße, wäre es meine Schuld."

„Du kannst mitkommen, wenn du willst. Ich werde Madeline so oder so verfolgen." Rosamunde setzte sich ans andere Ende des Bettes und zog Beinlinge an, wie sie sonst nur Männer trugen. Diese jedoch waren für sie angefertigt worden und nur wenige Männer besaßen welche, die aus so feinem Leder gemacht waren.

„Vielleicht solltest du mitgehen." Tynan dachte dabei auch an Rosamundes Sicherheit. „Du hast dieses Problem geschaffen, also macht es Sinn, dass ihr gemeinsam für die Lösung sorgt. Während deiner Abwesenheit werde ich Kinfairlies Schutz gewährleisten."

Alexander richtete sich auf. „Wir werden schnelle Pferde benötigen."

„Wir werden sechs schwarze Schlachtrosse nehmen, die besten Hengste aus Ravensmuirs Ställen", warf Rosamunde knapp ein. Sie schnürte einen pelzbesetzten Tappert über ihrem Hemd, der mit goldener Stickerei verziert war. Sie zog ihre schwarzen Stiefel an und legte sich ihren mit Pelz gefütterten Umhang über den Arm.

Tynan betrachtete sie verwundert bei dieser Ankündigung. Sie lächelte traurig. „Das ist der Preis dafür, dass du mich für immer loswirst, Tynan, und wir wissen, dass du genau das wünschst." Sie ging ohne ein weiteres Wort an ihm vorbei, ohne eine Liebkosung zum Abschied, ohne einen Blick zurück.

Der Stein auf seiner Brust wurde so schwer, dass er Tynan beinahe in die Knie zwang. In diesem Augenblick verstand er, dass Rosamunde nie mehr nach Ravensmuir zurückkehren würde, dass sie nie mehr sein Bett teilen oder in seiner Halle lachen würde. Obwohl er dies von ihr verlangt hatte, war die Aussicht darauf trostloser, als er es sich je vorgestellt hätte. Er vermutete, er würde Jahre brauchen, um sich an ihre Abwesenheit zu gewöhnen.

„Stimmt etwas nicht, Onkel?", erkundigte sich Alexander.

Tynan packte den jüngeren Mann an der Schulter. „Mach dich fertig, Alexander. Ich bezweifele, dass Rosamunde ihren Aufbruch für einen Mann verschieben wird."

SCHLIEßLICH RITTEN sie zu sechst auf den Hengsten los, die Rosamunde verlangt hatte. Sie führte die Gruppe an. Zu ihr gesellte sich der einzige Mann, der von ihrer Mannschaft übrig geblieben war, ein gewisser Padraig, der einen goldenen Ohrring trug und wenig sprach. Alexander war dabei und auch James. Vivienne bestand darauf, sich um das Wohlergehen derjenigen Schwester kümmern zu dürfen, die ihr am nächsten stand – obwohl Tynan den Verdacht hatte, dass sie nur an der Suche teilnehmen wollte, weil sie das an eine alte Geschichte erinnerte.

Nur ein Hengst blieb ohne Reiter und Elizabeth beharrte darauf, die Sechste zu sein. Tynan war geneigt, ihr die Erlaubnis zu verweigern, obwohl er immer eine Schwäche für das Mädchen gehabt hatte. Er erklärte, dass sie mit ihren zwölf Jahren zu jung wäre, um mitzukommen.

Elizabeth wurde puterrot, doch sie reckte ihr Kinn vor und teilte ihm mit, dass sie alt genug wäre, um verheiratet zu werden und eigene Babys zu bekommen – ein Detail, auf das er nicht unbedingt hingewiesen werden wollte, dessen Richtigkeit jedoch nicht geleugnet werden konnte. Sie erklärte außerdem, dass die Spriggan mitkäme und in den Schweifen der Pferde hinge und dass sie die Einzige wäre, für die dieses Wesen sichtbar war.

Noch nicht einmal Tynan konnte etwas dagegen einwenden, doch er bat Alexander, gut auf seine Schwestern aufzupassen.

Im Nu war der Suchtrupp aufgebrochen, die Hengste flogen förmlich durch die Tore von Ravensmuir, ihre ebenholzschwarzen Schweife wehten wie dunkle Banner. Tynan blickte ihnen nach, bis ihre Silhouetten vom Staub auf dem Weg verschluckt worden waren, aber seine Geliebte schaute kein einziges Mal zurück.

IM SELBEN MOMENT, als Ravensmuir erwachte, um Madeline zu suchen, lag diese weit entfernt südlich der Burganlage auf dem Heideboden. Der Söldner auf ihrem Rücken bewegte sich nicht.

Tatsächlich gab Kerr keinen Laut von sich.

Es war ein merkwürdiger Überfall. Vorsichtig öffnete Madeline die Augen, denn sie war immer noch unter ihm gefangen und spürte kalten Morast an ihrer Wange und Brust. Sie lauschte, doch Kerr schien nicht zu atmen.

Etwas Warmes rann ihren Hals hinab. Madeline berührte es und sah, dass ihre Finger mit dunkelrotem Blut verschmiert waren. Sie schrie auf und schreckte zusammen. Kerr veränderte seine Lage. Voll Angst vor seiner Vergeltung drehte sie den Kopf und schaute über ihre Schulter.

Kerrs Augen waren weit geöffnet. Ohne zu blinzeln, starrte er in die Ferne. Ein Messer steckte in seinem Hals und das war offensichtlich der Grund für das Blut.

Kerr war nicht über sie hergefallen, weil er tot war.

Auf ihr lag ein toter Mann und es war sein warmes Blut, das über ihre Haut floss.

Madeline verlor völlig die Fassung. Ein schrecklicher erstickter Laut entrang sich ihrer Kehle. Voll Panik kämpfte sie mit dem Gewicht, das auf ihr lastete, sie wollte nur noch fliehen, so weit weg wie möglich. Als sie sich nicht unter Kerrs Leiche hervorwinden konnte, begann sie, zu weinen. Durch ihre hektischen Bewegungen schien ihr Körper nur noch tiefer in den Schlamm einzusinken.

„Sei still!", befahl Rhys. Seine Worte klangen so streng und ihr Erstaunen, dass er da war, war so groß, dass Madeline sich nicht mehr rührte. Doch sie zitterte. „Wir werden nie die Pferde finden, wenn du schreist. Sie sind schon verschreckt genug."

Madeline rang nach Luft, als Kerr von ihrem Rücken gezerrt wurde. Rhys zog das Messer aus dem Hals des Mannes und schnitt ihm die Kehle ganz durch. Er stieß die Leiche mit dem Fuß zur Seite, wischte die Klinge ab und steckte das Messer zurück ins Futteral. Dann bot er Madeline seine behandschuhte Rechte. All das erledigte er auf eine routinierte Weise, die typisch für ihn zu sein schien und die Madeline als beruhigend und auch ein wenig verstörend empfand.

Mit Mühe schluckte sie einen weiteren Schrei hinunter, obwohl sie so geschockt war, dass sie kaum ein Wort über die Lippen bringen konnte. „Ihr, Ihr …"

„Wie es aussieht, bin ich recht gut im Messerwerfen." Rhys sprach so ruhig, dass er genauso gut über eine Vorliebe für Bier hätte sprechen können. Er ergriff ihre Hand, als sie seine Hilfe nicht sofort annahm. Mit einem Ruck zog er sie auf die Füße und hielt ihre Hand weiter fest.

Er war wie zuvor von Kopf bis Fuß in dunkelstes Mitternachtsschwarz gekleidet und sein Gebaren war streng. Er trug dicke Lederhandschuhe, die durch den Gebrauch weich geworden waren und sich der Form seiner Hände wie eine zweite Haut anpassten. Sie konnte fühlen, dass es eine starke Hand war, die ihre ergriffen hatte. Madeline war dankbar, dass er sie zuverlässig stützte.

Rhys schaute sie prüfend an. „Bist du verletzt?"

Madelines Lippen bewegten sich und sie merkte in diesem Moment, dass sie bis ins Mark erschüttert war. Sie schüttelte den Kopf, weil sie kein Wort hervorbringen konnte, und Rhys schien erleichtert. Sie bemühte sich, ihre Fassung zurückzugewinnen.

Das war das Mindeste, was dieser Mann verdiente, der ihr genau zum richtigen Zeitpunkt geholfen hatte.

Ihr Blick fiel auf den Toten und sie schauderte wieder, obwohl sie schnell wegschaute. „Wie oft habt Ihr schon einem Mann die Kehle durchgeschnitten?"

Rhys' Blick war hart. „Ein Mann muss tun, was er tun muss. Hättest du es vorgezogen, dass ich ihn am Leben lasse?"

Allein bei dieser Vorstellung zitterten Madelines Knie so heftig, dass sie fürchtete, ihre Beine könnten ihr Gewicht nicht tragen.

„Kopf hoch, meine Liebe." Rhys drückte ihre Hand fester, berührte sie sonst aber nicht. Er gab ihr ein Tuch, damit sie sich das Blut vom Hals wischen konnte.

„Er wollte mich vergewaltigen." Madeline war klar, dass es eine überflüssige Bemerkung war, doch sie konnte nicht verhindern, dass die Worte aus ihrem Mund kamen. Sie fühlte, wie sie rot wurde. „Ich hätte ihm nicht vertrauen dürfen. Ihr müsst denken, dass ich eine Närrin bin." Sie hätte Ravensmuir nie verlassen sollen, vor allem nicht mit einem Mann, über den sie so wenig wusste.

Zu ihrer Überraschung hielt Rhys ihre Hand nur noch fester, als ob er spüren würde, dass sein Händedruck genau das war, was sie jetzt brauchte. Er war wie ein Felsen, an dem sie sich festklammerte, während ihre schreckliche Angst nachließ.

„Ich denke, du bist eine Frau, die zu ungewöhnlichen Mitteln greift. Es ist ein Beweis für deine Tapferkeit, dass er nicht so einfach zu seinem Ziel gelangt ist." Rhys sprach mit großer Entschiedenheit und sie zweifelte nicht daran, dass er jedes Wort ernst meinte. „Ich bewundere deine Geistesgegenwart und deine innere Stärke. Bist du unversehrt?"

„Er hat mich natürlich in Angst und Schrecken versetzt." Sie holte tief Luft und schaute an sich herunter. Ihr Gewand war beschmutzt und zerrissen und ihre Haut wies zahlreiche Kratzer auf. Drei Fingernägel waren abgebrochen und sie war reichlich mit Schlamm verschmiert. Voll Entsetzen sah sie, dass ihr zerfetztes Kleid offen hing und ihre Brüste unbedeckt waren.

Madeline wurde rot und raffte den zerrissenen Stoff zusammen. Rhys, stellte sie fest, schaute nicht tiefer als in ihr Gesicht. Seine Höflichkeit ermutigte sie, ein zittriges Lächeln zu versuchen. „Aber davon abgesehen geht es mir ganz gut, glaube ich."

„Es kommt selten vor, dass sich eine Frau nach einem solchen Überfall auf den Beinen halten kann." Rhys lächelte ihr flüchtig zu und Madeline wurde warm ums Herz. „Wir Waliser schätzen starke Frauen. Hast du schon mal von Gwenllian gehört?"

Madeline schüttelte den Kopf, während der Rest ihres Körpers weiterbebte.

„Sie war die Mutter von Lord Rhys, dem letzten König von Wales. Er erhob sich 1136 gegen die Normannen. Seine Mutter besaß solchen Heldenmut, dass sie ihre eigene Armee aufstellte und sie gegen den Feind führte, um ihrem Sohn zu helfen. Sogar als sie miterleben musste, wie einer ihrer Söhne getötet und ein anderer gefangen genommen wurde, kämpfte sie so tapfer weiter, dass das Schlachtfeld in Cydweli in Dyfed ihr zu Ehren immer noch ihren Namen trägt."

Während er sprach, merkte Madeline, wie sie Kraft aus seinen Worten und seinem Griff zog. „Das war mir nicht bekannt. Ich habe noch nie von einer Frau gehört, die eine Armee in den Krieg geführt hat."

„Aber nun hast du das." Rhys wurde wieder ernst. „Ich bitte um Vergebung, dass meine Hilfe so spät kam. Ich konnte nicht eingreifen, während du zwischen den Ginsterbüschen warst, denn ich stand nicht nahe genug, um den Halunken genau erkennen zu können. Erst dein Fluchtversuch verschaffte mir diese Möglichkeit."

„Wäre ich nicht solch eine Närrin gewesen, hätte ich keinen Beistand gebraucht." Sie atmete zitternd ein.

„Sei nicht so hart mit dir selbst." Ein Lächeln huschte über Rhys' Gesicht. „Ich verstehe, dass die Aussicht, mich zu heiraten, auf dich beängstigend gewirkt haben muss, sonst wärst du nicht ein solches Risiko eingegangen."

Madeline errötete. Er hatte nicht nur ihr Furcht bemerkt, sondern musste auch ihre Flucht vorausgesehen haben. Wie hätte er ihr und Kerr sonst folgen können?

„Kerr hat jahrelang im Dienst meines Vaters gestanden." Sie fühlte sich genötigt, ihr Verhalten zu erklären. „Deshalb habe ich ihm vertraut, obwohl er offensichtlich einen dunkleren Plan verfolgte, als mir bewusst war."

„Ich gehe davon aus, dass du nun gelernt hast, mehr Vorsicht bei der Wahl deiner Begleiter walten zu lassen." Statt mit seiner Belehrung fortzufahren, wandte Rhys sich ab, sobald Madeline genickt hatte. Er ließ ihre Hand los und Madeline fühlte sich, als wäre ihr etwas genommen worden.

Dann pfiff er. Sein Schlachtross erschien. Anscheinend war es in den Ginsterbüschen versteckt gewesen und trabte nun auf seinen Herrn zu. Es war ein schöner Apfelschimmel, dessen Mähne und Schweif kohleschwarz waren. Ein zottiger Hund trottete neben dem Hengst her. Das Tier war von beeindruckender Größe. Es betrachtete Madeline mit schlauem Blick und wedelte mit dem Schwanz, während es sich an Rhys schmiegte.

„Dies ist Gelert", sagte er und bedeutete dem Hund, auf Madeline zuzugehen. Sie streckte eine Hand aus, ihr gefiel das freundliche Verhalten des Hundes. Sein wuscheliges silbergraues Fell über den Augen sah aus wie struppige Brauen, die er auf ausdrucksvolle Weise bewegte. Er beschnüffelte ihre Hand, dann setzte er sich neben sie und drückte sich gegen ihr Bein. Madeline vergrub ihre Finger in dem dicken Fell im Genick des Hundes. Sie empfand seine Gegenwart als beruhigend. Tatsächlich brachten seine Wärme und sein Aussehen sie zum Lächeln.

„Und das ist Gwynt Arian." Rhys ergriff die Zügel des Schlachtrosses. Das Tier warf seinen Kopf nach hinten und blähte die Nüstern, als würde es seinen Namen erkennen.

„Ist das ein walisischer Name?"

Rhys nickte, während er über die Nase des Pferdes strich. „Es bedeutet ‚silberner Wind'."

„Ein schöner Name für einen so königlichen Hengst." Ihre Unterhaltung über alltägliche Dinge tröstete Madeline. „Habt Ihr keinen Knecht, der mit euch reist?"

Rhys schüttelte den Kopf. „Diese beiden sind Zeugen, aber sie reden nicht."

Madeline fragte sich, wer ihn in der Vergangenheit verraten hatte, doch Rhys wollte sich ihr offensichtlich nicht anvertrauen.

„Zieh deinen Umhang fest um dich", riet er ihr, als er sein Pferd näher heranführte.

Madeline tat, was er gesagt hatte. Sie war dankbar, dass sie im Moment keine Entscheidungen zu treffen brauchte. Mit einer einzigen fließenden Bewegung hob Rhys sie in den Sattel. Er sprach leise mit dem Hengst, dann wühlte er in seiner Satteltasche. Gelert stand aufmerksam neben dem Steigbügel, als ob er Madeline bewachte.

Rhys reichte Madeline eine lederne Trinkflasche an und warf ihr einen scharfen Blick zu. „Nimm einen Schluck."

„Was ist das?"

„*Eau de Vie*." Wieder verzogen sich seine Lippen nur für einen Augenblick zu einem schalkhaften Lächeln. Madeline wünschte, Rhys würde öfter lächeln, denn dann war er weniger furchterregend. „Es wird dich davon überzeugen, dass du noch nicht tot bist. Trink."

Madeline nippte vorsichtig an der Flasche. Der Inhalt brannte wie Feuer in ihrer Kehle und bahnte sich einen Weg in ihre Eingeweide. Tränen traten ihr in die Augen und sie hustete sich die Lunge aus dem Leib.

Als ihr Blick wieder klar wurde, nickte Rhys. In seinen Augen stand Belustigung. „Nimm noch einen Schluck."

Madeline gehorchte, obwohl der zweite kaum einfacher war als der erste.

„Besser?"

Zu ihrem Erstaunen fühlte sich Madeline tatsächlich besser. Die Flüssigkeit hatte ihren Körper erhitzt und die Schauer vertrieben. Sie nickte und Rhys nahm ihr die Flasche aus der Hand. Dabei berührten sich ihre Finger, was Madeline an seine besitzergreifenden Küsse erinnerte und eine andere Hitze in ihr auflodern ließ.

„Zwei kleine Schlucke genügen für eine Lady", sagte er, dann tat er selbst einen tiefen Zug. Zum ersten Mal fragte sich Madeline, ob die Erinnerung an Kerrs Überfall ihn plagte.

Rhys schien so gleichmütig, als ob er ständig Frauen helfen würde, die im Moor überfallen wurden, und als ob er oft Söldner für ein übergeordnetes Ziel töten würde. Doch sein Verlangen nach *Eau de Vie* deutete darauf hin, dass er ihre Furcht zumindest bis zu einem gewissen Grad geteilt hatte.

Madeline schüttelte den Kopf. Sie war sicher, eine Verletzlichkeit in diesem Krieger zu sehen, die nicht vorhanden war. Zweifellos fühlte er sich ihr gegenüber verantwortlich.

Immerhin hatte er sie ja gekauft.

Vielleicht war er ein Mann, der alle seine Besitztümer mit dieser Vehemenz verteidigte. Madeline wusste es nicht, doch sie war klug genug, sich in diesem Augenblick einzugestehen, dass sie froh über sein Pflichtgefühl war.

Rhys verzog das Gesicht, als er den hochprozentigen Alkohol hinunterschluckte, doch er hustete nicht. Er drehte sich um und suchte das Heideland mit zusammengekniffenen Augen ab. Dann wies er mit dem Kopf auf die Umrisse eines Zelters in der Ferne. „Ist das dein Pferd?"

Madeline nickte. „Tarascon. Kerr hat ihr mit dem Messer eine Verletzung an der Flanke zugefügt, damit sie wegrannte. Ich weiß nicht, wie tief der Schnitt ist." Ihre Finger schlossen sich um den Sattelknopf. „Ich hoffe, sie ist nicht schwer verwundet."

„Sie läuft noch, also kann es keine allzu schlimme Verletzung sein." Was Rhys sagte, klang so vernünftig, dass Madeline wünschte, sie wäre selbst darauf gekommen. Es schien ihr Schicksal zu sein, in der Gegenwart dieses Mannes in unvorteilhaftem Licht zu erscheinen.

Rhys nahm die Zügel und führte das Schlachtross zu der Stute. Er pfiff leise. Tarascon wandte sich um und beobachtete, wie sie näher kamen, ihre Ohren zuckten nervös.

„Das Blut wird sie erschreckt haben." Selbst Rhys' Stimme wirkte beruhigend. „Reitest du sie oft?"

„Fast täglich."

„Dann wird sie deine Furcht gerochen haben und das hat sie ebenfalls ängstlich gemacht."

„Ich kann sie rufen. Sie hört immer auf mich." Doch Tarascon kam nur einen Schritt näher und ging sofort wieder vier Schritte zurück, während sie nervös mit ihrem Schweif schlug.

„Soso, sie hört also?", fragte Rhys in amüsiertem Ton.

Madeline setzte sich aufrechter hin und wünschte, sie könnte in der Gegenwart dieses Mannes irgendwas richtig machen. „Normalerweise tut sie das."

„Dies sind ungewöhnliche Umstände. Nimm dir ihre Unsicherheit nicht zu Herzen. Warte, bis wir näher herangekommen sind und sie sicher sein kann, dass du es bist."

„Sie könnte vorher fliehen." Madeline rief erneut und sah entsetzt, wie ihr Pferd in die entgegengesetzte Richtung tänzelte.

Rhys blieb stehen und Tarascon wich wieder drei Schritte zurück. Sie war so ängstlich, wie Madeline sie noch nie zuvor gesehen hatte, obwohl sie der Stute ihre Angst vor Männern nicht übel nehmen konnte.

„Schau in die Satteltasche", sagte Rhys leise. „Sieh nach, ob noch zwei Äpfel darin sind."

Madeline war froh, sich nützlich machen zu können. Die Äpfel waren da, doch Tarascon ließ sich von der Leckerei nicht so leicht anlocken, wie es nur Stunden zuvor vielleicht noch der Fall gewesen wäre.

~

Die Sonne näherte sich dem Zenit, als sie es geschafft hatten, dass der Zelter sie näher an sich herankommen ließ. Madeline war beeindruckt von der sanften Beharrlichkeit, mit der Rhys dem verschreckten Pferd folgte. Sie waren langsam weiter auf Tarascon zugegangen. Rhys' leise Worte beruhigten das verängstigte Tier offensichtlich.

Dass Gelert schließlich auf Rhys' Befehl hin hinter der Stute hergerannt war und aggressiv gebellt hatte, sodass sie auf Rhys zulief, hatte ebenfalls nicht geschadet.

Madeline hielt die Zügel des Zelters, nachdem Rhys das Tier eingefangen hatte, sprach leise zu der Stute und strich ihr über die Nase. Währenddessen untersuchte Rhys vorsichtig die Wunde. Dieser Mann besaß Güte und noch mehr, was Madeline nicht benennen konnte. Das Pferd bewegte sich unruhig, aber Madeline wisperte ihm tröstende Worte zu, denn sie vertraute darauf, dass Rhys wusste, was zu tun war.

„Glücklicherweise ist es nicht so schlimm, wie es hätte sein können. Ich glaube, dass die Wunde schnell heilen wird", sagte er und richtete sich auf. „Natürlich wäre es mir lieb, wenn ein erfahrenerer Reitknecht als ich einen Blick darauf werfen würde."

„Wir könnten nach Ravensmuir zurückkehren."

Rhys schaute Madeline ruhig an, doch sie konnte seine Gedanken nicht erraten. „Ich glaube, das ist für deine Stute zu weit", sagte er bedächtig. „Nördlich von hier gibt es eine Abtei, die wir bis zum Nachmittag erreichen könnten, wenn es dir recht ist. Sie haben mir schon in der Vergangenheit Hilfe zukommen lassen, denn meine Tante ist die Äbtissin dort."

Madelines Herz zitterte, weil sie zusammen auf einem Pferd reiten mussten, denn ihre Stute war zu sehr verletzt, um ihr Gewicht zu tragen. Sie konnte sich an diesem Tag nicht vorstellen, an den heißen Körper eines Mannes gepresst zu sein, und erst recht nicht an Rhys, der dieses unbekannte Feuer in ihr entfachte. Ihre Blicke begegneten sich und beide schauten sie nicht weg. Es knisterte zwischen ihnen und dieses Bewusstsein der Nähe des anderen erschreckte Madeline zutiefst.

Bevor sie protestieren konnte, wandte Rhys sich ab und band Tarascons Zügel sorgfältig hinten am Sattel fest. Er sprach leise zu seinem Ross und ging dann ohne ein Wort der Erklärung fort. Gelert blieb neben ihr sitzen, wie Rhys es ihm aufgetragen hatte. Verwundert sah Madeline zu, als er im Ginster verschwand.

Ließ er sie hier allein zurück?

Bereitete er sich auf die Belohnung vor, die er von ihr verlangen würde – was auch immer das sein mochte? Sie wusste, er begehrte sie, das hatte sie an seinen Küssen gemerkt. Während seiner Abwesenheit schaukelte sich Madelines Verdacht immer weiter hoch. Rhys war bisher nett zu ihr gewesen, doch auch Kerr war nett gewesen, bis er sicher war, sie würde vergeblich um Hilfe rufen.

War sie vom Regen in die Traufe geraten?

Hatte sie ihre Vergewaltigung nur etwas hinausgezögert? Was würde einen Mann von solch gefährlichem Ruf wie Rhys dazu bemüßigen, sie ehrenhaft zu behandeln, nun, da sie allein in der Heide waren?

Dies könnte ihre einzige Chance sein, zu entkommen! Madeline drückte ihre Hacken in die Seiten des Schlachtrosses und drängte es voran.

Das Tier rührte sich nicht, geschweige denn, dass es sich in Bewegung setzte. Es knabberte an einer Wildblume, Madelines Fluchtversuch war ihm überaus gleichgültig. Der Hund bedachte sie mit einem vorwurfsvollen Blick, als wollte er sie ausschimpfen, dann hielt er weiter Wacht.

Madeline geriet in Panik. Hatte Rhys selbst ihr nicht geraten, ihre Begleiter sorgfältig auszuwählen?

Sie flüsterte dem Pferd etwas zu, gab ihm Befehle, tätschelte seine Flanken, schnalzte mit der Zunge. Sie tat alles, was ihr einfiel, um es dazu zu bewegen, auch nur einen Schritt zu machen.

Vergeblich. Es war, als hätten die Hufe des Tieres Wurzeln

geschlagen. Hätte sie versucht, einen Stein dazu zu bringen, sich zu rühren, hätte sie womöglich mehr Erfolg gehabt. Sie machte Anstalten, abzusteigen und loszurennen, als Rhys' Stimme an ihr Ohr drang.

„Arian hört nur auf mich." Er kam aus den Ginsterbüschen auf sie zu und führte Kerrs Schlachtross mit sich. Wieder schien er amüsiert, doch nicht verwundert.

Madeline fühlte einen Anflug von Gereiztheit. Erstaunte diesen Mann denn gar nichts? Wurde Rhys nie von etwas überrumpelt?

„Wirklich?", entgegnete sie, als ob sie genau diese Tatsache nicht selbst entdeckt hätte. „Ein so treues Pferd ist ungewöhnlich."

„Das ist in der Tat so. Ein Mann kann sich glücklich schätzen, wenn ihm eine Seele, sei es Mensch oder Tier, mit solcher Hingabe dient."

Madeline betrachtete ihn. Ohne es zu wollen, war sie neugierig. Dies war wieder eine Anspielung auf Verrat gewesen. Was war Rhys zugestoßen? Und was war der Grund für die Anklage, die der König gegen ihn erhob?

Sie glaubte nicht, dass Rhys ihre Fragen beantworten würde. Tatsächlich runzelte er nur konzentriert die Stirn, als er Kerrs Satteltasche abnahm. Mit ernstem Gesicht ging er den Inhalt durch und nahm letztlich nur das Geld aus der Börse des Toten. Dann schleuderte er die Satteltaschen und den restlichen Inhalt in den Morast.

Madeline sah ihn erstaunt an.

„Wer auch immer seine Leiche findet, wird denken, dass er von Banditen angegriffen wurde", sagte Rhys wie selbstverständlich und schwang sich in den Sattel des anderen Pferdes. Er nahm die Zügel seines Schlachtrosses aus Madelines tauben Fingern. „Sollen wir jetzt den Stallburschen aufsuchen?"

Madeline nickte nur und Rhys betrachtete sie einen Augenblick, bevor er das Pferd dazu brachte, sich in Bewegung zu setzen. „Du siehst aus, als könntest du eine Geschichte gebrauchen", sagte er. „Und ich kenne genau die richtige."

Madeline dachte, sie bräuchte vieles in diesem Moment, aber am wenigsten eine Geschichte, doch es schien unhöflich, dies zu äußern. Sie ließ ihn das Pferd führen und schickte sich darin, ihm zuzuhören.

Sie erwartete nicht, davon unterhalten oder sogar verzaubert zu werden, doch sie wurde schnell eines Besseren belehrt.

RHYS RÄUSPERTE SICH. „Es gibt einen Ort in Wales, der als Pen Dinas bekannt ist. Diejenigen, die über solche Dinge Bescheid wissen, sagen, dass sich dort der Königshof der Feen befindet. Pen Dinas ist ein hoher Hügel in der Nähe eines Flusses und oben ungewöhnlich abgeflacht. Das Gras dort ist von einem satten Grün, viel grüner als an allen anderen Orten, als ob es von den Füßen vieler magischer Tänzer und Tänzerinnen berührt worden wäre."

Madeline merkte, wie sich ihre verkrampften Schultern entspannten. Es war leicht, Rhys' Stimme zu lauschen, die ungewöhnliche Sprechmelodie zog sie in ihren Bann. Dies erinnerte sie an die Geschichten, die ihr Vater der Familie immer erzählt hatte, als sie und ihre Geschwister noch sehr klein gewesen waren, und daher wirkte Rhys' Erzählung beruhigend auf sie.

„Eines Tages geschah es, dass ein Junge dort hinkam, um sich zu verstecken. Man sagt, sein Name wäre Elidorus, aber das ist kein walisischer Name. Also nennen wir ihn Llewelyn ap Alan."

Gegen ihren Willen lachte Madeline. Dieser Name war so anders, dass sie überrascht war, und er war so ungewöhnlich. „Ihr könnt diesen Namen nicht ein Dutzend Mal schnell hintereinander sagen."

Rhys warf ihr einen schiefen Blick zu und tat genau das. Es klang wie Musik. Danach wurde er so plötzlich wieder ernst, dass sie sich fragte, ob sie sich das verschmitzte Funkeln in seinen Augen nur eingebildet hatte.

Er erzählte weiter: „Jedenfalls beschloss Llewelyn ap Alan, vor seinem Hauslehrer wegzulaufen, weil er keine Lust hatte, seine Metren zu lernen, und noch viel weniger, für seine Unaufmerksamkeit ausgeschimpft zu werden."

„Seine Metren?"

„Das Versmaß in der Poesie. Das ist es, was ein Junge von einem Hauslehrer lernt, wie Reime geschmiedet und Wiederholungen eingesetzt werden."

Madeline wusste nichts darüber, doch sie nickte, als ob sie es verstehen würde. Sie wollte Rhys' Geschichte nicht unterbrechen und außerdem dachte er offenbar, dass die Sache mit den Metren offenkundig war, sodass sie nicht ungebildet vor ihm erscheinen wollte.

„Und so versteckte sich Llewelyn ap Alan in der Nähe von Pen Dinas, damit niemand ihn finden sollte. In jener Nacht, als der schon fast volle Mond rund und hell am Himmel stand, hörte er Musik. So nachlässig Llewelyn ap Alan auch gewesen sein mochte, er war kein Narr. Er wusste, er musste die Musik der Feen meiden und durfte sich nie zu ihnen gesellen, sonst wäre er der Welt der Sterblichen für hundert Jahre entzogen. Er steckte die Finger in die Ohren und hielt sich versteckt, bis der Morgen kam und die Töne verklangen.

Doch im frühen Licht der Morgendämmerung, als er hätte schlafen können, standen Llewelyn ap Alan plötzlich zwei Männchen gegenüber. Sie luden ihn in ihre Unterkunft ein, um ihm wundersame Dinge zu zeigen, und nachdem sie ihm versprochen hatten, dass er auf eigenen Wunsch fortgehen könnte, folgte ihnen der neugierige Junge.

Sie führten ihn zu einem Geheimgang, der geschickt hinter drei Steinen verborgen war, und in ein Königreich, das unter dem Pen Dinas versteckt lag. Obwohl der Himmel dort bedeckt war, weil unter dem Hügel die Sonne nicht schien, waren das Land und noch mehr die Bewohner von großer Schönheit. Jeder war gesegnet mit Haar, das im gleichen Maße hell wie seins dunkel war. Und alle schienen immer kurz davor, in Gelächter auszubrechen. Sie waren unermesslich reich – überall sah der Knabe goldene Kelche und Juwelen. Ihre schönen Pferde waren schnell, ihre Hunde voller Anmut. Es war ein wahres Paradies.

Llewelyn ap Alan wurde vom König persönlich begrüßt. Dieser

erklärte ihm die Sitten und Gebräuche seines Volkes und bat Llewelyn ap Alan, ihnen nicht wieder ein Versprechen abzunehmen. Die Feen gelobten wenig, viel weniger als Menschen, denn sie pflegten jedes einzelne Gelübde wortwörtlich zu erfüllen. Der König erzählte Llewelyn ap Alan, dass er und sein Volk Täuschung und Treulosigkeit mehr als alles andere verachteten."

Madeline betrachtete ihren Begleiter. Ihr fiel sein erneuter Verweis auf Verrat auf. Langsam wurde sie ziemlich neugierig darauf, mehr über diesen Mann zu erfahren, obwohl sie den Verdacht hatte, ihre Wissbegierde könnte gefährlich werden.

„Llewelyn ap Alan beteuerte, dies sei äußerst bewundernswert, und wurde aus der Gegenwart des Königs entlassen, um mit dessen Sohn zu spielen. Er vergaß nicht die Zeit, wie er befürchtet hatte, und es dauerte nicht allzu lang, bis er um die Erlaubnis bat, heimkehren zu dürfen. Seine Führer zeigten ihm den Rückweg und er machte sich schnell auf zur Wohnung seiner Mutter. Immer noch hatte er die leise Befürchtung, dass sehr viel mehr Zeit vergangen wäre.

Aber er war nicht getäuscht worden. Die Feen hatten ihre Abmachung mit ihm eingehalten und er war tatsächlich nur drei Tage fort gewesen, wie er gedacht hatte. Einige Wochen später suchte er das geheime Portal und fand es zur großen Freude des Königssohns. Und so geschah es, dass sich Llewelyn ap Alan daran gewöhnte, Zeit in beiden Welten zu verbringen und deren jeweilige Vorteile zu genießen."

Rhys schaute sie über seine Schulter an und Madeline gab sich keine Mühe, zu verbergen, wie sehr seine Geschichte sie verzauberte. Sie lächelte und hoffte, ihn so zum Weitererzählen zu bewegen, doch Rhys wandte sich so schroff ab, dass sie fürchtete, sie hätte ihn irgendwie beleidigt.

Doch er fuhr fort: „Im Laufe der Zeit juckte es Llewelyn ap Alan immer mehr, sein Geheimnis zu verraten – so wie Geheimnisse es nun einmal an sich haben, und es bedrückte ihn, dass niemand wusste, was er wusste. Eines Tages weihte er seine Mutter ein, die von seinen Abenteuern ebenso begeistert schien wie er selbst. Für eine Weile genügte ihm, was er seiner Mutter anvertraute, und jedes Mal, wenn er zurückkam, erzählte er ihr, welche neuen Wunder er gesehen hatte.

Nun waren die Wunder in diesem Königreich unbegrenzt und Llewelyn ap Alan hatte den Eindruck, bei jedem Besuch noch etwas Erstaunlicheres zu sehen. Mit der Zeit wurden seine Erzählungen anscheinend immer fantasievoller, seine Beschreibungen des Reichtums im Königreich der Feen immer großartiger und seine Mutter wurde ungehalten. Ihr kam der Gedanke, dass er ihr vielleicht einen Streich spielte, so wie Jungen es nun mal tun, und sie verlangte einen Beweis, dass seine Reisen wirklich stattfanden.

Und so geschah es, dass Llewelyn ap Alan, als er das Königreich wieder einmal besuchte, den goldenen Ball stahl, mit dem er und der Königssohn spielten. Er machte sich auf den Weg zum Portal, doch er wurde unter großem Geschrei verfolgt. Als er die Pforte erreichte, war sie fest verschlossen – bis er den Ball den beiden Männchen aushändigte, die ihn an diesen Ort geführt hatten. Sie betrachteten den Knaben stirnrunzelnd und wollten seine Entschuldigungen nicht annehmen.

Als Llewelyn ap Alan blinzelte, lag er auf dem Pen Dinas im Gras. Allein. Den Eingang zum Königreich der Feen fand er nie wieder, obgleich erzählt wurde, dass er auf der Suche danach weite Strecken zurücklegte. Und obwohl er in hellen Mondnächten oft in der Ferne ihre Musik hörte, konnte er sie nie wieder tanzen sehen oder sich ihren fröhlichen Festen nähern."

Rhys hielt inne, offenbar, um ihre Aufmerksamkeit auf das Ende seiner Geschichte zu lenken. „Llewelyn ap Alan hatte sich als treulos erwiesen und als schlechter Gast und so verlor er, was er über alles hätte schätzen sollen."

Die Moral war wirkungsvoll. Madeline fragte sich, ob Rhys diese Geschichte absichtlich gewählt hatte, doch sie konnte ihn nicht mehr fragen, denn in diesem Moment hob er einen Finger und zeigte auf den Horizont.

„Da! Siehst du den Rauch, der aus dem Schornstein der Abtei aufsteigt? Es ist nicht mehr weit. Schon bald wirst du dich unter Frauen und hinter hohen Mauern befinden. Ich vermute stark, sie haben auch eine heiße Suppe auf dem Feuer."

Madeline schaute hin, sah die Rauchwolke und schämte sich, dass sie seinen Motiven zunächst misstraut hatte. Rhys brachte sie zu einer Abtei, wo sie in Sicherheit sein würde.

Nein, sie war seit ihrem Aufbruch von Ravensmuir in Sicherheit gewesen, und das nur, weil Rhys dicht hinter ihr geritten war und trotz ihres Fehlers ein wachsames Auge auf sie gehabt hatte.

Und sie war doppelt und dreifach in Sicherheit gewesen, seit er sie vor Kerr gerettet hatte.

Madeline lächelte Rhys an – zum ersten Mal ehrlich, seit sie sich begegnet waren. „Danke, Rhys. Ich habe wenig getan, um die Ritterlichkeit und Hilfe zu verdienen, die Ihr mir heute erwiesen habt, doch ich möchte Euch meinen aufrichtigen Dank aussprechen."

Merkwürdigerweise erwiderte der Mann ihr Lächeln nicht.

Stattdessen blinzelte er, als hätte er in die Sonne geblickt, und runzelte die Stirn. Er wandte sich ab, scheinbar ganz und gar davon in Anspruch genommen, den Rest des Weges zur Abtei zurückzulegen.

„Wir sollten uns besser beeilen", sagte er barsch. „Je eher eine Wunde behandelt wird, desto schneller heilt sie." Er pfiff Gelert und der Hund passte sich dem beschleunigten Tempo des Schlachtrosses an. Rhys sprach nicht mehr mit Madeline – tatsächlich war seine Aufmerksamkeit so ausschließlich auf sein Ziel gerichtet, als ritte er allein.

Und Madeline wunderte sich darüber, wie sehr Rhys' Schweigen und seine plötzliche Gleichgültigkeit ihr gegenüber sie beunruhigten.

KAPITEL 6

In Wirklichkeit war Rhys weit davon entfernt, die Gegenwart der Lady dicht hinter ihm nicht wahrzunehmen.

Er war sich Madelines Schönheit sehr bewusst, so wie noch bei keiner anderen Frau zuvor. Es hatte ihn außerordentliche Mühe gekostet, sie zu beruhigen, ohne sie dabei zu berühren. Sie nicht herzlich zu küssen vor Erleichterung, dass sie unversehrt war, hatte ihm eine Willenskraft abverlangt, die er sich selbst nicht zugetraut hätte.

Er hatte Angst bekommen, als Kerr auf den Ginster zuhielt. Er hatte gefürchtet, der abgefeimte Söldner würde Madeline vergewaltigen, bevor er der Lady zu Hilfe eilen konnte. Er hatte zu viel Abstand zwischen ihnen gelassen, weil sie ihn auf keinen Fall bemerken sollten, und war nun überzeugt gewesen, dass seine Lady den Preis für seine Fehleinschätzung bezahlen müsste.

Er hatte nicht übertrieben, als er seiner Erleichterung darüber Ausdruck verlieh, dass sie versucht hatte, zu entkommen.

Das *Eau de Vie* hatte Rhys' Besorgnis nicht wirklich zerstreut. Tatsächlich brachte es seine Eingeweide in Aufruhr. Ein inniger Kuss hätte ihm mehr gebracht oder wenn sich die Hände der Lady in sein

Haar gekrallt hätten. Aber Rhys hatte Madelines Entsetzen gesehen und wollte es nicht noch verstärken.

In der letzten Zeit hatte die Lady genug Kränkungen und Prüfungen erfahren.

Besonderen Respekt hatte Rhys davor, dass sie sich selbst den Vorwurf machte, eine törichte Wahl getroffen zu haben. Es kam nur selten vor, dass jemand zugab, eine Mitschuld an dem nachfolgenden Unglück zu haben. Natürlich war es teilweise auch Rhys' Fehler. Hinter Madelines Flucht stand die Furcht, mit ihm vor den Altar treten zu müssen, und er machte sich selbst dafür verantwortlich, dass er ihre Zweifel nicht besser beseitigt hatte.

Man konnte der Lady nicht vorwerfen, dass man sie vor dem Wissen um die Schlechtigkeit in der Welt bewahrt hatte, vor allem um die Art Schlechtigkeit, die Kerr an den Tag gelegt hatte. Er konnte gut nachvollziehen, warum sie einem Mann vertraut hatte, der in den Diensten ihres Vaters gestanden hatte.

Er widerstand der Versuchung, einen Blick auf sie zu erhaschen, denn er befürchtete, sie würde ihn erneut anlächeln und damit seine Sinne vollständig verwirren. Die Lady hatte bewundernswerten Mut, so viel stand fest. Die meisten Frauen hätten mittlerweile geweint, doch Madeline saß aufrecht im Sattel.

Obwohl sie abgerissen aussah, war sie so schön, dass ein Mann sich vergessen konnte. Ihr Zopf hatte sich gelöst und das dunkle Haar hing offen über ihre Schultern. Auf ihrer Wange war ein Kratzer, noch mehr davon fanden sich auf ihren Händen, doch Rhys wagte nicht, ihr anzubieten, dass er sich darum kümmerte. Er zweifelte nicht, dass der verschmierte Schlamm blaue Flecken verbarg. Die Lady war zu zart, zu lieblich und verführerisch, und der kurze Anblick ihrer schwellenden Brust wäre beinahe genug gewesen, dass er jegliche Ritterlichkeit ihr gegenüber vergaß.

Und doch war er nicht so in seiner Wollust gefangen, dass er die Wahrheit nicht gesehen hätte. Madeline war dermaßen verängstigt, dass die kleinste Berührung sie wie ihren Zelter in die Flucht geschlagen hätte. Er würde ihre Furcht nicht ausnutzen, um seine eigenen Begierden zu befriedigen.

Das war nicht der richtige Weg, um ihr Vertrauen zu gewinnen und eine dauerhafte Bindung zu schaffen.

Es war höchst ungewöhnlich für Rhys, solch heftiges Verlangen zu fühlen, und er hätte nie erwartet, dass er so für die Frau empfinden würde, die er letztlich ehelichte. Rhys war sicher, dass seine Reaktion auf zu wenig Schlaf zurückzuführen war oder vielleicht auf die Angst, dass er Caerwyn verloren hatte. Aber Madeline und er würden beide am nächsten Morgen wiederhergestellt sein.

Denn dann würden sie richtig getraut sein und die Zukunft der Lady wäre gesichert und Caerwyn würde für immer ihm gehören.

ALS SIE DIE hinter Mauern geschützte Gemeinschaft erreichten, waren die Pforten der Abtei geschlossen. Rhys schien das nicht zu beunruhigen und Madeline sagte nichts, denn sie vermutete, dass er ihr Schweigen vorzog. Es gab keine teuren Fallgitter oder aufwendigen Verzierungen. Die massiven Holztore bestachen allein durch ihre Größe und ihr Gewicht. Madeline konnte das Kreuz auf dem Dach der Kapelle sehen, eine Gemüsesuppe riechen und sonst nicht viel erkennen.

Rhys stieg ab, dann ergriff er das Seil neben dem Tor und zog daran. Volltönendes Glockengeläut erschallte hinter den Mauern und zauberte ein Lächeln auf Madelines Gesicht. Es war eine fröhliche Tonfolge, ein herrlicher Klang, der ihr Herz höherschlagen ließ. Die Melodie genügte, um sie beinahe vergessen zu lassen, was sie an diesem Tag durchgemacht hatte.

„Wie wunderschön!", wisperte sie. Tränen verschleierten ihren Blick, denn sie erinnerte sich nur allzu deutlich daran, wie Musik sie und James verbunden hatte. Sie sah ihn vor sich, wie er sich über seine Laute beugte und eine Ballade komponierte. Sie erinnerte sich an das Spiel des Lichts auf seinem hellen Haar und Schmerz drückte ihr die Kehle zusammen.

Er konnte doch nicht wirklich tot sein?

Sie hätte es doch sicher gespürt, wenn der Mann, den sie von ganzem Herzen liebte, gestorben wäre!

Andererseits, wäre James am Leben, hätte er ihr in den vergangenen zehn langen Monaten doch sicher eine Nachricht zukommen lassen. Madeline wischte sich die Tränen ab und wünschte, sie wäre kühn genug, um mehr *Eau de Vie* zu erbitten.

Rhys beobachtete sie und sein Gesichtsausdruck war wieder einmal wachsam.

Madeline war es in diesem Augenblick gleichgültig, was er von ihr dachte. „Könntet Ihr noch einmal läuten?", bat sie mit bebender Stimme. „Es klingt so froh, als ob Engel persönlich unsere Ankunft ankündigen würden."

Rhys sagte nichts. Mit ungerührter Miene zog er erneut an dem Seil.

Madeline lauschte mit geschlossenen Augen und gefalteten Händen, während das Geläut sich wie heilender Balsam auf sie legte. Durch die Schönheit des Klangs ließ der Schmerz über ihren Verlust ein wenig nach. Sie fühlte ihre ganze verlorene Liebe, während die Glocken ertönten, und erschüttert stellte sie fest, wie sehr sich ihr Leben verändert hatte.

Erst als das Läuten verstummte, wurde Madeline bewusst, dass Rhys sie die ganze Zeit fasziniert beobachtet hatte.

„Es ist eine Gemeinschaft von Frauen", sagte er schroff, drehte sich um und starrte auf das hölzerne Tor. „Obwohl es dort mehrere Priester gibt, die getrennt von ihnen leben und die Sakramente spenden, sowie einen ausgezeichneten Stallknecht."

Madeline wunderte sich über sein Verhalten. Vielleicht hatte sie ihn verärgert, weil sie Freude an etwas so Unwichtigem hatte, während er ihr doch erheblich mehr Hilfe hatte zuteilwerden lassen. Sie beugte sich nach vorn und berührte Rhys' Arm, denn sie wusste, sie musste ihm aus tiefstem Herzen dankbar sein. Er zuckte bei der Berührung zusammen, doch er schaute sie nicht an.

Er war also erzürnt.

Bevor Madeline wieder versuchen konnte, seine Stimmung zu verbessern, indem sie ihm ihre Dankbarkeit bezeugte, wurde eine kleine Tür innerhalb des Tors geöffnet. Sie sah ein Gesicht, das durch das Gitter spähte. „Wer kommt an unsere Pforte?"

Gelert bellte fröhlich und sprang an dem Tor hoch. Offensichtlich hatte er die Stimme des Mönches schon einmal gehört und war begierig, die Bekanntschaft zu erneuern.

„Bruder Thomas, ich bin es, Rhys FitzHenry." Rhys richtete sich auf und trat einen Schritt näher an das Tor heran, sodass er besser zu sehen war. „Es tut mir leid, dass ich schon wieder um eure Gastfreundschaft bitten muss."

„Rhys, alter Knabe!" Die Tür wurde aufgerissen, sodass die rostigen Angeln quietschten. Thomas erwies sich als ein korpulenter Mönch, dessen Kutte zu klein für seinen Leibesumfang war. Das Gewand war eng um seinen gewaltigen Bauch gerissen und deshalb vorne kürzer, sodass haarige Schienbeine und feste Sandalen zum Vorschein kamen. „Und du, Gelert!" Er bückte sich, um den Hund zu streicheln, der glücklich an ihm hochsprang und seine Ohren leckte. „Ich denke, ich kann einen Suppenknochen für dich auftreiben."

„Kein Wunder, dass das Tier dich über alles liebt", brummte Rhys in freundschaftlichem Ton.

„Du könntest diese Kreatur ab und zu mal füttern, dann würdest du vielleicht auch solche Zuneigung gewinnen", gab Thomas zurück und die beiden Männer grinsten sich an.

Die Freude des Mönches, Rhys zu sehen, war unübersehbar, denn er schloss den widerstrebenden Krieger in eine feste Umarmung. Madeline war erstaunt, sowohl über diese herzliche Begrüßung als auch darüber, dass Rhys sie über sich ergehen ließ.

Schließlich trat der Mönch zurück und gab Rhys einen freundlichen Klaps auf die Schulter. „Du alter Sünder. Brauchst du schon so schnell wieder einen Zufluchtsort? Kennt deine Schlechtigkeit denn keine Grenzen?"

Der Vorwurf wurde ohne Boshaftigkeit ausgesprochen, so als ob die beiden oft über solche Dinge scherzen würden. Es erinnerte Madeline daran, wie ihre Brüder sich gegenseitig gefoppt hatten, obwohl es sie faszinierte, dass irgendjemand auf die Idee kam, Rhys FitzHenry zu necken.

Und sie war neugierig, wie er sich in dieser Situation verhalten würde.

Rhys' Nacken rötete sich und er wirkte noch finsterer als sonst. „Heute ist es die Lady, die eure Hilfe benötigt. Ich begleite sie bloß."

„Eine Lady!" Thomas wurde ernst und stellte sich aufrechter hin. Während er sich Madeline zuwandte, zupfte er vergeblich am vorderen Teil seiner Kutte. „Guten Tag, Mylady, und willkommen in unserer bescheidenen Bleibe." Er verbeugte sich und bei dieser Anstrengung färbte sich die kahle, von einem Haarkranz umgebene Stelle auf seinem Kopf scharlachrot.

„Dies ist Lady Madeline von Kinfairlie." Rhys sprach mit Bedacht und Madeline vermutete, dass er ihr Abenteuer in einer leicht geänderten Fassung schildern wollte. Sie suchte seinen Blick, um ihm zu bedeuten, dass sie seine Geschichte nicht abstreiten würde. „Sie wurde auf der Straße von Banditen überfallen. Glücklicherweise konnte ich ihr rechtzeitig zu Hilfe eilen."

„Gott im Himmel!" Thomas bekreuzigte sich. „In was für Zeiten leben wir! Was für ein glücklicher Zufall, dass du auf sie gestoßen bist und ihre Notlage erkannt hast."

„So zufällig war es nun auch wieder nicht, alter Freund." Rhys lächelte leicht und Madeline wurde unter seinem Blick plötzlich ganz warm. „Die Lady und ich sind einander versprochen und ich habe ihr Pferd aus der Entfernung erkannt."

„Gütiger Himmel! Gott ist in der Tat groß, dass er dir so scharfe Augen geschenkt hat!" Thomas schaute voll Erstaunen zwischen ihnen beiden hin und her. „Aber warum haben wir nicht eher von deinem Verlöbnis erfahren, Rhys? Dass ausgerechnet ein Mann wie du sich eine Braut nimmt, ist eine hörenswerte Geschichte und du warst doch erst vor zwei Wochen hier."

Madeline blinzelte. Sie hatte erst vor zwei Wochen von der Versteigerung auf Ravensmuir erfahren. Rhys musste aus einem anderen Grund aus Wales hierhergeritten sein – welcher könnte das gewesen sein? Und warum hatte er beschlossen, an der Versteigerung teilzunehmen und dann auch noch ihre Hand zu erwerben?

Rhys räusperte sich vielsagend. „Ich habe euch dies nicht mitgeteilt, weil ich dachte, die Belange der gewöhnlichen Sterblichen wären euch gleichgültig."

Thomas errötete und grinste. „Das heißt aber nicht, dass wir uns nicht für Klatsch interessieren. Rhys FitzHenry heiratet!" Er lachte und richtete seinen Finger auf Madeline. „Ihr müsst eine furchtlose Lady sein, wenn Ihr Euch mit einem solchen Rüpel vermählt."

„Thomas …", knurrte Rhys, doch der Mönch beachtete ihn nicht.

Er lehnte sich verschwörerisch zu Madeline hinüber. „Oder seid Ihr, Lady Madeline, eine von den seltenen Frauen, die das Gold sehen, das der unaufmerksame Betrachter für wertloses Zeug hält?" Thomas zwinkerte ihr schalkhaft zu und Madeline verbiss sich ein Lächeln, während sie Rhys aufs Neue einzuschätzen versuchte.

Was meinte der Mönch?

„Es gibt wenig Kostbares auf dieser Welt, was dem flüchtigen Blick seinen ganzen Wert offenbart", erwiderte sie.

„So ist es in der Tat!", rief Thomas voll Begeisterung aus. „Ich hätte wissen müssen, dass Rhys sich nicht davor scheuen würde, eine Frau zu heiraten, die ihre fünf Sinne beisammenhat."

„Er hat mir eine schöne Geschichte erzählt, während wir hierherritten, und ich schätze seine Freundlichkeit."

„Eine Geschichte? Seit wann bist du so zungenfertig?" Thomas stieß Rhys an, dann sagte er etwas, was Madeline nicht verstand. Er lächelte über ihren verwirrten Blick. „Das war ein altes walisisches Sprichwort: ‚Der beste Waliser ist der, der fern der Heimat ist.' Das passt sehr gut auf dich, stimmt's, Rhys? Es geschieht nicht oft, dass du etwas von deinem mageren Charme versprühst."

Rhys schaute seinen Freund böse an und schien nicht zu wissen, was er erwidern sollte.

Thomas beugte sich weiter zu Madeline hinüber, sein Gebaren war das eines Mannes, der erfahren darin ist, Leuten Dinge zu verkaufen, die sie weder benötigen noch haben wollen. „Wirklich, Lady Madeline, unser Rhys hier hat eigene Geschichten, die er erzählen könnte, obwohl er das nie tut. Sein zweiter Name ist ‚Verschwiegenheit‘ …"

„Im Gegensatz zu deinem zweiten Namen, der Geschwätzigkeit lautet", murmelte Rhys.

Madeline lachte, das Geplänkel der beiden machte ihr das Herz leichter.

Thomas schnaubte, doch seine Augen blitzten vergnügt. „Nun, kein lebender Mensch würde mich fälschlicherweise für einen Mann halten, der zu Stein erstarrt ist, so wie du dich heute darstellst."

„Und schon gar nicht für einen Mann, dem es die Sprache verschlagen hat", gab Rhys zurück. „Ich dachte, ihr würdet denen, die es nötig haben, an diesen Pforten Gastfreundschaft erweisen."

„In der Tat, so ist es." Thomas hob die Hände und lachte. „Vergebt mir. Kommt, Lady Madeline, tretet ein." Thomas nahm die Zügel von Rhys' Schlachtross und sprach zu ihm.

Das Tier folgte ihm sofort.

„Wie merkwürdig", sagte Madeline. „Ich dachte, Arian würde nur auf Rhys hören."

Rhys sagte nichts, sein Mund schien allerdings schmaler zu werden.

„Ist das die Geschichte, die er Euch erzählt hat?", fragte Thomas erheitert. „Was für ein Unsinn." Er versetzte Rhys einen spielerischen Stoß, dann lief er voraus.

„Wie wunderbar ist es, zu wissen, dass man dem Wort eines Mannes trauen kann", sagte Madeline mit so leiser Stimme, dass nur Rhys sie hören konnte.

Zu ihrer Genugtuung wich er ihrem Blick aus und sein Nacken

wurde erneut rot. „Diese Unmenschen haben sogar ihren Zelter angegriffen", sagte er zu Thomas und deutete auf Tarascons Wunde.

„Ah, was für eine Gemeinheit!" Thomas kümmerte sich sofort um die Stute, sprach leise zu ihr und strich ihr dabei über den Rücken.

„Thomas ist der Stallknecht, den ich erwähnt habe", sagte Rhys, ohne Madeline anzusehen. „Seine Fähigkeiten sind weithin bekannt."

Thomas führte den Zelter zu den Ställen. Seine Aufmerksamkeit war so ausschließlich auf das Pferd gerichtet, dass er die übrigen Anwesenden auch vergessen haben konnte. Tarascon spürte offenbar, dass sie jemandem begegnet war, der für sie sorgen würde. Ihre Ohren zuckten weniger heftig und ein letztes Zittern überlief ihren Körper, bevor sie vollständig zur Ruhe kam.

Seine Fähigkeit schien ungewöhnlich an diesem Ort. Tatsächlich war auch kein anderes Pferd und auch kein Anzeichen von weiteren Tieren im Innenhof der Abtei zu sehen. Madeline konnte ihren Mund nicht halten. „Sicherlich hat doch eine Abtei nur wenig Geld für Pferde übrig?"

Ein Lächeln erhellte Rhys' Züge und bei diesem Anblick tat Madelines Herz einen Sprung. „Unser Thomas war ein Pferdedieb, bevor er sein Gelübde ablegte."

„Und Ihr kanntet ihn damals?"

Rhys nickte, dabei beobachtete er den anderen Mann. „Es ist wahr, wir haben unsere Jugend gemeinsam verschwendet."

Madeline wurde neugierig, als sie die Zuneigung aus seinen Worten heraushörte. Sie hätte möglicherweise nach mehr Einzelheiten gefragt, wenn Rhys seine Stimme nicht erhoben hätte: „Thomas, wir sind auch noch da, nicht nur das Pferd", rief er. „Und ich glaube auch nicht, dass diese Wunde so schwerwiegend ist."

Thomas zuckte schuldbewusst zusammen. „Ihre Furcht ist schlimmer als ihre Verletzung", stimmte er zu und lächelte Madeline beruhigend an. „In einer Woche sollte sie wieder gesund und munter sein, Mylady."

„Ich danke Euch für Eure Hilfe. Sie ist ein treues Pferd und es hat mir Kummer bereitet, dass sie verwundet wurde, noch dazu auf so böswillige Weise."

„Ihr sprecht wahre Worte, Mylady. Es muss ein niederträchtiger Mensch sein, der einem Pferd eine Verletzung zufügen kann", stimmte er zu. Er rief nach einem Jungen, der ihm helfen sollte. Dieser streichelte Tarascon weiter, während er sie auf den kleinen, leeren Stall zuführte.

Die Stute hinkte, aber ihre Furcht war verschwunden. Madeline merkte, dass ihre eigene Angst sich ebenfalls verflüchtigt hatte. Sie betrachtete Rhys, der beobachtete, wie der Zelter weggeführt wurde, und gestand sich ein, dass sie neugierig war.

Vielleicht war es doch kein so schlimmes Schicksal, mit einem Mann vermählt zu werden, der solch einen ausgeprägten Beschützerinstinkt hatte und so fähig war wie Rhys FitzHenry.

Oder war es genau das, was er sie glauben machen wollte?

ZUFRIEDEN mit den Bemühungen des Jungen richtete Thomas seinen Blick auf die übrigen Anwesenden. Er runzelte die Stirn, als er das andere Schlachtross betrachtete. „Und was ist mit diesem Pferd? Wozu benötigst du einen zweiten Hengst, Rhys?" Thomas legte seine Hand auf den Rücken von Kerrs Schlachtross. „Dieses Tier habe ich noch nie gesehen."

Madeline sagte nichts, denn sie war unsicher, was Rhys mit dem Pferd vorhatte. Er hatte offensichtlich einen Plan, denn er hielt sich steifer und wirkte wachsamer. Hatte Thomas den Unterschied in Rhys' Haltung bemerkt?

Rhys zuckte die Achseln und täuschte Gleichgültigkeit vor. „Ich benötige natürlich kein zweites Pferd."

„Du hast es nicht gekauft?"

Rhys schüttelte den Kopf. „Es muss einem von den Banditen gehört haben. Wir haben es gefunden, wie es herrenlos herumlief, da, wo die Lady angegriffen wurde."

Madeline erzitterte. „Dieser Schurke wird es nicht länger brauchen."

„Und ich wollte das Tier nicht in der Heide herumirren lassen, damit es nicht den Wölfen zum Opfer fällt."

Thomas nickte verständnisvoll und strich dem Pferd über den Kopf. „Es ist kein schlechtes Ross. Nicht vernachlässigt und gut gefüttert." Er warf Rhys einen listigen Blick über den Rücken des Pferdes hinweg zu. „Ein Reittier, das ein bisschen zu wertvoll für einen Banditen ist, sollte man meinen. Ein Schlachtross ist ein besseres Pferd für einen Krieger als für einen Dieb, wenn man bedenkt, dass der Dieb ein schnelles Tier benötigt."

Madeline wappnete sich, sie war überzeugt, dass nun die Wahrheit ans Licht kommen würde, doch Rhys zuckte nicht mit der Wimper. „Dann hat er es wahrscheinlich von einem anderen Opfer gestohlen."

„So muss es sein." Thomas beobachtete Rhys mit wachen Augen. „Willst du es behalten?"

Rhys schüttelte den Kopf. „Ich schulde dir einen Gefallen, Thomas, für diesen und den letzten Besuch. Verkaufe es und stecke den Erlös ins Geldsäckel deiner Gemeinschaft."

Madeline war erstaunt über diese Großzügigkeit. Ein Schlachtross war eine beträchtliche Summe wert.

Thomas schürzte die Lippen. „Wir könnten es für die Äbtissin behalten. Sie hat eine Vorliebe für gute Reitpferde."

„Verkaufe es", wiederholte Rhys mit stählerner Härte in seiner Stimme, „ebenso wie Sattel und Zaumzeug."

Thomas richtete sich auf. Sein Blick war nachdenklich. „In Newcastle gibt es einen guten Pferdemarkt", sagte er bedächtig, während er das Tier weiter streichelte und Rhys dabei nicht aus den Augen ließ. „Und Ende des Monats muss ich sowieso dorthin. Ich suche für die Äbtissin die Geldverleiher auf."

„Wie ich höre, ist der Markt in Carlisle besser", erwiderte Rhys auf dieselbe bedächtige Weise.

„Oh nein", widersprach Madeline, die nur behilflich sein wollte.

Rhys kam schließlich nicht aus dieser Gegend und sie wusste, er würde wollen, dass die Abtei den besten Preis für Kerrs Pferd bekam. Sie sollten das Meiste aus seinem großzügigen Geschenk machen! „Ich weiß, dass Schlachtrosse einen weitaus besseren Preis in Newcastle erzielen als in Carlisle. Selbst der König schickt seine Männer dorthin, um Pferde zu erwerben, und auf diesem Markt wird sehr viel gefeilscht.“

Rhys schien mit den Zähnen zu knirschen. Er warf Madeline einen verärgerten Blick zu und sagte mit Nachdruck: „Dennoch wird ein Tier von dieser Größe und Farbe in Carlisle mehr einbringen.“

Madeline schüttelte den Kopf, denn sie war sich ihrer Sache sicher. „Nein, Rhys. Ich bitte um Entschuldigung, aber Ihr seid nicht von hier. Mein Vater hat immer nur Zelter und Ponys in Carlisle gekauft, denn er sagte, das Angebot an Hengsten ist dort dürftig.“

Rhys schaute sie wütend an. „Vielleicht, meine Liebe, hat sich dein Vater geirrt.“

Madeline öffnete den Mund, um zu widersprechen, doch Rhys sah sie mit so glühenden Augen an, dass sie verstand, er wollte sie zum Schweigen bringen. Ungehalten schloss sie den Mund und blickte ihn ihrerseits wütend an.

Was hatte dieser Mann? Wollte er nicht, dass sein Geschenk so viel Nutzen wie möglich brachte?

„Ich weiß, dass Carlisle für dieses Tier der bessere Markt ist“, wiederholte Rhys in bestimmtem Ton.

„Also Carlisle“, sagte Thomas und schaute interessiert von einem zum anderen. „Dein Rat ist immer gut, Rhys, obwohl Carlisle weniger günstig liegt.“

„Ich denke, es ist die Reise wert.“ Rhys schien mit seiner Geduld am Ende, auch wenn er sich bemühte, es sie beide nicht merken zu lassen.

Was störte ihn an Newcastle?

Und dann begriff sie plötzlich: Newcastle lag näher an Ravensmuir und Kinfairlie. Rhys wollte nicht, dass das Pferd wiedererkannt wurde, denn dann könnten Vergeltungsmaßnahmen für

Kerrs Tod die Abtei treffen. Es war durchaus möglich, dass niemand glauben würde, dass der Söldner von Dieben getötet worden war. Genauso war es möglich, dass Kerrs Kameraden diese Schlussfolgerung erst recht bezweifeln würden, wenn sein Pferd auftauchte.

Sollte die Abtei in Verdacht geraten, etwas mit dem Tod des Söldners zu tun zu haben – oder schlimmer noch: sollten Kerrs Mitsöldner Vergeltung fordern –, hätte er der Abtei und ihren Bewohnern einen schlechten Dienst für ihre Gefälligkeiten erwiesen. Außerdem war die Äbtissin seine Tante.

Und sie hätte seine Absicht, die Abtei zu schützen, beinahe vereitelt. Schon jetzt war Thomas misstrauisch, woher das Pferd gekommen war, was er vielleicht nicht gewesen wäre, wenn sie ihren Rat für sich behalten hätte.

Rhys musste sie für eine einfältige Närrin halten, so dumme Fehler hatte sie in seiner Gegenwart gemacht.

Er runzelte die Stirn. „Sattel und Zaumzeug könnten sich allerdings besser in York verkaufen lassen."

„Ein Pferd mit Ausrüstung bringt immer einen besseren Preis", stellte Thomas amüsiert fest.

Rhys beugte sich zu dem älteren Mann hinüber und sagte eindringlich: „Vielleicht wären sogar Lincoln oder Winchester gut."

Thomas grinste. Der Schalk blitzte ihm nun aus den Augen. „Warum behältst du das Pferd nicht, Rhys, und bringst es den ganzen Weg nach Wales, um es dort zu verkaufen? Sicher wird der Erlös dort besser sein?"

„Der Gewinn wäre möglicherweise das Risiko nicht wert."

Thomas schmunzelte und klopfte dem anderen Mann auf die Schulter. „Ich schätze deinen Rat, Rhys. Sei unbesorgt, alter Freund, alles wird so gemacht werden, wie du es vorschlägst. Ich werde dafür sorgen, dass dieses Pferd nicht erkannt wird."

Madeline merkte, dass Thomas Rhys' Absicht die ganze Zeit durchschaut und ihn nur geneckt hatte.

„Kannst du mir mehr darüber sagen, wer es erkennen könnte?"

„Je weniger du weißt, desto besser." Rhys sagte dies mit solcher Entschlossenheit, dass Thomas nickte.

Der Mönch lächelte. „Aye, du beschützt diejenigen, die du deine Freunde nennst, daran kann niemand zweifeln. Ich hoffe, Lady Madeline, Ihr habt die wahre Natur dieses Mannes erkannt und Euch von seinen schlechten Umgangsformen nicht täuschen lassen."

Madeline nickte. An diesem Tag hatte sie viele Verdienste ihres Begleiters gesehen.

Rhys verschränkte seine Arme vor der Brust. „Vielleicht sollte die Äbtissin gerufen werden, damit die Lady ebenfalls Hilfe erhält."

„Mylady, seid Ihr verletzt?", fragte Thomas erschrocken.

„Sie ist wohlauf, aber sie hat einen Schock erlitten", erklärte Rhys, bevor Madeline etwas hätte einwenden können. „Rufe die Äbtissin, bitte." Mit Entschiedenheit hielt er Madelines Blick fest. „Ich würde die Abtei gern noch um einen weiteren Gefallen bitten, denn heute möchte ich unsere Hochzeit hier feiern."

Madeline blinzelte. Rhys beabsichtigte immer noch, sie zu heiraten?

Heute?

„Hier?", wiederholte Thomas erstaunt. „Aber was ist mit der Familie der Lady?"

„Wir können nicht nach Ravensmuir reisen, bis das Pferd genesen ist."

„Aber sie könnten von Ravensmuir hierherkommen", schlug Madeline vor. „Sicher könnten wir warten, bis sie da sind?"

Rhys schüttelte den Kopf. „Die Geschehnisse des heutigen Tages haben eindeutig gezeigt, dass wir es nicht wagen können, noch länger zu warten. Bevor der Abend anbricht, meine Liebe, werden wir verheiratet sein und am Morgen, nachdem unsere Ehe vollzogen wurde, senden wir eine Nachricht nach Ravensmuir."

Damit drehte sich Rhys um, schritt auf die Ställe zu und ließ Madeline, die vor Wut über seinen Befehlston kochte, einfach stehen. Er hätte sie in dieser Angelegenheit nach ihrer Meinung fragen können, statt ihr wie einem gut trainierten Hund zu befehlen, ihm zu gehorchen. Ihr Zorn musste sichtbar sein, denn Thomas berührte leicht ihren Arm.

„Ich möchte Euch daran erinnern, Lady Madeline, dass Ihr schlecht beraten seid, wenn Ihr einen Mann innerhalb der Mauern einer Gemeinschaft ermordet, die sich dem Werk Gottes geweiht hat."

„Dann werde ich warten müssen, bis wir aufgebrochen sind", entgegnete Madeline in betörender Wildheit. „Zweifellos ist der Weg zum Heim meines Herrn Gemahls lang und einsam."

Thomas lachte. „Ich habe schon oft gedacht, dass der Tod für einige Schurken ein zu mildes Schicksal ist, Mylady. Lasst ihn lange leben. Umso besser könnt Ihr ihn mit Eurem Scharfsinn plagen."

Bei diesem Rat des Mönchs musste Madeline lächeln.

„Seht Ihr", sagte Thomas. „Es ist immer ein besseres Omen, wenn die Braut fröhlich ist."

Diese Erinnerung ernüchterte Madeline vollständig. Man würde sie verheiraten. Und Rhys hatte deutlich gemacht, dass die Ehe noch in dieser Nacht vollzogen werden sollte. Angesichts ihrer Erlebnisse an diesem Tag erfüllte diese Aussicht sie mit erheblicher Furcht.

RHYS HATTE seinem Wunsch und seiner Absicht, Madeline zu heiraten, vielleicht nicht auf die geschickteste Weise Ausdruck verliehen.

Er bürstete sein Pferd und verfluchte den Umstand, dass er nicht die Fähigkeit besaß, dieser Frau süße Worte ins Ohr zu flüstern. Warum war er nicht mit Redegewandtheit gesegnet? Wieso war es ihm derart unmöglich, den Unsinn zu äußern, den eine Frau hören wollte? Er hätte Madelines Ängste mindern können, aber nein, stattdessen hatte er sie vergrößert. Das hatte er wirklich großartig gemeistert!

So vertieft war er in seine Tätigkeit und seine Selbstanklagen, dass er Thomas' Ankunft erst bemerkte, als dieser sich räusperte.

Rhys erschrak, fuhr herum und erblickte den anderen Mann, der an der Tür des Verschlages lehnte. Gelert sah interessiert zu, obwohl er es sich bereits im Stroh gemütlich gemacht hatte. In der letzten Zeit hatte sich der Hund an diesen Stall gewöhnt.

„Willst du also ihre Meinung ändern?", fragte Thomas.

„Du brauchst mich nicht daran zu erinnern, dass ich wenig davon verstehe, wie man um eine edle Frau wirbt." Rhys wandte sich wieder seiner Arbeit zu.

„Vielleicht brauchst du eine Erinnerung, dass sie dich abweisen kann, bis ihr die Ehegelübde gesprochen habt." Bei Rhys' erschrockenem Blick lächelte Thomas. „Sie könnte hier den Nonnenschleier nehmen, und das weißt du auch."

Bei dieser Aussicht durchfuhr Rhys ein neuer Schreck. Diese Möglichkeit hatte er noch gar nicht in Betracht gezogen. „Meine Verlobte wird niemals eine Braut Christi werden. Das liegt nicht in ihrer Natur." Rhys war nicht so überzeugt, wie seine Worte geklungen haben mochten. Immerhin hatte die Lady ihren Wunsch, der Hochzeit zu entgehen, bereits unter Beweis gestellt, indem sie von Ravensmuir geflohen war.

Die Abtei musste eine angenehmere Alternative darstellen als das, was Kerr ihr geboten hatte. Eine kalte Hand presste Rhys' Herz zusammen und er bürstete das Pferd noch heftiger als zuvor.

Madeline würde so etwas doch bestimmt nicht tun?

Aber Rhys war nicht sicher und er wagte nicht, zu hoffen.

„Sei dir des Erfolges deines Heiratsantrags nicht so gewiss, alter Freund." Thomas beruhigte ihn damit keineswegs. „Frauen sind wankelmütig und unvorhersehbar. Die Äbtissin wäre entzückt, die Seele einer weiteren Adligen für ihre Gemeinschaft zu gewinnen." Thomas nickte und ließ damit diese Möglichkeit für Rhys gefährlich einleuchtend klingen. „Es kann niemals schaden, mehr Geld im Säckel und mehr Einfluss bei Hofe zu haben."

„Vielleicht sollte ich der Äbtissin erzählen, dass die Familie der Lady weder Geld noch Einfluss hat." Dies stimmte nicht ganz, das war Rhys klar, denn der Kinfairlie-Clan besaß nun die Summe, die er für Madelines Hand gezahlt hatte.

„Die Kinfairlies haben kein Vermögen? Bist du verrückt?" Thomas stieß einen leisen Pfiff aus. „Sie sind doch mit den Leuten auf Ravensmuir verwandt, die in dieser Woche ein beträchtliches Lager an religiösen Reliquien versteigern, oder nicht?"

„Das trifft zu." Rhys sah, worauf diese Bemerkung abzielte.

Thomas nahm Rhys mit einer freundschaftlichen Geste die Bürste aus der Hand. „Lass dem Tier etwas Haut übrig." Er schwenkte die Bürste vor Rhys' Gesicht. „Weißt du, was deine Tante tun würde für eine größere Reliquie als die, die wir augenblicklich in unserer Kapelle haben?"

Rhys starrte grimmig auf den Stallboden. „Ich wage nicht, darüber nachzudenken." Seine Tante hatte den Schleier genommen, nachdem sie zum dritten Mal Witwe geworden war. Sie hatte nicht nur diese drei Ehemänner überlebt, sondern auch die Geburt von elf Kindern und einen Bürgerkrieg. Miriam war immer freundlich zu ihm gewesen, doch sie hatte nie zwischen seinen und ihren eigenen Zielen wählen müssen.

Rhys zweifelte nicht daran, dass sie ihre eigenen Ziele sofort über seine Wünsche stellen würde, wenn sie wüsste, dass es um Caerwyn ging.

„Ich würde vorschlagen, dass du über die Sache nachdenkst, und zwar schnell, sonst könnte deine Braut gegen einen Fingerknochen eingetauscht werden", schimpfte Thomas und breitete die Arme in einer Geste aus, die Unverständnis ausdrückte. „Warum hast du die Frau überhaupt hierhergebracht? Ihr hättet weiterreiten sollen!"

Aber Madeline war verängstigt gewesen und ihr Zelter war verwundet worden. Rhys hatte gewusst, dass sie Trost brauchte und eine Gelegenheit, sich von ihrem Martyrium zu erholen – und weiter hatte er nicht gedacht.

Es passte so gar nicht zu ihm, eine Bedrohung zu unterschätzen, wie sie eine Abtei darstellte, die einer Frau, die nicht verheiratet werden wollte, eine Zufluchtsstätte bot. Rhys atmete tief aus und schritt im Stall auf und ab. Nur sich selbst gegenüber gab er zu, dass Madelines Bedürfnisse alle anderen Gedanken überlagert hatten.

In Wahrheit war sie nicht die Einzige, die nach Kerrs Angriff einen Augenblick benötigte, um sich zu erholen.

„Deine Tante wird die Lady nach ihren Wünschen verbiegen", beharrte Thomas. „Wenn du sie wirklich ehelichen willst, kann aus deiner Ankunft hier nichts Gutes erwachsen."

Das wusste Rhys nur allzu gut. „Vielleicht sollte ich die Äbtissin auch begrüßen." Seine Stimme verriet wenig Begeisterung.

„Wenn sie dich in ihre Gemächer lässt."

Rhys schaute hoch, verärgert über diese Möglichkeit. „Sie wird mich nicht daran hindern, nicht heute."

„Das ist die richtige Einstellung!" Thomas grinste und wie ein Schildknappe, der seinen Ritter für die Schlacht vorbereitet, klopfte er Rhys' Jacke ab. Rhys kam nicht umhin, festzustellen, dass Thomas bei Weitem zu viel Fröhlichkeit an den Tag legte, ganz so, als ob er davon ausginge, dass Rhys diesen besonderen Kampf verlieren könnte. „Du solltest einen Schildknappen haben, Rhys, damit du nicht so verlottert aussiehst", schalt er.

„Knappen reden viel zu viel. Ich möchte meine Geheimnisse für mich behalten."

„Das mag sein, doch ich würde dir raten, jegliches Verlangen nach dieser Braut nicht länger zu verschweigen. Frauen lieben süße Geständnisse, Rhys. In diesem Fall könnte dir ein solches gute Dienste leisten."

Rhys runzelte die Stirn und schaute in eine andere Richtung. „Und ich soll mich ausgerechnet von einem Mönch beraten lassen, wie ich einer Frau am besten den Hof mache?"

Thomas lachte. „Ich habe nicht von der Wiege an eine Tonsur gehabt. Von allen Männern solltest gerade du das wissen."

„Aye, du hast dein Gelübde abgelegt, um den Ansprüchen aller deiner Bastarde zu entgehen."

Thomas lachte erneut, obwohl Rhys' Bemerkung der Wahrheit sehr nahe kam. „Wenn du willst, kannst du einen gewissen rauen Charme an den Tag legen, Rhys", betonte der Mönch. „Wenn es dir wichtig ist, diese Frau zu heiraten, könntest du ein bisschen von diesem Charme zeigen. Du wirst die Billigung der Lady benötigen, wenn du die Ziele unserer Äbtissin durchkreuzen willst."

Rhys wusste, das war durchaus zutreffend.

„Lass sie eine Geschichte hören über eine geläuterte oder eine vereitelte und wiedergefundene Liebe. Du kannst besser Geschichten erzählen als Komplimente machen."

Das war ebenfalls wahr.

Doch Rhys war bewusst, dass er und Madeline keine Liebe füreinander empfanden. Er hatte ihre Hand käuflich erworben, nicht mehr und nicht weniger, und wenn er nun gestehen würde, dass er zärtliche Gefühle für sie hegte, würde die Lady ihm nicht glauben. Madeline war keine Närrin.

Bedauerlicherweise war das Auge seiner Tante Miriam verdammt scharf und sie würde ebenfalls den Mangel an Zuneigung zwischen ihnen bemerken. Er blickte finster auf den Boden, unsicher, was er zu seiner Verteidigung vorbringen konnte.

„Erzähle ihr von Caerwyn", schlug Thomas, hilfsbereit wie immer, vor. „Frauen wissen gern, was Männer für sie planen."

Caerwyn! Wenn Miriam die Wahrheit erraten würde, wenn Madeline wirklich die Tochter seiner Base und damit die mögliche rechtmäßige Erbin von Caerwyn war, stand viel mehr auf dem Spiel als ein Fingerknochen.

Miriam könnte Caerwyn als Schenkung verlangen und die Burg wäre auf ewig für Rhys verloren. Das Blut gefror ihm in den Adern. Er fluchte, fuhr sich mit einer Hand durch sein Haar und strebte mit neuer Entschlossenheit auf das Gemach der Äbtissin zu.

Für Caerwyn würde er sagen, was immer nötig war, um Madeline zu seiner Braut zu machen. Er würde die richtigen Worte finden, irgendwie.

Weniger zu tun, wagte er nicht.

KAPITEL 7

Die Stille der Abtei legte sich auf Madeline wie ein Leichentuch.

Alles in der Abtei war in weißen Tönen gehalten: Die Wände waren getüncht und alle Nonnen trugen dieselbe Tracht aus ungefärbtem Leinen. Schleier bedeckten ihr Haar und Brusttücher ihren Hals, nur ihre Hände und Gesichter – die ganz blass waren – zeigten sie einander. Von der Kapelle her drang schwach melodischer Gesang durch die stillen Korridore. Die Musik klang gedämpft und freudlos statt feierlich. Sogar das Sonnenlicht, das durch die hohen Fenster fiel, wirkte so bleich wie Milch.

Die Glocken an der Pforte schienen nicht dazu zu passen. Madeline fragte sich, ob Thomas für ihr Vorhandensein gesorgt hatte.

Während sie einer Nonne in eine kleine Kammer folgte, wo sie sich frisch machen konnte, hatte Madeline das unheimliche Gefühl, sich unter Toten zu bewegen. Und wirklich, diese Frauen waren für ihre Familien und die Welt außerhalb dieser Mauern tot. Sie waren in den Dienst der Kirche getreten, um Gott näher zu sein, und lebten daher abgeschieden von den vielen Zerstreuungen, die die Welt bot.

Als Madeline den Hof verlassen hatte, verringerte sich ihr Ärger über Rhys an diesem ruhigen Ort zunächst. Doch nachdem sie den

Schmutz von ihrer Haut gewaschen, ihre Nägel geschnitten und ihr Haar gekämmt und zu einem Zopf geflochten hatte, fing die Stille an, sie zu stören.

Madeline war an das kaum beherrschbare Chaos von Kinfairlie gewöhnt und an den Krach, den sieben lärmende Geschwister verursachten. Stille stimmte sie misstrauisch, denn sie erweckte in ihr den Verdacht, dass jemand ihr einen Streich spielen wollte. So war es auf Kinfairlie immer gewesen: Ruhe war eine Warnung, dass man vorsichtig sein musste.

Jeden Augenblick könnte Malcolm unvermutet aus einem Versteck hervorspringen, damit sie vor Schreck aufschrie. Oder Ross würde sich von hinten anschleichen, während sie ihr Kleid überzog, und irgendein glitschiges Tier in ihr Hemd fallen lassen. Madeline zog das ungefärbte Gewand hastig über den Kopf, dann schaute sie über ihre Schulter, doch Ross war nicht da.

Die bescheidene Nonne, die augenscheinlich ihre Bewacherin war, starrte vor sich hin, ohne die geringste Neugier über Madeline oder ihr Verhalten an den Tag zu legen. Sie hätte eine Leiche sein können, die an der Tür abgestellt worden war. Madeline drehte dem Mädchen ihren Rücken zu.

Alexander hatte immer aufwendigere Scherze ausgeklügelt, wie zum Beispiel einmal, als er Rauch in das Zimmer gefächelt hatte, das sich seine Schwestern teilten, und dann „FEUER!" geschrien hatte. Madeline lächelte, wenn sie an den Anblick dachte, den sie geboten haben mussten, als sie alle fünf schreiend und nur mit ihrem Hemd bekleidet in den Burghof geflohen waren. Der Schabernack hatte die Pferdeknechte und Stalljungen von Kinfairlie erheitert, während Alexander einen derartigen Lachkrampf bekommen hatte, dass er das, was er veranstaltet hatte, gar nicht richtig genießen konnte.

Zumindest bis ihr Vater von seinen Taten gehört hatte. Eine Woche lang hatte Alexander sich nur sehr vorsichtig hingesetzt.

Madeline schnürte die Seiten ihres einfachen Kleides und ihr Lächeln schwand. Das waren wirklich glückliche Tage gewesen, aber nun waren ihre Eltern tot. Malcolm und Ross waren fortgeschickt worden, um zu Rittern ausgebildet zu werden, ihr geliebter James war verschollen und Alexander hatte ihr den grausamsten Streich überhaupt gespielt.

Madeline war so allein, wie sie es in ihrem ganzen Leben noch nie gewesen war, und es gefiel ihr kein bisschen.

Es gab ein dumpfes Geräusch, als Madeline den hölzernen Kamm niederlegte. Nein, entschied sie, sie misstraute der Ruhe nicht nur. Sie hasste sie. Es war unnatürlich, wenn Menschen in solch einer Stille lebten. Sie beschloss, das Brusttuch und den Schleier, die für sie bereitlagen, nicht zu tragen, denn sie war kein Mitglied dieser Gemeinschaft. Als Jungfrau brauchte sie ihr Haar nicht zu bedecken.

Madeline spürte plötzlich das Gewicht an ihrem Hals und ihr wurde bewusst, dass sie nicht ganz und gar allein war. Sie hatte noch das Andenken, das ihre Mutter ihr hinterlassen hatte: die Träne der Heiligen Jungfrau.

Sie zog das Samtsäckchen aus ihrem Hemd, knibbelte ein wenig getrockneten Schlamm davon ab und löste leicht beklommen die Kordel. Sie wusste nicht, was sie erwarten sollte, nachdem das Kleinod am Abend zuvor so dunkel gewesen war.

Doch was es prophezeit hatte, war ihr nun weniger klar als letzte Nacht. Hatte die Träne der Jungfrau ihre Flucht gesehen und nur das Leid vorhergesagt, das sie durch Kerrs Hand erlitten hatte? Oder bezog sich die Warnung auf ihre Ehe mit Rhys?

Es gab nur eine Möglichkeit, um das herauszufinden. Madeline ließ den Stein in ihre Hand gleiten und schloss schnell die Finger darum. Sie küsste ihre geballte Faust, wisperte ein Gebet und öffnete dann ihre Hand.

Erst dachte sie, das Juwel wäre so dunkel wie zuvor, doch dann entdeckte sie tief in seinem Innern einen Lichtschimmer. Madeline hob ihre Hand, sodass sie den Stein besser sehen konnte. Ein kleiner goldener Stern schien darin gefangen zu sein, so wie sie gefangen war durch die wenigen Wahlmöglichkeiten, die ihr offenstanden. Sie drehte das Juwel hin und her. Obwohl der Stern blieb, wurde er weder größer noch kleiner.

Die Tatsache, dass er vorhanden war, bedeutete Hoffnung.

Oder zumindest, dass es mehr Hoffnung für sie gab als letzte Nacht.

Stirnrunzelnd legte sie den Edelstein zurück in das samtene Säckchen. Damit musste sie sich wohl bescheiden.

DIE JUNGE NONNE, die Madeline zur Äbtissin geleitete, schien mit ihrer Entscheidung, ins Kloster einzutreten, zufrieden zu sein. Tatsächlich strahlte sie eine Ruhe aus, die Madeline selbst – das wusste sie – nie empfinden würde. Die Nonne blieb in der Tür zu dem Gemach stehen, das die Äbtissin bewohnte, dann wartete sie still, bis die Äbtissin ihre Anwesenheit zur Kenntnis nahm.

Diese war eine ältere Dame, die gerade etwas schrieb. Das einzige Geräusch war das Kratzen ihrer Feder auf dem Pergament. Die zwei Frauen, die ihrer Aufmerksamkeit harrten, schien sie überhaupt nicht wahrzunehmen.

Madeline schaute zwischen beiden hin und her und ihr wurde klar, dass die junge Nonne ganz gelassen bis in alle Ewigkeit dort warten würde, sollte es so lange dauern, bis die Äbtissin ihrer gewahr wurde. Madeline war nicht so unterwürfig wie ihre Begleiterin. Sie räusperte sich und trat vor. Die Äbtissin schaute erstaunt hoch.

Madeline spürte den Schock, den das Mädchen neben ihr empfand, doch das störte sie nicht.

„Guten Tag. Ich grüße Euch und danke Euch für Eure heutige Gastfreundschaft." Sie ging weiter in den Raum hinein. „Ich bin Madeline Lammergeier von Kinfairlie. Bestimmt habt Ihr schon von meiner Ankunft hier gehört."

Die Äbtissin lächelte nicht sofort. Stattdessen schien die ältere Frau Madeline in aller Ruhe zu mustern. „Ich habe die Geschichte tatsächlich vernommen", sagte sie schließlich. Dann erhob sie sich huldvoll wie eine Herzogin. Die junge Nonne hinter Madeline würdigte sie nur eines kurzen Blickes. „Das genügt, Schwester Theresa. Kehre nun zu deinen Gebeten zurück."

Das leise Geräusch von Lederschuhen, die über den Steinboden huschten, war zu hören, als sich die junge Nonne entfernte. Dann dröhnte diese elende Stille wieder in Madelines Ohren.

Die Äbtissin betrachtete sie von oben bis unten mit einem so listigen Blick, dass Madeline überzeugt war, dass es nicht viel gab, was diese Frau nicht hörte. Die Konturen ihrer schmalen Gestalt waren deutlich erkennbar, trotz ihres weit geschnittenen Gewandes, des Brusttuches und des Schleiers, der ihr Gesicht umrahmte. Ihre Augen waren von einem blassen Blau. Ihrem aufmerksamen Blick entging wahrscheinlich nichts, so unbedeutend es auch sein mochte.

Madeline würde diese Frau nicht gern zur Feindin haben.

„Du bist weit von Kinfairlie entfernt, Kind", sagte die Äbtissin. Dabei durchquerte sie den Raum mit der Gemächlichkeit einer Katze, die sich an ihre Beute heranpirscht. Sie blieb vor Madeline stehen, und aus dieser Nähe wirkte ihr Blick noch durchdringender.

„In der Tat, das bin ich." Madeline kämpfte gegen den Drang an, zu blinzeln.

Sie fuhr zusammen, als die Äbtissin ganz plötzlich den Stoff ihres Kragens beiseiteschob. „Hat Rhys FitzHenry dir das angetan?" Sie schnippte mit dem Finger gegen Madelines Hals. Der dumpfe Schmerz verriet ihr, dass sich dort ein Bluterguss befand.

„Ganz im Gegenteil. Ich wurde von einem Banditen überfallen." Madeline war sicher, dass es besser war, dieser Frau so wenig wie möglich zu enthüllen. „Ich habe den Angriff des Verbrechers überlebt, weil Rhys FitzHenry ihn getötet hat."

Die Äbtissin war offenkundig nicht überrascht über dieses Detail, obwohl sie eine silbrige Augenbraue hochzog. „Und der Preis für Rhys' Eingreifen ist die Ehe?"

Madeline spürte, wie sie rot wurde. „Wir waren einander bereits vorher versprochen."

„Wie seltsam, dass ich nichts davon wusste."

„Wir sind erst seit gestern verlobt."

Ein schwaches Lächeln des Triumphes huschte über die Lippen der Äbtissin, bevor sie sich umdrehte und durch das Gemach schlenderte. „Und doch warst du an diesem Morgen weit weg von Kinfairlie und entweder allein oder so armselig beschützt, dass ein Bandit dein Leben bedrohen konnte." Sie schaute über ihre Schulter zurück. Ein harter Glanz stand in ihren Augen. „Der Rhys, den ich kenne, sorgt besser für das, was er für wertvoll hält."

Madelines Gesicht wurde noch heißer, denn sie war eine schlechte Lügnerin. „Die Einzelheiten meiner Kümmernisse sind sicherlich nicht von Belang."

Die Äbtissin betrachtete sie einen Augenblick, dann bedeutete sie Madeline mit einer Geste, dass sie Platz nehmen sollte. Sie ließ ihre Fingerspitzen über den Tisch gleiten. „Kennst du Rhys gut?", setzte sie so beiläufig hinzu, dass Madeline wusste, diese Frage war bedeutsam.

„Überhaupt nicht." Sie lächelte höflich. „Obwohl das kaum ungewöhnlich ist für eine Jungfrau, die einem Mann versprochen ist."

Die Äbtissin neigte zustimmend den Kopf. „Natürlich nicht. Allerdings kenne ich Rhys ziemlich genau, denn er ist mein Neffe. Es kommt mir eigenartig vor, dass er sich mit solcher … Ungeduld verheiraten will. Meiner Erfahrung nach ist er ein Mann, der alles, was er tut, sehr sorgfältig überdenkt."

„Dennoch spreche ich nicht die Unwahrheit über unsere Verbindung."

Die Äbtissin beobachtete Madeline, die nicht bereit schien, noch etwas hinzuzufügen. „Es gab Gerüchte über eine seltsame Versteigerung gestern auf Ravensmuir. Sind die Bewohner nicht verwandt mit deiner Familie?"

„Mein Onkel ist der Laird von Ravensmuir."

Die Äbtissin nickte. „Derselbe Laird, der zuließ, dass man eine seiner Nichten als Braut versteigerte, der Laird, dessen Nichte nun vor mir sitzt und mir erzählt, dass sie den Mann nicht kennt, dem sie Hals über Kopf versprochen wurde."

Madeline sagte nichts, denn sie konnte nicht erkennen, was die ältere Frau bezweckte. Sie wusste nur, dass sie ihr nicht traute.

Die Äbtissin schien ihr Schweigen erheiternd zu finden. „Du darfst deine Geheimnisse für dich behalten, Kind, doch ich mache dir ein Angebot." Sie stützte ihre Hände auf den Tisch, ihre Augen funkelten. „Du weißt sicher, dass du zu dem einzigen Ort gekommen bist, der dir eine Zuflucht bieten könnte. Es kann nicht dein Wunsch sein, einen Fremden zu ehelichen, zumal dieser vom König selbst des Verrats beschuldigt wird."

Die Augen der Äbtissin glänzten, als sie sich weiter zu Madeline hinüberlehnte. „Gelobe, dass du dich dieser Abtei anschließt, und du brauchst dich nicht mit Rhys FitzHenry zu vermählen. Werde eine Braut Christi, Madeline, nicht die Frau eines Kriegers, und rette deine unsterbliche Seele."

Madeline fand die Aussicht, unter der Autorität dieser Frau zu stehen, nicht verlockend, doch ihr fiel so schnell nicht ein, wie sie diplomatisch ablehnen konnte. Dabei wunderte sie sich, dass sie mehr Angst vor dieser Äbtissin hatte als vor Rhys.

„Tante Miriam, ist es nicht unschicklich, wenn du versuchst, meine Braut davon abzubringen, mich zu heiraten?"

Madeline fuhr herum und sah Rhys, der sich gegen die Tür lehnte. Bei seinem bloßen Anblick tat ihr Herz einen seltsamen Freudensprung. Seine Augen wirkten dunkler als zuvor und er war offenbar in übler Stimmung. An diesem heiligen Ort zwischen all den weißen Wänden und dem ungefärbten Tuch sah er noch größer, düsterer und gefährlicher aus als sonst. Er hatte die Hände in die Hüften gestemmt, sein Gebaren wirkte Respekt einflößend und plötzlich fühlte Madeline das Verlangen, noch einmal seinen fordernden Kuss zu schmecken.

Es war mehr als die Farbe seiner Kleidung oder selbst sein Geschlecht, das ihn fehl am Platze erscheinen ließ. Rhys' bloße Anwesenheit störte die Ruhe hier. Er brachte einen Hauch der Außenwelt mit sich, von Krieg und Tod und Leidenschaft, der die

Kammer mehr mit Leben erfüllte als die ruhige Musik und die Sonnenstrahlen.

Madeline verstand nun, warum ihr seine Gegenwart so sehr willkommen war. Sie dachte an seinen Wunsch, Söhne zu haben, und wusste, dass er sich mit einem oder zwei nicht zufriedengeben würde. Rhys' Heim würde von dem Lärm erfüllt sein, an den sie gewöhnt war.

In diesem Moment wusste Madeline, wie sie sich entscheiden würde. Sie konnte sich kein schlimmeres Schicksal vorstellen, als für den Rest ihrer Tage und Nächte in diesen Wänden eingeschlossen zu sein. Statt ihr Leben in solch stiller Abgeschiedenheit zu verbringen, würde sie lieber jeden Augenblick voll auskosten, selbst wenn dies mit sich brachte, dass sie Ungewissheit hinnehmen musste.

Madeline wettete, wenn sie ihre Hand in die von Rhys FitzHenry legte, würde sie reichlich Abenteuer und Leidenschaft erleben und außerdem den Schutz eines starken Mannes genießen. Vielleicht waren Viviennes Vorstellungen doch nicht so dumm gewesen, vielleicht könnte Madeline den Namen ihres Ehemannes reinwaschen. Wenn sie von dem ausging, was sie von Rhys gesehen hatte, konnte sie nicht glauben, dass er seinen Lehnsherrn verraten hatte, denn Treulosigkeit schien er als überaus schlimmes Verbrechen anzusehen.

Die Äbtissin lächelte flüchtig. „Du solltest dich hier nicht so sehr willkommen fühlen, dass du unaufgefordert in mein Gemach trittst, Neffe. Ich bin an diesem Ort zu nachsichtig mit dir gewesen."

„Ich wäre auf jeden Fall in diesem Moment hergekommen, ob mit deiner Duldung oder ohne. Meine Braut und ihr Wohlergehen sind mir wichtiger als jeder Tadel, den du aussprechen könntest." Rhys lächelte Madeline an und dieser Anblick ließ ihren Puls rasen. „Wie geht es dir, meine schöne Lady? Hast du dich genug von den Ereignissen dieses Morgens erholt?"

Er war plötzlich so höflich und charismatisch, dass Madeline nicht wusste, was sie sagen sollte.

„Geht es Euch gut?", wisperte sie.

Rhys schmunzelte, nahm ihre Hand und drückte einen Kuss auf ihre Fingerknöchel. „Besser, da ich dich nun wiedersehe."

Wer war dieser Mann? Hatte Rhys einen Schlag auf den Kopf bekommen? Er schaute sie über ihre Hand hinweg an und sie betrachtete ihn stirnrunzelnd. Warum sagte er ihr nicht einfach, was nicht in Ordnung war?

Er drückte ihre Finger noch fester und verzog seine Lippen, als würde ihm etwas missfallen. „Ist es so schwer zu glauben, dass ich mich in deiner Abwesenheit nach deinem Lächeln gesehnt habe?"

Madeline öffnete den Mund, um dies zuzugeben, doch dann bemerkte sie, dass die Äbtissin ihr Gespräch mit wachem Interesse verfolgte. Sie legte ihre Hand auf Rhys' und lächelte. „Ich bin überrascht, dass Ihr in der Gegenwart einer anderen Person solch süße Geständnisse macht."

Rhys richtete sich auf und zog Madeline enger an sich. Seine Arme umgaben sie, obwohl er weiterhin nur ihre Hände hielt. „Es ist bezaubernd, dass du so schüchtern bist, allerdings kann unsere Zuneigung nicht für immer eine persönliche Sache zwischen uns bleiben." Rhys streichelte ihre Hand mit seinen Fingerspitzen. „Sobald wir verheiratet sind, wird jeder erwarten, Zeuge der Freude des einen an der Gesellschaft des anderen zu sein."

Er neigte sich nach vorn und streifte völlig unerwartet ihre Stirn mit seinen Lippen. Madeline wusste nicht, was sie sagen oder tun sollte, sie war so verwundert, wie galant er war.

„Lass dich nicht von Rhys in eine Ehe zwingen, die du nicht wünschst, Kind", sagte die Äbtissin in bestimmtem Ton zu Madeline, wandte jedoch dabei den Blick nicht von Rhys. „Du bist einmal vor ihm geflohen und in einem sicheren Hafen angekommen. Ich leugne nicht, dass er eine starke Persönlichkeit ist und Männer ihren Reiz haben."

Sie schaute Madeline an. „Aber weltliche Gelüste und ihre Befriedigung sind flüchtig und ich kann diejenigen, die meiner Fürsorge anheimgegeben sind, genauso wachsam schützen wie jeder Mann.

Wähle den Schleier und ich werde dich sogar gegen meinen eigenen Neffen verteidigen."

„Und all das würdest du tun, um die kleinste Reliquie aus dem Schatz von Ravensmuir als Belohnung zu bekommen", fügte Rhys ruhig hinzu. Er kniff die Augen zusammen und zeigte wieder seine übliche skeptische Haltung, obwohl er Madelines Hand immer noch nicht losließ.

Die Augen der Äbtissin sprühten Funken. „Behaupte nicht, dass die Sorge um das Wohlergehen eines anderen einen Preis hat."

„Noch nicht einmal, wenn es so ist?"

Die Nasenflügel der Äbtissin blähten sich und Madeline äußerte sich vorsichtig: „Ihr wärt nicht die Erste, die für eine Reliquie von Ravensmuir eine Gunst anbietet. Vielleicht solltet Ihr wissen, dass ich keinen Zugang zu diesen Schätzen gewähren kann."

Die Äbtissin lachte spöttisch auf. „Du könntest doch sicher deinen Onkel zu einer Spende zum Heil seiner unsterblichen Seele überreden?"

„Und um für deinen Unterhalt in dieser Abtei im Diesseits zu bezahlen", ergänzte Rhys ironisch.

„Was auch immer mein Onkel mit seinem Erbe macht, ist seine Entscheidung, nicht meine."

„Gut ausgedrückt, meine Liebe."

Das Gesicht der Äbtissin färbte sich rot und sie verlor die Beherrschung. „Du bist unverschämt, Rhys, das warst du immer schon. Ich fordere dich auf, die Abtei zu verlassen!"

„Morgen", erwiderte er ruhig. „Nachdem meine Braut und ich das Ehegelübde abgelegt und unsere Ehe vollzogen haben."

„Nicht in den Mauern dieser Abtei."

„Ihr habt einen Priester und eine Kapelle, das passt mir gut."

Die Äbtissin drohte ihrem Neffen mit dem Finger. „Du bist ein Schurke und ein Mann, der immer in Schwierigkeiten gerät, ob du sie suchst oder nicht. Du wirst diese Frau ins Elend stürzen. Ich kenne die Wahrheit."

Rhys schüttelte den Kopf, die Verurteilung durch die Äbtissin berührte ihn nicht. „Du vergisst, Tante, ich weiß, dass du die härtesten Worte immer für diejenigen übrig hast, die sich deinem Willen widersetzen." Er warf Madeline einen durchdringenden Blick zu. „Mache dich auf einen Wortschwall der übelsten Sorte gefasst, bevor du ihr Angebot ausschlägst."

„Keine Frau mit Verstand würde mich abweisen." Die Äbtissin streckte mit einer heftigen Bewegung ihre Hand aus. „Was kannst du einer Braut bieten, Rhys? Ein Leben an der Seite eines Mannes ohne Bleibe, eines Mannes, der vom König selbst gejagt wird."

„Caerwyn", antwortete Rhys leise und sein Griff um Madelines Hand verstärkte sich. Er sagte das Wort so ehrerbietig, als spräche er einen Segen aus. „Meine Braut wird die Lady von Caerwyn sein, so wie ich dort Lord bin."

„Caerwyn!", gab die Äbtissin zurück. „Du kannst träumen, wovon du willst, aber diese Burg ist nicht dein Eigentum!"

Rhys hätte aus Stein gemeißelt sein können. Er sprach mit ruhiger Kraft, obwohl seine Augen Funken sprühten: „Doch, das ist sie. Und daher brauche ich eine Braut – und habe eine ausgewählt."

„Du musst nicht einwilligen", sagte die Äbtissin zornig zu Madeline. „Du brauchst diese fantasievolle Geschichte nicht zu glauben. Entscheide dich, Kind. Wähle die Sünde oder den Schleier."

Doch Rhys' Worte ließen Madeline ahnen, wie es geschehen konnte, dass er von Englands landhungrigem König als Verräter bezeichnet wurde. „Gehört der Besitz wirklich Euch?", fragte sie.

Rhys nickte. „Nach walisischem Gesetz und Brauch fällt er bei unserer Hochzeit ganz mir zu."

Die Äbtissin runzelte die Stirn, sie hörte aufmerksam zu. „Aber –"

Madeline misstraute allem, was die ältere Frau sagen könnte. Ihr war klar, vor welcher Wahl sie stand, und sie begriff, dass es in Wahrheit keine Wahl war. Es lag nicht in ihrer Natur, sich von der Welt zurückzuziehen und eine Braut Christi zu werden. Sie konnte nicht nach Kinfairlie zurückkehren, da sie heute mit Kerr und Rhys allein gewesen war. Schon die Gerüchte würden ihren Ruf zerstören. Und den Mann, den sie selbst auserwählt hatte, konnte sie nicht heiraten.

Rhys hatte den Preis für ihre Hand gezahlt und seine Bereitschaft, sie zu verteidigen, unter Beweis gestellt. Er hatte ein Heim und einen Titel. Sie würde ihn nach seinen Taten beurteilen, nicht nach seinem schlechten Leumund.

Und nun fiel sie der Äbtissin mit fester Stimme ins Wort. „Rhys FitzHenry, ich werde eine Vereinbarung mit Euch treffen."

Er neigte seinen Kopf zu ihr hinüber. „Nenne sie."

„Ihr sagt, dass Ihr nur Söhne braucht." Madeline war sich wohl bewusst, dass die Blicke der Äbtissin zwischen ihnen hin und her schnellten. „Zwischen uns muss mehr sein als das. Ich biete Euch an, immer zu Euch zu halten, wenn Ihr mir im Gegenzug versprecht, stets offen zu mir zu sein. Was auch geschieht, ich werde Euer Vertrauen niemals verraten. Und ich bitte Euch nur, dass Ihr keine Geheimnisse vor mir habt."

„Und was ist mit den Söhnen?"

Madeline nickte, ihr Mund war trocken. „So viele, wie Gott uns in seiner Gnade schenken möge."

Rhys lächelte plötzlich so strahlend, dass Madeline blinzelte. „Das ist ein Angebot, das kein Mann ablehnen könnte." Bevor sie noch etwas sagen konnte, legte er seine Hand an ihren Hinterkopf, beugte sich vor und küsste sie so ausgiebig, dass ihr schwindelig wurde.

Sein Kuss war verlockend und verführte sie, sich ganz darauf einzulassen. Madeline schloss die Augen und gab sich Rhys' Berührung hin. Sie fragte sich, ob seine Leidenschaft aus Erleichterung erwuchs oder dem Wunsch, ihr die Angst vor der Hochzeitsnacht zu nehmen.

In Wahrheit war es ihr egal.

Als er schließlich den Kopf hob, stieß die Äbtissin einen angewiderten Laut aus. Madeline konnte jedoch weder ihren Blick von Rhys abwenden noch richtig durchatmen. Seine glänzenden Augen spiegelten Zufriedenheit und Humor wider und sein Lächeln milderte den festen Zug um seinen Mund.

„Rufe deinen Priester, Tante", sagte Rhys zielstrebig.

„Dies wird nicht in meiner Abtei stattfinden!"

„Oh doch, das wird es." Rhys bedachte die Äbtissin mit einem grimmigen Blick. „Es werden keine Fragen gestellt, Tante, und keine Verdächtigungen geäußert. Unsere Ehe wird heute Nacht mit deinem Segen vollzogen und du wirst die Spuren auf dem Betttuch bezeugen."

Er wirkte so entschlossen, dass Madeline sich wunderte. Warum war es für Rhys so wichtig, dass ihre Ehe nicht für ungültig erklärt werden konnte?

~

ETWAS HATTE SICH GEÄNDERT, daran zweifelte Miriam nicht. Bevor sie sich in dieses Kloster zurückzog, hatte sie genug von der Welt gesehen, um zu wissen, dass Männer wie ihr Neffe den Weg, den sie einmal eingeschlagen hatten, nicht plötzlich verließen, um einen anderen zu wählen. Noch zwei Wochen zuvor hatte Rhys nicht die Absicht gehabt, zu heiraten. Es ergab keinen Sinn, dass es ihn nun so stark nach dieser Braut verlangte.

Zwar hatte er ihre Hand bei der Versteigerung käuflich erworben, doch konnte Miriam nicht verstehen, warum er überhaupt ein Gebot abgegeben hatte. Madeline war sicherlich eine Schönheit, doch Rhys gehörte nicht zu den Männern, die sich von einem hübschen Lächeln beeinflussen ließen – und er kannte die Frau nicht lang genug, um sich ihres Charakters gewiss zu sein.

Und Caerwyn! Hätte Rhys sich seinen Anspruch auf Caerwyn schon vor zwei Wochen gesichert, hätte er seinen Triumph von allen Dächern geschrien. Sie wusste, wie sehr er den Besitz begehrte und wie oft seine Versuche, ihn an sich zu bringen, durchkreuzt worden waren.

Was konnte sich während seiner Zeit nahe der Grenze zu Schottland geändert haben? Was hatte er hier gesucht?

Und was hatte er gefunden?

Es fehlte ihr ein Puzzleteil. Miriam verstand gern, wie die Dinge zusammenhingen und warum Leute ihre Entscheidungen trafen. Sie redete sich ein, dass sie dieses Wissen benötigte, um ihre Schützlinge besser führen zu können, doch in Wahrheit war Klatsch und Tratsch das einzige weltliche Element, das sie vermisste.

Sie sah zu, wie die Sonne unterging, und klopfte dabei mit den Fingerspitzen auf das Fensterbrett. Die Hochzeitszeremonie war schlicht gewesen, einen kargeren Austausch der Ehegelübde hätte sie diesem Paar nicht bieten können. Es hatte die zwei allerdings nicht von ihrem Kurs abgebracht, aber das hatte Miriam auch nicht erwartet.

Die beiden waren eigensinnig. Sie schüttelte den Kopf, als sie sich die unverblümte Art dieser Madeline ins Gedächtnis rief. Aus ihr wäre ohnehin eine schlechte Nonne geworden. Vielleicht hatten sie und Rhys einander verdient.

Hatte Rhys sich so unvermittelt verliebt wie ein Narr in der Erzählung eines Minnesängers? Miriam, die ihn als den harten Krieger kannte, der er war, konnte sich das nicht vorstellen.

Sie trommelte erneut mit den Fingern auf die Fensterbank. Ihr war klar, sie übersah ein Detail, das ihr als Hinweis dienen könnte. Thomas wusste zweifellos mehr, als er ihr gegenüber zugegeben hatte, doch es war verdammt schwierig, diesen gerissenen Mönch auszuhorchen. Er würde sie mit seinem Wissensvorsprung foppen, doch ihr letzten Endes keinen Krümel davon zukommen lassen.

Miriams Finger stockten plötzlich. Warum war Rhys vor zwei Wochen hier gewesen? Sie hatte ihm Unterschlupf gewährt in der Hoffnung, etwas Neues zu erfahren, doch er war auf irgendeiner Mission unterwegs gewesen und hatte sich wie immer mit Einzelheiten bedeckt gehalten.

Er und Thomas waren vom selben Schlag, so viel stand fest.

Doch Miriams Schwester würde die Wahrheit entweder kennen oder sie konnte dazu bewegt werden, sie ans Licht zu bringen. Abgesehen von ihrer Blutsverwandtschaft gab es keine enge Bindung zwischen ihnen. Zwischen Rhys' Mutter und Miriam lagen zu viele Jahre, aber sie teilten die Vorliebe, ihre Nasen in die Angelegenheiten anderer Leute zu stecken. Adele würde Rhys auf die eine oder andere Weise die Wahrheit entlocken, wenn sie sie nicht bereits kannte.

Miriam lächelte, denn sie ging davon aus, dass ihre Schwester nicht wusste, dass ihr Sohn ein verheirateter Mann war – wie sollte sie auch? – und dass sie selbst diejenige sein würde, die ihrer Schwester diese Nachricht wie einen köstlichen Leckerbissen darbieten konnte. Es schadete nicht, wenn Adele in ihrer Schuld stand, was die Weitergabe von Informationen betraf.

Miriam wählte ein wenig benutztes Stück Pergament, tauchte ihre Feder ins Tintenfass und schrieb einen Brief an ihre Schwester. Ein Läufer könnte sich bei Tagesanbruch damit auf den Weg machen und schon bald, sehr bald, würde sie die Wahrheit erfahren.

Wie viel Charme Rhys auch zuvor noch besessen haben mochte, dieser war offensichtlich während ihres Gesprächs in der Gegenwart seiner Tante aufgebraucht worden. Der Austausch der Ehegelübde war bestenfalls beiläufig vonstattengegangen, der Priester war nicht bei der Sache gewesen und Rhys fürchtete, dass Madeline bitter enttäuscht war von dem Ritual, das man ihnen gewährt hatte.

Danach stand Rhys in der Kammer, die man ihm und Madeline zugewiesen hatte. Er war verwundert, dass sie tatsächlich gelobt hatte, seine Frau zu sein, und er war ganz und gar unsicher, wie er nun weitermachen sollte.

Er wusste natürlich, was geschehen musste und wie der Akt als solcher auszuführen war, doch er hatte noch nie eine Jungfrau in seinem Bett gehabt. Zugegeben, er hatte auch noch nie mit einer Frau geschlafen, wenn so viel auf dem Spiel stand.

Madeline konnte ihn immer noch zurückweisen. Sie könnte seine Liebesbezeugungen ablehnen oder seine Berührung nicht mögen. Sie könnte furchtsam sein oder kalt. Sie könnte ihn grob und unansehnlich finden, ihn für ungehobelt oder vulgär halten. Diese Liebesbegegnung könnte sehr schlecht ablaufen.

Dass er so sehr darauf bedacht war, dass alles gut ablief, trug wenig dazu bei, ihm seine Unsicherheit zu nehmen. Wie viel wusste Madeline über solche Dinge? Was hatte man ihr erzählt? Er beobachtete, wie sie die Kerzen anzündete, und konnte ihr beherrschtes Benehmen nur schwer deuten. Er fand, sie legte unnötig viel Sorgfalt an den Tag, während sie mit der Flamme von einer Kerze zur nächsten ging, und er fragte sich, ob sie ebenfalls unsicher war.

Sie steckte alle Kerzen in der Kammer an, dann löschte sie genauso gründlich den Holzspan, den sie verwendet hatte. Sie blies die Flamme aus, tauchte ihn in einen Wassereimer und steckte ihn dann in Sand. Sie schaute sich im Raum um, als ob sie nach irgendwelchen weiteren Pflichten suchen würde, die sie erfüllen könnte, doch er war nur spärlich möbliert.

Madeline wandte sich Rhys erst zu, als sie keine andere Wahl mehr hatte. Sie faltete die Hände vor ihrem Bauch, aber nicht schnell genug, als dass Rhys nicht gesehen hätte, dass sie zitterten. Sie schien einmal tief durchzuatmen, bevor sie ihm ein dünnes Lächeln schenkte.

Und da wusste Rhys, was er tun musste.

Er sah sich bedächtig in der weiß getünchten Kammer um und hoffte, dass er wie ein Mann wirkte, der vollkommen entspannt war. Es gab nur eine schmale Pritsche, die Kerzen und eine Holzschnitzerei von Christus im Todeskampf, die an der Wand hing. Der Künstler hatte den grausigeren Details besondere Aufmerksamkeit gewidmet und Rhys war davon überzeugt, dass seine Tante diesen Raum absichtlich wegen des Kruzifixes ausgewählt hatte.

Ein so offensichtlicher Trick würde ihn nicht von seinem Ziel abbringen.

Er schüttelte den Kopf, als wäre er in Gedanken versunken. „Ich hätte nie gedacht, dass ich in einer Abtei heiraten würde."

Madeline lachte, doch ihre Heiterkeit war nur von kurzer Dauer. „Ich auch nicht." Ihre Augen weiteten sich, als sie ihn anstarrte. Er sah, dass sie schluckte und begann, den einfachen Silberring zu drehen, den er gerade von seinem Finger abgezogen und ihr angesteckt hatte. Es war, als ob das ungewohnte Gewicht sie störte, als ob die Last an ihrem Finger sie erst jetzt daran erinnerte, was sie zu tun geschworen hatte.

In dem Augenblick fühlte Rhys das Bedürfnis, seine neue Ehefrau zu beschützen, und er war umso mehr entschlossen, dafür zu sorgen, dass dies eine Nacht der Freude für sie wurde. Er durchquerte die Kammer und blieb vor dem Kruzifix stehen. „Ehrlich gesagt, ich würde mich weniger wie ein Mann fühlen, der in der Kirche sündigt, wenn wir keine Zuschauer hätten." Er schaute Madeline Zustimmung heischend an. „Es hängt nur an einem Nagel und kann eine Weile auf der Fensterbank abgelegt werden, wenn du, meine Liebe, derselben Ansicht bist."

Madeline nickte hastig. „Das würde ich vorziehen." Sie bekreuzigte sich, als Rhys die Figur von der Wand nahm, und seufzte erleichtert auf, als er sie beiseitelegte. „Rhys, ich weiß, du hast das Recht, zu tun, was immer du willst heute Nacht, aber ..."

Während er auf sie zuging, beobachtete er, wie sich ihr Atem beschleunigte, und er legte einen Finger auf ihre Lippen, um sie zum Schweigen zu bringen. „Mein Recht ist weniger bedeutsam in dieser Nacht als meine Pflicht."

Sie schaute ihn fragend an. „Ich verstehe nicht."

„Ein Mann hat seiner Braut gegenüber viele Pflichten, aber die wichtigste ist nicht im Gesetz irgendeines Landes niedergelegt."

„Was für eine Pflicht ist das?"

Rhys nahm das Ende ihres Zopfes in seine Hand und richtete seine volle Aufmerksamkeit darauf, das Band zu lösen, das ihn zusammenhielt. „In dieser Nacht der Nächte schulde ich dir, dass du im Bett Lust empfindest. Wir werden keine weitere Hochzeitsnacht miteinander erleben, daher müssen wir Erinnerungen an diese schaffen." Er schaute ihr in die Augen. „Ich möchte, dass es liebevolle Erinnerungen sind."

„Das möchte ich auch."

Er strich durch ihr dunkles, seidiges Haar und war entzückt, dass es sich um seine Finger ringelte wie Ranken von Wein. Er verteilte es sorgsam über ihre Schultern. Sie schien den Atem anzuhalten. „Was weißt du von diesem Akt?", fragte er mit leiser, gleichmäßiger Stimme, denn er wusste, dass sie Beruhigung brauchte. „Ich möchte nichts tun, was du nicht erwartest."

„Nicht allzu viel", gab sie mit einem Schulterzucken zu. „Abgesehen von den obszönen Geschichten, die man in den Küchen hört. Und natürlich habe ich es bei Pferden gesehen."

Er drückte einen Kuss auf die weiche Haut unter ihrem Ohr. Ihr stockte der Atem, doch sie wich nicht zurück. Rhys ließ seine Fingerspitze sanft ihren Hals hinuntergleiten, dann wandte er seine Aufmerksamkeit den Schnüren an den Seiten ihres Kleides zu.

„Ich habe gehört, beim ersten Mal tut es oft weh", sagte Madeline plötzlich.

Rhys nickte. „Ich habe dasselbe gehört." Er löste eine Schnur und zog sie aus den Ösen. Dabei überdachte er sein weiteres Vorgehen. Er konnte ihr nicht versprechen, aufzuhören, wenn sie Schmerzen hatte, nicht in dieser Nacht. „Wir müssen versuchen, dafür zu sorgen, dass es nicht so ist." Er zog die zweite Schnur heraus. Ihr Gewand hing nun an beiden Seiten offen und er schob seine Hände darunter, zog es ihr über den Kopf und legte es zur Seite.

Das grobe Kleidungsstück wurde ihr nicht im Mindesten gerecht, obwohl es etwas tailliert war. Unter dem Hemd aus reinem Leinen konnte er ihre Kurven erkennen und ihre Schönheit verschlug ihm die Sprache. Sie war groß, seine Lady und Ehefrau, feingliedrig und dennoch kräftig. Sie hatte volle Brüste, die dunklen Brustwarzen waren durch den Stoff erkennbar und hatten sich keck aufgerichtet.

„Du bist schön", wisperte er und hörte, dass Ehrfurcht in seiner Stimme mitschwang. Er umfasste eine ihrer Brüste mit der Hand, das Hemd war ein lästiges Hindernis zwischen ihm und ihrem Körper. Er löste das Band im Nacken des Kleidungsstücks und schob das Leinen zur Seite. Sie trug ein Samtsäckchen mit einem Gegenstand darin um den Hals, und er wagte nicht, es abzunehmen. Wer weiß, was das war!

Stattdessen ließ er seine Hand daruntergleiten und konnte kaum glauben, wie weich sie war. „Samtiger als das Blütenblatt einer Rose", murmelte er, dann neigte er sich nach vorn und küsste ihre Brustwarze.

Madeline hielt die Luft an. Er machte mit sanfter Entschlossenheit weiter, bis sie seufzte, bis sie nachgiebig wurde, bis sie ihre Hände in sein Haar krallte.

Rhys hielt mit Mühe inne und lehnte seine Stirn an ihre Schulter. „Ich wollte dich nicht drängen", sagte er heiser. „Ich wollte dich nicht an Kerr erinnern."

„Ich bezweifele, dass du das könntest", wisperte sie.

Er schaute sie an und bemerkte die Sterne, die in ihren Augen leuchteten.

„Du bist so sanft, Rhys." Sie lächelte ihn an. „Du bittest, du verlangst nicht, und das macht einen großen Unterschied."

Sie schauten einander mit einem Lächeln an, das sein Blut in Wallung brachte, und er beschloss, weiterzubitten, die ganze Nacht zu bitten, wenn sie ihn ließ. Er beugte sich vor und küsste die andere Brustwarze. Er fand es schön, wie sie wieder die Luft anhielt, als wäre sie überrascht über den Genuss, den er ihr bereitete. Madeline wölbte sich ihm entgegen und stöhnte leise. Dieses Geräusch und die harte Spitze ihrer Brustwarze verrieten Rhys, dass sie Lust empfand.

Sie wisperte seinen Namen. Er beschloss, dies als Einladung zu betrachten, und ließ seine Lippen langsam ihren Hals hinaufwandern. Er platzierte lauter kleine Küsse rund um ihr Ohr und brauchte tausend Jahre, bis er endlich ihre Lippen erreichte. Sie keuchte und begann, ihre Brüste an ihm zu reiben. Es gefiel ihm außerordentlich, wie sie mit ihren Fingern in sein Haar griff, wie sie kleine Laute der Lust von sich gab. Er strich mit dem Daumen über ihren Hals und spürte, wie ihr Puls flatterte. Dabei hielt er sie fest an sich gedrückt.

Als er schließlich ihre Lippen einfing, öffnete sie sofort den Mund für ihn. Zu seinem Entzücken und zu ihrer Überraschung berührte ihre Zunge seine, erst zaghaft, dann immer drängender. Ihre Finger griffen in sein Haar, sie zog ihn näher an sich heran und Rhys war verloren.

Ihr bereitwilliges Entgegenkommen, ihre süße Weichheit, gepaart mit Leidenschaft, ließen seine Zurückhaltung schwinden. Seine Absicht, vorsichtig zu sein, löste sich in Luft auf. Mit jeder Berührung kam Madeline ihm weiter entgegen, ihre Küsse waren so feurig wie seine eigenen. Er umfasste ihre Backen und zog ihren heißen Körper an sich. Er hob sie hoch und ließ sie fühlen, welche Wirkung sie auf ihn hatte.

Madeline brach ihren Kuss plötzlich ab und Rhys schämte sich, als er merkte, dass er kurz davor gewesen war, sie einfach zu nehmen. Sie schien sich jedoch nicht von ihm abgestoßen zu fühlen. Ihre Wangen waren gerötet, ihre Augen glänzten, ihr Atem kam schnell. „Ich habe nicht gewusst, dass Küssen so viel Lust schenken kann."

„Du hast erst die Hälfte davon gesehen." Er stellte sie auf ihre Füße und holte tief Luft.

Madeline bohrte spielerisch ihren Finger in sein Wams aus gehärtetem Leder. „Und ich habe nichts von dir gesehen. Hast du die Absicht, in deiner Rüstung mit mir ins Bett gehen?"

„Ist das eine Aufforderung?"

Mit bewundernswertem Mut hob sie ihr Kinn. „Ich bin neugierig, Rhys, und wir sind nun wirklich und wahrhaftig verheiratet. Sicherlich hast du doch vor, meine Neugier zu befriedigen?" Dem einladenden Blick aus ihren saphirblauen Augen konnte kein Mann aus Fleisch und Blut widerstehen.

Und Rhys FitzHenry war ein Mann aus Fleisch und Blut.

KAPITEL 8

Rhys zog sich in heilloser Hast aus. Dabei ließ er Madeline nicht aus den Augen. Er hoffte, dass sie ihre Meinung in dieser Angelegenheit nicht ändern würde. Er öffnete seine Gürtelschnalle und legte sein Schwert vorsichtig auf den Boden, dann schnürte er sein Wams auf und warf es beiseite.

Mit jedem Kleidungsstück, dessen er sich entledigte, wurden Madelines Wangen rosiger, doch sie schaute nicht weg. Im Gegenteil, sie musterte ihn mit solcher Neugier, dass er zu hoffen wagte, die weiteren Ereignisse des Abends würden gut verlaufen. Er streifte seine hohen Stiefel ab, zog sein Hemd und dann sein Unterhemd über den Kopf und hielt erst inne, als er mit nicht mehr als seinen Beinlingen bekleidet vor seiner Frau stand.

Sie zog eine Augenbraue hoch und sah plötzlich spitzbübisch aus. „Ich gehe davon aus, dass du die ebenfalls ablegen musst."

„Es wird Zeit, dass ich ein wenig Hilfe bekomme."

Sie wurde feuerrot, doch wie er erwartet hatte, scheute sie nicht zurück. Er platzte beinahe vor Stolz, als sie den Abstand zwischen ihnen verringerte und Hand an die Schnüre seiner Beinlinge legte. Sie war unerschrocken, die Braut, die er sich genommen hatte, sie stellte sich ihren Ängsten mit einer Kühnheit, die er schätzte.

„Es gibt Männer, die verwegene Frauen nicht mögen", meinte Madeline.

„Und es gibt solche, die mutige Frauen zu würdigen wissen." Rhys lächelte sie an. „Zu diesen zähle ich mich."

Sie lächelte, obwohl ihre Wangen gerötet blieben. „Dann haben wir beide womöglich den richtigen Partner geheiratet, Rhys Fitz-Henry. Meine unverblümte Art wurde bisher oft als Belastung betrachtet."

Madeline trat näher an ihn heran und er hielt die Luft an, als sie das Ende einer Schnur nahm. Sie schaute ihn mit ihren intensiv saphirblauen Augen an, während sie die Schnüre langsam herauszog. Seine Erektion schob den dicken Wollstoff beiseite, so sehr begehrte er diese verführerische Frau. Sie blickte an ihm herunter und der Mut schien sie zu verlassen.

„Wir haben keine Eile." Mit einer Fingerspitze strich Rhys ihr das Haar sanft hinter ihre Ohren. Madeline schluckte, zwang sich, zu lächeln, und ließ ihre Hände in seine Beinlinge gleiten. Vorsichtig zog sie sie über seine Hüften nach unten. Als er ihre Finger auf seiner Haut spürte, wurde die Hitze in seinem Körper zu einer verzehrenden Flamme. Ungeduldig warf er das Kleidungsstück von sich und stand nackt vor ihr. Halb erwartete er, unter ihrem Blick die Kontrolle zu verlieren.

Er dachte, sie würde nun vielleicht fliehen, denn es schien sie einiges an Überwindung zu kosten, nicht zurückzuweichen. Rhys fragte sich, wie weit die Sache mit Kerr gediehen war, und fürchtete, es könnte zu viel für sie gewesen sein, aber seine Lady straffte die Schultern. Eine solche Entschlossenheit blitzte aus ihren Augen, dass er wusste, er brauchte ihr nicht zu sagen, dass dieser Akt bedeutungsvoll war.

„Ich entscheide mich für dieses", sagte sie mit kraftvoller Stimme und schaute ihm in die Augen. „Ich wähle dich, Rhys, zu meinem mir rechtmäßig angetrauten Ehemann."

Er war stolz auf sie, doch er bekam keine Gelegenheit, ihr das zu sagen.

Denn entgegen allen Erwartungen berührte die Lady ihn.

Das Blut dröhnte in seinen Ohren, so erstaunt und erregt war er. Er stand da wie ein Mann, der zu Stein geworden war, und wagte nicht, sich zu bewegen, damit sie keine Angst bekam. Ihre Finger erforschten ihn zaghaft, dann kühner. Sie reizten und liebkosten ihn. Er fragte sich, ob ihr klar war, wie sehr sie ihn damit quälte, doch er war sicher, dass sich sein Samen in ihre Hände ergießen würde, wenn sie so weitermachte.

„Madeline." Er knurrte ihren Namen beinahe.

„Das gefällt dir." Ihre Augen glitzerten schalkhaft. „Das muss ich mir merken."

Rhys konnte ihr nicht länger widerstehen. „Wenn wir Glück haben, wird es noch viel mehr in dieser Nacht geben, an das wir uns erinnern können." Er griff nach dem Band, mit dem ihr Hemd am Hals zusammengehalten wurde.

Sie zitterte plötzlich und wirkte gar nicht mehr so mutig, und er ging bewusst langsamer vor. Nach und nach löste er das Band. Sie hielt den Atem an und starrte ihn mit weit aufgerissenen Augen an. Ihre Brustwarzen hatten sich aufgerichtet.

Die Zeit schien stillzustehen und es gab nichts mehr außerhalb dieser Kammer, nichts außer dem Blau von Madelines Augen und ihren sanft geschwungenen Lippen.

Das Band löste sich ganz und das Hemd glitt über Madelines Schultern. Sie versuchte nicht, es festzuhalten, sondern ließ es einfach fallen, bis es wie eine Wolke aus hauchzartem Stoff um ihre Knöchel lag. Madeline richtete sich höher auf. Sie war sich ihrer Nacktheit und seines Blickes wohl bewusst und Rhys verbarg seine Bewunderung nicht.

„Wunderschön", wisperte er und als sie lächelte, zog er sie an sich, küsste sie und wartete darauf, dass sie seine Umarmung erwiderte. Sie tat es und er vertiefte seinen Kuss. Als sie die Arme um seinen Nacken schlang und mit einem leisen Seufzer ihren Mund öffnete, hob er sie in seine Arme und legte sie auf die Pritsche, ohne den Kuss zu unterbrechen.

Erst dann ließ er seine Finger zwischen ihre Oberschenkel gleiten und sein Herz überschlug sich, als er die feuchte Wärme dort fühlte. Er liebkoste sie, hielt sie gefangen unter seinem Kuss und den Fingern, mit denen er sie reizte. Eine Welle von Lust ließ er in ihr aufsteigen und Madeline folgte seiner Führung, ohne zu zögern.

Rhys wurde die Brust eng bei dem Vertrauen, das sie ihm zeigte. Es dauerte nicht lange, bis Madeline sich wand, keuchte, ihn zu sich herunterzog. Er fühlte ihre Brüste, die sich gegen seinen Oberkörper pressten. Dieses samtene Säckchen, das zwischen ihnen gefangen war, streichelte seine Haut. Er spürte die immer stärker werdende Hitze ihres Körpers, als er den Höhepunkt tief aus ihrem Inneren hervorlockte.

„Rhys!" Sie spreizte ihre Beine noch weiter und er schob seinen Oberschenkel dazwischen. Ihre Hüften wölbten sich, sie küsste ihn noch fieberhafter und dann bäumte sich Lady Madeline unter seiner Hand auf.

Sie unterbrach den Kuss und stieß einen Schrei aus, der Tote hätte aufwecken können. Ihre Nägel gruben sich in seinen Rücken. Ihr Haar lag zerwühlt auf dem Kissen, ihre Lippen waren von seinen Küssen geschwollen und ihre Augen voller Sterne.

Als sie wieder zu Atem gekommen war, sah sie ihn verwundert an und wisperte ehrfürchtig seinen Namen. Tränen rannen über ihre Wangen und er wischte sie mit seinem Daumen fort.

„Das hat nicht wehgetan", brachte sie schließlich hervor.

„Wir sind noch nicht fertig." Rhys schob sich vorsichtig zwischen ihre Oberschenkel und sah, wie ihre Augen sich weiteten, als sie seine Härte spürte, die sich gegen ihren weichen Hügel drückte. Mit seinem Daumen liebkoste er sie erneut und ihre Schultern entspannten sich.

Sie lächelte ihn an und holte tief Luft. „Zeig es mir, Rhys. Ich möchte heute Nacht alles über diesen Akt lernen."

Rhys bewegte sich behutsam. Er kämpfte gegen seine Begierde an, sich in ihre süße Wärme zu versenken. Madeline stockte der Atem, als er in sie eindrang, und er hielt inne, um sie erneut zu streicheln.

Er platzte beinahe, so sehr drängte es ihn, sie zu besitzen, doch ihm war klar, dass diese Nacht alle anderen, die sie miteinander teilen würden, verderben könnte.

Rhys rang um Selbstbeherrschung, um sich ihres Vertrauens als würdig zu erweisen. Er schloss die Augen und legte seine Stirn neben sie auf das Kissen. Das Streicheln ihrer Hand in seinem Nacken machte ihn etwas ruhiger. Er schob sich vorsichtig ein wenig tiefer in sie hinein und sie hielt die Luft an. Ihr Kuss streifte sein Ohr.

„Beende, was wir begonnen haben, Rhys", wisperte sie, während sie ihre andere Hand auf seinen Po sinken ließ. Er wandte den Kopf. Ihm war klar, er war groß genug, um sie zu verletzen, und küsste sie. Sein Kuss war sanft, ein Versuch, eine Bewunderung auszudrücken, die er nicht ganz in Worte fassen konnte. Er verschluckte ihr Keuchen. Ihre einladende Hitze und ihr süßer Kuss machten ihn schwindelig.

Er zog seinen Daumen zwischen ihren Körpern nicht fort und erregte sie erneut, selbst während er seinen eigenen Höhepunkt suchte. Ihre Bewegungen unter ihm wurden schneller, wie er es erwartet hatte, und er nahm sich vor, zu warten, bis sie ein zweites Mal Befriedigung gefunden hatte.

Obwohl es sich anfühlte, als könnte es ihn umbringen, noch länger zu warten. Er beobachtete, wie sich ihre Lust steigerte, spürte, wie ihr Puls raste, und der Anblick ihrer Erregung wäre beinahe zu viel für ihn geworden.

Als sie aufschrie, fühlte er sich wie ein Sieger. Kaum hatte Madeline sich wieder in seine Schultern gekrallt, verströmte sich Rhys geradezu in ihr. Ihm schwoll das Herz in der Brust vor Freude, dass er Madeline für alle Zeiten zu seiner Braut gemacht hatte.

Es dauerte eine Weile, bis Rhys wieder bewusst wurde, dass er sich mit diesem Akt auch die Herrschaft über Caerwyn gesichert hatte.

～

MADELINE HÄTTE NIE GEDACHT, dass Menschen im Bett so viel Vergnügen finden konnten. Natürlich hatte es auch etwas wehgetan, aber die Lust, die Rhys ihr mit seinen Fingerspitzen bereitet hatte, hatte es ihr leicht gemacht, diesen Schmerz auszuhalten.

Und sie hoffte, dass sie in Zukunft keinen Schmerz mehr empfinden würde.

Tatsächlich erfüllte sie dieser Beischlaf mit einem herrlichen Gefühl der Befriedigung. Sie lächelte, während sie über Rhys' dunkles Haar streichelte. Er lag immer noch halb auf ihr und döste an ihrer Schulter. Sein Orgasmus hatte ihn erschöpft, das war offensichtlich, doch es machte Madeline nichts aus. Sie nutzte gern diese Gelegenheit, um ihn genau zu betrachten, und sie fand ihn viel weniger furchteinflößend, während er schlief.

Rhys war zweifellos imposanter gebaut, als sie gedacht hatte. Es war nicht nur die Rüstung, die seine Brust so breit aussehen ließ, und er wirkte auch nicht bloß wegen seiner Stiefel so hochgewachsen. Seine Haut war gebräunt und an einigen Stellen mit dunklem gelocktem Haar bedeckt. Er verfügte über erhebliche Muskelkraft. Auf seinem Körper waren Narben von Wunden, die er sich in Schlachten zugezogen hatte und die schon lange verheilt waren. Er war stark und männlich.

Und er war ihr angetrauter Ehemann. Er war zärtlich zu ihr gewesen, trotz seines offenkundigen Verlangens, und er hatte ihr Vergnügen mit dem gleichen Eifer gesucht wie sein eigenes. Obwohl sie zu Anfang gefürchtet hatte, dass Kerrs Herangehensweise die einzig mögliche war, fühlte sie sich nun unendlich erleichtert, dass sie die innere Kraft besessen hatte, die Wahrheit herauszufinden. Es störte Rhys nicht, dass sie neugierig war oder dass sie ihn aus eigenem Antrieb berührt und seine Leidenschaft mit ihrer eigenen erwidert hatte. Und er hatte sie nicht in den Augenblicken getadelt, als der Mut sie verlassen hatte.

Natürlich war Rhys nicht James und er würde nie der liebenswürdige Mann sein, der James gewesen war, doch dieser Mann, mit dem sie nun verheiratet war, hatte durchaus seine Vorzüge. Madeline betrachtete ihre Finger, die durch sein Haar fuhren, und dachte, dass sie gut genug zusammenpassten.

Vielleicht würde sie Rhys nie so lieben, wie sie James geliebt hatte, und Rhys würde sie möglicherweise nie lieben, aber sie empfand bereits eine gewisse Zuneigung zu ihrem schroffen Ehemann. Es war keine Kleinigkeit, dass er sie so schätzte, wie sie war, dass er mit so viel Durchschlagskraft für ihre Sicherheit gesorgt hatte und dass er sich im Bett mit solcher Leidenschaft darum bemüht hatte, dass sie beide Lust empfanden.

Madeline könnte sogar eine gewisse Zufriedenheit bei diesem Krieger finden. Diese Aussicht ließ sie noch breiter lächeln und in diesem Moment öffnete Rhys seine Augen. Er betrachtete sie kurz mit derselben Verehrung, die in seinem Blick gelegen hatte, als er ihr das Kleid ausgezogen hatte, dann hoben sich seine Mundwinkel leicht.

„Hat es dir gefallen?"

Madeline nickte und spürte, wie sie errötete.

Er stützte sich auf seinen Ellenbogen und befreite sie mit einer Entschuldigung von seinem Gewicht. Doch er blieb dicht bei ihr und jetzt, da er wach war, wirkte er noch größer und wärmer. Er sah zerzaust aus, fast jungenhaft, und so hatte sie ihn bisher noch nicht wahrgenommen. Dieses bedächtige Lächeln, das ein Feuer in seinem Blick entfachte, war jedoch nicht jungenhaft und die Erinnerung an das, was sie gerade getan hatten, ließ sie ein Prickeln verspüren.

„Und, hat es wehgetan?"

Madeline zuckte die Achseln. „Ein wenig, doch das Vergnügen war diesen Preis wert." Sie berührte die Spuren, die ihre Nägel auf seinem Rücken hinterlassen hatten. „Und, hat das wehgetan?"

Er warf nur einen ganz kurzen Blick darauf, dann schenkte er ihr ein so schalkhaftes Lächeln, dass ihr die Luft wegblieb. „Das Vergnügen war diesen Preis wert", wiederholte er ihre Worte und presste seine Lippen erneut auf ihre. Er küsste sie gemächlich, seine Fingerspitzen wanderten leicht über ihren Körper und erweckten mit erstaunlicher Mühelosigkeit ihre Leidenschaft aufs Neue.

Eine Berührung von Rhys und ihr Blut begann beinahe zu sieden, eine Liebkosung und sie sehnte sich danach, seine Härte wieder in sich zu spüren. Seine Küsse in Ravensmuir waren nur ein Vorgeschmack darauf gewesen, welche Lust er ihr schenken konnte. Sie erwiderte seine Umarmung und es gefiel ihr, seine wachsende Erektion an ihrem Oberschenkel zu spüren.

Vielleicht hatte sie auch die Macht, ihm Vergnügen zu bereiten.

Rhys unterbrach ihren Kuss und rollte sich auf den Rücken. Seine Hände verschränkte er hinter seinem Nacken, als ob er sich davon abhalten wollte, sie zu berühren. „Ich denke, einmal in dieser Nacht genügt für dich." Sein Ton klang so bedauernd, dass Madeline lachte.

Sie fand es schön, dass sie ihm bereits so sehr vertraute, dass sie es wagte, ihn zu erregen. Sie berührte sein Glied mit einem Finger und es richtete sich unter ihrer Liebkosung auf. „Aber nicht für dich?"

Er warf ihr einen so wollüstigen Blick zu, dass ihr der Mund trocken wurde. „Ich habe den Verdacht, dass einmal mit dir mir nie genügen wird, *Anwylaf*", sagte er leise und seine Augen verdunkelten sich.

Sie nahm an, das walisische Wort bedeutete „Ehefrau", weil es in diesen Zusammenhang passte, und es gefiel ihr durchaus, es aus seinem Mund zu hören. „Dann ist meine Zärtlichkeit grausam", wisperte sie.

Rhys zuckte mit den Schultern und verzog seine Lippen erneut zu einem gemächlichen Lächeln. „Vielleicht ist das Vergnügen den Preis wert."

Madeline lachte und legte eine Hand auf seine Brust. Rhys rollte sich auf die Seite, sodass er sie anschaute, und fing ihre Hand mit seiner ein. Sein Daumen glitt in einer langsamen Liebkosung über ihre Handfläche und sie lächelte ihn an. Dabei fühlte sie eine Befriedigung, die sie nie erwartet hatte.

„Vielleicht haben wir schon einen Sohn gemacht", sagte er.

„So schnell geht das?"

„Es ist möglich." Er senkte den Blick auf ihre miteinander verschlungenen Hände und fuhr langsamer fort: „Mein Vater sagte immer, dass Söhne in Leidenschaft gezeugt werden und Töchter bei pflichtgemäßem Beischlaf."

Madeline spürte, dass sie rot wurde, denn sie waren sich in dieser Nacht tatsächlich in Leidenschaft begegnet. „Was für eine Vorstellung! Ich möchte allerdings glauben, dass ich auch in Leidenschaft und nicht aus Pflichtgefühl gezeugt wurde."

„Vielleicht sagte er das nur, um mich zu trösten."

Madeline war verwundert. „Inwiefern sollte dich das trösten?"

„Weil ich als Bastard geboren wurde, aber dennoch ein Sohn bin." Rhys hob eine Fingerspitze an ihre Wange und strich so sanft darüber, als ob sie aus feiner Seide bestehen würde. „Mein Vater hat von seiner Ehefrau nur Töchter bekommen."

Madeline runzelte die Stirn und rückte ein Stückchen von ihm weg. Dieses Geständnis beunruhigte sie mehr, als sie geglaubt hätte. „Dein Vater hat sich eine Hure genommen, um sicherzustellen, dass er einen Sohn bekam?"

„Aye, das hat er gemacht. Und wie man sieht, war sein Plan erfolgreich."

Dass Rhys eine solche Untreue unterstützen konnte, und das auch noch mit solcher Ruhe, machte Madeline wütend.

Dennoch fiel es ihr schwerer, Rhys' heißem Körper und seiner Berührung auszuweichen, als ihr lieb war. Hastig streifte sie ihr Hemd über und sammelte mühsam ihre Gedanken. Dabei war sie sich seines aufmerksamen Blickes sehr wohl bewusst.

„Was ist los?", fragte er.

Madeline zog sich ans andere Ende der Kammer zurück und bedachte ihre Vorgehensweise. Sie wollte keine Geheimnisse zwischen ihnen, keine Ängste, deshalb drehte sie sich um und blickte ihn an. „Wie schnell wirst du dich einer anderen Frau zuwenden, um die Söhne zu bekommen, die du dir wünschst?"

„Wie meinst du das?"

„Wie viel Zeit lässt du mir, um deinen Sohn zu gebären, Rhys?" Madeline hörte, wie ihre Stimme lauter wurde. „Wie lange wirst du in mein Bett kommen, bevor du dir eine Hure nimmst?"

Rhys setzte sich auf und verschränkte die Arme vor der Brust. Seine Augen wurden schmal, doch Madeline kümmerte sich nicht darum, ob er verärgert war. „Diese Aussicht verletzt dich?"

„Meine Eltern haben sich während ihrer ganzen Ehe nur miteinander der Lust hingegeben. Ich erwarte nicht weniger von meiner Ehe, wie auch immer sie zustande gekommen ist."

Rhys schüttelte den Kopf. „Aber das ist unvernünftig. Mit Caerwyn in meiner Hand brauche ich Söhne, um mein Vermächtnis zu bewahren und zu schützen."

„Aber noch mehr benötigst du die Loyalität deiner Frau." Als Rhys nicht sofort zustimmte, fuhr Madeline hastig fort: „Welche Vorteile hatte es, dass dein Vater mit anderen Frauen ins Bett gegangen ist? Sicher, er hat einen Sohn bekommen, doch ich bezweifele, dass deine Stellung in seinem Haus einfach war."

Rhys presste eigensinnig die Lippen aufeinander. „Es ist eine Frage des Erbrechts."

„Du weißt genauso gut wie ich, dass eine Tochter, wenn nötig, über ihren Ehemann erben kann."

Rhys schaute grimmig drein. „Das nehme ich nicht hin. Aus solcher Ungewissheit erwächst Zwietracht – Zwietracht, Krieg und Verderben. Es ist unverantwortlich, wenn ein Mann nicht dafür sorgt, dass er einen Sohn hat, der sein Erbe antreten kann."

Madeline betrachtete ihn verwundert. Ausgerechnet in ihrer Hochzeitsnacht gelobte ihr Ehemann, ihr untreu zu sein! Wie hatte sie nur je glauben können, Zufriedenheit bei ihm zu finden? „Schwöre mir, dass du nur in mein Bett kommen wirst."

Er schüttelte den Kopf. Schon diese Vorstellung machte ihn ungehalten. „Da verlangst du zu viel. Ich werde einen Sohn haben, wenn nicht zwei. Und sollten sie nicht von dir kommen, dann aus dem Bauch einer anderen Frau." Er stand auf und zog sein Hemd an. Anscheinend war es ihm einerlei, dass sie so wütend auf ihn war. „Nach walisischem Gesetz ist der Name der Mutter weniger von Bedeutung als der Samen des Vaters."

„Das Gesetz ist mir gleich! Ich werde mich nicht in meinem

eigenen Haus verhöhnen lassen!" Madeline schrie beinahe. Noch nie hatte man ihre Bedenken so leichtfertig von der Hand gewiesen. „Ich lasse mich nicht zwingen, höflich zu einer Hure zu sein, die meinen Platz an sich gerissen hat."

Danach herrschte Schweigen in der Kammer. Die Stille wurde nur von Madelines schnellen Atemzügen unterbrochen. Rhys legte seine Beinlinge an, als hätte er nicht die geringsten Sorgen, dann stieg er in seine Stiefel und zog den Gürtel um seine Taille fest.

Erst als er seine Waffen überprüft hatte, schaute er sie ruhig an. „Dann würde ich vorschlagen, dass du schleunigst einen Sohn empfängst, meine Liebe." Damit bückte er sich, um seinen Umhang aufzuheben.

Dass er ihre Einwände so abtat, machte Madeline zorniger als alles andere.

„Du treuloser Schuft! Ich sollte diese Farce einer Ehe sofort beenden!"

Rhys warf einen vielsagenden Blick auf den rubinroten Fleck ihrer verlorenen Jungfräulichkeit auf dem Laken. „Und wer würde dich willkommen heißen?", fragte er, als wäre er neugierig, ihre Antwort zu erfahren. „Dein Bruder wird mein Geld nicht zurückgeben und nach letzter Nacht wird er auch keinen anderen willigen Bewerber finden. Ich werde nichts Falsches sagen über das, was heute Nacht zwischen uns passiert ist, darauf kannst du dich verlassen."

Madeline blickte ihn böse an. Die Wahrheit in seinen Worten missfiel ihr. Tatsächlich zitterte sie vor Wut. „Ich sollte dich nicht mehr in mein Bett lassen!"

„Und wie willst du so erreichen, dass du einen Sohn empfängst?" Rhys' Augen glänzten gefährlich, obwohl er immer noch bewusst ruhig sprach. „Wie soll mich das dazu bringen, keine andere Frau mit in mein Bett zu nehmen? Du bist zu scharfsinnig, meine Liebe, um den Gedankenfehler in diesem Plan nicht selbst zu erkennen."

Rhys hatte recht, das wussten sie beide, allerdings trug das nur wenig dazu bei, Madelines Zorn zu dämpfen. Seine Augen funkelten, so sicher war er, dass er sie in die Enge getrieben hatte, und Madeline wünschte sich sehnlich, sie könnte ihm beweisen, dass er Unrecht hatte. Doch jeder Widerstand, den sie ihm im Bett leistete, würde ihn davon überzeugen, dass er mit ihr keinen Sohn bekommen würde, denn er glaubte der Aussage seines Vaters über Leidenschaft.

Vom anderen Ende der Kammer schaute sie finster auf den Beweis dessen, was sie getan hatten. Was er über ihre verlorene Jungfräulichkeit sagte, traf zu. Madeline konnte ihren Lebensweg nur als Rhys FitzHenrys Ehefrau weitergehen.

Sie richtete sich zu ihrer vollen Größe auf und sagte so frostig, wie sie konnte: „Ich bewundere deine Gerissenheit, denn du hast es fertiggebracht, dass ich keine andere Wahl habe, als mich deinem Willen zu fügen. Aber dein Triumph kostet dich viel."

„Ich sehe nicht, inwieweit es mich etwas kosten sollte, wenn ich dafür sorge, dass zwischen uns alles so ist, wie es sein sollte."

„Oh, du bist wahrhaftig ein Barbar!", rief sie aus. „Du hast mein Wohlwollen verloren, was dir wichtig sein sollte. Was ist das für ein Christ, der seiner Braut in der Hochzeitsnacht verspricht, ihr untreu zu sein?"

Rhys Lippen wurden schmal. „Ein ehrlicher Mann, der einen Sohn braucht."

„Du wirst mir nicht die Schuld an deinem grausamen Geständnis geben."

„Nicht?" Zum ersten Mal zeigte Rhys sich verärgert. Er richtete seinen Finger drohend auf Madeline, während er die Kammer durchquerte, und seine Augen sandten Blitze aus. „Du warst doch diejenige, die Ehrlichkeit von mir verlangt hat. Und schon beim ersten Mal beschwerst du dich, weil dir die Wahrheit nicht schmeckt." Er fuhr sich mit der Hand durchs Haar und schaute sie zornig an. „Würdest du es vorziehen, wenn ich dich über meine Absicht belügen würde? Würdest du es vorziehen, getäuscht zu werden?"

„Ich würde es vorziehen, wenn du treu wärst!"

Mit knappen Bewegungen zog er seinen Tappert an. „Wenn du es verhindern willst - das Gegenmittel findest du in deinem eigenen Schoß."

Natürlich hatte keine Frau die Kontrolle über ihren Schoß. Madeline konnte nicht wählen, wann sie schwanger werden wollte, geschweige denn, welches Geschlecht dieses Kind haben würde. Es war wohl kaum dasselbe wie die Entscheidung zwischen rotem und grünem Samitstoff für ein Kleid.

Und Rhys – verdammt sollte er sein – war das natürlich klar. Madeline ballte die Fäuste und tat einen stärkenden Atemzug. Der Drang, diesen Mann zu ermorden, wurde jeden Augenblick stärker.

„Ich möchte dich bitten, das Kruzifix an seinen angestammten Platz zurückzuhängen, Gemahl", sagte sie hitzig. „Ich brauche nämlich einen Zeugen für meine Gebete."

„Willst du um diesen Sohn bitten?" Es war ebenso sehr eine Aussage wie eine Frage. Anscheinend hätte ihn ihre Stimmung kaum weniger beunruhigen können. Rhys holte die Figur und hängte sie wieder auf.

„Vielleicht möchte ich beten, Witwe zu werden", sagte Madeline freundlich. „Das wäre die Lösung für alles Leid, das mich heute Nacht getroffen hat." Sie sah an seinen Augen, dass er erschrak, aber das war ihr gleichgültig. Sie fiel auf die Knie und betete mit Inbrunst, ohne sich weiter um die Anwesenheit ihres Ehemanns, der um sie herumstrich, zu kümmern.

Sollte Rhys sich doch Sorgen machen, was sie vom Allmächtigen erbat. Er hatte dieses Maß an Ungewissheit voll und ganz verdient.

RHYS HATTE IMMER GEFUNDEN, dass Frauen ziemlich unbegreiflich waren und reichlich Ärger bedeuteten. Es war ein kleiner Trost, dass seine neue Ehefrau seinen früheren Erwartungen entsprach.

Vor allem, dass sie dies mit solcher Hingabe tat.

Er beobachtete sie beim Beten und ihm war durchaus bewusst, dass sie ihn absichtlich nicht beachtete. Er war sicher, dass ihre schlechte Laune wieder verschwinden würde, doch die Nacht schritt voran und Madeline erhob sich nicht von ihren Knien. Ihre Lippen bewegten sich und ihre Augen blieben geschlossen, und da bemerkte er, dass sie ihn nicht länger ignorierte.

Sie hatte vergessen, dass er da war.

Und sie betete, als ob sie Ergebnisse erwarten würde.

Rhys hatte sich nie allzu sehr mit Gebeten abgegeben. Er war der Meinung – die ihm seine unbeugsame Mutter beigebracht hatte –, dass Gott denen half, die sich selbst halfen. Alles, was er je begehrt hatte, hatte er sich aus eigener Anstrengung beschafft, anstatt um göttlichen Beistand bei der Erfüllung seines Begehrens zu bitten. In Wahrheit war er skeptisch, ob Gott Gebeten eines Mannes, wie er einer war, überhaupt Gehör schenkte. Wenn Bastarde sprachen, stieß das bei sterblichen Männern, die Macht besaßen, auf taube Ohren und er sah keinen Grund, warum der unsterbliche Herrgott anders sein sollte.

Madeline dagegen schien Erwartungen zu haben. War sie es gewöhnt, dass ihre Gebete erhört wurden? Und wenn es so wäre, was könnte sie von Gott erflehen?

Sie hatte doch gewiss einen Scherz gemacht, als sie sagte, sie würde darum bitten, Witwe zu werden?

Rhys war nicht ganz davon überzeugt. Es war deutlich genug, dass Madeline das Ehegelübde, das sie erst einen Tag zuvor abgelegt hatten, bereute. Auch ein weniger aufmerksamer Mann hätte nicht übersehen können, dass sie seinen festen Willen, einen Sohn zu bekommen, nicht gut aufgenommen hatte.

Die Aussicht, sie zu verlieren, bereitete Rhys mehr Kummer, als er zugeben wollte, obwohl er wusste, dass seine Ehe nur von strategischer Bedeutung war. Er machte sich mehr Sorgen darüber, Caerwyn zu verlieren als Madeline – zumindest sagte er sich das, während er beobachtete, wie sich ihre Lippen lautlos bewegten, während sie Gott anrief.

Dennoch wäre es nicht schlecht gewesen, wenn ihr Verhältnis freundschaftlich geblieben wäre. Den Geschlechtsverkehr hatten sie problemlos vollzogen, zumindest seiner Ansicht nach, und er war ziemlich sicher gewesen, dass es auch ihr gefallen hatte. Sie wusste, er brauchte einen Sohn, also warum störte sie seine Entschlossenheit, einen zu bekommen, so sehr? Bastarde waren nichts Besonderes in Wales und Lords hatten gewöhnlich Konkubinen, die ganz offen neben ihren Ehefrauen lebten.

Vielleicht war es in Schottland anders.

Barbar. Rhys hatte man in seinem Leben schon vieles an den Kopf geworfen, auch weitaus Schlimmeres, aber diese Beschuldigung durch seine neue Ehefrau hatte ihm einen Stich versetzt.

Rhys scharrte mit den Füßen, doch Madeline ließ nicht erkennen, ob sie wahrnahm, dass er sich regte. Er legte seinen Umhang um und steckte geräuschvoll seine Schwerter in die Scheiden. Sie blieb so unbeweglich wie eine Statue, außer dass sich ihre Lippen in stillem Zorn bewegten. Er begann, sich zu fragen, was für eine Bitte solch ein langes Gebet erforderlich machte, und neue Unruhe überkam ihn.

Da hörte er ein Wispern durch das kleine Fenster: „Rhys!"

Das musste Thomas sein.

„Rhys, bist du da?" Der Mönch sprach Walisisch, was Rhys' Blut schneller fließen ließ. Etwas stimmte nicht.

Er eilte zum Fenster und spähte über den hohen Sims. Thomas hockte unten. Dass der Mönch versuchte, seinen massigen Körper dort in dem schmalen Schatten zu verbergen, wäre komisch gewesen, hätte er nicht so einen besorgten Eindruck gemacht.

„Ich bin hier, Thomas. Sag mir, was für Neuigkeiten du bringst."

„Sie sind dir auf den Fersen, Rhys, sechs Reiter auf großartigen Rossen." Thomas schaute immer wieder zwischen der Pforte und Rhys hin und her. Seine Besorgnis war offensichtlich. „Sie reiten direkt auf unsere Tore zu. Ich werde sie nicht aufhalten können, aber sie dürfen dich hier nicht finden."

Rhys' Finger umklammerten die Fensterbank. „Wessen Wappen tragen sie?"

Thomas warf ihm einen beunruhigten Blick zu. „Sie tragen keine

Erkennungszeichen, doch ihre Pferde sind beeindruckend, sodass die Reiter von Wichtigkeit sein müssen. Edle schwarze Schlachtrosse sind es, deren Fell wie Rabengefieder glänzt."

Das war keine gute Nachricht.

„Ich fürchte, du hast recht, Thomas." Rhys drehte sich um und sah, dass Madeline ihn mit weit aufgerissenen Augen anblickte. Er warf ihr das Kleid und ihre Stiefel zu und sprach so, dass sie ihn verstehen würde. „Zieh dich in aller Eile an. Wir brechen sofort auf."

Sie hielt die Kleidungsstücke vor sich. „Aber warum? Wohin gehen wir?"

„Wir haben jetzt keine Zeit, darüber zu reden." Rhys hatte nicht vor, seiner Braut zu erzählen, dass ihn die Männer des Königs beinahe gefangen genommen hätten, als er sich das letzte Mal aus Wales herausgetraut hatte. Er wollte sie nicht ängstigen und fürwahr, wenn sie Caerwyn erst erreicht hatten, gedachte er, diese schützenden Mauern nicht so schnell wieder zu verlassen. Ein Schauer des Entsetzens rieselte ihm über den Rücken, denn er wusste nicht, was die Männer des Königs seiner neuen Ehefrau antun würden.

Er fürchtete jedoch, er konnte es erraten, denn Madelines Schönheit war nicht zu verleugnen. Seine Entschlossenheit, zu entkommen, verstärkte sich.

„Beeile dich", sagte er so barsch, dass sie zurückzuckte.

Doch zumindest im Moment leistete sie seiner Anordnung Folge.

Rhys drehte sich in dem Augenblick wieder zum Fenster um, als die Glocken am Tor geläutet wurden, und fragte auf Walisisch: „Thomas? Hast du einen Plan?"

„Geht durch die Küche. Noch sind nicht viele wach. Und verweile in den Schatten, bis diese Gesellschaft hereingeführt wird, um die Äbtissin zu sprechen. Ich werde dafür sorgen, dass eure Pferde gesattelt sind, sodass ihr fliehen könnt, während die Leute auf ihre Gastfreundschaft warten."

„Das lässt uns nicht viel Zeit, aber mehr werden wir nicht bekommen", stimmte Rhys zu.

„Viel Glück, alter Freund, falls ich keine Gelegenheit mehr habe, dir alles Gute zu wünschen."

„Danke für deine Hilfe, Thomas. Ich stehe wieder mal in deiner Schuld."

„Du weißt noch nicht, welchen Preis dieses Schlachtross einbringen wird", neckte Thomas ihn, dann war er verschwunden.

Rhys wandte sich erneut Madeline zu. Zu seiner Erleichterung war sie vollständig angezogen und befestigte gerade das Ende ihres Zopfes.

„Ich höre Pferde." Sie betrachtete ihn neugierig, ihre Finger arbeiteten flink. „Wer kommt da, dass wir derart schnell wegmüssen?"

Er erinnerte sich nur allzu gut an ihre Absicht, ihn loszuwerden, und beschloss, dass er auf Ehrlichkeit verzichten musste, bis sie weit genug entfernt waren, sodass sie ihn nicht verraten konnte. „Zweifellos Ärger für meine Tante", erwiderte er. „Sie gerät immer wieder in Streit mit anderen und ich habe weder Zeit noch Lust, in ihre Schwierigkeiten hineingezogen zu werden. Komm!"

„Aber warum diese Eile?"

Rhys warf ihr einen ungehaltenen Blick zu – der keine erkennbare Wirkung hatte –, dann ergriff er ihre Hand. „Wir haben keine Zeit für Diskussionen und wir müssen leise sein."

Madeline gab nicht nach: „Ich will wissen, was hier vorgeht."

„Ich werde deine Fragen beantworten, sobald wir fort von hier sind." Er zog sie näher zu sich heran und hielt ihren Blick fest. Dabei fühlte er sich wie ein Schuft wegen dem, was er tun musste. „Vertrau mir in dieser Sache, Madeline."

Dass er ihren Namen gebrauchte, schien ihren Widerstand zu verringern. Obwohl sie ihre Lippen weiter zusammenpresste, wehrte sie sich nicht länger gegen sein Drängen. Er zog ihr die Kapuze über das Haar und öffnete die Tür.

Er schaute nach links und nach rechts, sah niemanden, duckte sich und schlich hinaus in die Eingangshalle. Er kam zu dem Schluss, dass die Küche links sein musste, denn von dort konnte er aufgehenden Brotteig riechen, und bei ihrer Ankunft waren sie von rechts gekommen. Er lief mit schnellen Schritten, seine Frau war dicht hinter ihm und Gott sei Dank ruhig.

Bis jetzt.

Rhys kannte die Lady, die nun seine Gattin war, bereits gut genug, um zu wissen, dass dies nicht so bleiben würde.

Obwohl es Madeline Mühe kostete, blieb sie ruhig, bis sie die Ställe erreichten. Thomas sattelte gerade Rhys' grau geschecktes Schlachtross. Ein kastanienbrauner Zelter stand neben dem großen Hengst. Seine glänzenden Augen und unruhigen Bewegungen zeigten, dass er bereit war, loszulaufen. Rhys wollte Madeline helfen und sie in den Sattel des Zelters heben, doch die trat zurück.

„Das ist nicht Tarascon."

„Nay", antwortete Rhys mit zusammengebissenen Zähnen. „Allerdings ist dieses Pferd auch nicht verletzt." Er hielt ihr wieder seine Hand hin, diesmal mit größerem Nachdruck, und seine Augen glitzerten vor Ungeduld.

„Aber ich kann nicht ohne mein Pferd aufbrechen."

„Ebenso wenig kannst du die Heilung gefährden, indem du die Stute so kurz nach der Verletzung schnell reitest."

„Dann reite ich heute nicht schnell."

Rhys stieß einen gereizten Laut aus. Bevor er Einwände machen konnte, schaute sich Madeline ängstlich im Stall um. Sie konnte Tarascon noch nicht einmal irgendwo erspähen. Plötzlich hatte sie die Befürchtung, die Stute wäre wegen der Verletzung getötet worden und niemand hätte es ihr gesagt.

Sie umklammerte Rhys' Arm. „Was habt ihr mit ihr gemacht? Wo ist sie? Wie konntest du sie töten lassen, ohne mich zu informieren?"

„Das Pferd ist nicht tot", sagte Rhys mit solcher Überzeugungskraft, dass Madeline ihm beinahe glaubte. Er fuhr sich mit der Hand durch das Haar, blickte zum Hof und lief dann zum Ende der Ställe. Seine nächsten Worte klangen freundlicher: „Schau dir diesen Zelter hier an, aber mach schnell."

Er zeigte auf eine Stute, die dunkler war als Tarascon und nicht den vertrauten weißen Stern auf ihrer Stirn hatte. „Das ist nicht Tarascon!", konnte Madeline gerade noch sagen, bevor das Tier wieherte und herankam, um seine Nase in ihrer Hand zu vergraben.

Sie starrte erstaunt auf dieses Pferd, das sich wie ihr eigenes bewegte und sie tatsächlich zu kennen schien. Sie blickte hoch und sah, dass Rhys' Augen schalkhaft blitzten.

„Erkennst du dein eigenes Ross nicht?" In seiner Stimme schwang unterdrücktes Lachen mit. „Sie hingegen erkennt dich sehr gut."

Madeline betrachtete eingehend die Stute, die mit der Nase gegen ihre Handfläche stieß, dann kraulte sie sie hinter den Ohren. Es war Tarascon, allerdings getarnt. „Was ist mit dem Stern auf ihrer Stirn passiert?"

„Ruß, Mylady", erklärte Thomas. „Er hat auch ihre hellen Fesseln verschwinden lassen und ihr Fell insgesamt dunkler gemacht. Nur jemand, der sie kennt und genau hinsieht, könnte sie nun erkennen."

Tatsächlich war sogar Madelines Blick über das Tier hinweggegangen.

„Sie wird hier sicher sein, meine Liebe, sicherer, als wir es vielleicht sind", sagte Rhys mit ruhiger Kraft. „Komm."

Sie öffnete den Mund, um etwas zu sagen, als Stimmen vom Hof zu ihnen herüberschallten.

Rhys' Verhalten änderte sich sofort. „Jetzt! Wir müssen fort."

Thomas spähte durch die Stalltür. „Sie gehen in die Abtei hinein. Dies ist womöglich deine einzige Chance, Rhys."

Rhys blieb neben dem Zelter stehen und hielt Madeline erneut seine Hand hin. Sie war hin- und hergerissen zwischen der Loyalität ihrem rechtmäßigen Ehemann gegenüber und ihrer Liebe zu dem Pferd, das sie schon als Fohlen gekannt hatte.

„Aber ich kann Tarascon nicht verlassen!"

„Du musst."

„Ich werde gut für sie sorgen, Mylady", warf Thomas ein.

„Aber sie ist meine Stute. Ich habe sie jahrelang geritten. Ich kann sie nicht einfach aufgeben!" Sie wehrte sich nicht nur dagegen, das Pferd zu verlassen, das war Madeline nur allzu bewusst. Tarascon war ihr letztes Band mit Kinfairlie, mit allem, was ihr vertraut war.

„Wir haben keine Zeit für solche Diskussionen", sagte Rhys so heftig und mit solchem Nachdruck, dass Madeline merkte, er ärgerte sich über sie. „Besteige dieses Pferd unverzüglich, oder ich werde dich eigenhändig über den Sattel hängen und dort festbinden."

Madeline sträubte sich. „Das wäre wohl kaum angemessen. Du magst das Recht haben, mit mir zu machen, was du willst, aber ich brauche es nicht schweigend hinzunehmen."

„Ich hätte auch kaum gedacht, dass du das könntest."

Madeline schnaubte.

Thomas schien sich ein Lächeln verbeißen zu wollen und den Kampf zu verlieren. „Wie süß ist es doch, zwei Liebende zu sehen, die füreinander bestimmt sind und ihr Schicksal für alle Ewigkeit miteinander verknüpfen", murmelte er.

„Ich wäre dir dankbar, wenn du deine Weisheiten für dich behalten könntest", fuhr Rhys ihn an und griff nach Madelines Taille. Seine Hände schlossen sich fest um sie, obwohl sie einen Protestschrei ausstieß, und sie wurde ohne viel Federlesens in den Sattel gesetzt. Rhys schaute böse zu ihr hoch. „Muss ich dich dort festbinden oder kann ich mich darauf verlassen, dass du nicht vom Sattel springst und dir eine Verletzung zuziehst?"

Madeline blickte genauso wütend zurück. „So dumm bin ich nicht."

Rhys ergriff die Zügel des Zelters, würdigte sie nur eines düsteren Blickes, der Bände sprach, und knotete die Zügel hinten an seinen Sattel. „Unsere einzige Chance, sicher wegzukommen, liegt in unserem Schweigen. Ich empfehle dir, nichts mehr zu sagen, oder ich bin gezwungen, dich zu knebeln."

Madeline zweifelte nicht, dass er das tun würde. Sie presste die Lippen aufeinander und richtete sich im Sattel auf. Sie hatte einmal gelernt, dass ihr die Flucht vor diesem Mann nur noch größeres Ungemach einbrachte. Obwohl Rhys ungehobelt war und sich derb ausdrückte, hatte er sie doch nie verletzt.

Vermutlich musste sie sich damit zufriedengeben. Kein Gericht der Welt würde ihre Ehe aufheben oder ihr eine Scheidung gewähren: Die Ehe war vollzogen worden und sie waren nicht miteinander verwandt. Mit dem Verlust ihrer Jungfräulichkeit war Madeline für den Rest ihres Lebens auf Gedeih und Verderb an Rhys FitzHenry gebunden.

Rhys schwang sich in seinen eigenen Sattel, wartete auf Thomas' Signal und lenkte sein Pferd dann in leichtem Galopp in den Hof. Rhys' Hund tauchte aus einer Ecke des Stalles auf, ein zottiger grauer Schatten, der sich ihrer Geschwindigkeit anpasste. Sechs Pferde waren am hinteren Ende des Hofes festgebunden, doch Madeline konnte kaum einen Blick darauf erhaschen, bevor Rhys sie weiter vorantrieb.

Thomas lief vor ihnen her und öffnete das Tor. Die beiden Männer schüttelten sich die Hand, als die zwei Pferde den Stallknecht passierten. „Nochmals vielen Dank, Thomas", sagte Rhys.

„Reite, mein alter Freund, und reite geschwind", erwiderte Thomas mit einer Inbrunst, die Madeline erneut überraschte. „Reite heute weit und schnell. Ich werde sie hier aufhalten, solange ich kann, und ich werde für dich beten." Der Mönch blinzelte plötzlich heftig und seine Stimme wurde heiser. „Lebt wohl, ihr beiden, und wisset, dass ihr an meiner Tür allzeit willkommen seid."

Es schien ein etwas übertriebener Ausdruck von Freundschaft und Madeline schaute ihren Ehemann mit neuerlichem Interesse an. Sie bezweifelte, dass sie mehr über deren gemeinsame Vergangenheit von Rhys erfahren würde, und es war eine traurige Tatsache, dass sie den gesprächigen Thomas möglicherweise nie wiedersah.

Rhys gab seinem Schlachtross die Sporen und das Tier brauchte kaum Ermutigung, um loszugaloppieren. Der Himmel war bisher nur zartrosa angehaucht, Tau lag schwer auf dem Boden. Madeline zog ihren Umhang enger um sich und hielt sich am Sattel fest. Dabei fröstelte sie ein wenig in der feuchten Luft. Sie war froh, das schmucklose Wollkleid aus der Abtei anzuhaben, denn es mochte zwar einfach geschnitten sein, war aber dicker und wärmer als das Gewand, das sie am Tag zuvor getragen hatte.

Nach erstaunlich kurzer Zeit lag die Abtei hinter ihnen und erst jetzt hatte Madeline Gelegenheit, Mutmaßungen über die Neuankömmlinge anzustellen. Sie war davon überzeugt, dass ihre Ankunft Rhys dazu gebracht hatte, in solcher Hast aufzubrechen.

Waren es die Mannen des Königs, die gekommen waren, um Rhys als Verräter zu ergreifen? Das allein könnte erklären, warum Rhys es so eilig hatte und keinen Lärm machen wollte. Madeline schaute zurück zur Abtei, die aus der Entfernung wie ein ruhiger, verschlafener Ort wirkte.

Was würde mit ihr passieren, wenn Rhys von der Krone gefangen genommen würde? Verrätern wurde selten ein gerechter Prozess gemacht oder ein gnädiger Tod gewährt, das wusste sie genau. So ungern sie es auch zugab, der beste Schutz für sie wäre wahrscheinlich, mit einem Erben für den Besitz ihres Ehemannes schwanger zu werden.

Rhys ritt vor ihr her. Sie betrachtete seinen Rücken. Er saß aufrecht und seine Haltung drückte Entschlossenheit aus. Madeline nahm an, sie sollte sich daran gewöhnen, die Gedanken ihres Mannes nicht zu kennen, denn er zog es offensichtlich vor, diese für sich zu behalten. Allerdings zweifelte sie, dass sie die Art Frau war, die leicht damit umgehen konnte.

Sie war einfach zu neugierig.

Vielleicht sollte sie ihren Verstand – den Rhys, wie er zugab, bewunderte – darauf verwenden, die vielen Geheimnisse ihres Mannes zu enthüllen. Sie glaubte nicht, dass eine Frau ihren Gemahl vor einer Anklage wegen Verrats retten konnte, wie Vivienne gemeint hatte, aber es würde nicht schaden, die Wahrheit über Rhys' Taten und seine Vergangenheit zu erfahren. Dann wäre sie unter Umständen in der Lage, ihr Kind zu beschützen, sollte sie eines bekommen.

Oder auch sich selbst.

Madeline lächelte in sich hinein. Die Vorstellung, dem zu trotzen, was Rhys von ihr erwartete, gefiel ihr sehr. Sie vermutete, sie würde viel mehr in Erfahrung bringen können, als ihrem Ehemann lieb war.

Und wahrlich, wenn Rhys FitzHenry eine pflichtgetreue, gehorsame Frau wollte, hätte er sich eine kaufen sollen.

RHYS' Meinung nach lag ihre beste Chance darin, die Ländereien des englischen Königs und jener Freiherren zu meiden, die gelobt hatten, ihm zu dienen. Inzwischen könnte sogar eine fette Belohnung auf seinen Kopf ausgesetzt worden sein.

Und er hatte den dringenden Wunsch, noch etwas länger zu eben.

Rhys fand eine Straße, die in südwestliche Richtung führte, und setzte darauf, dass seine Verfolger vermuten würden, er wäre dieser gefolgt. Er schlug diesen Weg in der Absicht ein, ihn sobald wie möglich wieder zu verlassen. Leider erhoben sich steile Hügel zu beiden Seiten und die ununterbrochene Kette von Gipfeln zeigte, dass sie nicht leicht und schnell zu überwinden sein würden.

Er wollte sich westlich oder sogar nordwestlich halten, doch im Moment war er gezwungen, zwischen zwei anderen Möglichkeiten zu wählen: Entweder könnte er zurück und an der Abtei vorbeireiten oder sich südlich fortbewegen in der Hoffnung, nicht eingeholt zu werden.

Madeline musste seine Gedanken erraten haben. „Rhys, gib mir die Zügel meines Pferdes."

Unsicher drehte er sich zu ihr um.

„Wir werden es schneller schaffen, wenn die Pferde sich nicht gegenseitig behindern." Sie lächelte leicht, vielleicht über seine Überraschung. „Du brauchst dir keine Sorgen zu machen, dass ich nicht mithalten kann. Ich reite schon, seit ich an die Steigbügel herankam."

„Sollte ich keine Befürchtungen hinsichtlich deiner Absichten hegen?"

Madeline zuckte die Achseln. „Ein lebender Ehemann nützt mir mehr als einer, der als Verräter gestreckt und gevierteilt wird." Er war nicht wirklich erstaunt, dass sie den wahren Grund für ihren plötzlichen Aufbruch erraten hatte, doch er antwortete ihr nicht.

Als er nichts erwiderte, betrachtete sie ihn mit einem ironischen Gesichtsausdruck. „Zumindest trifft das im Augenblick zu. Du würdest gut daran tun, nicht so auffällig daran zu arbeiten, meine Einstellung zu ändern. Mir kommt der Gedanke, dass du außer Thomas noch einen anderen Verbündeten gebrauchen könntest."

Rhys merkte, dass er vor Bewunderung für ihre offenen Worte grinsen musste. „Na gut. Ich könnte versuchen, dich weniger zu ärgern." Sie bedachten einander mit einem zaghaften Lächeln, das für ihn umso süßer war, als er kaum erwartet hatte, dass sich zwischen ihnen wieder ein freundschaftliches Verhältnis einstellen könnte. „Aber in diesem Moment brauche ich Rat. Ich möchte mich auf den Weg nach Glasgow machen."

„Warum?"

Rhys wappnete sich, um sie erneut zu täuschen. „Ich habe dort einen Freund, den ich gerne besuchen würde, bevor ich nach Hause zurückkehre."

Sie glaubte ihm nicht, das sah er sofort. Rhys nahm an, dass es keine andere Frau auf der Welt gab, deren Gedanken so leicht an ihren Augen abzulesen waren wie bei seiner frisch angetrauten Gattin.

Doch sie hakte nicht nach. Sie biss sich auf die Lippe und suchte die Hügel auf beiden Seiten mit den Augen ab. Zu seiner Erleichterung stellte sie keine weiteren Fragen, doch konnte das auch einfach daran liegen, dass sie glaubte, er würde sie nicht beantworten.

„Wenn Moffat vor uns liegt", überlegte sie, „was ich vermute, dann gibt es eine Straße von dort nach Glasgow. Sie führt an Abington und

Kirkmuirhill vorbei. Ich habe gehört, dass meine Onkel darüber sprachen, wie angenehm diese Route ist."

„Ausgezeichnet." Rhys warf ihr die Zügel zu. „Es wird ein langer Tag werden, meine Liebe. Sag mir, wenn du am Ende deiner Kräfte bist."

Madeline nickte, doch in ihren Augen blitzte ein Funke der Entschlossenheit, was Rhys erneut zeigte, dass seine Lady aus hartem Stahl geschmiedet war. Er konnte sich darauf verlassen, dass sie bei ihrer Flucht nicht das schwache Glied in der Kette darstellte.

Wenn das die einzige gute Nachricht an diesem Tag war, so war sie gut genug. Er gab seinem Ross die Sporen und die Pferde galoppierten den engen Pfad entlang. Von ihren Hufen spritzte Schlamm auf, während sich die Sonne langsam über den Horizont schob.

MADELINE WAR ERLEICHTERT, dass Moffat wirklich vor ihnen lag und sie es erreichten, bevor das Knurren ihres Magens unerträglich wurde. Die Straße führte um einen Hügel herum, bevor sie sich den Toren von Moffat näherte, und Rhys bedeutete ihr, dass sie sich in der Baumgruppe auf dem Gipfel verstecken würden. Sie ritten den Hügel auf der dem Städtchen abgewandten Seite hinauf, sodass der Torwächter sie nicht bemerken konnte.

Rhys band die Pferde an und unterbrach seine Arbeit nur, um Madeline beim Absteigen zu helfen und seinen Tappert von innen nach außen zu wenden. Auf diese Weise war der rote Drachen verborgen und das Kleidungsstück rein schwarz.

„Caerwyn", wisperte er. „Sage es."

„Caerwyn", wiederholte Madeline und er verbesserte ihre Aussprache.

Er fasste ihr Kinn mit Daumen und Zeigefinger und blickte ihr ruhig in die Augen. „Du bist die Herrin dort und lass dir von niemandem etwas anderes einreden. Gehe dorthin, allein, wenn es sein muss, und verkünde ihnen diese Wahrheit. Sage ihnen, dass mein Sohn in deinem Bauch ist, egal, ob es stimmt oder nicht. Niemand wird es wagen, die Hand gegen dich zu erheben." Er streifte ihre Stirn mit seinen Lippen. Seine Worte ließen Madeline erzittern.

Er fürchtete, er würde nicht zurückkehren.

Bevor sie etwas sagen konnte, war Rhys gegangen. Mit langen Schritten lief er den Weg zurück, den sie gekommen waren. Sein Hund saß als Wache neben ihr. Er beobachtete genau, wie Rhys zu der Straße zurückkehrte, sodass er nicht in den Blick des Torwächters geriet, und dann auf das Städtchen zustrebte, als wäre er die ganze Zeit gewandert. Sein Kuss brannte auf Madelines Stirn und sie fragte sich, was er wusste, welchen Verdacht er hegte, was er glaubte, würde ihn innerhalb dieser Mauern erwarten.

Wenig Gutes, so viel war klar. Gegen ihren Willen, trotz ihres Unmuts über ihren unliebsamen neuen Gemahl, machte sich Madeline Sorgen um ihn.

Rhys pfiff vor sich hin, während er lief, seine Waffen hatte er hinten in seinen Gürtel gesteckt und den Umhang zum Schutz vor dem Wind um sich gezogen. Ohne sein Pferd sah er aus wie ein Söldner, den das Schicksal verraten hatte. Er ging auf die Stadttore zu, seine dunkle Gestalt wurde immer kleiner. Er grüßte den Torwächter mit einem Winken, hielt inne, um mit dem Mann zu sprechen, und verschwand dann in dem Städtchen, ohne zurückzublicken. Der Hund richtete sich auf und fixierte den Punkt, wo Rhys zuletzt zu sehen gewesen war.

Madeline verkrampfte die Hände ineinander und war ungeheuer froh, dass sie nicht darum gebetet hatte, Witwe zu werden. Vergessen waren die hohen Mauern von Kinfairlie, der immer vorhandene Einfluss von Vater und Onkeln, die Verteidigung durch bewaffnete Männer. Die Sicherheit, die sie ihr ganzes Leben gekannt hatte, war vergangen, genauso wie ihre kindische Überzeugung, dass alles in Ordnung kommen würde, einfach weil es so sein musste.

Es dauerte nicht lange, bis Madeline genauso ängstlich nach Rhys Ausschau hielt wie der Hund. Während seiner Abwesenheit begannen ihre Gedanken, sich immer schneller zu drehen. Was, wenn Rhys ein Verräter war? Schuldig oder nicht, was wäre, wenn er verhaftet wurde?

Sie erinnerte sich nur allzu gut an die etwas beunruhigende Geschichte von Henry „Heißsporn" Percy, der gegen die Herrschaft von Heinrich IV, dem Vater des gegenwärtigen Königs, rebelliert hatte. Henry, Erbe der Grafschaft Percy in der Nähe von Kinfairlie, hatte einen Handel mit einem Waliser und dem Mortimer-Erben geschlossen, der ebenfalls Anspruch auf den englischen Thron erhob. Alle drei waren als Verräter verurteilt worden, dennoch kämpften sie zur Verteidigung ihres Bundes weiter.

Henry Percy war im Kampf gefallen und seine Leiche war nach Hause zu seiner trauernden Witwe und seinem Vater gebracht worden. Nach seiner Bestattung hatte man den Körper jedoch exhumiert und den Kopf abgeschlagen. Das geschah auf Befehl Heinrichs IV, der beabsichtigte, den Tod eines seiner Feinde anderen zur Lehre dienen zu lassen. Der Kopf wurde in York zur Schau gestellt, der Körper wurde gevierteilt und in London, Newcastle, Bristol und Chester präsentiert. Der Kopf blieb ein Jahr lang aufgespießt als Warnung für mögliche Verräter im Königreich.

Madeline erschauerte. Niemand, was auch immer er getan hatte, verdiente eine derartige Demütigung. Rhys durfte ein solches Schicksal nicht ereilen.

Aber wenn sein Weg vorhergesehen worden war und er in Moffat ergriffen wurde, wie würde sie das erfahren? Sie bezweifelte, dass Rhys auch nur einer lebenden Seele etwas über ihre Anwesenheit verraten würde, egal, was sie ihm antaten.

Zumindest beschützen wollte er sie.

Madeline behielt die Gegend im Auge. Mit jeder Minute, die Rhys fort war, machte sie sich größere Sorgen um ihn. Sie erinnerte sich nun, dass der Neville-Clan über die Vorherrschaft in Moffat stritt. Es war dieselbe Familie, die so viele Kinder zu verheiraten hatte und sich so geschickt anstellte, günstige Ehen zu stiften. Dieselben Nevilles, die der englische König als Verwalter in den westlichen Marken eingesetzt hatte. Sie würden dem König einen

Verräter ausliefern, ohne einen zweiten Gedanken daran zu verschwenden.

Und ihr geliebter Sohn, Reginald Neville, würde bestimmt nicht um Gnade für den Mann bitten, der ihn bei der Versteigerung auf Ravensmuir beschämt hatte.

Verzagt biss sich Madeline auf die Lippe. Die Sonne stieg höher, trocknete den Tau und heizte die Steine auf. Ihre goldene Wärme lockte die Ranken des Frühlings, zu sprießen, doch Madeline blickte starr auf das Städtchen. Die Pferde grasten hinter ihr und rupften junge Triebe von den Bäumen, doch Madeline achtete nicht auf sie.

Ihr Herz begann zu rasen, als sie das Geräusch näher kommender Hufe hörte. Sie durfte auf keinen Fall entdeckt werden! Sie trieb die Rosse tiefer zwischen die Bäume und hielt Rhys' Hund die Schnauze zu, während sie versuchte, die herangaloppierenden Pferde zu zählen. Sie konnte durch das Dickicht nichts erkennen, wenngleich das andererseits auch bedeutete, dass niemand sie sehen konnte. Doch sie wagte sich nicht näher an den Waldrand, wo sie einen besseren Blick gehabt hätte.

Es waren etliche Pferde, die an ihrem Versteck vorbeikamen. Mindestens sechs. Sie mussten groß sein, so groß wie Schlachtrosse, denn der Hufschlag war schwer. Und sie hatten es ungewöhnlich eilig.

Könnten es Pferde von der Abtei sein? Bei dieser Aussicht blieb ihr beinahe das Herz stehen.

Sicherlich würden sie Rhys doch nicht in Moffat ergreifen?

Sicherlich könnte sie ihn doch nicht so schnell verlieren?

AN DEN STADTTOREN von Moffat waren Stimmen zu hören.

Rhys verschwand gerade noch rechtzeitig in einer Gasse, wobei er seine Einkäufe fest an seine Brust presste. Er lauschte und war überrascht, die Stimme einer Frau zu vernehmen.

Vor allem, weil es eine vertraute Frauenstimme war.

„Ich suche eine junge Frau", sagte sie in bestimmtem Ton. „Sie hat dunkles Haar und blaue Augen und ist wahrhaftig ein hübscher Anblick. Sie könnte mit einem Mann reisen, der wie ein Söldner gekleidet ist."

Mit Mühe unterdrückte Rhys das Bedürfnis, einen Blick auf die Reiter zu erhaschen, denn er traute seinen Ohren nicht. Rosamunde führte die Gruppe an, die Madeline verfolgte?

Rhys runzelte die Stirn. Er verstand nicht, wie das sein konnte. Immerhin war es Rosamunde gewesen, die dafür gesorgt hatte, dass er an der Versteigerung teilnehmen durfte. Wieso hatte sie ihre Meinung geändert? Was war nach ihrem Aufbruch auf Ravensmuir geschehen?

„So eine Frau habe ich nicht gesehen", erwiderte der Torwächter barsch.

„Und den Mann?"

Rhys hielt die Luft an und presste sich in den Schatten einer Mauer.

Der Torwächter schnaubte. „Wer kann das sagen? Männer kommen und Männer gehen – ich beachte sie nicht, besonders nicht die Söldner. Wenn sie nichts Böses im Schilde führen und die Absicht haben, bei Sonnenuntergang wieder fort zu sein, sind sie willkommen, ihr Geld in unseren Kassen zurückzulassen."

„Ihr könnt nicht so schlechte Augen und solch ein schlechtes Gedächtnis haben!", rief Rosamunde aus.

„Man kann nicht von mir erwarten, dass ich alles, was ich weiß, einer Fremden offenbare", gab der Torwächter zurück. „Vor allem nicht einem Frauenzimmer, das so merkwürdig gekleidet und keck ist wie Ihr."

„Lasst uns vorbei", sagte Rosamunde gebieterisch. „Wir werden unsere eigene Suche durchführen."

„Ihr werdet Eure Waffen hier abgeben, denn kann mich nicht darauf verlassen, dass Ihr Euch innerhalb dieser Mauern friedlich betragt."

Rosamunde stritt mit dem Torwächter, doch sie erreichte nichts.

Rhys hörte, wie sie ihm mürrisch ihre Waffen aushändigte und ihren Begleitern dann befahl, dasselbe zu tun.

Die sechs schwarzen Schlachtrosse kamen an seinem Versteck vorbei. Sie schlugen mit ihren Schweifen und blähten die Nüstern. Madelines Bruder Alexander gehörte zu der Gruppe. Der Erbe von Kinfairlie sah jetzt schon mehr wie ein Mann aus, nicht nur wegen seiner Rüstung, sondern wegen seines düsteren Gesichtsausdrucks. Neben ihm ritten zwei von Madelines Schwestern: die Zweitälteste, die ihn auf Ravensmuir an der Tafel mit Fragen bestürmt hatte, und die Jüngste, die so begeistert von Feen war.

Zwei weitere Männer vervollständigten den Suchtrupp. Einen von ihnen hatte Rhys schon auf Ravensmuir bemerkt. Er war so auffällig gekleidet wie Rosamunde und musste ihr Gefährte gewesen sein. Der letzte Mann war ein Unbekannter. Er könnte im selben Alter sein wie Alexander und Rhys betrachtete ihn neugierig. Er trug eine Laute auf dem Rücken, war feingliedrig, hatte eine blasse Haut und helles Haar.

Das erinnerte Rhys an etwas, doch im Moment konnte er nicht sagen, was es war. Auf jeden Fall konnte er sich nicht erklären, warum Rosamunde einen Musiker mitbringen sollte, es sei denn, dass der in ihrer Begleitung bleiben sollte. Vielleicht war er ungewöhnlich begabt.

Zu Rhys' großem Ärger ließ Rosamunde den Musiker zurück, um die Tore zu bewachen, während sie die anderen zum Marktplatz führte.

„Wir werden Heu und Wasser für die Tiere besorgen", wies sie die anderen an. „Dann Bier und eine warme Mahlzeit für uns selbst. Zweifellos gibt es ein Wirtshaus am Markt und mit vollem Bauch werden wir besser nach Madeline suchen können."

Rhys zog sich weiter in die Schatten zurück, um nachzudenken. Warum suchten sie Madeline? Diese Familie hatte Madelines Hand versteigert, so wenig bedeutete sie ihnen, und doch schickten sie innerhalb eines Tages einen Suchtrupp zu Pferde hinter ihr her. Es ergab wenig Sinn.

Noch weniger Sinn machte es, dass Rosamunde die Suche anführte. Rhys kannte sie gut genug, um zu vermuten, dass sie in dieser Mission einen Vorteil für sich selbst sah und dass sie nicht zweimal überlegen würde, ob sie jemanden verraten sollte, wenn es ihren eigenen Zielen nützte. Sie allein könnte die Kühnheit besitzen, mit Rhys' Auslieferung an den König zu drohen, um ihre Bedingungen durchzusetzen – welche auch immer das sein mochten.

Sogar mit seinem jetzigen Wissen und obwohl er sah, dass Madelines Geschwister sich Sorgen machten, legte Rhys keinen Wert darauf, der verwegenen Abenteurerin Rosamunde nun schon zu begegnen. Sollte sie ihn doch bis nach Caerwyn verfolgen, wo er die Wahl hatte, ob er die Fallgitter hochziehen lassen würde oder nicht.

Eine Frau räusperte sich und Rhys fuhr zusammen. Dann tat er so, als hätte er sich in der Gasse erleichtert. Sie rollte mit den Augen, als er an seinen Beinlingen herumfingerte.

„Gibt es noch ein anderes Wirtshaus?", fragte er sie lallend, als ob er berauscht wäre. Zusätzlich würde diese Sprechweise seinen in dieser Gegend ungewöhnlichen Akzent verschleiern. Er zeigte zum Marktplatz. „Dieses würde einen einfachen Mann an den Bettelstab bringen."

„Dort", sagte sie und zeigte in die entgegengesetzte Richtung, als wäre sie froh, ihn loszuwerden. „Um die Ecke und dann links ist das Haus des alten McGillivray. Er wird Euch einen Becher von seinem Bier verkaufen, obwohl ich bezweifele, dass Ihr unbedingt noch einen braucht."

„Ich danke Euch, gute Frau!" Rhys verneigte sich und täuschte dann vor, das Gleichgewicht zu verlieren. Er hielt sich an der Mauer fest und winkte der Frau nach. Dabei dankte er ihr weiter überschwänglich, während sie sich beeilte, von ihm wegzukommen.

Dann wandte er sich in die Richtung, die sie angegeben hatte, und zog seine Kapuze über den Kopf. Er hielt es für besser, nicht gesehen zu werden, doch er konnte noch nicht versuchen, durch die Tore zu gelangen.

Der Musiker brauchte mehr Zeit, bis er von seiner Aufgabe gelangweilt war.

Und Rhys musste jemanden finden, der es ihm unabsichtlich ermöglichte, unbemerkt durch die Tore zu gelangen.

Es war beinahe Mittag und noch immer gab es kein Lebenszeichen von Rhys. Wie lange brauchte der Mann, um Brot und Äpfel zu kaufen?

Die Pferde waren in das Städtchen verschwunden und Madeline hatte vorsichtig ihren vorherigen Platz wieder eingenommen. Seit Rhys weg war, hatte sie nur sehr wenige Männer kommen und gehen sehen. Die Tore von Moffat schienen Seelen zu verschlingen und nicht wieder fortzulassen. Sie würde verrückt werden, wenn sie noch länger hier Wache stand und sich Sorgen machte.

Blitzartig wurde ihr klar, dass sie in die Stadt hineingehen konnte, genauso wie Rhys.

Madeline blickte an sich herunter. Ihre Kleidung war so schmutzig und schmucklos, dass niemand zwei Mal hinsehen würde – es sei denn, sie ritt ein feines Pferd und zog dadurch jeden Blick auf sich. Sie würde die Tiere hierlassen, so wie Rhys es auch getan hatte.

Sie könnte vorgeben, eine Bauersfrau zu sein. Nein, sie kannte niemanden in der Gegend und das allein würde Verdacht erregen. Sie musste eine passende Geschichte erfinden, wer sie war und wieso sie allein nach Moffat gekommen war.

Sie könnte behaupten, sie wäre die Frau eines Söldners auf der Suche nach ihrem vermissten Ehemann. Ja! Es war bloß Pech, dass sie noch keinen dicken Bauch von Rhys' Kind hatte. Eine Schwangerschaft würde Mitleid erregen und sicherstellen, dass sie nicht von einem Unhold wie Kerr angegriffen wurde.

Der Gedanke war zu gut, um ihn aufzugeben. Madeline fühlte sich ohne triftigen Grund wie eine Diebin, als sie Rhys' Satteltasche durchwühlte und zwei seiner zerknüllten Hemden an sich nahm. Sie rochen nach Rhys und spontan vergrub sie einen Augenblick ihre Nase darin und atmete tief den Duft seines Körpers ein. Merkwürdigerweise beruhigte sie das, als stünde er neben ihr.

Sie hätte einen schlechteren Ehemann abbekommen können, das stand fest. Rhys war kein Gentleman, doch sie vermutete, dass er ein gutes Herz hatte.

Sie knüllte seine Hemden zusammen. Ihr eigenes Hemd zerriss sie und schnürte das Bündel unter ihren Röcken fest, sodass es aussah, als wäre sie hochschwanger. Zufrieden mit ihren Bemühungen tätschelte sie die ausgebeulte Stelle und vergewisserte sich, dass die Pferde gut angebunden waren.

„Bleib!", befahl sie dem Hund, der sie so argwöhnisch beobachtete, dass sie nicht sicher war, dass er gehorchen würde.

Ein Bauernkarren, der von einem müden Ackergaul gezogen wurde, kam gerade durch die Stadttore, als Madeline sich anschickte, ihr Versteck zu verlassen. Ungeduldig zog sie sich wieder in die Schatten zurück und wartete, dass der Wagen vorbeifuhr. Es würde nichts bringen, wenn die Pferde gestohlen wurden, während sie Rhys zurückholte. Sie wagte nicht, gesehen zu werden, während sie diesen Platz verließ, und zog es vor, auf der Straße niemandem zu begegnen.

Der Wagen fuhr verdammt langsam, als ob der Kutscher es darauf abgesehen hätte, ihre Geduld auf die Probe zu stellen. Der Bauer schien recht fröhlich und plauderte offensichtlich mit seinem Jungen, der hinter ihm saß. Madeline stieß einen Seufzer aus. Bestimmt hatten sie in dem Städtchen dem Bier zu reichlich zugesprochen, denn sie sangen laut und unmelodisch. Sie wünschte, sie würden sich beeilen, nach Hause zu kommen. Der Hund beobachtete sie so misstrauisch wie Madeline. Sie lachten wie verrückt, als sie um den Hügel herumfuhren, und sie wusste, sie war sie gleich los.

Dann sah sie entgeistert, dass der Wagen am Fuße des Hügels anhielt, und zwar auf der Seite, die am weitesten von der Stadt entfernt war. Der Junge, der sich als groß genug erwies, um ein Mann zu sein, rollte aus dem hinteren Teil des Wagens heraus. Er stolperte über seine eigenen Füße, dieser Trunkenbold, und landete mit dem Gesicht nach unten neben der Straße. Der Bauer lachte so laut, dass er kaum in einem besseren Zustand sein konnte.

Madeline fand das weniger lustig, denn sie kannte diesen schwarzen Tappert und das dunkle wuschelige Haar nur allzu gut.

Hier hatte sie gewartet und sich Sorgen gemacht, während Rhys sich sinnlos betrunken hatte. Ihr vermaledeiter Ehemann torkelte durch das Gehölz auf der anderen Seite der Straße. Madeline schaute angewidert weg, während er sich ungeschickt an den Bändern seiner Beinlinge zu schaffen machte. Er stolperte erneut, stürzte härter und bewegte sich nicht mehr.

Und sie hatte um das Leben dieses Mannes gefürchtet! Die Vorstellung, ihn eigenhändig zu erwürgen, gewann für sie immer mehr an Reiz.

Madeline kochte vor Wut, auch als sie den Bauern beobachtete, der zu Rhys hinüberschwankte. Der ältere Mann knuffte ihn in die Schulter, aber Rhys rührte sich nicht. Der Hund zu Madelines Füßen knurrte und sie legte eine Hand auf sein Halsband.

Der Bauer stieß Rhys fester an und der holte betrunken zu einem Schlag gegen den anderen Mann aus, rollte sich auf den Rücken und begann zu schnarchen.

Der Bauer fand das so komisch, dass er sich auf einen Stein setzen musste, bis sein Gelächter nachließ.

Oh, das hatte Alexander gut gemacht. Er hatte einen Ehemann für Madeline gefunden, der nicht nur des Verrats beschuldigt wurde, sondern außerdem ruppiges Benehmen an den Tag legte und den Lockungen des Biers nicht widerstehen konnte. Wozu brauchte man da eine Versteigerung? Er hätte sie in der nächsten Kneipe aussetzen können, um solch ein seltenes Prachtstück von Ehemann zu finden.

Andererseits hätte Alexander dann nicht Rhys' Geld bekommen. Madeline knirschte mit den Zähnen, so ungehalten war sie über die Männer in ihrem Leben. Dabei beobachtete sie weiter, was sich unten abspielte.

Der Bauer wischte sich über die Stirn, rief seinem Zechkumpan einen Gruß zum Abschied zu, dann kletterte er auf seinen Karren und pfiff, damit der uralte Gaul sich in Bewegung setzte. Der Wagen knarrte und der Bauer stimmte betrunken ein Liedchen an. Rhys in seinem Vollrausch rührte sich nicht.

Wenn es nach Madeline ging, konnte er da liegen bleiben und verrotten. Für diese selbstsüchtige Dummheit verdiente er nichts anderes.

Doch es war eine traurige Tatsache, dass Rhys ihr betrunken in einem Graben nichts nützte. Er war ihr Ehemann, sie hatte sich mit einem Gelübde an ihn gebunden. Obwohl das schlimmer war, als sie erwartet hatte, war sie keine Frau, die ihre Versprechen vergaß.

Was sollte sie tun? Sie konnte den Mann nicht tragen und ihn auch nicht zu seinem Pferd schleifen. Sie vermutete, sie musste zu ihm hingehen wie die liebe, pflichtbewusste Ehefrau, die sie nicht war, um nachzusehen, wie stark beeinträchtigt er war.

Und wenn er keine Schmerzen hatte, könnte sie dafür sorgen, dass er welche bekam.

Der Gedanke an eine solche Rache ließ Madeline unwillkürlich lächeln. Sie wusste, es würde ihr niemals gelingen, Rhys zu verletzen, so viel größer und stärker war er. Allerdings konnte sie ein Wörtchen mit ihm reden. Es wäre nicht gut für ihn, wenn er regelmäßig mit solcher Hingabe trank.

Sie schaute, ob sie den Wagen noch sehen konnte, aber der war verschwunden. Nun wollte sie hinunter zur Straße gehen.

Doch als sie sich umwandte, rannte Rhys den Hügel hinauf auf sie zu und sah nicht betrunkener aus als sie.

„Wir reiten los", verkündete er, als sie ihn anstarrte. Er zeigte auf die andere Straßenseite. „Dort gibt es einen Pfad, der sich durch die Hügel zieht und auf die Straße stößt, von der du gesprochen hast …"

„Aber du bist ja gar nicht betrunken!"

„Natürlich nicht." Rhys warf ihr einen vernichtenden Blick zu. „Nur ein Mann, der keinerlei Ehre hat, trinkt sich so früh am Tag einen Rausch an. Was für Männer sind deine Brüder?"

Dass sie in diesem Punkt so ganz und gar übereinstimmten, war ein wenig erstaunlich. Rhys wartete ihre Antwort nicht ab, was gut auskam, denn Madeline konnte kein Wort herausbringen.

„Ich habe so getan, als wäre ich betrunken, um unbemerkt zu bleiben. An einen betrunkenen Söldner erinnert sich niemand, noch nicht einmal der Bierbrauer, der das Geld des Trunkenboldes nimmt."

Seine Gedanken machten durchaus Sinn. „Du spielst diesen Zustand so gut, dass selbst ich darauf hereingefallen bin", sagte Madeline. „Sollte ich mich besorgt fragen, ob du deshalb solches Geschick zeigst, weil du einschlägige Erfahrungen gesammelt hast?"

Rhys grinste. „Ich habe Augen im Kopf, das ist alles." Er zurrte die Tasche, die er getragen hatte, hinter seinem Sattel fest. „Ich habe etwas zu essen mitgebracht, aber wir werden es erst später zu uns nehmen können." Er legte seine Hände um Madelines Taille, um sie in den Sattel zu setzen, und erstarrte, als er sah, wie sich ihr Bauch verändert hatte.

Sein Griff wurde fester und er hob sie nicht höher, sondern hielt sie so, dass ihre Augen auf gleicher Höhe waren. „Du wirst ungewöhnlich schnell schwanger, meine Liebe."

Dann grinste er anzüglich. Tausend Sterne tanzten in seinen Augen und das löste ein beängstigendes Prickeln in Madelines Bauch aus. Sie spürte deutlich, wie warm sich seine Brust dicht an ihrem Busen anfühlte, wie sich ihr Atem mischte, während er ihre Taille umfasste.

Madeline merkte, dass sie flammend rot wurde. „Ich wollte dir folgen. Es beunruhigte mich, dass du so lange gebraucht hast, und es erschien mir angebracht, mich zu verkleiden –"

Madeline konnte ihre Erklärung nicht beenden, denn Rhys küsste sie so heftig, dass es sie ihre eigenen Gedanken vergessen ließ. Ihre Hände verschlangen sich wie von selbst in seinem Nacken und er presste sie fest an seinen heißen Körper. Sie küssten sich hungrig und sie wusste, sie war nicht die Einzige, die über seine sichere Rückkehr erleichtert war.

„Ich finde es sehr schön, dass du dir Sorgen um mich machst,

Anwylaf“, wisperte er, als er endlich den Kopf hob. „Aber ich habe nicht vor, jetzt schon zu sterben.“

„Wie tollkühn muss jemand sein, der glaubt, das hätte nur er selbst zu entscheiden?“, fragte Madeline streng. Sie war verwirrt über ihren galoppierenden Herzschlag in der Gegenwart dieses Mannes.

Einen schwindelerregenden Moment hielt Rhys ihren Blick fest, als ob er ein süßes Geständnis machen wollte. Sie hielt den Atem an, bis Rhys den Kopf schüttelte und sich umdrehte. Während er die Pferde zurück auf die Straße führte, war er wieder wachsam und schwieg. Madeline wusste nicht, ob sie erleichtert oder enttäuscht sein sollte, dass er nicht mehr gesagt hatte.

Er war wohlbehalten an ihrer Seite und für den Augenblick würde das genügen.

KAPITEL 10

Madeline und Rhys verbrachten wertvolle Stunden damit, auf dem Weg, der um Moffat herumführte, hin und her zu reiten, damit es fälschlicherweise so aussah, als wäre Carlisle ihr Ziel. Rhys wollte sicherstellen, dass viele sie auf dieser Straße sahen, und erst als er zufrieden war, dass es genug Zeugen gegeben hatte, schlug er den versteckten Pfad ein, den der Bauer erwähnt hatte.

„Woher willst du wissen, dass er keinem anderen erzählt, was er dir erzählt hat?", fragte Madeline.

„Er war betrunken genug, um einzuschlafen, bevor ihn jemand einholen kann", erwiderte Rhys grimmig.

„Und am morgigen Tag?"

Rhys zuckte mit den Schultern. „Er wird vermutlich seinen eigenen Namen vergessen haben und erst recht den namenlosen Söldner, der ihm Bier spendiert hat."

„Wie viel Bier hast du ihm ausgegeben?"

Rhys schmunzelte. „Genug, um das zu gewährleisten, obwohl er ungewöhnlich großen Durst hatte."

„Du wirst noch verarmen, wenn du dein Geld weiterhin so

verschwendest", schalt Madeline, die keine Ahnung hatte, wie vermögend Rhys war.

„Aye, ich habe auf dieser Reise eine große Summe für Frauen und Bier ausgegeben." Er warf ihr ein verführerisches Lächeln zu. „Obwohl ich ehrlicherweise sagen muss, dass ich diese Kosten nicht als Verschwendung bezeichnen kann."

Sie konnte keinen Anstoß daran nehmen, nicht, wenn er sie so anschaute. Tatsächlich hämmerte ihr Herz bei seinem Lächeln so heftig, dass es schmerzte, und sie spürte, wie sie errötete.

Sie musste sich gegen die unerwartete Anziehungskraft ihres Gatten wappnen, damit sie keine Gefühle für einen Mann entwickelte, der sie nur wegen der möglichen Frucht ihres Leibes geheiratet hatte.

Zu Rhys' Erleichterung existierte der Pfad nicht nur, sondern er war auch da, wo der Bauer gesagt hatte. Er war außerdem einsam, so wie der Weg über die Heide, den Kerr genommen hatte. Vorsichtig wie immer hielt er erst an, als sie ein ganzes Stück von Moffat entfernt waren. Sie stiegen auf einer kleinen Lichtung ab, die außer Sichtweite möglicher anderer Reiter lag.

Madeline schaute sich um. „Du hast diese Stelle ausgewählt, weil du den Pfad sehen kannst."

„Ohne dass wir selbst leicht entdeckt werden", bestätigte Rhys, der ihre Wahrnehmungsfähigkeit schätzte. Er breitete aus, was er an Verpflegung ergattert hatte, und entschuldigte sich, dass es so wenig war. Eine Adlige wie sie würde an besseren Proviant gewöhnt sein, als er bieten konnte, nicht nur an diesem Tag. „Äpfel und Käse, Brot und Bier. Viel mehr war nicht zu bekommen, weil heute kein Markttag ist."

Madeline schien das einfache Mahl jedoch nichts auszumachen. „Wie lang muss es reichen?"

„Vielleicht bis Glasgow. Vielleicht können wir es aber vorher auch wagen, eine andere Stadt zu betreten."

„Du würdest es jedoch vorziehen, nicht gesehen zu werden", sagte Madeline abschließend, ohne vorwurfsvoll zu klingen. Sie teilte das Essen schnell und geschickt auf, wobei sie ihm eine größere Menge als sich selbst zugestand, und steckte ein Gutteil zurück in den Sack. „Das Brot wird morgen hart sein, also essen wir es heute, die eine Hälfte jetzt, die andere am Abend. Sei sparsam mit dem Käse, denn der wird sich mit der guten Rinde eine ganze Weile halten. Bei jeder Mahlzeit werden wir beide einen oder zwei Äpfel essen, bis sie weg sind."

Als er sie beeindruckt von ihrem Pragmatismus anstarrte, zuckte sie betont mit den Schultern. „Und das Bier ist natürlich für mich, denn du musst heute deinen Anteil schon gehabt haben." Sie warf ihm einen so schalkhaften Blick zu, dass er in Versuchung kam, die Mahlzeit zu vergessen, um seine Bemühungen, einen Sohn zu zeugen, fortzusetzen.

Madeline musste erraten haben, in welche Richtung seine Gedanken gingen, denn sie wurde feuerrot, dann setzte sie sich und beschäftigte sich mit dem Essen. Ihre Hände zitterten ein wenig und Rhys zögerte, bevor er sich neben ihr niederließ.

„Hast du solche Angst vor mir?", fragte er.

Sie schaute ihn offen an. „Bist du ein Verräter?"

„Das hängt davon ab, wen man fragt."

Sie runzelte die Stirn. „Das ist keine Antwort."

Rhys streifte seinen Tappert ab und drehte ihn auf die andere Seite, sodass der rote Drache von Wales wieder deutlich sichtbar auf seiner Brust prangte.

Madeline beobachtete ihn voll Interesse. „Auf Ravensmuir haben Leute gesagt, du würdest das Schicksal herausfordern, indem du dieses Emblem so offen trägst. Warum?"

Rhys rutschte zu ihr hinüber und biss in einen Apfel, während er überlegte, wo er anfangen sollte. „Vor Ewigkeiten gab es einen König von Wales, der sich entschied, sein Schloss auf einem Hügel in Gwynedd zu bauen."

„Wo ist Gwynedd?"

„Das ist das alte Herzstück von Wales, wo Eryri liegt, das bergige Gebiet, das in England als Snowdonia bekannt ist. Dort befindet sich das älteste Zentrum der Macht, der Hügel Dinas Emrys, und König Gwrtheyrn schwor, dort seinen Hof zu errichten."

Rhys biss kraftvoll in seinen Apfel. Er ließ sich Zeit, bevor er seine Erzählung fortsetzte. „Aber etwas stimmte nicht, denn jede Nacht, bevor die Sonne wieder aufging, verschwand alles, was am Tag zuvor gebaut worden war. Die Steine wurden so vollständig von der Erde verschluckt, dass sie nicht mehr zu sehen waren, und der König war verärgert, dass so geringe Fortschritte gemacht wurden."

Madeline hörte hingerissen zu. Ihre Hände verharrten über dem Brot.

„Und so kam es, dass der König einen Seher kommen ließ, der ihm sagen sollte, was da falsch lief. Er rief Myrddin, einen jungen Zauberer, den die Engländer als Merlin kennen, und der beschwor einen Traum herauf. Nachdem er geträumt hatte, riet Myrddin dem König, unterhalb des Hügels zu graben, bis er auf einen See stieß. Neben dem See würde ein Zelt stehen, und in dem Zelt würden sich zwei Drachen befinden, ein roter und ein weißer. Und so wurde es gemäß dem Traum des Zauberers gemacht."

„Und was haben sie gefunden?"

„Es war, wie Myrddin vorausgesagt hatte, aber während der König und seine Mannen zusahen, erwachten die Drachen. Die beiden fochten einen erbitterten Kampf, drängten einander aus dem Zelt in den See und verschwanden. Und Myrddin sagte, dass es immer so sein würde, dass diese beiden wieder und wieder bis in alle Ewigkeit kämpfen würden. Er sagte, dass der weiße Drache England wäre und der rote Cymru ..."

„Cymru?"

„Wales." Rhys kaute auf einem Stück Apfel und starrte über die Hügel hinweg. Er genoss es, dass Madelines Aufmerksamkeit uneingeschränkt ihm galt. „Und er riet dem König, seine Bleibe anderswo aufzuschlagen."

„Warum?"

„Solange Dinas Emrys ein bewaldeter Hügel bleibt, lebt der rote Drache dort und führt Krieg gegen den weißen. Solange der Hügel frei bleibt, wird der rote Drache weiter in die Schlacht ziehen." Rhys suchte Madelines Blick und ließ sie seine Entschlossenheit sehen. „Er wird kämpfen bis zu seinem letzten Atemzug, jede Nacht und – wenn es sein muss – bis in alle Ewigkeit, bis der rote Drache endgültig über den weißen siegt."

Einen Moment starrten sie einander an und Rhys musste an ihre seidige Haut unter seinen Fingern denken, wie sie gekeucht hatte, als sie Lust empfand. Verlangen regte sich in ihm und er erwog, hier auf diesem Tuch mit ihr zu schlafen, ohne Rücksicht auf ihre Verfolger.

Er war erschrocken, wie sehr diese Vorstellung ihm zusagte, eine Vorstellung, die seinen eigenen Tod zur Folge haben könnte. Was für eine Macht hatte diese Frau über ihn? Und wie hatte sie diese in so wenigen Tagen erlangt? Rhys war klug genug, deswegen Angst zu empfinden.

Madeline schaute hinunter auf das Brot in ihren Händen und unterbrach den heißen Blick, mit dem sie einander betrachtet hatten. „Du hast wirklich eine Gabe, Geschichten zu erzählen, mein Gemahl."

„Ich bin Waliser", erwiderte Rhys und wandte seine Augen von der Versuchung ab, die sie bot.

Sie räusperte sich. „Kein Wunder, dass man dein Emblem als provozierend empfand."

Rhys überdachte das einen Moment. „Es erklärt, wer ich bin, und das ist die Funktion eines Emblems. Ich bin kein Mann, der vorgibt, anders zu sein, als er ist."

„Außer in Moffat."

Er lächelte und ließ sie denken, was sie wollte. Er hatte schwerwiegendere Sorgen, als seine eigene armselige Haut zu retten, zumindest, bis sie Caerwyn erreichten.

„Wirst du mir erzählen, warum der König dich des Verrats beschuldigt?“

„Nay“, erwiderte Rhys bestimmt. Er nahm einen weiteren Apfel und biss hinein. Dabei bemerkte er, dass sie erneut verärgert über ihn war. Kein Zweifel, die Lady war bezaubernd, wenn ihre Augen so sehr funkelten. Er starrte auf die Straße und bemühte sich, die Leidenschaft in seiner Hose zu bezwingen.

„Dann muss ich die Geschichte von jemand anderem erfahren“, sagte sie bissig. „Du kannst sicher sein, es gibt Leute, die über die Anklage Bescheid wissen, Rhys, und die haben vielleicht kein solches Interesse daran, dir eine gerechte Anhörung zu gewähren, so wie du sie dir wünschen würdest.“

„Dann solltest du nicht nach der Geschichte fragen“, entgegnete er, entschlossen, ihrer Neugier ein Ende zu bereiten. „Schließlich gehört es sich nicht für eine Lady, auf Klatsch und Tratsch zu hören.“ Madeline keuchte empört auf, doch bevor sie eine weitere Frage äußern konnte, richtete er eine an sie: „Was ist mit diesem Mann, der dein Herz gewonnen hat? Willst du mir von ihm erzählen?“

Erstaunt riss sie die Augen auf. „James?“

„Wenn das sein Name war.“ Rhys zuckte die Achseln und versuchte, den Eindruck zu erwecken, er wäre weniger interessiert, als er es tatsächlich war. „Der Mann, dem du versprochen warst und der gestorben ist.“

„James.“ Sie presste die Lippen aufeinander und seufzte. Plötzlich sah sie niedergeschlagen aus. Sie konzentrierte sich darauf, ihren Apfel mit dem Messer zu zerteilen, und gleichzeitig schien ihr gleichgültig zu sein, was sie tat.

Rhys streckte sich im Gras aus. Er stellte lieber Fragen, als selbst befragt zu werden. Dabei beobachtete er Madeline und suchte nach den Antworten, die sie nicht in Worten ausdrücken würde. „Was für ein Mann war er?“

Sie seufzte erneut und ein süßes Lächeln berührte ihre Lippen. Dass solch ein Lächeln nichts mit ihm zu tun hatte – nie haben würde –, zerriss Rhys mit unerwarteter Heftigkeit das Herz.

„James war sanft und freundlich. Er war durch und durch gut und konnte singen wie ein Engel."

Rhys schnaubte. „Dann werden die jetzt froh sein, dass er zu ihrem Chor gehört."

Madeline schaute ihn böse an. „James war ein eleganter junger Mann mit ausgezeichneten Manieren. Er war gut und freundlich und sanft und …"

„Womit du zum Ausdruck bringen willst, dass James und ich unterschiedlicher nicht sein könnten."

Ihr Blick glitt über ihn hinweg und sie schniefte. „Ich wäre nie so unhöflich, etwas Derartiges zu sagen." Sie wandte sich wieder dem Apfel zu. Auf ihren beiden Wangen brannten rote Flecken. „Er konnte so gut Laute spielen."

„Laute?" Rhys richtete sich auf. „Er war Musiker?"

Madeline nickte, ohne zu merken, wie Rhys aufhorchte. „Er schrieb Lieder und sang auch viele, die andere komponiert hatten. Er spielte mit großem Geschick Laute."

Ein Dichter und Lautenspieler! Rhys schaute weg, so erschrocken war er selten. Die Apfelstücke in seinem Mund hatten jeglichen Geschmack verloren, denn nun konnte er erraten, wer der Musiker war, der mit Rosamunde reiste, warum diese Gruppe ihn von Ravensmuir aus verfolgt hatte und was sie von ihm wollten.

Welch perfekte Lösung für Rosamunde, dass sie Rhys ganz einfach verurteilen lassen und so sicherstellen konnte, dass Madeline zur Witwe wurde. Und Madeline konnte den Mann heiraten, den zu lieben sie gelobt hatte.

Rhys schleuderte das Kerngehäuse kraftvoll ins Unterholz. Es kümmerte ihn nicht, dass er den Apfel gar nicht aufgegessen hatte. Dann bemerkte er, dass Madeline ihn argwöhnisch beobachtete.

Er bemühte sich, weiter in unbeteiligtem Ton zu sprechen, obwohl er der Antwort seiner Frau auf seine Frage alles andere als gelassen entgegensah: „Hast du James so geküsst wie mich?" Er hörte, dass seine Bemühungen fehlgeschlagen waren und dass es klang, als suchte er Streit.

Er bekam Streit.

Wenn Blicke töten könnten, fiele er jetzt zweifellos tot um. „James war zu sehr ein Gentleman, um sich mir aufzudrängen."

Rhys erinnerte sich noch allzu gut, dass sie ihn einen Barbaren genannt hatte. Kein Wunder, denn Barden waren Männer mit vielfältigen Fähigkeiten. Sie wurden schon früh für diese Laufbahn auserwählt, erhielten die beste Bildung, sie waren klug und talentiert und die am meisten gepriesenen Mitglieder der walisischen Gesellschaft. Kein Wunder, dass Madeline Rhys als armseligen Ersatz für diesen James betrachtete. Er würde daran denken müssen, nicht in ihrer Gegenwart zu singen, damit ihn dieser Vergleich nicht noch schlechter aussehen ließ.

„Das heißt also, du hast ihn nicht geküsst." Rhys stand auf. Die beeindruckenden Fertigkeiten dieses verlorenen Verehrers beunruhigten ihn unerwartet stark. „Und wie ist er gestorben? Ist er für einen Fall eingetreten, den er nicht gewinnen konnte, und hat so den Zorn der unterlegenen Partei auf sich gezogen?"

Madeline schaute hoch, ihre Verwirrung war klar zu erkennen. „Ich verstehe nicht."

In seinem Ärger erwiderte Rhys barsch: „Du sagtest, er war Dichter und Musiker, also muss er auch Advokat gewesen sein. Die besten Dichter sind gleichzeitig Advokaten. Willst du mir sagen, dass er als Musiker unfähig war?"

In ihrer Überraschung lachte sie laut auf. „Was redest du für verrücktes Zeug? Dichter als Advokaten! Du machst doch sicher Witze?"

„Das tue ich gewiss nicht!" Ihre Haltung ärgerte Rhys so sehr, wie es kaum etwas anderes hätte tun können. „Es bedarf der Beredsamkeit, um in einem Rechtsstreit zu argumentieren, und der Fähigkeit, die Zuhörer in seinen Bann zu ziehen. Ein Advokat ist ein Redner, so wie ein Dichter. Jeder vernünftige Mensch kann diese Verbindung sehen." Madeline blinzelte, doch Rhys konnte sich nicht bremsen. „Barden sind daran gewöhnt, sich lange Passagen aus Dichtungen einzuprägen. Das ist ähnlich, wie sich Gesetzestexte zu merken. Und

Dichter sind letztlich unglaublich klug, denn sie müssen nicht nur die alten vierundzwanzig Metren von Reimversen beherrschen, sondern auch in der Lage sein, Verse zu schmieden, während sie singen."

„Es war mir nicht bewusst …"

Rhys fuhr sich mit einer Hand durch sein Haar. Es regte ihn auf, dass sein Konkurrent solche Fähigkeiten besaß, selbst wenn Madeline sie anscheinend nicht zu würdigen wusste. Wie unerfreulich, dass er ihr die umfassenden Talente des anderen Mannes erklären musste. „Nur wenige sind sich der Komplexität metrischer Verse bewusst. In der walisischen Sprache nennen wir diese Harmonie *Cynghanedd* und diese ist nicht leicht zu erlernen. Jede Zeile eines Verses muss aus derselben Anzahl Silben bestehen. Die ‚Harmonie' beruht auf Konsonantenübereinstimmungen und Reimen innerhalb einer Zeile. Auch das Muster von betonten und unbetonten Silben ist von Bedeutung." Rhys riss seine Arme hoch: „Das ist nichts für einfache Gemüter, das versichere ich dir!"

Madeline starrte ihn bloß an, so groß war ihr Erstaunen.

Rhys stieß einen tiefen Seufzer aus und zwang sich, mit seiner normalen Stimme fortzufahren: „Deshalb war am Hof meines Onkels der Dichter, der so ehrfurchterweckende Fähigkeiten besaß, auch der Mann, der sich mit dem Gesetz auskannte und juristische Auseinandersetzungen führte."

„So etwas habe ich noch nie gehört." Madeline seufzte ihrerseits. „James konnte einfach nur hübsche Melodien auf der Laute spielen."

Rhys blickte sie mit offenem Mund an. „Er konnte keine metrischen Verse schmieden?"

Sie schüttelte den Kopf.

„Bist du sicher, dass er dich bloß nicht mit all seinen Talenten belasten wollte?"

Madeline schmunzelte. „Ich bin sicher. Er bekam fast keinen Unterricht, denn sein Vater hatte kein Interesse an Musik. James komponierte selbst wenig und ich bezweifele stark, dass er auch nur im Entferntesten so viel vom Gesetz verstand, wie du denkst. Sein

Charme lag in etwas anderem." Sie lächelte gedankenverloren, während sie einen Apfel mit ihrem Messer schälte. „Ihr Waliser seid wirklich ein seltsames Völkchen. Dichter als Advokaten!"

Obwohl Rhys erleichtert war, dass James nicht so ein Respekt einflößender Rivale war, wie er befürchtet hatte, besserte es seine Laune nicht gerade, dass Madeline auf seinen gesunden Menschenverstand reagierte, als wäre er verrückt. Er schaute sie böse an. „Und wie ist dieser geschätzte Musiker mit den wenigen Talenten gestorben? Hat er sich seine weißen Finger an zu straff gespannten Lautensaiten geschnitten?"

Verärgert warf Madeline die Apfelschale weg. „Sein Vater hat ihn im Grunde umgebracht."

„Dann war dieser James vielleicht gar nicht so ein sanfter und freundlicher Mann, wenn er seinen Vater dermaßen erzürnt hat. Vielleicht war er auch nicht so klug, wie du glaubst."

„Sein Vater war nicht wütend auf ihn", stellte Madeline mit Nachdruck fest. „Er konnte nur nicht sehen, was für ein Mann sein Sohn war. Ich sagte bereits, dass er kein Interesse an Musik und ihren Vorzügen hatte. Er schickte seinen Sohn nach Frankreich in den Krieg, obwohl James dagegen protestiert hat."

„Warum hat dieser James seinem Vater nicht getrotzt? Das ist durchaus möglich." Rhys betrachtete sein Stück Brot und beschloss, das Risiko einzugehen und sie noch einmal zu provozieren. „Es sei denn, man will seine Erbschaft nicht aufs Spiel setzen."

„Oh! Du bist schnell dabei, abfällige Bemerkungen über jemanden zu machen, den du nie kennengelernt hast", stellte Madeline mit glühenden Augen fest. „Sein Vater war grausam und ungerecht. Er hielt James auf seiner eigenen Burg fest, bis dieser zustimmte, in den Krieg zu ziehen. Und dann schickte er James mit seinen eigenen Kriegern los und gab ihnen den Befehl, dafür zu sorgen, dass James die Interessen seines Vaters in Frankreich gut vertrat. Er stellte sicher, dass James nicht entkommen konnte und kämpfen musste. Und so starb er. Es war niederträchtig und ganz und gar unziemlich, dass ein Vater seinen Sohn auf diese Weise behandelte."

„Er fiel im Kampf?"

Madeline nickte. „James war nicht für den Krieg gemacht. Sein Vater hätte ihn nie nach Frankreich schicken dürfen."

„Du sprichst die Wahrheit", gab Rhys zu. „Wäre er ein guter Vater gewesen, hätte er ihn früher in den Krieg gesandt."

Madeline ließ das Messer und den Apfel fallen und sprang empört auf. „Was ist das für ein Unsinn? Kein anständiger Vater würde dafür sorgen, dass sein Sohn ohne guten Grund getötet wird!"

Der Anblick seiner Frau faszinierte Rhys. Sie war so voller Leidenschaft, so entschlossen, einen Mann zu verteidigen, der – anders als er selbst – nicht zu einer Frau von so feurigem Temperament gepasst haben konnte.

Er stand ebenfalls auf. Er scheute sich nicht, ihr ein gewisses Maß dieser Ehrlichkeit zu bieten, die sie so sehr bewunderte.

„Der Mann, dem du versprochen warst, starb, weil er auf das, was er zu tun hatte, nicht vorbereitet war", stellte Rhys fest. „Jeder Mann muss eines Tages für das kämpfen, was er sein Eigen nennen will, und es ist die Pflicht eines Vaters, dafür zu sorgen, dass seine Söhne auf diese Pflicht vorbereitet sind. Indem er James so lang vom Krieg verschont hat, hätte er genauso gut seine eigene Klinge in die Brust seines Sohnes rammen können."

„Aber nicht alle Männer sind für den Krieg gemacht!"

„Das ist allerdings wahr. Einige eignen sich besser als Priester und Mönche." Rhys wartete auf ihre Reaktion. Er wusste, dass eine kommen würde. „Aber diese Wahl hätte James' Überleben als dein Ehemann wohl kaum gewährleistet."

Röte stieg von Madelines Hals auf und breitete sich auf ihrem Gesicht aus. Ihre Augen funkelten zornig, die leuchtende Farbe ähnelte Blitzen, und ihre leisen Worte klangen aufgebracht: „Du gehst zu weit. Du bist James noch nicht einmal begegnet. Du hast nie gehört, welchen Zauber er der Laute entlocken konnte, und du hast kein Recht, mir meine Erinnerungen an ihn zu zerstören."

Doch Rhys war nun ärgerlich und er fürchtete Rosamundes Absichten. Es schien ihm plötzlich von entscheidender Bedeutung, dass Madeline die Wahrheit erkannte. Dieser James passte nicht zu ihr. „Ich wette, du würdest dir wünschen, du hättest deinen Auserwählten vor seiner Abreise nach Frankreich geheiratet", sagte er schroff. Er begann, die Überreste ihres Mahls einzusammeln. „Aber dein Vater hat es verboten."

Alle Farbe wich aus Madelines Wangen und sie starrte ihn mit offenem Mund an. „Wie kannst du das wissen?", flüsterte sie fast unhörbar.

Rhys schaute sie kaum an, so verstimmt war er, dass sie in einer Sache von solcher Wichtigkeit keine Vernunft walten ließ. „Natürlich, weil dein Vater James kannte und gewusst haben muss, dass er über keinerlei kriegerische Fähigkeiten verfügte. Niemand würde seine Tochter freiwillig mit einem Mann verheiraten, der womöglich nicht in der Lage ist, ihre Sicherheit zu gewährleisten. Dein Vater hat sich zweifellos überlegt, dass James entweder in Frankreich fallen oder sich als ein besserer Krieger erweisen würde, als er es bis dahin gewesen war."

Rhys zuckte die Schultern. „Es war besser für dich, ihn zu heiraten, nachdem diese Wahrheit bekannt wurde, oder ihn überhaupt nicht zu heiraten. Dein Vater hat seine Verantwortung dir gegenüber erfüllt, so wie ich meine unseren Töchtern gegenüber erfüllen werde, sollten wir mit welchen gesegnet werden."

Mit heftigen Bewegungen räumte Rhys ihre Mahlzeit weg. Madeline sagte nichts mehr, aber er spürte, dass ihr bestürzter Blick auf ihm ruhte. Er hatte ihr nicht wehtun wollen, auch wenn er das zweifellos getan hatte. Er würde jedoch nicht hinnehmen, dass ihm jedes Mal, wenn er den Erwartungen seiner Frau nicht entsprach, der Ruf des großen, heiligen James unter die Nase gerieben wurde.

Besonders, da dieser Mann ihnen höchstwahrscheinlich auf den Fersen war. Möglicherweise konnte er nicht verhindern, dass Madeline sich zwischen ihnen entscheiden musste, aber er würde sein Bestes tun, dass sie sich in diesem Fall keinen Illusionen hingab.

Er schaute zurück und sah, dass sie das Stoffbündel unter ihrem Kleid hervorzog. Ihre Tränen flossen so stark, dass er sich wie ein

Schuft fühlte. Sie hatte James, diesen Trottel, geliebt und er sollte ihr daraus keinen Vorwurf machen.

„Lass das Bündel dort, Madeline", sagte er leise. „Deine Idee ist gut."

Sie hielt inne und starrte ihn mit tränenüberströmtem Gesicht an. „Ich liebe James und das wird sich nie ändern."

„Das verstehe ich", erwiderte Rhys zerknirscht, denn er hatte zu harsch mit ihr gesprochen. „Ich werde ihn nicht wieder erwähnen – aus Respekt für dich. Ich entschuldige mich, dass ich meine Selbstbeherrschung verloren habe."

„Ich werde nie einen anderen lieben." Ihre Stimme klang heiser.

Rhys nickte einmal und wandte sich ab. Er begriff, was sie ihm sagen wollte. Er fühlte sich innerlich hohl und bedauerte, dass Madeline ihm nicht all das geben konnte, was sie James geschenkt hatte. Allerdings war Rhys es gewöhnt, mit dem auszukommen, was andere ihm übrig ließen.

Er sattelte die Pferde, dann bot er ihr seine Hand. „Komm, meine Liebe, es ist Zeit, weiterzureiten."

RHYS FITZHENRY HATTE ÜBERHAUPT kein Herz. Madeline war mit einem Mann verheiratet, dem es nichts ausmachte, dass sie ihn nie lieben würde. Sie kam zu dem Schluss, dass diese Enthüllung letztlich keineswegs überraschend kam. Gab es nicht diesen Spruch, dass eine Frau einmal aus Pflichtgefühl und dann aus Liebe heiratete? Vermutlich musste sie also Rhys überleben, um die Chance zu haben, eine solche Liebe in ihrer zweiten Ehe zu finden.

Das waren magere Aussichten. In grimmigem Schweigen ritten sie weiter, nur Vogelrufe und gelegentliches Rascheln im Unterholz drangen an Madelines Ohr.

Wenigstens wurden sie nicht verfolgt.

Und das Wetter war nicht so schlecht, wie es hätte sein können.

Das schien eine armselige Liste glücklicher Umstände zu sein, aber daran ließ sich nichts ändern. Madeline beobachtete Rhys und fragte sich, was er wohl dachte.

Der Mann hatte nicht zu wenige Gedanken, so viel war klar.

Leider wurde deutlich, dass ihm die Liebe gleichgültig war. Solche zärtlichen Gefühle durften für einen Krieger wie ihn nicht von Belang sein. Sie hatte das Leuchten in seinen Augen gesehen, wenn er von Caerwyn sprach, und vermutet, dass er diese Burganlage liebte. Nur Besitz war ihm wichtig und obwohl sie wusste, dass sie das nicht überraschen sollte, war sie tief enttäuscht.

Vielleicht wurde es Zeit, dass sie mehr von seinen sorgfältig gehüteten Geheimnissen ans Licht brachte. Sie hatte herzlich wenig zu verlieren.

Madeline beäugte ihren Gemahl und stellte fest, dass er grimmiger als sonst wirkte. Sie lenkte ihr Pferd näher an seines heran. Rhys beachtete sie kaum. Sein Blick huschte unablässig über das schattige Grün an beiden Seiten des Weges. Die Dunkelheit brach herein, verwischtes Rosa prangte im Indigoblau des westlichen Himmels.

„Wen kennst du in Glasgow?", wollte Madeline wissen.

Rhys wurde nur noch grimmiger. „Das ist nicht von Bedeutung."

Madeline hatte nicht erwartet, dass er ihr so ohne Weiteres alles erzählen würde. Allerdings konnte sie genauso hartnäckig sein wie er und es wurde Zeit, dass er dieser Wahrheit ins Gesicht blickte. „Wie kommt es, dass du jemanden in Glasgow kennst? Diese Stadt liegt wirklich weit von Wales entfernt."

„Das ist unwichtig." Rhys trieb sein Pferd abseits des Weges quer durch den Wald und machte es Madeline unmöglich, ihr Gespräch fortzusetzen. Sie wartete, wenn auch ungeduldig, bis sie auf einer kleinen Lichtung an einem Bach anhielten. Er stieg ab, bewegte sich sicher durch die Schatten und half ihr dann vom Pferd herunter.

„Machst du nur einen Besuch oder erwartest du Hilfe von diesem Freund in Glasgow?" Madeline sprach bewusst munter. Für ihre Mühe erntete sie einen harten Blick, doch sie hob einen Finger, um ihm zuvorzukommen: „Ich denke, das *ist* wichtig."

Rhys zuckte mit den Schultern. „Und ich denke, das ist es nicht." Er öffnete seine Satteltasche, holte etwas heraus und lief in den Wald hinein. Gelert rannte hinter ihm her. Er wedelte so aufgeregt, dass es aussah, als wäre sein Schwanz ein schmutziges Banner.

Nach einem halben Dutzend Schritte war Rhys verschwunden. Noch ein halbes Dutzend und sie konnte ihn noch nicht einmal mehr hören.

Er hatte Madeline mit ihren Fragen tatsächlich alleingelassen! Sie rief nach ihrem Gemahl, doch vergeblich, nur die Geräusche des Waldes umgaben sie. Die Pferde neigten ihre Köpfe, um zu grasen, bewegten ihre Schweife und stießen dabei freundschaftlich gegeneinander.

Der Mann hatte Manieren wie ein Wildschwein! Madeline rief erneut, ohne wirklich eine Antwort zu erwarten. Und sie bekam auch keine.

Hundesohn! Schuft und Schurke! Rhys FitzHenry hatte das schlechteste Benehmen von allen, denen zu begegnen sie je das Pech hatte. So, er wünschte sich also einen Sohn? Oh, er konnte sich glücklich schätzen, wenn er sich jemals zwischen ihren Beinen wiederfand! Mit dieser Einstellung sollte er sich doch gern hundert Huren halten!

Was für ein Mann war das, der eine Frau nachts allein im Wald zurückließ? Auf jeden Fall kein Ehrenmann!

Madeline knirschte mit den Zähnen, löste die Satteltaschen und warf sie auf den Waldboden. Er hatte keinen Knappen, daher musste sie die Pflichten eines solchen erfüllen oder zusehen, wie die Tiere litten.

Was für ein erbärmlicher Mann! Sie entfaltete die zwei Pferdedecken, die sie in Rhys' einer Tasche fand. Sie konnte nur dem Zelter den Sattel abnehmen, denn der des Schlachtrosses war nicht nur zu schwer, sondern das Tier war auch zu groß. Sie ließ die Zügel über die Köpfe der grasenden Pferde hängen. Dann fand sie in der anderen Tasche die Bürste.

Wahrlich, warum sollte Rhys einen Knappen benötigen, wenn er eine Frau hatte? Sie bürstete die Pferde kraftvoll, denn sie waren nicht schuld daran, dass ihr Besitzer ein eigensüchtiger Hundesohn war. Es wäre nicht anständig, wenn sie sich erkälteten, weil sie geschwitzt hatten.

Während sie arbeitete, verfluchte Madeline aus vollem Herzen die Verantwortungslosigkeit ihres Ehemannes. Als sie fertig war, machte sie sich daran, Holz für ein Feuer zu sammeln. Sie nahm an, dass das Zurückbleiben des Schlachtrosses ein Zeichen dafür war, dass Rhys zurückkehren würde, obwohl sie nicht ihren letzten Heller darauf verwettet hätte. Ebenso verließ sie sich nicht darauf, dass er Essen für sie beide mitbringen würde, wenn er zurückkam – wann immer das auch sein mochte. Genauso gut konnte er von Weitem das Bier in einem Gasthaus gerochen und sich ins Warme begeben haben, um sich eine gute Mahlzeit zu gönnen.

Wenn er glaubte, sie würde erfrieren oder in seiner Abwesenheit schmollen, hatte er sich gründlich geirrt. Zum Glück fand sie genug trockenes Kleinholz. In dieser Gegend hatte es offensichtlich nicht so ausgiebig geregnet wie weiter östlich.

Als sie sich genug geärgert hatte und ihr Zorn nachließ, begann ihre Furcht zuzunehmen. Sie beschäftigte sich weiter und ihr war schmerzlich bewusst, dass sie noch nie zuvor allein im Wald gewesen war. Sie war an die Sicherheit gewöhnt, die hohe Mauern des Nachts bieten, und sie erinnerte sich nur allzu gut an die Geschichten über hungrige Wölfe, die sie so oft gehört hatte.

Sie legte Holz auf, bis die Flammen hoch loderten, und hoffte, das Feuer würde Raubtiere fernhalten. Die Nacht brach herein und trotz ihrer Bemühungen heulte ein Wolf in der Ferne. Zu ihrem Schrecken antwortete ein zweiter aus einer anderen Richtung. In ihrer Unerfahrenheit klang es nah, zu nah. Sogar die Pferde drängten sich enger aneinander und ihre Ohren zuckten.

Madeline befahl sich, das Leuchten aufmerksamer Augen im Wald um sie herum nicht zu beachten – sicher bildete sie sich das nur ein. Sie wickelte sich fest in ihren Umhang ein, verfluchte ihren

Ehemann erneut, setzte sich und biss in einen Apfel. Sie würde etwas essen und dann schlafen.

Oder zumindest würde sie es versuchen.

„Ich dachte, du möchtest heute Nacht sicher gern eine warme Mahlzeit zu dir nehmen", sagte Rhys fröhlich.

Wie üblich tauchte dieser Mann ganz plötzlich in ihrer Nähe auf, nur seine Worte verrieten seine Gegenwart. Als Madeline sich zu ihm umwandte, sah sie ihn mit dem Hund dicht an seiner Seite in den Schatten stehen. Er hielt drei Fische hoch, als ob das und sein Lächeln seinen plötzlichen Aufbruch wettmachen könnten. Sein selbstsicheres Auftreten war der Tropfen, der das Fass zum Überlaufen brachte, und sie verlor nun vollends die Beherrschung.

„Du treuloser Schuft!", schimpfte sie, erleichterter über Rhys' Anblick, als sie zugeben wollte. Mit aller Kraft, die sie aufbringen konnte, warf sie den angebissenen Apfel nach ihrem Ehemann und hoffte, dass der blaue Fleck groß und lange zu sehen sein würde.

KAPITEL 11

Um mit drei Brüdern fertigzuwerden, die sie ständig neckten, hatte Madeline gelernt, zu zielen und zu werfen, und sie war gut darin geworden.

Der Apfel traf Rhys mitten auf die Nase, so überrumpelt wurde er von ihrem Angriff. Er jaulte auf und sprang zurück. Dabei ließ er einen Fisch fallen und suchte ihn fluchend in den Blättern.

Der Apfel prallte auf dem Boden auf. Gelert jagte hinterher und wedelte begeistert mit dem Schwanz, als er den Apfel fand. Mit der Frucht in der Schnauze trottete er außerordentlich stolz auf sich selbst auf Madeline zu. Dann legte er sich zu ihren Füßen nieder, um seine Beute zu verspeisen.

Rhys war weniger begeistert. Er betrachtete Madeline misstrauisch, als er näher kam, wobei er den wiedergefundenen Fisch immer noch von trockenen Blättern befreite. „Du bist verärgert", sagte er in einem Ton, als wäre ihm ihre Reaktion unerklärlich.

„Was für ein großartiger Glücksfall, mit einem so einfühlsamen Mann verheiratet zu sein."

„Was dachtest du, wohin ich gegangen wäre?"

„Vielleicht zur Hölle." Madeline verschränkte ihre Arme vor der

Brust. Sie war neugierig, obwohl sie sich über sein Benehmen ärgerte. Verstand Rhys wirklich nicht, dass sie Angst gehabt hatte?

Sein Blick wanderte über ihr Gesicht und sie wusste, er würde nicht eine Kleinigkeit übersehen. „Du kannst nicht wirklich geglaubt haben, dass ich dich verlassen hätte." Offensichtlich war ihm dieser Gedanke gekommen.

„Was sollte ich sonst denken?" Madeline drehte sich um und sah nach dem Feuer. Sie konnte Rhys förmlich denken hören, während er sie beobachtete.

„Ich kümmere mich um das, was mein Eigen ist", sagte er.

„Wie schön zu wissen, dass du mich zu deinen Besitztümern zählst", schnaubte Madeline. „Wie deinen Sattel oder dein Messer. Oder auch deinen Hund." Sie schürte das Feuer mit einem Stock. „Das ist eine Einstellung, die das Herz einer Frau erwärmt."

Sie hörte seine Schritte, bevor er ihren Ellenbogen ergriff und sie zu sich herumdrehte, sodass sie die Glut in seinen Augen sah. „Du machst grundlose Anschuldigungen. Da ist ein Fluss. Kannst du das nicht hören?" Er schüttelte gereizt den Kopf. „Konntest du dir nicht denken, dass ich eine warme Mahlzeit für uns besorgen würde? Du hättest wissen müssen, dass ich zurückkomme."

„Ich habe nichts dergleichen gewusst."

„Warum hast du dann ein Feuer angezündet?" Er betrachtete es missbilligend. „Dazu noch eins, das wie ein Scheiterhaufen brennt. Diejenigen, die uns jagen, werden uns mühelos aufspüren, wenn es weiterhin so hoch lodert."

Dass er in diesem Augenblick ihre Findigkeit kritisierte, war zu viel. „Dann treffen sie ihre Beute vielleicht darauf geröstet an." Madeline stieß einen Teil des Holzes vom Feuer weg, während Rhys sie voll Erstaunen betrachtete. Dann trat sie die brennenden Reisigbündel aus.

Als sie fertig war, brannte das Feuer sehr viel weniger stark, ganz so wie ihr Zorn auf Rhys. Dennoch fuhr sie zu ihm herum und stemmte ihre Hände in die Hüften. „Passt dir das besser, mein

Gemahl? In Zukunft solltest du genauere Anweisungen hinterlassen, damit ich diesen in vollem Umfang Folge leisten kann."

Die Luft knisterte förmlich zwischen ihnen, dann schüttelte Rhys den Kopf. „Du kannst doch nicht wirklich Angst gehabt haben." Er runzelte die Stirn, während er den Fisch fachkundig ausnahm. „Du bist eine zu unerschrockene Frau, um dich vor Schatten zu fürchten."

„Nicht die Dunkelheit habe ich gefürchtet, sondern die hungrigen Wölfe."

Wie um ihre Aussage zu unterstreichen, heulte in dem Moment einer. Rhys neigte lauschend den Kopf. „Sie kommen nicht näher", sagte er mit einer Überzeugung, die Madeline nicht nachvollziehen konnte.

„Dennoch werde ich heute Nacht nicht schlafen."

Er warf ihr einen durchdringenden Blick zu. „Hast du jemals eine Nacht außerhalb der Mauern einer Festung verbracht?"

„Nur einmal", gab Madeline gepresst zu. „Vor ein paar Nächten."

Sie dachte zuerst, dass Rhys sie nicht gehört hätte, denn er reagierte nicht auf ihre Worte. Methodisch spießte er die ausgenommenen Fische auf Stöcke, die er geschält und geschärft haben musste, während er beim Angeln darauf wartete, dass die Fische anbissen. Er trieb die Stöcke in den Boden, sodass eine Art Dreifuß entstand, und vergewisserte sich, dass die Fischleiber über die Flammen geneigt waren.

Erst danach nahm er sie anscheinend wieder wahr. „Passt du darauf auf, dass sie nicht verbrennen? Du kannst sie leicht wenden – so." Rhys drehte einen Stock, um es ihr zu zeigen, und Madeline nickte widerwillig. Er neigte den Kopf, sodass sie das belustigte Funkeln in seinen Augen sehen konnte, und einen Moment lang fürchtete sie, dass er sich über sie lustig machte.

Stattdessen sagte Rhys freundlich: „Ich gelobe, zurückzukehren, nachdem die Wölfe eine Nachricht von mir bekommen haben, dass sie meine Lady heute Nacht friedlich schlummern lassen sollen."

Er strebte davon und zuerst war Madeline nicht klar, was er tun würde. Sie sah seine Silhouette hinter einem Baum verschwinden und hörte ein plätscherndes Geräusch, und da erriet sie es.

Rhys ließ den Wölfen eine Nachricht zukommen, die sie verstehen würden. Er markierte den Umkreis ihres Lagers mit seinem Urin, so wie Wölfe ihr Territorium markieren.

Und er machte das, um sie zu beruhigen. Wie konnte sie einem Mann böse sein, der solch rauen Charme besaß? Ihre Brüder hätten so etwas nie für sie getan. Sie hätten sie nur gehänselt, bis sie nicht länger gewagt hätte, ihre Furcht zu zeigen.

Wieder einmal hatte Rhys sie überrascht.

Madeline drängte Tränen zurück, die unerwartet in ihr aufstiegen, und widmete den Fischen übertriebene Aufmerksamkeit. Sie hörte das Rascheln, als Rhys sich rund um das Lager bewegte und alle paar Schritte stehen blieb, um seine Botschaft für die Wölfe zu hinterlassen.

Dann kam eine Pause, bis die Geräusche ihr verrieten, dass er sich in dem Fluss wusch, den sie zuvor nicht bemerkt hatte. Sie war anscheinend wirklich nicht daran gewöhnt, auf die Laute im Wald zu achten, denn nun, da sie darauf lauschte, war das Fließen des Wassers nicht zu überhören.

Und ihr Herz zog sich wieder zusammen, als sie begriff, was Rhys tat. Dieser Kerl, der sie dermaßen auf die Palme brachte, reinigte sich, bevor er eine Mahlzeit mit ihr teilte, als ob er seiner Braut zeigen wollte, dass sein Benehmen nicht ganz und gar ungehobelt war. Madeline hätte nie geglaubt, dass er sich so viel Gedanken um ihre Ängste und Erwartungen machen würde.

Aber das tat er. Obwohl er nicht daran gewöhnt war, alle seine Gedanken mitzuteilen, und obwohl er ihre Bedenken nicht immer verstand oder vorhersah, gab sich der Mann Mühe, damit ihre Ehe gelang. Sie schuldete ihm mehr, als ihn wie ein Marktweib anzukeifen. Sie achtete sorgfältig auf die Zubereitung der Mahlzeit. Ihr leerer Magen begann, heftig zu knurren, als ihr der verführerische Duft von gebratenem Fisch in die Nase stieg.

Rhys kam mit nassen Haaren und seinem Tappert in Händen zurück. Sein Hemd hatte er nicht in die Hose gesteckt und es klebte an seinem feuchten Körper. Durch den nassen Stoff konnte Madeline die Konturen seiner Muskeln und das dunkle Gewirr von Haar auf seiner Brust erkennen. Ihr wurde der Mund trocken und ihre Begierde auf etwas anderes als gebratenen Fisch wurde angefacht. Rhys schüttelte das Wasser aus seinem Haar, während er sich dem Feuer näherte, dann schaute er mit geübtem Blick nach den Fischen.

„Sie werden gut zu diesem Brot schmecken." Mehr sagte er nicht, doch sein Ton war liebenswürdig. Madeline verstand, dass er den Streit beenden wollte.

Sie wollte das auch und deshalb bedachte sie ihn mit einem zaghaften Lächeln. „Du solltest nahe am Feuer bleiben, bis du trocken bist. Lass mich das Brot holen."

Er sah sie lächeln, blinzelte, dann betrachtete er stirnrunzelnd den Fisch. „Ich wollte dir keine Angst machen, aber ich gebe zu, dass ich mit leerem Magen nur schlecht denken kann."

Madeline nickte bei dieser Entschuldigung. „Ich verstehe das jetzt. Verzeih, dass ich wütend war."

Sein Stirnrunzeln vertiefte sich. „Das hatte ich verdient. Ich bin es nicht gewöhnt, in Gesellschaft zu reiten und erst recht nicht mit einer Adeligen."

„Oder einer Ehefrau?"

Da lächelte er und bei diesem Lächeln schmolzen all ihre Vorbehalte dahin. „Oder einer Ehefrau, *Anwylaf*."

Vielleicht konnten sie aus diesem schlechten Anfang eine gute Ehe machen, die nicht vom Schicksal dazu bestimmt war, nur ertragen zu werden. Ein Sohn in ihrem Schoß würde viele Probleme lösen, die zwischen ihnen standen.

Madeline wagte es, zu hoffen.

„Mir scheint, wir beginnen langsam, uns zu verstehen, Rhys", sagte sie und strich mit ihren Fingerspitzen über seinen Arm. Er durchbohrte sie mit einem so feurigen Blick, weil sie seinen Namen verwendet hatte, dass diese gefährliche Hitze in ihr zu einer Flamme aufloderte. Ihr wurde der Mund trocken, doch sie schaute nicht weg, und er ebenfalls nicht.

Da fing der Fisch an, zu qualmen.

~

RHYS SCHRIE ENTSETZT auf und Madeline beeilte sich, das Brot zu holen. Sie hielt ihm jeweils ein Stück hin, während Rhys die Fische von den Stöcken nahm. Geschickt entfernte er Kopf und Haut und legte ein dampfendes Filet auf das Brot.

„Ah, was würde ich nicht für etwas Salz geben", sagte er sehnsüchtig, als er sich am Feuer niederließ, dann zwinkerte er Madeline unerwartet zu.

Sie saß da, fühlte sich ganz zittrig in seiner Gegenwart, dachte an Söhne und deren Empfängnis und aß dabei. Der Fisch war köstlich, die Wärme des Feuers ein Genuss. Nun da Rhys neben ihr saß war es gar nicht so übel, im Wald zu sein, während die Nacht sie von allen Seiten umgab. Die Pferde dösten und bewegten ihre Schwänze und Gelert hielt ein wachsames Auge auf das Lager.

Rhys räusperte sich. „Ich schulde dir eine Gefälligkeit, meine Liebe, denn es war nicht meine Absicht, dir Angst zu machen."

Madeline betrachtete ihn neugierig. Es passte nicht zu Rhys, Entgegenkommen zu zeigen. „Sicher wirst du mir gleich sagen, welcher Art die Gefälligkeit sein muss."

Er verzog die Lippen zu einem schiefen Lächeln. „Wie wäre es mit einer Geschichte?"

„Eine erfundene oder eine aus deinem Leben?"

„Was denkst du?"

„Ich denke, dass du eher sterben würdest, als ein winziges Detail deiner eigenen Vergangenheit preiszugeben." Madeline fühlte sich gestärkt durch die warme Mahlzeit in ihrem Bauch. „Aber ich wage trotzdem, darum zu bitten."

„Gott schütze mich vor dieser furchtlosen Frau, die ich zur Gemahlin genommen habe", murmelte Rhys, doch seine Stimme hatte einen warmen Klang.

Madeline schmunzelte und leckte sich den letzten Rest des Fisches von den Fingern. „Man muss aus solch einem seltenen Angebot von dir das Beste machen", scherzte sie und nun schmunzelte Rhys. Sie mochte das Blitzen in seinen Augen und wie er sie ansah, wenn er sie neckte, und das allein verleitete sie, zu fragen, was sie wirklich wissen wollte: „Wer hat dich verraten?"

Rhys erstarrte. Er blickte ihr ins Gesicht. Madeline blinzelte nicht und sie schaute auch nicht weg. Seine Augen waren dunkel, seine Miene unergründlich, doch er zögerte, sodass sie dachte, er würde ihr vielleicht antworten.

Dann schüttelte er den Kopf und richtete seine Aufmerksamkeit wieder auf seine Mahlzeit. „Du weißt nicht, dass irgendjemand mich verraten hat."

„Ich würde darauf wetten."

„Du hast nichts, womit du wetten kannst."

„Du hast mir angeboten, mir zur Belohnung eine Geschichte zu erzählen."

Einer seiner Halsmuskeln arbeitete und seine Stimme wurde leise. „Nicht diese, Madeline."

Sie kannte ihn gut genug, um ihn in dieser Sache nicht weiter zu drängen. „Dann erzähle mir von Caerwyn."

Er warf ihr einen kurzen, durchdringenden Blick zu. „Warum?"

„Weil du die Burg liebst."

„Alle lieben sie. Das wirst du sehen, wenn wir dort ankommen."

Madeline mühte sich, ihre rasch schwindende Geduld zusammenzunehmen. „Meine Tante Rosamunde schien dich zu kennen." Sie fragte sich, ob es Einbildung war, dass Rhys sich bei diesen Worten versteifte. „Trifft das zu?"

„Aye." Er wich ihrem Blick aus.

„Woher?"

Rhys zuckte mit den Schultern. „Das ist eine lange Geschichte."

Madeline knirschte mit den Zähnen. Er würde ihr die Gefälligkeit, die er ihr angeboten hatte, nicht ohne Weiteres gewähren, das war offensichtlich. „Sie sagte, ich sollte einen Mann nicht nach seiner Erscheinung oder auch seinem Leumund beurteilen. Thomas äußerte so ziemlich dasselbe. Was wissen sie über dich, was ich nicht weiß?"

„Wer kann das sagen?", erwiderte Rhys. „Du solltest sie fragen."

„Ich werde wahrscheinlich eine ganze Zeit lang nicht die Gelegenheit bekommen, dies zu tun!"

Er lächelte fast. „Ich bezweifele, dass du deine Frage vergessen wirst, egal, wie viel Zeit verstreicht." Er nahm sich ein weiteres Stück Brot.

„Ist es deine Absicht, der unerfreulichste Mann unter Gottes Sonne zu sein, oder hast du ein angeborenes Talent, deine Geheimnisse für dich zu behalten? Ich bin sicher, ich hatte noch nie ein so starkes Bedürfnis, ein anderes lebendes Wesen zu verletzen, bis ich dir begegnet bin."

Rhys lächelte jetzt richtig, was die Schatten aus seinen Augen vertrieb. „Ausflüchte zu machen, ist ein Talent, das man erlernt, aber eins, das ich zweifellos besitze." Er beendete seine Mahlzeit und streckte sich auf seinem Umhang aus. Er überkreuzte seine Knöchel und stützte sich auf den Ellenbogen ab, während er sie voller Wärme betrachtete. Seine Augen blitzten auf höchst verführerische Weise. „Keine weiteren Fragen?"

„Was hätte ich davon?"

„Du kannst doch nicht so einfach auf die Gefälligkeit verzichten wollen? Ich dachte, du wärst eine Frau von gewisser Hartnäckigkeit."

Madeline schaute sich um. Sie wusste nicht, welche Frage sie ihm stellen könnte, die er vielleicht bereit wäre, zu beantworten. Der Hund erhob sich, schüttelte sich und stürzte sich dann geradezu auf die weggeworfene Fischhaut. „Warum hast du den Hund Gelert genannt?"

Rhys seufzte, sein Blick blieb an dem Tier hängen. „Es ist ein Name aus einer alten Geschichte, die ich sehr mag."

„Erzähle sie mir." Zu Madelines Erleichterung hatte Rhys keine Einwände.

Er schnippte mit den Fingern und der Hund kam an seine Seite. Rhys kraulte ihm die Ohren und sowohl der Mann als auch die Frau mussten über die Wonne lächeln, die das bei dem Hund auslöste. „Vor langer Zeit gab es einen Ritter. Er besaß eine Burg sowie ein Dorf und etwas Land. Weil er nur sein Pferd hatte, seine Rüstung und seinen treuen Hund Gelert, der ihm Gesellschaft leistete, beschloss er, sich eine Frau zu suchen. Er begegnete einer Adligen, der er genauso gefiel wie sie ihm, und sie wurden vermählt. Nach einiger Zeit bekamen sie einen Sohn."

„Hat in dieser Geschichte nur der Hund einen Namen?"

Rhys grinste über das ganze Gesicht, während er immer noch die Ohren des Hundes kraulte. „In dieser Geschichte ist nur der Hund von Bedeutung." Er lächelte sie an und Madeline konnte kaum noch klar denken. Die Ähnlichkeit zwischen dieser und ihrer eigenen Geschichte war offensichtlich. Sie konnte sich mühelos daran erinnern, wie sich Rhys' Körper angefühlt hatte, und sie sehnte sich danach, wieder von ihm liebkost zu werden.

Allerdings hatten sie noch keinen Sohn.

„Und was geschah dann?", brachte sie heraus.

„Sie fanden eine Amme, die sich um das Kind kümmern sollte. Eines Tages, als es noch in den Windeln war, gingen die Eltern auf die Jagd und ließen den Säugling bei ihr zurück. Es war möglicherweise das erste Mal, dass die Mutter sich von ihrem Sohn entfernte. Der Hund wich dem Kind nicht von der Seite, so sorgfältig bewachte er alles, was seinem Herrn lieb und teuer war."

„Solch einen Hund müsste man haben. Er kannte den Unterschied zwischen bloßem Besitz und dem, was einem Menschen lieb und teuer ist."

Rhys blickte Madeline kurz an, doch er setzte seine Geschichte fort, ohne darauf einzugehen: „Während die Frau an diesem Nachmittag schlief, schlängelte sich eine riesige Schlange ins Kinderzimmer. Sie hatte tausend Zähne und war hundert Ellen lang. Ihre Schuppen waren rot, schwarz und grün und die Augen gelb. Es war eine Urzeitschlange, die sich ausschließlich von Kindern ernährte, und sie kroch direkt auf den einzigen Sohn des Ritters zu."

Madeline verkrampfte die Hände in ihrem Schoß, während Rhys über Gelerts Fell strich.

„Der treue Hund griff das gemeine Biest an, obwohl es viel größer und bösartiger war als er. Die beiden kämpften um das Kind. Der Hund wurde schrecklich gebissen und obwohl er mit aller Kraft focht, schwächte der Blutverlust ihn beträchtlich. Er schlug seine Zähne in die Schlange in einem letzten Versuch, das Kind zu retten, doch sie versetzte dem Hund einen gewaltigen Schlag mit dem Schwanz. Er war lange genug benommen, dass die Schlange ihr Ziel erreichen konnte. Sie verschlang den Jungen im Ganzen und er schrie vergeblich, als das Schicksal ihn ereilte."

„Was für eine fürchterliche Geschichte", wisperte Madeline.

„Sie wird noch schlimmer. Denn die Amme wurde von den Schreien des Kindes aus dem Schlaf gerissen. Sie rannte zur Kammer, doch sie kam erst an, als die Schlange bereits wieder in ihrem Versteck verschwunden war. So sah sie nur das Blut des Kindes auf den Laken und das Blut der Schlange an Gelerts Lefzen. Sie nahm an, dass alles Blut von demselben kleinen Körper stammte, und schrie, dass der Hund den Sohn des Herrn getötet hatte."

„Oh!"

„Der Ritter kehrte kurz danach von der Jagd zurück und man berichtete ihm von den Ereignissen. Seine Frau war am Boden zerstört, er hingegen wurde wütend. Er rief seinen Hund, der bereitwillig kam, denn er wusste ja, dass er nichts Böses getan hatte. Und der Ritter zog sein Schwert und tötete seinen eigenen Hund mit einem einzigen Hieb. Er schlug dem treuen Tier mit seiner eigenen Klinge eigenhändig den Kopf ab, um das Verbrechen zu sühnen, von dem er glaubte, dass sein Hund es begangen hätte."

„Oh nein", flüsterte Madeline.

„Seine Frau weinte, sie war untröstlich über den Verlust ihres Sohnes." Rhys benetzte seine trockenen Lippen, sein Blick ruhte auf seinem Hund, der ihn voller Verehrung anstarrte. Diese Geschichte schien Madeline ein schrecklicher Grund zu sein, um einem Hund diesen Namen zu geben. Aber ehe sie etwas dazu sagen konnte, fuhr Rhys bereits fort. Seine Worte klangen so melodisch, dass die Geschichte sie schnell wieder in ihren Bann zog:

„Doch an dem Tag, als der Ritter auf der Jagd war, hatte sich auch eine Bauersfrau auf dem Burghof befunden. Da sie ihn um Almosen bitten wollte, hatte sie sich entschieden, auf seine Rückkehr zu warten. Sie hatte bemerkt, wie die Schlange aus dem Fenster der Kinderstube kroch und in einem Loch in der Kellerwand verschwand. Die Bauersfrau sah die Rückkehr des Ritters und sein Leid. Erst als sie hörte, was geschehen war, begann sie, sich Gedanken über die Schlange zu machen. Sie wurde zum Ritter vorgelassen, doch statt ihre Bitte um Almosen auszusprechen, erzählte sie ihm, was sie beobachtet hatte. Er sandte sofort Männer aus, die diese ungewöhnliche Schlange ausfindig machen sollten."

Madeline erschauerte und hatte das Gefühl, dass die Nacht sie noch dichter umschloss. Rhys stand auf und legte mehr Holz auf. Er hockte sich auf die gegenüberliegende Seite des Feuers und starrte in die Flammen. Ihr Schein tauchte seine Brust in dem Leinenhemd in ein goldenes Licht und sie sehnte sich danach, ihre Hände wieder über seine warme Haut wandern zu lassen.

Dann sprach er weiter, er schien fasziniert von den Flammen: „Sie fanden das Ungeheuer schlafend im Keller, wo es sich jahrelang zwischen dem Gestein und Fässern versteckt hatte, und selbst während es schlummerte, fürchteten sie sich vor seiner unnatürlichen Größe. Dennoch griffen der Ritter und seine Mannen es an und schlugen ihm den Kopf ab – drei Hiebe mit drei verschiedenen Klingen waren vonnöten, um den schrecklichen Panzer zu durchbrechen. Und da, als das Blut der Schlange ihre Stiefel befleckte, hörten sie ein Kindlein schreien."

„Oh!" Madeline hob ihre gefalteten Hände an ihre Lippen. Rhys warf ihr ein Lächeln zu, kam zu ihr herüber und setzte sich neben sie. Er nahm ihre verkrampften Finger in seine warmen Hände, rieb sie und entfachte mehr als nur eine Art der Wärme in ihr. Sie atmete seinen Geruch ein und empfand seine Nähe als prickelnd.

„Als der Ritter und seine Mannen im Kadaver der Schlange nachschauten, fanden sie den kleinen Jungen, blutverschmiert und verängstigt, doch ansonsten unversehrt. So kam die Wahrheit über das, was an dem Tag geschehen war, schließlich ans Licht."

„Aber der Hund …", wisperte Madeline.

Rhys nahm eine Locke ihres Haares zwischen seine Finger und zwirbelte sie im Licht des Feuers, als wäre er außerordentlich fasziniert davon. Madeline hielt die Luft an.

„Aye, der Hund war tot, ohne guten Grund. Der Ritter verzweifelte über das, was er getan hatte", sagte er leise, „denn er hatte seinen treuesten Diener zu Unrecht getötet und er erkannte nun das volle Ausmaß seiner Sünde."

Madeline umklammerte seine Hand, während Gelert zufrieden zu schnarchen begann. Der Hund hatte sich mit unverhohlener Freude auf den Umhang gelegt, wo Rhys' Körper einen Abdruck hinterlassen hatte.

„Die Amme, die den Hund beschuldigt hatte, verließ diese Gegend für immer und ward nie mehr gesehen. Der Ritter baute mit seinen eigenen Händen einen Schrein zum Andenken an Gelert und verbrachte seine Tage in Buße und Trauer. Er war bei Gott in Ungnade gefallen, seine Ländereien brachten keinen Ertrag mehr ein und sein Besitz verfiel – außer dem Schrein, der von allen und jedem besucht wurde. Und doch beklagte er sich nicht, denn er wusste, dies war der Lohn für seine Hast und Treulosigkeit. Seine Lady nahm ihren Sohn und kehrte zu ihrer Familie zurück. Sie überließ ihn seinem Kummer, aber der Ritter tat unermüdlich Buße."

Rhys seufzte und verflocht seine Finger noch fester mit Madelines. „Und so wird es erzählt: Als der Ritter starb und gerichtet wurde, fand er zu Füßen Gottes seinen Hund Gelert, der treu bis in alle Ewigkeit um Gnade für seinen geliebten Herrn bat."

Madeline wischte sich ihre Tränen mit dem Saum ihres Kleides ab. Es war ihr peinlich, dass ihre Augen feucht geworden waren, während Rhys' trocken blieben. „Du bist ein guter Geschichtenerzähler, mein Gemahl."

„Ich bin Waliser", sagte er leise und mit humorvollem Unterton.

Madeline bedachte ihn mit einem unsicheren Lächeln. „Sollte es mich überraschen, dass es eine Geschichte über Treue ist, die mit Füßen getreten wurde?"

Rhys zuckte die Achseln und beäugte den Hund. Ihre Bemerkung schien ihn aufgeschreckt zu haben. Madeline streckte ihre Hand aus und berührte sein Kinn. Die Stoppeln seines Bartes kitzelten in ihrer Handfläche, als sie sein Gesicht umfasste und ihn zwang, zu ihr herunterzuschauen. In seinen Augen lauerten Schatten, die sie nur zu gern vertreiben wollte.

„Wer hat dich verraten, Rhys?", fragte sie, obwohl sie das gar nicht gewollt hatte. Sie biss sich auf die Lippe und wünschte, sie könnte die Frage zurücknehmen, die doch nur wieder eine Mauer zwischen ihnen errichten würde.

Rhys öffnete den Mund, dann schloss er ihn wieder. Madeline war sicher, er würde ihr erneut eine Antwort verweigern, doch ganz plötzlich blickte er sie ernst an.

„Mein Vater", gestand er mit heiserer Stimme.

„Aber ich dachte, du wärst sein einziger Sohn."

„Das war ich." Rhys neigte seinen Kopf und berührte Madelines Fingerspitzen mit seinen Lippen. Das Licht des Feuers spielte in seinen ebenholzschwarzen Locken und er sprach in ihre Hand hinein, sodass sie seine Augen nicht sehen konnte: „Doch letztlich konnte ihm ein Bastard, selbst ein Bastard, der ihm als Sohn nützlich war, nicht genügen."

Madeline erhaschte einen Blick auf die Wunde, die dieser Verrat hinterlassen hatte, auf die Verletzung, die Rhys so gut verbergen konnte. Sie beugte sich vor und küsste seine Hand. Dabei fragte sie sich, ob das Salz auf seiner Haut von seinen oder ihren Tränen kam. Sie rückte näher an ihn heran und berührte seine Mundwinkel mit ihren Lippen. Dabei fühlte sie, wie er unter ihrer Liebkosung erschauerte.

Wie konnte sie erwarten, dass Rhys angesichts seiner Vergangenheit ihre Vorstellungen von einer Ehe verstehen würde? Er hatte nie eine liebevolle Verbindung kennengelernt, konnte nie auf diejenigen vertrauen, auf die er sich eigentlich verlassen können sollte.

Es gab nur eine Lösung: Sie würde ihm beibringen, ihr zu vertrauen. Sie wollte ihren Gatten von den Vorzügen einer liebevollen, monogamen Ehe überzeugen.

Madeline zweifelte nicht, dass es zu schaffen war. Ja, sie spürte, dass Rhys sich geradezu danach sehnte, ihr zu vertrauen, es aber nicht wagte aus Angst, dass das, was er durchgemacht hatte, sich wiederholen könnte.

Glücklicherweise war sie so hartnäckig, wie er glaubte.

Sie fuhr ihm mit den Fingern durchs Haar und hielt ihr Gesicht nah an seins. Sie konnte beinahe hören, wie sein Herz zu hämmern begann. „Ich bin sicher, dass du nicht denselben Fehler mit diesem Hund begehen wirst, nachdem wir einen Sohn bekommen haben", wisperte sie.

Rhys lächelte schwach. „Es gibt keine Schlangen auf Caerwyn."

„Und es ist auch noch kein Kind in meinem Bauch." Sie nahm seine Hände und legte sie an ihre Taille. Sie sah Rhys' dunkle Augen funkeln und wusste, dass sie mehr als alles andere heute Nacht mit ihm zusammen sein wollte. Sie wollte seine Hitze in sich spüren, sie wollte von seinen Armen umfangen werden. „Wir haben Söhne zu zeugen, Rhys. Das war unsere Abmachung und ich möchte, dass wir diese erfüllen."

Madeline hatte das Begehren ihres Mannes richtig in seinen Augen gelesen. Kaum hatte sie ihre Einladung ausgesprochen, fand sie sich auch schon auf dem Rücken wieder mit Rhys' warmem Körper über sich und seinem Kuss, der eine Erwiderung verlangte.

Sie griff in sein Haar, zog ihn zu sich herunter und küsste ihn zurück, so wie er es von ihr erwartete, und das tat sie höchst bereitwillig.

~

MADELINE ENTDECKTE SEINE GEHEIMNISSE, selbst wenn Rhys glaubte, er hätte sie gut verschleiert. Sie schien in der Lage zu sein, direkt in sein Herz zu schauen und aufzuspüren, was er um jeden Preis vor ihr verborgen halten wollte.

Und, schlimmer noch, es machte Rhys nichts aus.

Madeline bot ihm ihre Aufrichtigkeit und Treue an und er wusste, er hatte wenig getan, um dies zu verdienen. Sie schenkte sich ihm ganz, ihre Leidenschaft und ihren Verstand, und er nahm jedes dieser Geschenke mit Freuden an. Er würde ihr Söhne schenken, Lust und ein Heim, auf das sie stolz sein konnte. Er würde sie gegen alle Bedrohungen beschützen, mit seinem Schwert und seinem Leben, wenn es nötig sein sollte.

Selbst wenn ihr Herz ihm niemals gehören würde, wäre das, was sie ihm gewährte, schon mehr als genug. Es überstieg alles, was andere Rhys FitzHenry jemals gegeben hatten, und er hatte den Verdacht, es war mehr, als er verdiente.

Er war ein schamloser Hundesohn und ihre Zärtlichkeit hätte er ihr genauso gut geraubt haben können. Er hatte sie sich durch Täuschung erschlichen und obwohl er das wusste, gestand er ihr die Wahrheit nicht. Er war ein Halunke – denn welcher Mann würde annehmen, was die Lady ihm schenkte, ohne ihr zu sagen, dass ihr geliebter James noch am Leben war?

Da küsste Madeline ihn so hingebungsvoll, dass sie all diese Bedenken aus seinen Gedanken vertrieb. Sie hatte schnell gelernt, wie Lust entfacht wurde. Ihre Zunge maß sich mit seiner, ihre Hände glitten über seinen Körper, als wäre sie so ungeduldig wie er. Er zwang sich, ihr Liebesspiel zu verlangsamen, sich Zeit zu lassen, um sie zu schmecken und zu genießen. Er unterbrach ihren Kuss, um mit seinem Mund eine zärtliche Spur bis zu ihrem Ohr zu hinterlassen, und als sie stöhnend seinen Namen wisperte, verzog er seine Lippen an ihrer weichen Haut zu einem Lächeln.

Er streckte sich neben ihr aus, strich leicht über ihre Kurven, während er ihr Ohr küsste. Madeline bewegte sich unruhig, ihre Hand griff nach den Schnüren seiner Beinlinge.

„Geduld", riet er ihr leise. „Die Belohnung ist größer, wenn man sich ihr langsam nähert."

Als Antwort darauf wandte sie ihren Kopf und versiegelte seinen Mund erneut mit einem Kuss.

Rhys ergriff ihre rastlosen Hände und hob sie über ihren Kopf. Dabei verflocht er seine Finger mit ihren. Madeline streckte sich und wölbte sich ihm entgegen, als er die Seiten ihres Kleides mit seiner freien Hand aufschnürte. Er schob seine Finger unter den Stoff und reizte ihre Brustwarzen, bis sie sich aufrichteten. Madeline wand sich neben ihm, ihr Duft quälte ihn beinahe. Es verwunderte ihn nicht, dass sich Feuchtigkeit zwischen ihren Oberschenkeln sammelte und ihre Beine sich seinen forschenden Fingern öffneten.

Sie küssten sich immer noch, als ob sie einander verschlingen wollten. Mit jedem Augenblick hungerte sie mehr nach seinen Lippen. Er war stolz, welche Wirkung er auf sie hatte, und es bereitete ihm Freude, zu beobachten, wie sie selbst nach Lust strebte.

Er konnte ihr nur wenig schenken, doch diese eine Gabe gehörte dazu. Röte überzog ihre Wangen, ein Zittern erfasste ihren Körper und immer noch lockte er sie weiter voran. Als sie ihren Höhepunkt erreichte und aufschrie, nahm er diesen Laut mit eigener Befriedigung in sich auf.

Er ließ sie einen Moment zu Atem kommen, bevor er seine Finger wieder an ihrer empfindlichen Stelle bewegte. Sie stieß keuchend seinen Namen hervor und er lächelte, doch er streichelte sie weiter.

„Schon wieder?", flüsterte sie, als ihr Körper reagierte.

„Wie wir bereits wissen, kann eine Frau in einer Nacht mehrmals zum Höhepunkt gelangen. Wollen wir nicht herausfinden, wie oft es geht?"

Madelines Augen funkelten und sie drängte sich enger an ihn

heran. Dabei berührten ihre Finger die Erektion, die seine Beinlinge ausbeulte. „Und wie sieht es bei einem Mann aus?"

„Aye, da geht es auch. Dennoch werden wir meine Befriedigung heute Nacht nur einmal anstreben."

Ihr Lächeln erwärmte ihm das Herz. „Weil du noch fürchtest, du könntest mir wehtun." Sie drückte ihre Lippen auf seinen Mundwinkel, ihre Liebkosung brachte ihn beinahe um den Verstand. „Ich möchte nicht, dass du dich unbehaglich fühlst, Rhys."

„Da brauchst du keine Angst zu haben", murmelte er und reizte sie wieder mit seinen Fingern.

Ihr zweiter Orgasmus kam schneller als der erste und war noch intensiver. Ihre Augen glitzerten und ihr Gesicht wurde feuerrot, doch kaum hatte Madeline aufgeschrien, zerrte sie bereits an seinem Hemd.

„Ich kann nicht länger warten, Rhys", flüsterte sie. Ihr Drängen war Musik in seinen Ohren. Hastig streifte er seine Stiefel und Beinlinge ab, doch er hinderte sie daran, ihr Kleid von sich zu werfen.

„Dir wird kalt werden", mahnte er, dann glitt er unter den Saum. Ihre Blicke trafen sich und hielten einander fest. Sie öffnete den Mund, als er sich vorsichtig in sie hineinschob. Er neigte den Kopf und legte seine Stirn auf ihre. Er wollte langsam vorgehen, selbst als seine Ehefrau begann, sich unter ihm zu bewegen.

„Du bist ein kühnes Weibsbild", neckte er sie und sie lachte.

Sie verschlang ihre Hände in seinem Nacken und betrachtete ihn mit so viel Wonne, dass Rhys eine Idee kam.

„Halt dich fest", sagte er und rollte sich schnell auf den Rücken. Madeline schnappte nach Luft, doch er blieb in ihr und dann lachte sie, als sie sich plötzlich auf ihm befand.

Sie stützte ihre Hände auf seine Schultern und lächelte zu ihm hinunter. Sie sah bezaubernd aus mit ihrem verwuschelten Haar. „Und was mache ich jetzt?"

„Was immer du willst", erwiderte er mit einem Lächeln. „Ich bin dein Gefangener."

Ihr Lächeln wurde schelmisch und entgegen seinem Rat warf sie ihr Kleid und Hemd beiseite. Das Licht der Flammen zeichnete zärtlich ihre Rundungen nach und vergoldete Madeline wie einen Schatz. Und ein Schatz war sie auch. Alexander hatte seine Schwester zu Recht als Juwel bezeichnet, obwohl sie viel, viel mehr wert war als der Preis, den er für sie gezahlt hatte. Der Anblick seiner Frau faszinierte ihn. Er ergötzte sich daran, wie sie ihn anschaute, und war entzückt von dem schalkhaften Funkeln in ihren Augen.

Als sie begann, sich zu bewegen, wusste er, dass er sich nicht lange zurückhalten konnte. Er packte ihre Hüften und beobachtete sie, während er dagegen ankämpfte, dass sein Körper den ersehnten Höhepunkt erreichte. Sie hatte so viel Freude an der Folter, die sie ihm bereitete, dass er am liebsten die ganze Nacht durchgehalten hätte, doch das sollte nicht sein. Mit jedem Stoß stieg die Anspannung, fühlte er mehr, dass nichts ihn aufhalten konnte, zog sich ihr Netz ein wenig enger um ihn zusammen.

Plötzlich legte sich Madeline auf seine Brust und küsste ihn leidenschaftlich. Ihre Lippen wanderten zu seinem Ohr hinauf, so wie er es bei ihr gemacht hatte, und er glaubte, sein Herz müsste stehen bleiben. Rhys presste sie an sich, er liebte es, ihre Brüste zu fühlen, ihr wirres Haar im Mund zu haben. Sie bewegten sich gemeinsam, in perfekter Harmonie, und er spürte erneut, wie es tief in ihr zu beben begann.

„Rhys", keuchte sie, als sie von der Woge erfasst wurde. Beim Anblick ihrer Lust konnte er sich nicht länger beherrschen. Sein Triumphschrei schallte durch den Wald und es war Rhys gleichgültig, wer ihn hören konnte.

Es dauerte lange, bis er wieder gleichmäßig atmen konnte, und noch länger, um seinen unregelmäßigen Herzschlag zu beruhigen. Seiner Frau fielen fast sofort die Augen zu, ihre Wimpern zeichneten sich wie dunkle Halbmonde auf ihrer hellen Haut ab. Er küsste sie auf die Schläfe und sein Herz schwoll ihm so sehr vor Liebe, dass es beinahe barst.

„Eindeutig ein Sohn", wisperte Madeline schläfrig an seinem Hals und Rhys lächelte. Er wickelte sie fürsorglich in ihren Umhang ein, dann stand er auf, um die Flammen auszutreten. Er zog sich an, während er seine Frau im Licht der Glut beobachtete, dann legte er sich neben sie auf ihr behelfsmäßiges Bett. Er schickte den Hund weg, breitete seinen Umhang über sich und Madeline und drückte sie für die Nacht an sich.

Erst dann schlief er ein. Er spürte die Wärme seiner Frau, die sich an seine Brust gekuschelt hatte, und war restlos zufrieden.

KAPITEL 12

Als Madeline aufwachte, lag ein Finger von Rhys' behandschuhter Hand auf ihrem Mund und seine Lippen waren an ihrem Ohr. Sie riss die Augen auf und bemerkte, dass er sich auf seine Ellenbogen gestützt hatte und sich über sie beugte, um sie gegen irgendeine Gefahr abzuschirmen. Er war angezogen und hellwach. Sein aufmerksamer Blick schweifte über das Lager. Gelert wirkte ebenfalls angespannt und ein leises Knurren drang aus seiner Brust.

Rhys flüsterte einen einzigen Befehl, wahrscheinlich auf Walisisch, und der Hund war still. Doch sein Fell sträubte sich weiterhin im Nacken und das Tier war genauso wachsam wie Rhys.

Erst da hörte Madeline das Geräusch von Hufen, das durch den Wald schallte. Es war weit entfernt, kam jedoch näher. Das Getrappel verriet, dass Pferde den Pfad entlangtrabten, den sie und Rhys am Tag zuvor genommen hatten.

„Schlachtrosse", murmelte sie, denn sie wusste, wie sich diese großen Tiere anhörten.

Rhys nickte. „Drei."

Madeline lauschte aufmerksam und stellte fest, dass die Pferde aus der Richtung von Moffat kamen. Es mussten ihre Verfolger sein.

Doch wenn dem so war, hatten sie sich aufgeteilt, denn am Tag zuvor waren es sechs Rosse gewesen. Madeline biss sich auf die Lippe. Sie mochte gar nicht darüber nachdenken, was mit Rhys geschehen würde, wenn man sie aufgriffe. Sie versuchte verzweifelt, sich daran zu erinnern, was sie über die Straße nach Glasgow wusste, die vor ihnen lag, denn ihr Vater und ihr Onkel hatten oft über solche Dinge gesprochen.

Es erwies sich als vorteilhaft, dass ihre Familie regen Handel trieb. Es kam vor, dass Tynan für Rosamunde Reliquien auslieferte – wenngleich unter Protest – und auch, dass Michael abgerichtete Falken von Inverfyre entsandte. Alle Männer diskutierten über Routen, wenn sich die Familie traf, und Madeline war froh, dass sie immer gut zugehört hatte.

Die Hufschläge wurden lauter und kamen gefährlich nah. Rhys duckte sich noch tiefer über sie und Madeline vergrub ihr Gesicht an seiner Schulter. Ohne stehen zu bleiben, galoppierten die Pferde an ihnen vorbei in die Richtung, die sie an diesem Tag einschlagen wollten, dann verklang das Geräusch in der Ferne.

Rhys wartete eine ganze Weile, bevor er endlich aufstand. Im selben Moment sprang Madeline hoch und zog sich hastig an. Sie wusste genau, was zu tun war. Sie erleichterte sich und wusch sich mit ungewohnter Geschwindigkeit, dann kehrte sie zurück und stellte fest, dass die Pferde bereits gesattelt waren.

Sie öffnete eine Satteltasche und reichte Rhys ein Stück Brot, einen weiteren Brocken Käse und einen Apfel. Er zögerte und betrachtete den Sonnenstand, um einzuschätzen, wie weit sie an diesem Tag reiten konnten.

„Wir müssen etwas essen", mahnte sie streng. „Und es wird wenig nützen, ihnen dicht auf den Fersen zu folgen."

„Ich würde eine Straßengabelung suchen." Rhys nahm das Essen und die Mahnung ungeduldig an, doch zumindest gab er nach. „Wir müssen eine andere Route finden, eine, die sie nicht vorhersehen können."

„Ich glaube, die Straße gabelt sich tatsächlich, vielleicht bei

Abington." Madeline versuchte, sich die genaue Stelle in Erinnerung zu rufen, während Rhys sie gespannt anschaute. „Die Straße in östlicher Richtung führt nach Edinburgh, die in westlicher nach Glasgow."

„Und es muss Verbindungsstrecken zwischen ihnen geben, Abkürzungen für diejenigen, die in entgegengesetzter Richtung unterwegs sind." Rhys bückte sich, nahm eine Handvoll Asche von dem verloschenen Feuer und begann, das Fell seines Schlachtrosses damit einzureiben. Schnell wurde Arian dunkler.

„Wenn man einmal mit Pferdedieben Umgang hatte, vergisst man ihre Tricks nicht so leicht", sagte Madeline und trat mit einer Handvoll Asche auf die andere Seite des Pferdes.

Rhys grinste unvermittelt. „Diese Strategie funktioniert, solange es nicht regnet. Willst du darum beten, meine Liebe?"

„Wenn mein Gemahl dafür sorgt, dass es die Sache wert ist", neckte sie ihn. Es gefiel ihr, wie seine Augen strahlten. Der Wind wehte plötzlich weniger scharf, die Bedrohung durch die Mannen des Königs schien geringer. Sie lächelte ihren Ehemann an und ein Prickeln überlief ihren Körper.

Ein Geräusch in der Ferne erschreckte Rhys und seine Fröhlichkeit war wie weggeblasen. Madeline erschauerte, als wäre die Sonne plötzlich hinter eine Wolke verschwunden und hätte Kühle zurückgelassen, wo gerade noch ihre Wärme geherrscht hatte.

„Sie könnten glauben, du würdest beabsichtigen, am Hof des Königs von Schottland um Gnade zu bitten", bemerkte sie.

„Wir könnten vortäuschen, wir wären auf dem Weg nach Edinburgh", überlegte Rhys, dann sah er sie an und begann zu lächeln. „Du hast von Anfang an vermutet, dass wir auf der Flucht vor den Mannen des Königs sind."

Madeline schnaubte. „Ich würde wetten, dass du keine Menschenseele in Glasgow kennst."

Rhys schüttelte den Kopf. „Und ich würde wetten, dass du nicht einwilligst, geduldig hier in einem Versteck zu warten, während ich die Straße überprüfe."

Madeline begegnete seinem nachdenklichen Blick. „In guten wie in schlechten Tagen, mein Gemahl, wir reiten zusammen.“

Rhys nickte, offensichtlich missfiel ihm das nicht. „Aye, und in guten wie in schlechten Tagen, *Anwylaf*, werden wir lernen, einander besser zu verstehen.“ Er bot ihr seine Hand. „In den Sattel, meine Liebe. Es wird ein langer Tag.“

~

UND DAMIT HATTE er recht gehabt.

Drei Tage und Nächte lieferten sie sich mit der Gruppe auf den schwarzen Schlachtrossen eine muntere Verfolgungsjagd. Sie verbargen sich in Scheunen und hielten sich in Wäldern versteckt, sie galoppierten Straßen hinunter und machten dabei so viel Lärm, wie sie konnten, um dann leise entlang flacher Bäche wieder zurückzureiten. Rhys benutzte so ausgiebig Umwege und Täuschungsmanöver, dass Madeline zunächst oft unsicher war, ob sie Glasgow überhaupt näher kamen.

Natürlich hörten sie die großartigen Pferde. Madeline erhaschte höchstens mal einen flüchtigen Blick auf die dunklen Leiber der Tiere, denn Rhys schirmte sie immer ganz und gar ab. Ihre Hufe donnerten an ihren Verstecken vorbei und dieses Geräusch ließ Madelines Herz vor Angst hämmern.

Am ersten Tag kamen sie nahe genug an Glasgow heran, um ein Gewirr verschlungener Straßen um die Stadt herum zu betreten, was ihren Ehemann hoch erfreute. An jeder Kreuzung schien Rhys eine zufällige Wahl zu treffen. Er eilte kreuz und quer durch die Landschaft. Am ersten Tag waren die Hufschläge dicht hinter ihnen, doch mit jedem Tag, der verging, hörte Madeline sie weniger häufig.

Erst am dritten Tag merkte sie, dass sie sich langsam und stetig in nordwestlicher Richtung bewegt und Glasgow nördlich umgangen hatten. An diesem Tag hörte sie die Gruppe, die hinter ihnen her war, immer seltener. Vielleicht glaubten ihre Verfolger tatsächlich, dass sie nach Edinburgh unterwegs waren. Als sie am vierten Morgen bei prasselndem Regen aufwachte, war keine Spur mehr von ihnen zu entdecken.

Alles um sie herum war grau, viele Bäume bekamen jetzt erst Blätter. Eine unendliche, bleigraue Wolkendecke überzog den Himmel und der Regen hatte bereits begonnen, die Straße in Schlamm zu verwandeln. Rhys hüllte sich fester in seinen Umhang und blieb so aufmerksam und still, wie er es bereits seit Tagen war.

„Heute Nacht ist Neumond", sagte er schroff, als ob diese Mitteilung von großer Bedeutung wäre.

„Ja und?"

„Wir müssen uns beeilen." Er stand auf und schüttelte den Regen aus seinem Umhang, dann sattelte er schnell und zielstrebig die Pferde.

Madeline war klar, sie sollte sich langsam an das Gebaren ihres Ehemannes gewöhnen, aber solche rätselhaften Aussagen konnten sie immer noch verärgern. Und doch wusste sie, wenn sie ihn um eine Erklärung bäte, würde er ihr keine geben.

„Wie alt bist du, Rhys?", fragte sie, während sie die Reste ihres Proviants zusammensuchte. Es waren nur noch drei Äpfel. Sie hoffte, er wollte sich auch deshalb beeilen, um später am Tag eine gute Mahlzeit zu bekommen.

„Ich habe dreißig Sommer erlebt. Warum fragst du?"

„Und bist du oft mit Frauen zusammen gewesen?"

„Gelegentlich." Er betrachtete sie misstrauisch. „Warum?"

„Aber ich vermute, nie länger als eine Nacht oder zwei."

Rhys nickte, doch er sagte nichts mehr.

„Das beantwortet meine Frage."

„Welche Frage?"

„Wie ein Mann, über den man sich dermaßen fuchst, so lang überleben konnte, natürlich. Wärst du vorher verheiratet gewesen, hätte man dich schon vor Jahren tot in deinem eigenen Bett aufgefunden! Es gibt keine Frau auf Erden, die es aushalten kann, so magere Auskünfte zu bekommen, wie du sie preisgibst." Madeline biss in ihren Apfel. „Und selbst die muss man dir Stückchen für Stückchen abringen."

„Und doch war es so, dass jedes Mal, wenn ich beinahe tot in meinem Bett aufgefunden worden wäre, wie du sagst, der Grund dafür war, dass ich jemandem zu viel erzählt habe, dem ich besser nicht vertraut hätte." Unbeeindruckt zurrte er die Sattelgurte um den Bauch des Zelters fest. „Ich denke, du siehst das ganz falsch, meine Liebe."

Madeline hörte auf, zu essen, und betrachtete ihn erstaunt. „Willst du damit sagen, dass du mir so wenig erzählst, weil du mir immer noch nicht vertraust? Welchen Grund hast du, mir zu misstrauen?"

„Welchen Grund sollte ich haben, dir zu vertrauen?", antwortete er und schaute sie unverwandt an.

„Aber wir geben uns doch jede Nacht der Wollust hin."

„Das und Vertrauen sind zwei Paar Schuhe."

„Ich sollte beleidigt sein."

„Du bist zu klug, um nicht zu sehen, dass ich die Wahrheit sage. Komm, meine Liebe, es ist Zeit, loszureiten."

Madeline erlaubte ihm, ihr beim Aufsteigen zu helfen. Sie war unsicher, wie sie seiner Skepsis begegnen sollte. Was könnte sie tun, damit er ihr vertraute? Madeline konnte sich kein schlimmeres Schicksal vorstellen, als ihr Leben an der Seite eines Mannes zu verbringen, der ihr nicht vertrauen konnte oder wollte.

Sie hatte ihm bei seiner Flucht geholfen. Sie hatte ihn an ihrem Wissen über die Gegend teilhaben lassen. Sie hatte sich mit ihm vermählt, war mit ihm ins Bett gegangen, hatte seinem Wunsch nach Söhnen zugestimmt und sich Mühe gegeben, damit diese Ehe ihren eigenen Erwartungen entsprach. Was könnte sie noch mehr tun?

Oder musste sie nur so weitermachen, um ihn langsam auf ihre Seite zu ziehen? War Rhys so kurz angebunden, weil er ihr gegenüber nachgiebiger wurde und ihn das erschreckte?

Madeline hatte viel Zeit, über dieses Rätsel nachzudenken, denn Rhys war an dem Tag nicht zum Reden aufgelegt. Jedes Mal, wenn sie etwas sagen wollte, hob er gebieterisch einen Finger und brachte sie so zum Schweigen, während er aufmerksam lauschte, ob es irgendwelche Anzeichen gab, dass sie verfolgt wurden.

Auch das Wetter trug kaum zur Förderung von Gesprächen bei. Nur wenige Augenblicke, nachdem sie ihr Lager verlassen hatten, wurde aus dem leichten Plätschern des Regens ein so heftiger Schauer, als ob eine neue Sintflut käme. Die Tropfen fielen dicht, erbarmungslos, stetig, unaufhörlich. Im Nu waren sie durchnässt bis auf die Knochen und der Ruß wurde schnell von Arians Fell abgewaschen.

Glücklicherweise schien niemand wissen zu wollen, wer die zwei Reiter waren, die dumm genug waren, bei solchem Wetter hinauszugehen. Die Straße war so leer, dass Rhys sie offen und in gnadenlosem Tempo entlangritt.

Er schlug ohne Erklärung eine westliche Richtung ein und Madeline beobachtete, dass sie die Rauchwolken, die in Glasgow aufsteigen mussten, südlich hinter sich ließen. Es war deutlich, dass er überhaupt nicht nach Glasgow unterwegs war. Sie fragte sich, was sein Ziel sein mochte, denn vor ihnen lagen nur das Hochland und einige Inseln.

Und das Meer, natürlich. Sie roch das Salz im Wind und schmeckte es im Regen. Sie strengte ihre Ohren an und glaubte, die Brandung an einem nahen Ufer wahrnehmen zu können. Das zumindest war ihr lieb, denn sie hatte das Rauschen und den Anblick des Ozeans vermisst.

Zwar wusste sie nicht, wohin sie ritten oder was ihr Ehemann von ihr wollte, abgesehen von jenen Söhnen, doch sie würde aus seinen Geschichten etwas lernen. Was für kleine Gaben er ihr auch immer gewähren mochte, sie würde sie auskosten. Ebenso freute sie sich, die See in all ihrer silbernen Herrlichkeit wiederzusehen.

Und das musste für den Moment genügen.

~

IM GEGENSATZ dazu schien weit im Süden auf Burg Caerwyn fröhlich die Sonne. Das Meer glitzerte unterhalb der hohen weißen Mauern, nach denen die Anlage benannt war. Die Fahnen flatterten im Seewind, kreischende Vögel flogen darüber hinweg und die Witwe von Henry ap Dafydd war maßlos verärgert.

Nelwyna nahm an, sie sollte inzwischen daran gewöhnt sein, dass sich die Dinge nicht zu ihren Gunsten entwickelten, denn seit sie als junge Braut auf dieser Festung angekommen war, hatte sie sich einer Schwierigkeit nach der anderen gegenübergesehen. Nichtsdestotrotz schien jede neue Herausforderung eine Beleidigung, eine Verleugnung von allem zu sein, was sie bereits erlitten und ertragen hatte in der Hoffnung, ihr ehrgeiziges Ziel letztendlich zu erreichen. Wenn etwas nicht den gewünschten Verlauf nahm, war sie daher jedes verdammte Mal wütend.

Herrin eines Lehnsgutes zu sein, war alles, was sie sich je gewünscht und was sie auch verdient hatte. Es war ihr sogar gleichgültig, um welches es sich dabei handelte. Inzwischen würde ihr selbst Caerwyn genügen. Nelwyna hatte Henry ap Dafydd geheiratet, weil sie glaubte, sie würde nach der Eheschließung eine Lady sein, doch sie war getäuscht worden. Henry hatte Anspruch auf nichts. Der gesamte Reichtum der Familie war auf seinen älteren Bruder, Dafydd ap Dafydd, übergegangen. Als Dafydd Caerwyn in Besitz nahm, hatte sie gehofft, er würde die Burg Henry überlassen, aber Dafydd hatte alles selbst behalten.

Nun waren Dafydd und Henry beide tot und Dafydds Frau und Kinder ebenfalls, dennoch war Nelwyna nur Verwalterin für ihren Stiefsohn und die Gewissheit, dass ihr diese Befugnisse in einem einzigen Augenblick genommen werden konnten und würden, rieb sie auf.

Es war so ungerecht!

An diesem Tag war ihre Laune ohnehin schon sehr schlecht, denn der Morgen hatte viele Ärgernisse gebracht, die die Stimmung einer alten Frau auf die Probe stellten. Als Nelwyna aufgewacht war, taten ihr die Gelenke weh, und die Jahre lasteten schwer auf ihren Schultern. Es war ihr schmerzlich bewusst, dass ihr nicht mehr viel Zeit blieb, um ihr Ziel zu erreichen.

Der Weg in die Halle bereitete ihr Pein, doch sie freute sich wenigstens auf ein gutes Frühstück. Leider würde sie heute nicht allein essen. Das hübsche Gesicht der vermaledeiten Kurtisane ihres Mannes und das fröhliche Lachen dieser Frau erhellten ihr den Morgen nicht gerade.

Tatsächlich reichte Adeles Anblick, um Nelwynas Blut zum Kochen zu bringen. Sie selbst hatte sich nie an die Waliser gewöhnt, die die Heiligkeit des Ehegelübdes missachteten und sich nicht um eine eheliche Geburt scherten. Als Henry vor fast vierzig Sommern von einer Reise zurückgekehrt war, mit Adele mehr oder weniger auf seinem Schoß, hatte sich der gesamte Haushalt fassungslos gezeigt, dass Nelwyna nicht sofort erfreut darüber war.

Ein Mann brauchte einen Sohn, sagte man ihr.

Ein Mann musste tun, was er tun musste.

Sie sollte froh sein, sagte man, dass ihr die Last der Verantwortung abgenommen worden war und ihr Name nicht mit Schande behaftet sein würde.

Nelwyna, die offenbar von Verrückten umgeben war und deren Leib anscheinend nur Töchter hervorbringen wollte, hatte Zustimmung geheuchelt. Sie tat so, als wäre dieser Plan äußerst sinnvoll, sie versteckte ihren Groll und hieß die Hure mit einem falschen Lächeln in ihrem Haus willkommen.

Doch Nelwyna hatte Adeles Anwesenheit nie gutgeheißen. Sie hatte gebetet, dass die Hure bei der Geburt sterben sollte, doch es hatte nichts genützt. Sie hatte Pläne geschmiedet, dass die Dirne einen tödlichen Unfall erleiden sollte, doch der Frau war das Glück der Engel hold.

Schlimmer noch, Adele schien nie zu altern, was Nelwyna, die jedes ihrer Jahre so deutlich spürte, zutiefst verabscheute. Adeles Gesicht war beinahe so glatt wie am Tag ihrer Ankunft. Sie war ruhig und ausgeglichen und von so freundlichem Wesen, dass Nelwyna fast Zahnschmerzen davon bekam.

Es war mehr als grausam, dass Adele diejenige war, die Henry den Sohn gebar, den er sich so sehr wünschte.

„Sieh mal, Nelwyna!", rief Adele aus, als die ältere Frau an die Tafel getreten war. „Eine Nachricht von meiner Schwester Miriam."

Dass Adele heute noch fröhlicher war als sonst, war Salz in ihrer Wunde.

„Wie schön. Wie glücklich du dich schätzen kannst, dass du Verwandtschaft hast, die an dich denkt." Nelwyna ließ sich an der Tafel nieder und nahm sich ohne Bedenken das größte Stück der Honigwabe. Wenigstens war es ihr Recht, zuerst zu essen, und sie verzichtete nie darauf, das Beste zu beanspruchen, was auf dem Tisch stand. „Wie klug von Miriam, ins Kloster zu gehen und sich vom weltlichen Leben zurückzuziehen, nachdem ihr Ehemann gestorben ist."

Deutlicher hätte der Hinweis nicht sein können, aber Adele lächelte bloß. „Ich hatte lange gedacht, du würdest das tun. Schließlich ist Henry schon zehn Jahre tot und du hast keine Kinder mehr, die dich brauchen."

Die ältere Frau knirschte mit den Zähnen, als sie daran erinnert wurde, dass Adeles Kind trotz ihrer Bemühungen lebte. Und da schwor sich Nelwyna, dass sie sich an der Kurtisane rächen würde. Wie vulgär und selbstsüchtig Adele war! Und nur Nelwyna konnte das sehen!

Adele, die nichts von ihren Gedanken ahnte, entfaltete das Schreiben und las begierig. Dabei knabberte sie mit ihren kleinen weißen Zähnen an ihrer vollen roten Unterlippe.

War es möglich, dass sich nicht ein einziges silbernes Haar in dieser tiefschwarzen Mähne fand?

„Oh!", sagte Adele und wurde blass. Sie runzelte die Stirn und las den Brief erneut, dann steckte sie ihn hastig in ihr Mieder.

„Schlechte Nachrichten?", fragte Nelwyna.

Adele schaute nur ganz kurz zu ihr herüber. „Es ist nicht von Belang. Was für guten Honig wir heute haben!"

In diesem Moment beschloss Nelwyna, dass sie dieses Schreiben lesen musste. Sie würde wetten, dass es Neuigkeiten enthielt, die sie zu ihrem eigenen Vorteil nutzen konnte.

Neuigkeiten, die sie gegen diese hübsche Närrin verwenden konnte.

~

DIESES VORHABEN FÜHRTE Nelwyna an einem schönen Nachmittag in Adeles Zimmer. Adele zog sich nachmittags immer zurück, um zu ruhen. Es war eine alte Gewohnheit aus der Zeit, als Henry noch am Leben war. In jenen Tagen hatte er seine Kurtisane in deren Kammer begleitet und die Geräusche, die sie während ihres Liebesspiels machten, waren für jedermann eindeutig, der sein Ohr an die Tür presste, um zu lauschen.

Nelwyna dagegen war gezwungen gewesen, Henry spät in der Nacht zu empfangen, nachdem er reichlich Bier getrunken und seinen Schwanz bereits in den Säften seiner Nutte gebadet hatte.

Sie vermisste den alten Hurenbock nicht. Sie wäre die Nutte gern bei seinem Tod losgeworden, doch diese Entscheidung hatte nicht in ihrer Hand gelegen. Wegen einer Dummheit ihres Vaters – oder einer wortgewandt vorgetragenen Geschichte ihres Gemahls – war sie mit dem jüngeren Sohn von Dafydd verheiratet worden, mit dem Mann, der nur erben würde, wenn sein älterer Bruder vor ihm verstarb.

Leider war Dafydd ap Dafydd jedoch ein zäher alter Knochen gewesen und hatte erst beim letzten Julfest alles, was er besaß, loslassen müssen. Nelwynas Meinung nach musste man es Henry in gewisser Weise zugutehalten, dass es ihm nie etwas ausgemacht hatte, im Haus seines Bruders zu leben, unter seines Bruders Hand, und seine Mahlzeiten und sein Bier vom Tisch seines Bruders zu nehmen. Der Mann hatte keinen Funken Neid in sich gehabt und keine Spur von Ehrgeiz. Er war damit zufrieden gewesen, in Dafydds Schatten zu leben, der alte Narr.

Schlimmer noch, als Henry endlich starb, hatte Dafydd zugegeben, dass er Adele zu sehr mochte, um sie aus dem Haus zu jagen. Nelwyna hatte sich oft gefragt, ob er sich in Henrys Abwesenheit der Nutte ebenfalls bedient hatte.

Sie schlich in Adeles Zimmer und ärgerte sich maßlos, dass es so viel schöner war als ihr eigenes. Es war wärmer, größer, hatte eine schönere Aussicht und war reichlicher ausgestattet. Nur ein Dummkopf konnte übersehen, wie stark Henrys Gefühle für sie gewesen waren.

Es war dieser Sohn gewesen, der alles veränderte. Nelwyna konnte sich nie entscheiden, wen sie mehr verabscheute: Rhys oder seine Mutter.

Am anderen Ende des Raumes schlief Adele mit einem kleinen Lächeln auf dem Gesicht – vielleicht geboren aus der Erinnerung – und ein Sonnenstrahl streichelte ihre Wange. Der Brief lag auf dem Tischchen neben ihrem Bett. Nelwyna huschte auf Zehenspitzen dorthin.

Hier hatte Adele ihre Kinder geboren. Söhne, alle von ihnen, verflucht sollte sie sein! Nelwyna hatte vier Töchter zur Welt gebracht, bevor Adele zu ihnen kam. Vier Töchter, die mit einiger Mühe gezeugt und mit noch viel größerer entbunden worden waren. Innerhalb kurzer Zeit war Adele mit ihrem ersten Kind schwanger gewesen, vielleicht, weil Henry seine Finger nicht von ihr lassen konnte.

Nelwyna hatte ein leichtes Spiel damit gehabt, sich des ersten Sohnes zu entledigen. Sie hatte bei der Geburt geholfen, denn niemand ahnte, wie abgrundtief sie diese Hure hasste, und sie hatte angeboten, zu überprüfen, wie weit das Baby bereits vorangekommen war. Sie würde nie vergessen, wie sie ihre Hand in Adele hineingeschoben und die Genitalien eines Jungen gefühlt hatte. Spontan hatte sie die glitschige Nabelschnur um den Hals des Kindes gelegt.

Es wurde tot geboren und niemand hatte etwas geahnt.

Zumindest hatte Nelwyna das gedacht. Bei der Geburt des zweiten hatte die stramme Hebamme mit den misstrauischen Augen sie von Adele ferngehalten. Henry hatte darauf bestanden, dass man Nelwyna das Neugeborene in den Arm legte – „ihren neuen Sohn", wie er in seinem Edelmut sagte – und Nelwyna hatte diesen Augenblick genutzt, um ihn fest an sich zu drücken. Sie hatte die Windeln, in die er gewickelt war, gegen sein Näschen und den kleinen Mund gepresst. Erst als er aufhörte, zu strampeln, hatte sie ihren Griff gelockert und entsetzt ausgerufen, dass etwas nicht stimmte.

Nelwyna blieb neben dem Bett stehen und starrte auf ihre Rivalin hinunter. Es war selten, dass sie ihren Hass so offen zeigte. Der dritte Sohn war hier geboren worden, doch Nelwyna hatte man nicht in die Kammer gelassen. Henry hatte sie in die große Halle begleitet, um dort zu warten. Er hatte sich nicht durch Protest erweichen lassen und sie davon abgehalten, zu den Frauen zu gehen, und wundersamerweise hatte er kein Bier angerührt.

Als sie ihm seinen schreienden Sohn in den Arm legten, hatte Henry den Jungen am Kinn gekitzelt und der Säugling war sofort still geworden. Die kleine Hand hatte sich um Henrys Finger geschlossen, als ob er darauf vertraute, dass sein Vater für sein Wohlergehen sorgen würde. Nelwyna sah Henry immer noch vor sich, mit Ehrfurcht in seinem Blick, und hörte seine Stimme.

„Sein Name ist Rhys", sagte er mit einem Nachdruck, der bei ihm selten war, und hob dann seinen wissenden Blick, um Nelwyna anzuschauen. „Zum Gedenken an den walisischen Anführer Rhys ap Tudur. Dieser Junge hat jetzt schon solche Widrigkeiten überwunden, dass ich weiß, man wird sich ebenfalls lange an ihn erinnern."

Dann drehte er sich zu den versammelten Mitgliedern seines Haushalts um. „Meine Frau wird nie näher als drei Schritte an dieses Kind herankommen, sie wird es nicht im Arm halten, sie wird es niemals füttern, sie wird nie mit ihm allein gelassen werden. Hat mich jeder hier verstanden?"

Dass er sie so vor allen Bediensteten beschämt hatte, brachte Nelwyna beinahe um. Henry hatte kein Recht, so zu ihr zu sprechen. Er hatte keinen Grund, alle im Haus misstrauisch zu machen!

Von diesem Tag an hatte sie ihn gehasst.

Und sie hatte Rache genommen, indem sie eine der Freuden, denen er sich am liebsten hingab, gegen ihn verwandte. Langsam gewöhnte sich Henry an einen leichten Beigeschmack in seinem geliebten Bier. Das war der einzige Hinweis darauf, dass es ein Kraut enthielt, das seine Sinne verwirrte und seinen Verstand schrumpfen ließ.

Nelwyna hätte es vorgezogen, einen tiefer gelegenen Körperteil von Henry schrumpfen zu lassen und ihm eine Freude ganz anderer Art zu nehmen, doch sie kannte keinen Trank, der dies bewirken würde. Was sie wusste, musste genügen.

Sie legte eine Hand auf das Schreiben und beobachtete dabei aufmerksam Adeles ruhige Atmung, dann eilte sie auf leisen Füßen aus der Kammer.

Sie würde es zurückbringen müssen, doch falls Adele vorher erwachte, wäre nicht alles verloren. Wie viele hübsche Frauen und viele Menschen, die mit Glück reichlich gesegnet waren, vergaß Adele oft, wo sich ihre Schätze befanden. Nelwyna würde den Brief in der Halle lassen, wenn es nicht anders ging, und Adele würde glauben, dass sie ihn dort hingelegt hätte.

Ungeduldig entfaltete Nelwyna das Blatt am einzigen Fenster auf der Treppe. Ihre Finger krampften sich darum, während sie die Nachricht hastig las.

Rhys hatte geheiratet!

Adele war zweifellos verletzt, dass ihr Sohn ihr diese Neuigkeit nicht selbst erzählt hatte, aber Nelwyna sah mehr in der Geschichte. Sie erkannte den Namen der Braut und verstand sofort, wie gerissen und sorgfältig Rhys vorging. Dahin war die Chance, eine Betrügerin als Dafydds einzige überlebende Tochter zu präsentieren.

Nelwyna hatte lang darauf gewartet, dass Caerwyn ganz in ihre Hände fallen würde. Für dieses Ziel hatte sie tote Kinder in Kauf genommen und sie war zu alt, um noch länger geduldig abzuwarten.

Die Lösung war einfach: Rhys FitzHenry musste sterben. Und seine neue Frau Madeline auch, wenn sie sein Kind trug. Nelwyna brachte das Schreiben wieder in Adeles Zimmer und zog sich dann in ihr eigenes zurück, um selbst einen Brief aufzusetzen.

In solchen Zeiten war es gut, Nachbarn zu haben, auf die man sich verlassen konnte. Robert Herbert von Harlech, auf der anderen Seite der Bucht, hatte mehr als deutlich gemacht, dass er Caerwyn begehrte. Nelwyna war sicher, dass es Zeit wurde, eine Allianz mit Robert zu schmieden, damit sie beide das bekamen, was sie am meisten begehrten.

~

R HYS DACHTE, dass das Gasthaus, das sie vor sich sahen, genügen würde. Es war spät und Madeline war offensichtlich müde, obwohl sie tapfer weiterritt, ohne sich zu beklagen. Er hätte den Weg fortgesetzt, doch er vermutete, dass sie damit nicht besser fahren würden.

Sie würden nur mehr frieren und noch müder werden.

Das Wirtshaus lag nicht an einer Hauptstraße und gehörte nicht zu den größeren Gaststätten der Stadt. Es herrschte Betrieb, aber nicht allzu viel, und Rhys war froh, dass ihn hier wahrscheinlich niemand kannte. Da die Leute Reisende gewohnt waren, würden sie zwei weiteren wenig Beachtung schenken.

„Ich glaube, das Baby macht dich heute Abend krank", sagte er im Flüsterton zu Madeline, die immer noch jeden Tag das Stoffbündel unter ihre Röcke steckte.

„Wie krank?", fragte sie leise zurück, erstaunlicherweise, ohne Einwände zu erheben. Rhys' Meinung nach zeigte das allein schon, wie erschöpft sie war. Er täte gut daran, ihr heute Nacht ein Bett und eine warme Mahlzeit zu verschaffen, denn sie war nicht an die Entbehrungen gewöhnt, die diese Reise ihr abverlangte.

„So krank, dass du gezwungen bist, ins Bett zu gehen und die Tür zu verriegeln." Rhys warf ihr einen strengen Blick zu, als er im kleinen Hof des Gasthauses abstieg. Die Geräusche von Männern, die dem Bier zusprachen, klangen aus der Schankstube zu ihnen herüber

253

und im nahe gelegenen Hafen konnte man das Knarren von Masten im Wind hören. Vom Meer her wehte ein frischer Wind.

„Dies muss Dumbarton sein", sagte Madeline, als er seine Hände um ihre Taille legte.

„Richtig." Rhys warf dem Pferdeknecht eine Münze zu, dann führte er Madeline sorgsam am Ellenbogen. Zu seinem Ergötzen lehnte sie sich an ihn und ächzte leise, während sie mit offensichtlicher Mühe auf die Tür zulief. Er hatte geglaubt, diese List wäre leicht zu durchschauen, doch Madelines Darstellung war völlig glaubhaft.

Zu Rhys' weiterem Vergnügen begann sie, sich zu beschweren, als wären sie jahrelang verheiratet und daran gewöhnt, sich zu streiten. Und ihr Akzent änderte sich. Ihre Worte rollten ihr auf einmal so von der Zunge wie Bewohnern des schottischen Hochlands.

Rhys war beeindruckt. Er versuchte, sich auf genauso bewundernswerte Weise zu verstellen wie sie.

„Ich fürchte, wir sind heute Nachmittag zu schnell geritten", beschwerte sich Madeline in zänkischem Ton. „Es ist genau das eingetreten, wovor ich dich gewarnt habe, aber hast du auf meinen Rat gehört? Nay, natürlich nicht. Ich bin ja bloß eine Frau. Du und deine verdammte Hast! Warum die Eile, warum musstest du dieses Tempo anschlagen?"

„Ich wollte, dass du aus dem Regen kommst, damit du dich nicht erkältest." Rhys' Stimme klang, als ob seine Frau seine Geduld gehörig auf die Probe stellen würde. Er wechselte einen Blick mit dem Pferdeknecht. Der schien äußerst mitfühlend, dann führte er die Pferde zu den Ställen und verschwand. Der Wirt kam an die Tür und achtete darauf, aus dem Regen zu bleiben, während Rhys Madeline auf das Gasthaus zuschob, wo es warm war und sie ein deftiges Mahl bekommen konnten.

„Dank deiner Unbedachtsamkeit friere ich jetzt und mir ist schlecht", fauchte Madeline. „Das ist eine üble Mischung, auf die ich gut und gern hätte verzichten können."

Rhys gab vor, darüber verärgert zu sein. „Du hättest eben nicht darauf bestehen sollen, dass wir deine Mutter sofort besuchen." Er fuchtelte mit seiner Hand. „Du könntest heute Nacht zu Hause in deinem eigenen Bett schlafen, wenn du das nicht verlangt hättest. Du kannst nicht in derselben Nacht gemütlich zu Hause und gemütlich bei deiner Mutter sein."

Der Wirt verbiss sich ein Lächeln und wies mit einer großartigen Geste auf sein bescheidenes Gasthaus. Sie traten durch die Tür und wurden sofort von rund einem Dutzend Männer in Augenschein genommen, die sich dort zum Trinken versammelt hatten. Rauch brannte in Rhys' Augen und es war dunkel, doch er glaubte nicht, dass er irgendjemanden im Raum kannte.

Dennoch konnte er nicht sicher sein, dass er niemandem bekannt war. Die Männer schauten hoch und Rhys hatte Angst.

Madeline begann, sich wie ein verzogenes Kind zu benehmen. „Wie könnte ich an diesem scheußlichen Ort bleiben, den du hartnäckig als mein Heim bezeichnest? Meine Mutter wird mir bei diesem Kind helfen, das du mir angedreht hast, und meine Mutter wird so nett zu mir sein wie niemand in deinem verdammten Haushalt."

„Aber meine Liebe ..." Rhys wusste nicht, was er machen sollte, und erst recht nicht, was ein verständnisvoller Ehemann machen würde. Er blickte den Wirt und dann die anderen dort versammelten Männer an, doch alle schienen plötzlich ausgesprochen interessiert an ihren Bechern mit Bier zu sein.

Tatsächlich wandten sie den streitenden Eheleuten den Rücken zu und beachteten sie nicht weiter.

Madeline brach in Tränen aus. Sie stellte eine aufgelöste Frau so überzeugend dar, dass Rhys verunsichert war. „Ich wollte doch nur meine Mutter besuchen!", jammerte sie. „Ich wollte doch nur einen guten Ehemann! Was habe ich in meinem Leben verbrochen, um solch ein grausames Schicksal zu verdienen?" Sie stieß ihn zur Seite und schlug auf seinen Arm. „Ich war dir gut genug, bevor dein eigener Samen mich fett gemacht hat."

Der Wirt räusperte sich. „Vielleicht würde der gute Herr eine Kammer vorziehen, damit die Lady ungestört schlummern kann?"

„Das wäre mir sehr recht", erwiderte Rhys.

„Und ein Bad!“, rief Madeline aus. „Ich würde meine Seele für ein heißes Bad geben.“ Sie lehnte sich zu dem Gastwirt hinüber, um ihm anzuvertrauen: „Wir haben in seinem Heim nur eine Bedienstete und die ist die faulste Kreatur, die ich je mit eigenen Augen gesehen habe. Sie hat Glück: Ich habe nicht darauf bestanden, dass sie uns begleitet, denn meine Mutter würde sie die Rute spüren lassen!“

„Ich gehe davon aus, dass ein Bad zu einem angemessenen Preis zu bekommen ist“, unterbrach Rhys sie, leicht gereizt, dass er in einem so schlechten Licht dargestellt wurde. Er nickte dem Wirt zu. „Ein Becher Bier, eine Schüssel mit einem herzhaften Eintopf und ein Stück Brot werden sicherlich viel dazu beitragen, die gute Laune meiner Lady wiederherzustellen.“

„Natürlich, Sir. Die Treppe hinauf habe ich eine Kammer, die auf die Straße hinausgeht. Wenn Ihr so freundlich wärt, mir zu folgen?“

„Ein Stück Brot?“, fauchte Madeline, als sie hinter dem Wirt die enge Stiege hinaufging. „Ich könnte sechs essen! Ich habe Heißhunger wegen des Kindes und du würdest eher einen Penny sparen, als dafür zu sorgen, dass ich eine anständige Mahlzeit bekomme. Bei so viel Grausamkeit werde ich dir am Ende noch ein Kind gebären, das hässlich wie ein Wechselbalg ist, sodass selbst die Feen nicht den Wunsch verspüren, es zu stehlen.“

Rhys konnte sich gerade noch zurückhalten, sie nicht zu schütteln. „Ich dachte, dir wäre zu übel, um viel zu essen.“

Das Schloss an der Tür schien die Aufmerksamkeit des Wirtes voll und ganz in Anspruch zu nehmen.

An der Schwelle zu der Kammer richtete sich Madeline hoheitsvoll auf und starrte Rhys böse an. „Ich werde tun, was ich tun muss, um unserem Kind Kraft zu geben“, sagte sie hochfahrend. „Auch wenn du mir dafür natürlich nicht dankbar bist.“

Dann schenkte sie dem Gastwirt ihr strahlendes Lächeln, das Rhys immer wieder überwältigte und das auch den Mann blinzeln ließ. „Diese Kammer ist hübsch“, sagte sie in herzlichem Ton. „Ich danke Euch, dass Ihr sie uns angeboten habt, und freue mich auf ein Bad und eine Mahlzeit.“

Damit rauschte sie wie eine Königin in das kleine Zimmer, das in Wahrheit kaum groß genug war, um ein Strohlager aufzunehmen. Rhys war überzeugt, dass sich ein paar Flöhe im Bettzeug befanden.

„Streitlustig", flüsterte der Mann Rhys zu, „aber hübsch anzusehen, wenn ich das sagen darf, Sir."

„Es ist das Kind, das sie so aufbrausend macht", stimmte Rhys halblaut zu. „Ich bin sicher, dass ihre Sanftmut mit der Ankunft des Babys zurückkehren wird."

„Das entspricht nicht meinen Erfahrungen, Sir, aber ich wünsche Euch mehr Glück, als ich hatte." Der Gastwirt lehnte sich zu ihm hinüber. „Und wenn Ihr selbst auch eine erholsame Nacht verbringen wollt, möchte ich anmerken, dass meine eigene Frau unter anderem die Fähigkeit besitzt, einen guten Trank herzustellen."

„Was für einen Trank bietet Ihr an?"

„Einen, der dafür sorgt, dass Eure Frau heute Nacht tief schläft."

Er nannte einen Preis, der Rhys ziemlich günstig erschien. Tatsächlich würde es ihm gut passen, wenn er wüsste, dass Madeline fest schlief – und damit nicht in Schwierigkeiten geriet und keine Fragen stellte –, während er die notwendigen Vorbereitungen für die Weiterreise nach Caerwyn traf. Das Schiff seines Freundes würde in der Nacht nach Neumond in Richtung Süden segeln und Rhys wollte, dass sie dann beide an Bord waren.

„Wird es dem Baby nicht schaden?", fragte er, um ihre Tarnung aufrechtzuerhalten.

Der Wirt schüttelte den Kopf. „Nay, meine Frau hat es von einer Hebamme gelernt."

„Ich denke, das ist eine vernünftige Idee. Erschöpfung schadet ihrer Laune und meine Lady schläft nie gut, wenn wir unterwegs sind. Ich danke Euch für den Vorschlag."

„Gebt mir ein paar Minuten, Sir, und dann werde ich mit allem zurückkommen." Der Gastwirt erhob seine Stimme und rief nach einer Feuerschale für die Kammer.

Rhys trat über die Schwelle und schloss erleichtert die Tür hinter sich. Er war gänzlich unvorbereitet, als Madeline sich in seine Arme warf und ihre Augen vor Begeisterung funkelten.

„Haben wir die nicht gut an der Nase herumgeführt?", wisperte sie, sichtlich erfreut über ihre List. „Niemand wird uns am morgigen Tag beschreiben können. Hat nicht jeder Einzelne von ihnen seinen Blick von uns abgewendet?"

Rhys lächelte sie an. Ihr Entzücken über ihre Meisterleistung war unwiderstehlich.

„Das haben sie in der Tat, *Anwylaf*", bestätigte er bewundernd. Er legte eine Hand an ihre Wange und schlang seinen anderen Arm um ihre Taille. Sie schmiegte sich an ihn und in ihrem Blick erwachte ein Feuer, das ihn erneut zum Lächeln brachte. „Und das war alles deiner schnellen Auffassungsgabe zu verdanken." Er suchte ihre Lippen, denn wahrhaftig, er konnte nicht anders.

KAPITEL 13

$\mathcal{I}$n einem anderen Wirtshaus in Dumbarton, in dem viel mehr Betrieb herrschte, war Elizabeth froh, dass sie aus dem Sattel steigen konnte. Das Schlachtross war zu groß für sie. Das hatte sie sofort gemerkt, als sie in den Sattel gehoben wurde, obwohl sie aus Angst, zurückgelassen zu werden, nicht gewagt hatte, sich zu beklagen. Ihre Knie schmerzten fast so heftig wie ihre Pobacken, denn sie musste ihre Beine fest gegen den Pferdeleib pressen, damit sie nicht in den Dreck fiel.

Elizabeth hatte den Überblick verloren, wie lange sie bereits unterwegs waren. Sie konnte sich nicht erinnern, vor dieser endlos scheinenden Reise jemals länger als einen halben Tag am Stück geritten zu sein. Sie fragte sich, ob sie jemals wieder mit Leichtigkeit laufen würde.

Sie wunderte sich auch, dass Madeline jemals Zuneigung für James empfunden hatte. Elizabeth war sicher, dass sie ihr Lebtag noch keinem derart ermüdenden Mann begegnet war. Sie konnte sich auch nicht vorstellen, dass James große Zuneigung für Madeline hegte, denn seine ganze Bewunderung galt einzig und allein seiner eigenen Person.

Elizabeth hatte das sichere Gefühl, dass James nur gekommen

war, um Madeline zu heiraten, weil sein Vater die Verbindung als passend betrachtete, doch sie wusste, das war ein unfreundlicher Gedanke.

Während sie an der Tafel saßen, zupfte James auf seiner Laute. Irgendeine Melodie, die er an diesem Tag komponiert hatte, beschäftigte ihn mehr als Madelines Sicherheit oder solche Tischmanieren, die der allgemeinen Höflichkeit entsprachen. Er hatte sich früher am Tag äußerst beleidigt gezeigt, dass Rosamunde abgelehnt hatte, ihre Suche zu unterbrechen, damit er die Melodie ein Dutzend Mal spielen konnte, sodass er sie nicht vergaß. Die ganze restliche Zeit hatte er geschmollt und erst jetzt wieder ein Lächeln hervorgebracht, wo er sein Instrument erneut in Händen hielt.

Am liebsten hätte Elizabeth die Laute zerstört, so satt war sie James' unmelodisches Gezupfe. Ihrer Meinung nach hielt sich der Mann für weitaus begabter, als er tatsächlich war.

Aber man musste bedenken, dass ihr die Pobacken wehtaten und sie müde war. Vielleicht wäre sie unter besseren Umständen nachsichtiger mit ihm.

Vielleicht aber auch nicht.

Die Spriggan war ebenfalls keine angenehme Gesellschaft gewesen. Die boshafte Fee hatte die Pferde am Schwanz gezogen, die Tiere in der Nacht erschreckt und Knoten in ihre Mähnen gemacht. Ein scheuendes Schlachtross stellte keine kleine Herausforderung dar, besonders für eine Reiterin von Elizabeths Größe, doch ihre Bequemlichkeit schien die Spriggan nicht im Mindesten zu kümmern.

Außerdem hatte Elizabeth sie mehr als einmal aus einem Bach herausgefischt und in der Luft aufgefangen, wenn sie auf dem einen oder anderen Pferd den Halt verloren hatte. Sie fühlte sich für ihr Wohlergehen verantwortlich, denn sie war die Einzige, die sie sehen konnte, und sie hatte sie mitgebracht, obwohl die Fee wenig tat, um ihr diese Mühen zu lohnen.

Wenigstens wusste sie, wer sie war und dass ihr Name Darg

lautete. Manchmal sprach die Spriggan mit ihr und erzählte ihr die besten Geschichten, die Elizabeth je gehört hatte.

Sie seufzte erschöpft, während Rosamunde und Alexander über Rhys' Absichten diskutierten, und beobachtete Darg, die die tönernen Bierbecher auf der Tafel betrachtete. Die Fee führte etwas im Schilde, davon war Elizabeth überzeugt, und sie hoffte bloß, es würde nicht viel Mühe kosten, alles wieder in Ordnung zu bringen. Sie gähnte herzhaft und wünschte sich nur noch ein Lager am Feuer.

Alexander senkte die Stimme und lehnte sich über den Tisch. „Er will uns austricksen. Er wird in der Dunkelheit aufbrechen und in aller Eile nach Süden reiten. Es ist ein Fehler, hier zu übernachten, besonders, weil wir nicht wissen, was sein Ziel in Dumbarton ist."

„Ich wünsche mir nur, dass es Madeline gutgeht", sagte Vivienne unsicher. Sie saß Elizabeth gegenüber und sah so erschöpft aus, wie diese sich fühlte. „Kerr zu finden, war schrecklich. Du glaubst doch bestimmt nicht, dass Rhys Madeline verletzen würde?"

„Ich vermute, er hat sie davor bewahrt, verletzt zu werden", entgegnete Rosamunde knapp. „Ich mochte diesen Söldner Kerr nie und war froh, als dein Vater ihn fortschickte."

„Hat er das getan?", fragte Alexander bestürzt. „Das wusste ich nicht."

„Du hättest eben Fragen stellen sollen, bevor du einen Mann in deinen Dienst nimmst", sagte Rosamunde bestimmt. „Wahrscheinlich hätte Tynan dir mehr erzählen können."

Alexander runzelte die Stirn und sah so besorgt aus, dass Rosamunde ihm eine Hand auf die Schulter legte.

„Ich weiß, das war nicht einfach für dich", sagte sie. „Du wirst lernen, Alexander, und in einigen Jahren wirst du über deine Unsicherheit lachen."

„Das hoffe ich", erwiderte er und trank mit grimmigem Gesicht von seinem Bier. „Es scheint, dass alles, was ich anfasse, zu einer Katastrophe wird."

Niemand widersprach ihm.

„Du könntest dafür sorgen, dass alles gut ausgeht, so wie in einer alten Geschichte", wisperte Elizabeth Darg zu.

Die Spriggan lachte, stemmte die Hände in die Hüften und schaute Elizabeth an. *„Fürwahr, es ist ein trauriger Tag, wenn ich einer Sterblichen Hilfe zusag. Die scharfe Nadel des Schicksals sticht, ein Sterblicher entrinnt ihr nicht."*

Ein Mann am Nebentisch bedachte Elizabeth mit einem Lächeln, das sie nicht zu erwidern wagte. Sie spürte, wie sie rot wurde, und beachtete ihn absichtlich nicht. Sie wusste, er dachte wahrscheinlich, sie würde mit sich selbst sprechen.

Sie beugte sich über die Tafel und hob ein Stück Brot an die Lippen, damit sie mit der Spriggan flüstern konnte, ohne Neugier zu erwecken. „Du könntest dafür sorgen, dass Madeline glücklich wird. Ich habe gesehen, was du mit den Bändern angestellt hast. Du hast Fähigkeiten, über die ich nicht verfüge."

Darg schien geschockt. *„Eine seltsame Sterbliche musst du sein, wenn du siehst des Schicksals Fäden so fein."* Sie betrachtete Elizabeth misstrauisch. *„Bänder umschlingen verwandte Seelen, wie bei der Rose der Dorn nicht darf fehlen. Die Paare bleiben ewig zusammen, kämen auch Finsternis, Flut und Flammen."*

Für Elizabeth klang das ausgezeichnet und in ihrer Aufregung lehnte sie sich nach vorn. „Wirst du Madeline helfen? Kannst du dafür sorgen, dass ihre und Rhys' Bänder richtig verknotet werden? Ich mochte ihn, als ich ihm begegnet bin, und ich glaube, sie auch." Sie schaute nicht zu James hinüber.

Darg grinste. *„Bald wird, dem sie versprochen, so nah ihr stehen, dass sie mit eigenen Augen kann sehen."* Darg schaute vielsagend zu James hinüber und zog eine Grimasse. Anscheinend mochte sie den Barden genauso wenig wie Elizabeth.

James summte vor sich hin, während er seine Melodie spielte, und nickte zufrieden, obwohl die Weise in Elizabeths Ohren äußerst simpel und einfallslos klang. Er schien die anderen am Tisch nicht wahrzunehmen.

„Schreckliches Benehmen", murmelte Elizabeth. „Mama hätte ihm eine Kopfnuss gegeben."

„Er hat Ohren aus Blech, das würde ich schwören, kann er Schönheit in seinen Tönen hören", sagte Darg angewidert.

„Genau! Madeline kann nicht gezwungen werden, ihn zu heiraten", beharrte Elizabeth. „Du könntest sicherstellen, dass sie mit Rhys glücklich wird."

„Es ist nicht an mir, ihr Leben zu lenken und Zwietracht oder Reichtum zu schenken."

„Das ist nicht wahr! Ich habe gesehen, dass du Rosamundes Bänder verknotet hast! Ich habe keine Zweifel, dass du den Streit zwischen ihr und Tynan verursacht hast."

Darg zuckte die Achseln, obwohl sie ein listiges Gesicht machte und Rosamunde einen vielsagenden Blick zuwarf. *„Mit einem eigenen Schlüssel öffnet sich das Herz eines Sterblichen, nicht durch mich."*

Elizabeth knirschte mit den Zähnen und fragte sich, was sie tun könnte, um die halsstarrige Fee zur Hilfe zu bewegen.

„Rhys plant sicher, nach Caerwyn zu segeln", sagte Rosamunde überzeugt. Sie bemerkte nichts von Elizabeths Gespräch mit der Spriggan. „Es gibt keinen anderen Grund, warum er nach Dumbarton gekommen ist. Er wird nicht weiterreiten, sondern eine Überfahrt auf einem Schiff arrangieren. Wir müssen eine Wache aufstellen und die Schiffe im Hafen beobachten." Sie zeigte auf Padraig, der einen tiefen Seufzer ausstieß.

„Dürfte ich erst noch mein Bier austrinken?", fragte der Mann. Er schaute sehnsuchtsvoll zum Kamin. „Eine warme Mahlzeit käme mir ebenfalls gelegen, bevor ich eine weitere Nacht draußen im Regen zubringe."

Rosamunde trommelte ungeduldig mit den Fingern auf den Tisch, und in dem Augenblick kletterte Darg auf den Rand von Elizabeths Becher. Die Spriggan stieß einen Freudenschrei aus, neigte sich gefährlich nach vorn und nippte an dem Bier. Sie schlappte es wie ein Hund mit der Zunge auf und es verschwand mit erstaunlicher Geschwindigkeit.

„Ich möchte, dass du die Schiffe im Hafen zählst, herausfindest, unter welcher Flagge sie segeln, die Namen der Kapitäne in Erfahrung bringst und dann zurückkehrst, um dein Essen einzunehmen. Es tut mir leid, Padraig, aber wir dürfen Madeline nicht verlieren, wo wir ihr doch jetzt so nahe sind."

Darg johlte und tanzte über den Rand des Bechers, während Elizabeth zusah. Es musste einen Weg geben, Darg zur Hilfe zu überreden, aber Elizabeth fiel nichts ein.

Vielleicht würde sie am nächsten Morgen schlauer sein, nachdem sie geschlafen hatte.

„Wie Ihr wünscht." Padraig stand auf, trank sein Bier aus, bedachte Rosamunde mit einem düsteren Blick und verließ das Wirtshaus. Er zog seinen Umhang fester um sich und ein eisiger Wind wehte um die Füße der Gäste, als er die Tür öffnete.

Elizabeth fröstelte, schnippte Darg vom Rand ihres Bechers und nahm einen weiteren Schluck. Das Bier wärmte sie von innen in einer Weise, die nicht unangenehm war, und selbst der Geruch des Torffeuers machte ihr diese Nacht nichts aus.

Währenddessen purzelte Darg über den Tisch und landete äußerst unelegant an Viviennes Becher. Die Spriggan lag auf dem Rücken, ihre Beine waren verdreht und ihr kleines Gesicht mit den scharfen Zügen verriet, dass sie verärgert war.

„Aber wo liegt Caerwyn?", fragte Vivienne Rosamunde. „Ist es eine Burg mit hohen Türmen?"

Die Spriggan zog sich an Viviennes Becher hoch und trank in tiefen Zügen vom Inhalt.

Konnten Feen betrunken werden? Elizabeth war nicht sicher.

Rosamunde lächelte. „Sie hat einen einzigen Turm und geht auf die See hinaus. Als sich Rhys' und meine Wege zum ersten Mal kreuzten, stand er bei seinem Onkel, dem Lord von Caerwyn, in Diensten. Zweifellos ist er an diesen Ort zurückgekehrt."

„Aber wo liegt er?", fragte Alexander. „Es kann nicht im Westen von Schottland sein."

„Es ist in Wales, im Schatten des Snowdon." Rosamunde nippte an ihrem Bier. Sie ließ ihren Blick über die anderen Leute im Wirtshaus schweifen, als ob sie eine Bedrohung abschätzen wollte. Elizabeth vermutete, ihre Tante hatte es sich angewöhnt, ihre Umgebung immer aufmerksam zu beobachten.

„Caerwyn wurde vom englischen König Edward I befestigt. Er besiegte den walisischen Prinzen, Llywelyn ap Gruffydd, und beanspruchte die Oberhoheit, indem er einen Ring aus steinernen Festungen um Snowdonia baute und die bestehenden, die er Besitz genommen hatte, verstärkte. Rhys' Onkel und der walisische Rebell Owain Glyn Dwr eroberten vor Jahren Caerwyn und Harlech, eine weitere Burganlage, von den englischen Streitkräften."

Vivienne hob ihren Becher und runzelte die Stirn. Sie war offensichtlich überrascht, dass nur noch so wenig Bier darinnen war. Die Spriggan schüttelte ihre Faust in Viviennes Richtung, weil diese sie so unsanft beim Trinken unterbrochen hatte, dann stolzierte sie zu Alexanders Becher.

„Eine Festung?" Alexander lehnte sich zurück und fuhr sich mit der Hand durch sein dunkles Haar, das er so in Unordnung brachte. „Du glaubst doch nicht, dass man uns daran hindern wird, Madeline zu sehen, wenn sie vor uns dort ankommen?"

„Wer kann das wissen?" Rosamunde warf James einen unzufriedenen Blick zu. Der saß mit geschlossenen Augen da und hatte den Kopf zurückgelegt, um seiner eigenen Musik zu lauschen. „Es wäre am besten, wenn wir sie erst mal finden würden, findet Ihr nicht auch, James?"

Rosamunde musste seinen Namen noch zweimal wiederholen, bevor James ihrer Stimme gewahr wurde. „Was habt Ihr gesagt?" Er blickte mürrisch auf seine Finger, die aufgehört hatten, zu spielen. „Wegen Eurer Unterbrechung habe ich vergessen, an welcher Stelle der Melodie ich war."

„Verzeiht mir, dass ich Euch an den Grund für unsere Reise erinnert habe", erwiderte Rosamunde spitz. „Ich hatte geglaubt, Ihr wärt daran interessiert, Madeline zu finden."

James' Züge verrieten Unmut, der schnell wieder verschwunden war, doch nicht so schnell, dass die anderen ihn nicht bemerkt hätten. Elizabeth spürte, wie sich Alexander neben ihr versteifte, und sah, dass Vivienne ihre Lippen aufeinanderpresste. „Natürlich bin ich entschlossen, Madeline zu finden." James setzte sein strahlendstes Lächeln auf. „Sie ist mir versprochen und ich liebe sie."

„Du wirkst nicht übermäßig besorgt um ihr Wohlergehen", stellte Alexander fest.

„Du scheinst keine Angst zu haben, dass sie verletzt wurde oder unglücklich sein könnte", ergänzte Vivienne vorwurfsvoll.

„Tatsächlich sieht es so aus, als ob du mehr an deiner Laute hängen würdest als an deiner Braut", sagte Elizabeth abschließend.

„Ich?" James schaute verwundert von einem zum anderen. „Ich komponiere doch nur ein Liebeslied, damit ich meine verlorene Lady angemessen begrüßen kann, wenn wir wieder vereint werden." Er legte eine Hand auf sein Herz. „Meine Tage waren dunkel, seit wir auseinandergingen, und ich kann an nichts anderes denken, als dass ich ihr liebliches Antlitz bald wiedersehen werde."

„Warum hast du sie dann fast ein Jahr lang glauben lassen, du wärst tot?", fauchte Vivienne. „Das tut man keiner Frau an, die man liebt."

„Ich dachte, sie wüsste Bescheid. Ich hätte ihr nie auch nur einen Augenblick des Kummers zugemutet, hätte ich geahnt, dass sie die Wahrheit nicht kennt!"

„Wie hätte sie die Wahrheit erfahren sollen?", fragte Alexander mit Besonnenheit. „Jeder Mann, der bei Rougemont kämpfte, wurde getötet, außer dir."

James wurde rot und wandte seinen Blick ab. „Oh, ich war nicht der Einzige. Was du gehört hast, ist sicher eine Übertreibung."

Alexander schnaubte und hielt sich zurück, doch es war deutlich, dass er noch mehr zu sagen hatte.

Elizabeth glaubte James kein bisschen. Sie fragte sich, ob er überhaupt in Rougemont gewesen war. Sie warf Darg einen strengen Blick zu, doch die Spriggan kletterte frech auf James' Becher. Sie war nun etwas unsicher auf den Beinen, als sie über den

Rand tanzte und die Vortrefflichkeit des Biers der Sterblichen rühmte.

Alexander hob seinen Becher, zog die Brauen zusammen, weil er leer war, und stellte ihn heftig wieder auf der Tafel ab. „Wann bist du aus Frankreich heimgekehrt?" Er konnte seine Verärgerung kaum verbergen. „Wo warst du seit der Schlacht in Rougemont?"

„Ich habe Musik gehört", rief James und zum ersten Mal leuchteten seine Augen. „Ich habe der Musik in den Kathedralen Frankreichs gelauscht und sie war so wunderschön, dass ich mehr darüber lernen musste. Madeline wird das gutheißen, das weiß ich sicher, denn die Liebe zur Musik ist ein Band, das sie und mich verbindet. Hört mal!" Er hob seine Laute und zupfte erneut an den Saiten.

Darg steckte sich die Finger in die Ohren und zog eine Grimasse. Elizabeth verbiss sich das Lachen über die Possen der Spriggan, denn sie teilte ihre Ansicht. Vivienne und Alexander wechselten einen Blick.

Die Spriggan trank James' Bier aus. Dann machte sie sein schmachtendes Getue nach, während sie sich näher an Rosamundes Becher heranschob. Sie betrachtete die Frau so eingehend, dass Elizabeth ihre Absicht zu fürchten begann. Sie konnte jedoch wenig tun, als die Fee auf den Rand des Bechers kletterte und mit den Beinen im Bier baumelte.

Die Spriggan trat kräftig in den Becher. Ein Sprühregen durchnässte die Vorderseite von Rosamundes Tappert. „Was ist denn jetzt los?", fragte sie, da sie nicht erkennen konnte, warum das Bier durch die Luft spritzte. Sie sprang auf und wischte die reiche Stickerei ab. „Meine Kleidung wird ruiniert sein!"

Darg lachte mit boshafter Schadenfreude. Vivienne sprang ebenfalls auf und tupfte das Bier mit ihrer Serviette ab, während Rosamunde versuchte, die Feuchtigkeit mit den Händen abzuwischen.

„Da muss ein Insekt im Becher sein!", rief Alexander und griff nach dem Gefäß. Mit erstaunlicher Behändigkeit sprang Darg auf den Rand des Kruges, während Alexander Rosamundes Becher hochhob, ihn schüttelte und den Inhalt in seinen eigenen goss.

James unterbrach sein Lautenspiel und betrachtete sie aufgebracht. „Ich bitte darum, dass ihr meinem Lied lauscht. Es ist eine unwiderstehliche und wunderschöne Melodie, die nur ein Barbar nicht zu schätzen wüsste."

Darg lachte so sehr und so laut bei dieser Behauptung, dass Elizabeth fassungslos war, dass niemand es hören konnte. Die Spriggan warf ihren Kopf nach hinten und sang übertrieben gefühlvoll in einer perfekten Imitation des Lautenspielers, lachte erneut und fiel dann rückwärts in den Bierkrug.

Das Platschen ließ alle am Tisch zusammenfahren. „Vielleicht ist es eine Ratte!", schrie Vivienne.

„Sie ist im Bier!", rief Alexander.

„Was für eine armselige Unterkunft habt Ihr für uns ausgewählt", sagte James voll Hohn zu Rosamunde. „Ratten im Bier! Etwas Derartiges habe ich noch nie gehört!"

„Ihr dürft gern woanders schlafen", fauchte Rosamunde. „Ich habe lange genug für Euer Bett bezahlt, Euch etwas zu essen gekauft und Eure grauenvolle Musik ertragen."

Die beiden sprangen auf und stritten sich hitzig über James' Benehmen und Rosamundes Forderungen. Elizabeth schnappte sich den Bierkrug und entleerte ihn, um die Ratte zum Vorschein zu bringen. Die Spriggan klatschte auf den Boden. Sie hustete und keuchte heftig.

„Da ist nichts." Viviane starrte verwundert auf das verschüttete Bier.

„Sie muss wieder herausgesprungen sein." Alexander suchte den Boden des Wirtshauses mit den Augen ab.

„Was seid Ihr denn für Heiden, dass Ihr gutes Bier einfach ausgießt?", fragte der Wirt.

„Darin war eine Ratte!", schrie James.

„In meiner Unterkunft gibt es keine Ratten", gab der Gastwirt zurück und als James Anstalten machte, zu widersprechen, sorgte er mit seiner Faust dafür, dass der Lautenspieler schwieg. James fiel rückwärts in die Binsen, die den Grund bedeckten, und stand nicht wieder auf.

Die anderen Anwesenden klatschten Beifall.

„Er ist betrunken", rief der Wirt seinen Gästen zu. „Der Mann kann wohl kein Bier vertragen, denn es ist noch zu früh, um Ratten zu sehen, die gar nicht da sind."

Die Leute lachten und nahmen ihre Gespräche wieder auf. Rosamunde hob die Laute hoch und entfernte die Saiten mit heftigen Bewegungen. „Wenigstens müssen wir nun seine Musik nicht länger ertragen", sagte sie zu Alexander, der sie fragend anschaute. Sie lächelte Vivienne an. „Keine Sorge, ich würde kein so wertvolles Instrument zerstören. Ich werde ihm die Saiten zurückgeben, wenn er mit Madeline wieder vereint ist." Sie senkte ihre Stimme und knurrte beinahe: „Mögen wir das Glück haben, dass dies bald geschieht. Ich möchte sicher sein, dass es meiner Patentochter gutgeht."

Elizabeth bückte sich und hob die Spriggan auf, als niemand hinschaute. Sie verbarg sie in ihrem Schoß und klopfte ihr auf den Rücken, während diese die letzten Reste Bier aushustete. Als die Fee anfing zu zittern, wickelte sie sie in ihre Serviette. Darg seufzte und lehnte sich gegen ihre Hand, dann stupste sie sie mit ihrer langen Nase an.

„Eine Gunst schulde ich dir heuer, für jemanden, der dir ist teuer. Deiner Schwester werde ich zu Hilfe eilen, doch ihr Los kann ihr nur das Schicksal zuteilen."

Elizabeth lächelte triumphierend und im selben Moment suchte der Mann am Nebentisch ihren Blick. Sie errötete erneut und schaute hinunter auf ihren Becher, doch er sah nicht wieder weg.

Sie zweifelte nicht daran, dass er von ihren unseligen großen Brüsten fasziniert war und nichts weiter. Vielleicht konnten Dargs Zaubersprüche helfen, diese unerwünschten Rundungen loszuwerden!

Aber das Wichtigste zuerst. Madelines missliche Lage war schlimmer, das stand fest.

~

MADELINE TRÄUMT VON EINER NEBELWAND, *die gegen die Mauern des Gasthauses drückt. Der Nebel ist so dicht, dass er nicht natürlich sein kann. Er
dringt durch die Fensterläden und erfüllt die Kammer, als wäre er ganz viel
Wolle. Unaufhaltsam kommt er in beängstigender Geschwindigkeit herein.
Dabei wird er immer undurchdringlicher.*

*Und Rhys schläft wie ein Toter trotz ihrer Bemühungen, ihn
aufzuwecken.*

*Sie schließt die Fensterläden, doch es nützt nichts. Sie öffnet die Tür,
aber die Schwaden wehen auch vom Korridor herein. Sie dreht sich um, doch
der Nebel hat Rhys verschluckt. Sie ist ebenfalls davon umgeben, er reicht
ihr schon bis zu den Hüften, und während er höher und höher steigt, kann
sie keinen Finger rühren.*

*Eine merkwürdige Gleichgültigkeit erfüllt sie. Es ist, als hätte sie keine
Knochen, kein Gewicht mehr, und sie fragt sich, ob dieses schwebende
Gefühl bedeutet, dass sie tot ist.*

*Madeline will nicht tot sein. Sie ist zu jung, um zu sterben. Sie will Rhys
Söhne gebären, sie will ihren Mann von ganzem Herzen lachen hören. Sie
zwingt sich, ihre Augen zu öffnen, und kämpft gegen den erbarmungslos
andringenden Nebel an.*

*Rhys steht am Fenster und blickt über die Stadt. Der Nebel hat ihn frei-
gegeben, er schläft nicht mehr und liegt nicht im Bett. Seine Augen sind kalt,
und obwohl sie doch dunkel sein müssten, glänzen sie silbern, als ob sie sich
mit dem Nebel gefüllt hätten. Die Stadt vor dem Fenster sieht auch anders
aus, durchsichtiger, allerdings kann Madeline nicht sagen, ob es bloß
Dumbarton in der Dunkelheit ist oder ob sie sich in einer anderen Stadt
befinden.*

*Der Nachthimmel ist so unnatürlich wie der Nebel. Er ist von einem
wundersamen Indigoblau, einem tiefen Blau, das noch dunkler wirkt im
wabernden silbernen Nebel, der nun nur noch bis Rhys' Knie reicht. Vor
dem mitternächtlichen Himmel hebt sich die Silhouette ihres Ehemannes ab,
Hunderte von Sternen funkeln in der Dunkelheit. Sie scheinen um Rhys*

herumzutanzen, als ob der Himmel selbst ihren Blick allein auf diesen Mann lenken wollte.

Sie hätte sich schlechter verheiraten können, das steht fest.

Rhys ist so angezogen wie an jenem ersten Abend auf Ravensmuir. Auf seinem Tappert sieht Madeline den roten Drachen von Wales, dessen Augen glimmen und auf dem dunklen Stoff leuchten, als wären sie aus Feuer gemacht und nicht aus Fäden, die eine geschickte Frau mit einer Nadel aufgestickt hatte.

Rhys lächelt das feine Lächeln, das Madelines Blut erhitzt, und sie ist beruhigt, dass er sich trotzdem nicht verändert hat. Wenn er sie anlächelt, sie liebkost, wenn er sie bewundernd betrachtet, zweifelt Madeline nicht daran, dass ihre Verbindung etwas wert ist.

Sie runzelt die Stirn, weil er seinen Umhang über seine Schulter geworfen hat. War das vorher schon so? Sie kann sich nicht erinnern.

„Schlaf mit mir", sagt sie. Die ungewohnten Worte gehen ihr schwer von der Zunge.

„Ich bin im Bett gewesen", sagt er freundlich.

Da fällt es ihr ein, seine Hand auf ihrer Brust. Die Erinnerung, wie er mit dem Daumen langsam über ihre Brustwarze strich, ruft ein Prickeln in ihr hervor. Sie klopft einladend auf das Lager.

Er schüttelt den Kopf. „Du hast die Nacht und den ganzen Tag geschlafen."

Wie absonderlich! „Ich schlafe nie so lang." Verwundert hört sie, dass sie lallt.

„Du musst müde gewesen sein." Rhys bückt sich, um ihre Strümpfe aufzuheben, dann reicht er sie ihr. „Komm, zieh dich an."

Madeline schaut auf den Nachthimmel und kann ihr Gähnen nicht unterdrücken. „Schlafen", bringt sie heraus und kuschelt sich wieder ins Bett. Sie seufzt und zieht eine Decke über sich, die aus Nebel besteht. Sie ist so weich, dass sie sie in Trägheit einhüllt.

„Wir werden heute Nacht nicht hier schlafen." Rhys sitzt auf dem Rand der Pritsche und versucht, einen Strumpf über ihren Fuß zu ziehen. Er stellt sich dabei ungeschickt an, aber Madeline ist nicht geneigt, ihm zu helfen. Der Mann will Söhne – warum kommt er nicht zu ihr ins Bett?

„Komm, meine Liebe. Hilf mir bei dieser Aufgabe."

„Schlafen."

„Kleide dich an." Rhys zieht den zweiten Strumpf mühsam hoch bis über ihre Wade. Beide sind verdreht, aber Madeline ist das egal. Rhys ist verdammt hartnäckig, als er vor ihr mit ihrem Gewand wedelt. „Steh auf. Schlüpfe in dein Kleid, Madeline."

„Schlafen." Selbst dieses Wort zu murmeln, ist schön.

„Wir werden an unserem Ziel schlafen. Schon bald."

Mit gewaltiger Anstrengung öffnet sie ein Auge. „Wo?"

„Das wirst du sehen, wenn wir ankommen." Er streift ihr das Kleid über den Kopf und setzt sie hin. So gern sie ihm eine Freude machen möchte, Madeline gehorchen die Finger nicht. Sie kann den Gürtel um ihre Taille nicht schließen und auch ihre Stiefel nicht anziehen. Rhys zeigt sich weiter ungewöhnlich hartnäckig und ist offensichtlich entschlossen, aufzubrechen.

Madeline fasst sich an ihren unordentlichen Zopf. Sie ist sogar zu müde, um sich über sein typisches ausweichendes Verhalten zu ärgern. Soll er seine Antworten doch für sich behalten. Sie gähnt wieder. Es fühlt sich an, als würde sie sich gleich den Kiefer von der Anstrengung ausrenken. Und wenn schon, es macht ihr nichts aus.

Sie will nur schlafen.

Rhys stellt sie auf die Füße und schlingt einen Arm um ihre Taille, um sie zu stützten. Seine Lippen sind eine schmale Linie, staunend fährt sie mit einer Fingerspitze über seinen Mund.

„Wütend", verkündet sie und fühlt sich dabei sehr weise.

Er schüttelt den Kopf.

„Doch", sagt sie, weil sie glaubt, er würde diese Wahrheit bestreiten.

„Wütend bin ich in der Tat, aber nicht auf dich." Mit ungewöhnlicher Zärtlichkeit zieht Rhys Madeline die Kapuze übers Haar. Als sie die Kammer verlassen, bietet er ihr den Arm, damit sie sich bei ihm unterhakt. Madeline ist nicht überrascht, direkt vor der Tür den Nebel vorzufinden. Sicher hat Rhys ihn aus ihrer Kammer vertrieben? Sicher will Rhys sie vor seiner mächtigen Zauberkraft bewahren?

Der Nebel wabert die Treppe hinauf, als ob er sie bei ihren Knöcheln packen wollte, und Madeline weicht zurück. Dieser Feind ist nicht zu unterschätzen. Bestimmt kann Rhys die Gefahr sehen, die vor ihnen liegt?

„Nicht dorthin", sagt sie, doch Rhys schaut ihr nur in die Augen. Sie berührt die Furche auf seiner Stirn.

„Wir reisen zu deiner Mutter, weißt du noch?" Er spricht mit ihr, als wäre sie ein Kind. „Du möchtest unser Baby dort bekommen."

Aber er war es doch, der wie ein Kind sprach. Der Mann redet sogar Unsinn! Madeline hat kein Kind, weder in ihrem Schoß noch in ihren Armen. Verwirrt sieht sie ihn an, dann blickt sie an sich herunter und sieht ihren dicken Bauch. Sie legt ihre Hand darauf und erinnert sich an das, was sie Rhys versprochen hat.

Sie trägt wahrhaftig seinen Sohn!

Voll Freude schaut sie ihn an und weiß nicht, was sie davon halten soll, dass er mit einem Stirnrunzeln reagiert. Der Nebel umfließt ihre Beine, sie bekommt Gänsehaut von seiner Kühle. Am Rand ihres Gesichtsfeldes sieht sie mehr Nebel. Nebel wirbelt um ihre Knöchel. Nebel verhüllt die Gesichter der Männer, die sich im Schankraum des Gasthauses versammelt haben.

„Ihr macht euch also auf den Weg?", fragt der Wirt mit so lauter und fröhlicher Stimme, dass Madeline zusammenzuckt.

„So ist es", erwidert Rhys. Er ist kurz angebunden, noch mehr als sonst.

„Ein bisschen spät für einen Aufbruch, aber ich nehme an, die Lady hat gut geschlafen." Der Wirt scheint diese Bemerkung höchst amüsant zu finden, doch Madeline versteht den Scherz nicht. Er stößt Rhys an, ohne Notiz von ihr zu nehmen. „Meine Frau bereitet einen ausgezeichneten Trank zu, das könnt Ihr nicht leugnen."

„Ausgezeichnet ist nicht das richtige Wort", antwortet Rhys knapp. „Ich finde es heimtückisch, einer schwangeren Frau ein solches Gebräu anzubieten und dann noch Geld dafür zu erwarten."

„Wie Ihr meint." Der Wirt scheint beleidigt, Rhys hat in barschem Ton gesprochen. „Hier bekommt Ihr etwas Gutes für Euer Geld, Sir. In diesem Gasthaus rechnen wir immer richtig ab. Ich gehe davon aus, dass wir Euch auf Eurer Heimreise wiedersehen werden."

„Ich gehe nicht davon aus", sagt Rhys. „Achtet darauf, dass Eure Frau ihren Trank für sich behält, oder ich werde ihr den Häscher auf den Hals *schicken. Hexerei und Bösartigkeit sind gegen das Gesetz des Königs und der Kirche, wie jeder anständige Mensch weiß."*

Die Augen des Gastwirtes weiten sich, Rhys eilt mit Madeline hinaus auf den Hof. Nur sein silberfarbenes Schlachtross wartet dort. Madeline versucht, die Dunkelheit mit den Augen zu durchdringen und den Zelter zu entdecken. Vielleicht ist das Pferd zu einem Schatten geworden. Arian könnte ganz sicher aus Nebel bestehen.

Vielleicht geschieht das mit allem, was der Nebel nimmt. Gelert kommt zu ihnen. Er wird ebenfalls halb vom Nebel verschluckt. Kann Rhys die Gefahr nicht erkennen?

Madeline öffnet den Mund, um ihn zu warnen, doch sie bekommt keinen Ton heraus. Ihre Zunge ist dick und fühlt sich fremd an. Sie kann die Worte nicht formen, die sie über die Lippen bringen möchte.

Ziemlich unerwartet setzt Rhys Madeline auf Arian. Sie schaut sich um, ihre Augen werden groß, als sie den Abstand zum Boden sieht, und sie umklammert den Sattelknopf so fest, wie sie kann. Rhys nimmt die Zügel und führt das Pferd vom Hof des Gasthauses. „Ich habe den Zelter heute Morgen verkauft, während du schliefst."

Madeline gibt sich Mühe, zu begreifen, warum sie plötzlich weinen möchte. Hat sie nicht schon ein anderes Pferd verloren, seit sie Rhys begegnet ist? Wird sie niemals wieder ihr eigenes Ross haben? Sie kann sich nicht erinnern und das plagt sie.

„Zwei Pferde mitzunehmen, kostet zu viel. Und wir brauchen nicht beide für diese Reise."

Wie soll Madeline etwas gegen eine Begründung einwenden, der sie nicht folgen kann? Wenigstens zieht sich der kalte Nebel zurück – oder Rhys führt sie aus seiner Umklammerung. Sie dreht sich im Sattel um und blickt zurück auf die gedämpfte Helligkeit des Nebels im Hof. Zu ihrer Erleichterung scheint er ihnen nicht zu folgen.

Das hätte sie sich denken können. Sie kann sich darauf verlassen, dass Rhys sie wegbringt von allem, was böse ist.

Ein Wind streicht über ihr Gesicht, ein Wind, der nach Salz riecht. Ist Rhys mit ihr nach Kinfairlie zurückgekehrt? Bei dieser Aussicht tut Madelines Herz einen Sprung.

Aber dieses Meer ist ihr unbekannt. Es liegt in der Dunkelheit glitzernd vor ihnen und rechts von ihnen ragt ein Felsvorsprung hoch auf. Auf dem Gipfel des riesigen Felsens steht eine Burg, doch Rhys führt das Pferd zu den Pieren, die sich vom Ort ins Wasser erstrecken. Sie ruhen wie schwarze, stille Finger auf der glänzenden See. Auf dem Wasser tanzende Schiffe liegen vor Anker, auf einem davon schwingen Laternen in der Takelage und die Masten knarren, als der Wind zunimmt.

„Wir werden mit der nächtlichen Flut segeln", sagt Rhys. „Darum brauchst du im Augenblick kein Pferd. Ich sehe keinen Sinn darin, für die Überfahr eines zweiten zu bezahlen, wenn es auf Caerwyn so viele Rosse gibt. Wäre es Tarascon gewesen, hätte ich natürlich keine andere Wahl gehabt."

Doch Madeline hört nicht auf seine beruhigenden Worte. Er will sie auf ein Schiff mitnehmen! Voll Entsetzen sieht sie, wie sie näher und näher herankommen. Ihre Lippen bewegen sich, ohne einen Laut hervorzubringen, während er das Pferd an die Schiffe heranführt. Auch wenn die so unschuldig wie Kinderspielzeuge auf den Wellen tanzen, Madeline kennt ihre düstere Wahrheit.

Solch ein Schiff hat ihr die Eltern genommen. Schiffe wie diese bringen den Tod. Übelkeit steigt in ihr auf. Ihre Eltern sind unter den Wellen verschollen. Sie wurden aus dem Leben gerissen, ihr Grab ist die Dunkelheit, weil sie an Bord eines Schiffes gegangen sind.

Und nun bringt Rhys sie auf eins dieser tückischen Wasserfahrzeuge.

Wie kann es sein, dass er ihren Tod wünscht?

Plötzlich dreht sich Madeline schmerzhaft der Magen um. Gerade noch rechtzeitig kann sie sich seitlich über das Schlachtross beugen, bevor sie sich übergibt. Sie erbricht so heftig, dass sie schaut, ob ihre Innereien auf dem Kopfsteinpflaster gelandet sind.

Sogleich ist Rhys an ihrer Seite, hält ihre Hand und passt auf, dass sie nicht aus dem Sattel fällt. „Wahrscheinlich ist es besser, dass du es los bist." Er spricht in Rätseln. „Ich hätte eher daran denken sollen."

Madeline rülpst wie ein Bauer und drückt Rhys an der Schulter weg. Im letzten Augenblick tritt er beiseite, bevor sie erneut erbricht. Sie spuckt, verabscheut den scheußlichen Geschmack im Mund und spürt, wie Schweiß kalt ihren Rücken hinunterläuft. Sie denkt an ihre Eltern und beginnt, zu weinen, als ob sie sie gerade erst verloren hätte. Obwohl sie sich danach sehnt, sie wiederzusehen, will sie selbst nicht sterben. Madeline zittert so sehr, dass ihre Zähne aufeinanderschlagen, und während sie weint, lösen ihre Tränen die letzten Spuren des Nebels auf.

Rhys flucht, dann zieht er sie aus dem Sattel in seine Arme. Er hält sie fest an seine Brust gedrückt und Madeline schmiegt sich enger an ihn, froh über seine Wärme. Er ist ein Trost für sie, dieser unmögliche Ehemann, trotz seiner Schroffheit und obwohl er seine Geheimnisse so verbissen wahrt.

„Wir müssen das Schiff erreichen, bevor die Ebbe einsetzt", murmelt er an ihrer Schläfe.

„Kein Schiff", wispert Madeline und krallt ihre Finger in seinen Tappert.

„Sie sind dicht hinter uns", erwidert er entschlossen und verlangsamt seinen Schritt nicht. Das Pferd und der Hund folgen. „Wir müssen heute Nacht lossegeln. Je eher wir aufbrechen, desto eher sind wir zu Hause auf Caerwyn."

„Zu Hause." Madeline spricht es mit Genuss aus, auch wenn sie nicht weiß, wo das ist.

Zu Hause ist natürlich bei Rhys. Als ihr das bewusst wird, lässt ihre Angst etwas nach.

„Zu Hause", wiederholt Rhys und es klingt, als lächelte er ein wenig. „Dort gibt es zwei erfahrene Heiler, die dieses Leiden besiegen werden. Und die Tore können gegen Verfolger versperrt werden."

„Kein Schiff", drängt Madeline erneut. Sie will ihm ihre Angst erklären, doch sie kann keine Worte bilden. Erneut steigt ihr Galle in die Kehle.

„Wir müssen ein Schiff nehmen."

„Mama, flüstert sie und verliert erneut den Kampf gegen ihre Tränen.

Rhys küsst sie so zärtlich auf die Schläfe, dass ihre Tränen noch schneller fließen. „Ich werde bei dir sein, Anwylaf, nicht deine Mutter. Quäle dich nicht, es gibt nichts, was du fürchten müsstest."

Er stellt Madeline auf ihre Füße und führt sie zur Laufplanke. Es schaukelt und Madeline presst die Hand auf ihren Mund. Sie schließt kurz die Lider in dem festen Willen, dass ihr Mageninhalt bleibt, wo er ist.

Rhys fasst ihre Hand und blickt ihr tief in die Augen. „Vertrau mir."

Und das tut sie.

Madeline nickt. Sie lässt Rhys sie führen, wohin er will. Das Deck des Schiffes ist kaum weniger furchteinflößend als die Laufplanke. Sie klammert sich an der Reling fest, während er zurückgeht, um Arian zu holen, der genauso begeistert über das nächste Fortbewegungsmittel zu sein scheint wie sie. Gelert schmiegt sich an ihr Bein. Seine Wärme und sein Gewicht wirken tröstlich.

Sie beugt sich über die Reling und würgt und ist ungemein froh, als sie sich wieder aufrichtet und Rhys' Arm um sich spürt. Er ist warm, stark und verlässlich.

Sie hätte sich wirklich schlechter verheiraten können.

Die Matrosen schreien einander etwas zu, während sie die Taue lösen und das Schiff mit langen Stangen vom Pier abstoßen. Die Segel entfalten sich und flattern im Wind, als wären sie ungeduldig, aufzubrechen, dann blähen sie sich, als wollten sie die Sterne verschlingen.

Madeline beobachtet, wie sich der Abgrund zwischen ihr und dem Ufer verbreitert. Sie klammert sich an Rhys, als sechs rabenschwarze Schlachtrosse den Pier hinuntergaloppieren, von dem das Schiff gerade abgelegt hat.

Schwarze Hengste. Sie runzelt die Stirn, während sie sich bemüht, ihre Gedanken zu sammeln. Aus den Nüstern der Pferde scheint Feuer zu schlagen, als ob sie Ausgeburten der Hölle wären, wie man es ihren Artgenossen seit Langem nachsagt. Zwei bäumen sich auf, als sie gezügelt werden, und die anderen versuchen verdrossen, ihr Zaumzeug abzuschütteln.

Es ist, als würden sie glauben, sie könnten über die Wellen laufen und das Schiff einholen, das bereits mit dem Wind und der Flut entschwindet.

Es sind Schlachtrosse von Ravensmuir. Madeline weiß, dass sie aus keinem anderen Stall stammen können. Die furchterregend schwarzen Hengste der Familie Lammergeier sind weithin bekannt, sie werden heftig begehrt und finden nirgendwo ihresgleichen. Diese Wahrheit wurde Madeline von der Wiege an beigebracht.

Doch sie befinden sich nicht in der Nähe von Ravensmuir. Sie beäugt die Burg hoch oben auf dem Felsen und erkennt sie nicht. Nein, diese Rosse gehören nicht hierhin.

Auch die Person, die voranreitet, gehört nicht an diesen Ort. Sie steigt ab, ihr feurig rotes Haar fängt das Licht von einem Dutzend Hafenlaternen ein. Madeline stockt der Atem. Die Frau scheint mit einem Temperament zu fluchen, das ihr bekannt vorkommt, dann schüttelt sie die Faust in Richtung des sich entfernenden Schiffes. Der Wind trägt ihre Worte fort, aber Madeline weiß, wer sie ist.

Und zu spät versteht sie, wer der Feind ist, der sie jagt.

Sie dreht sich um und sieht Rhys lächeln. Es muss ein Triumph für ihn sein. „Wir fliehen vor meiner Familie", stößt sie hervor. Sie kann immer noch nicht ganz begreifen, was sich vor ihren Augen abspielt.

Sein Lächeln vertieft sich und bringt seine Augen zum Leuchten, als er mit leiser Stimme antwortet: „Vielleicht nicht, Anwylaf."

Madeline mustert ihren Ehemann. Sie kann wieder keinen Sinn in seinen Worten erkennen. Es verwundert sie nicht, dass er sich weigert, mehr zu sagen.

Als sie sich erneut zum Pier umwendet, ist er verlassen. Die Hengste und Rosamunde sind verschwunden, als ob sie nie dort gewesen wären.

∼

„OH NEIN!", rief Vivienne, während ihre Tante einen weiteren schlimmen Fluch ausstieß. Die Hengste stampften frustriert auf, sie waren ausgeruht genug, um loszugaloppieren. Ein Paar konnte auf dem Deck des auslaufenden Schiffes ausgemacht werden. Die Frau stützte sich schwer auf den Mann. Er war so dunkel gekleidet, dass er von den Schatten verschluckt wurde. Sein Umhang flatterte hinter den beiden.

„Rhys und Madeline", wisperte Alexander.

„Das glaube ich auch", erwiderte Rosamunde.

Elizabeth wusste es genau. Sie sah die beiden Bänder, eins silbern und eins golden, die von dem Paar im Schatten ausgingen und hinter dem Schiff herwehten.

Doch etwas stimmte nicht. Vor ihren Augen schienen die Bänder an den Spitzen auszufransen, als würde der Wind sie hoffnungslos zerfetzen. Sie erschienen auf einmal dünn und fadenscheinig, als wären sie aus Dunst oder zerbrochenen Träumen gemacht.

Darg stieß einen Schrei der Bestürzung aus und sprang in die Luft. Sie versuchte, das Ende des goldenen Bandes zu fassen zu bekommen, und Elizabeth fürchtete, dass es der Spriggan entgleiten würde.

Oder dass sich das Band auflösen und die Fee ins Meer fallen würde.

„Beeil dich, Darg!", schrie Elizabeth, ohne sich darum zu kümmern, wer ihre Worte hörte. „Mach schnell, mach schnell, mach schnell! Du bist jetzt Madelines einzige Chance."

Die Spriggan war flink, sie kletterte an dem wirbelnden Band hoch, als ob sie eine Treppe erklimmen würde, die sich unablässig bewegte. Elizabeth hielt die Luft an. Sie hatte erneut Angst, dass sich die Bänder in Nichts auflösten und die Fee ins Meer stürzte.

Doch Darg war leichtfüßig und schnell genug, um sich auf dem Band zu halten. Das Schiff segelte weiter, Bänder und Fee wurden von der Dunkelheit der Nacht verschluckt und Elizabeth glaubte, die Spriggan in der Ferne einen Freudenschrei ausstoßen zu hören.

„Wir reiten nach Caerwyn", sagte Rosamunde bestimmt und wendete ihr Ross. „Wir brechen sofort und in aller Eile auf."

„Dann werdet Ihr mir die Saiten meiner Laute zurückgeben", sagte James mürrisch.

„Ich werde sie zurückgeben, wann es mir passt, und keinen Augenblick eher", entgegnete Rosamunde, dann schloss sie ihre Faust um die Zügel. „Reitet los!"

KAPITEL 14

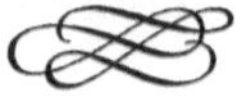

adeline war bleich und Rhys besorgt.

Er wachte über ihren Schlaf, als das Schiff aufs offene Meer hinausfuhr, und konnte sich nicht davon abhalten, sie zu berühren. Er hüllte sie noch fester in seinen pelzgefütterten Umhang ein, fühlte, ob ihre Stirn kühl war, um sich zu vergewissern, dass das Schlimmste vorbei war, und er überprüfte ihren Puls, obwohl er so wenig vom Heilen verstand, dass er mit dem, was er fühlte, nichts anzufangen wusste.

Er hoffte so inbrünstig, dass es ihr wieder gut gehen würde, dass er seinem Eindruck von ihrem Zustand in keiner Hinsicht traute. Er beobachtete sie angespannt und fürchtete um ihre Gesundheit.

Madelines Hautfarbe war immer hell gewesen, doch jetzt war sie noch blasser, so weiß wie eine Wolke am Sommerhimmel. Sie hatte dunkle Ringe unter den Augen, als ob die Dauer ihres Schlafs kein Anhaltspunkt für die Qualität gewesen wäre. Ihre Haut fühlte sich kühler an und nun hatte er Angst, dass ihr zu kalt wäre.

Gelert schmiegte sich an sie. Sein struppiger Kopf lag in ihrem Schoß und er schaute Rhys misstrauisch an. Es war, als wüsste das Tier, dass er seiner Lady einen schlechten Dienst erwiesen hatte.

Dagegen konnte er kaum etwas einwenden. Madelines Unpässlichkeit war Rhys' Schuld. Er schreckte nicht vor dieser Wahrheit zurück. Er hätte es besser wissen müssen, als einen Trank von einer Heilerin zu kaufen, deren Künste er nicht kannte, und vor allen Dingen nur aus Bequemlichkeit. Er hatte gedacht, es wäre einfacher, wenn Madeline den Verkauf des Pferdes und die Vorbereitungen für ihre Abreise verschlafen würde. Er hatte gewollt, dass die endlosen Fragen aufhörten und sie blieb, wo er gesagt hatte.

Madeline machte jetzt auch keine Anstalten, sich zu rühren, und stellte keine Fragen, doch Rhys war alles andere als zufrieden mit dem, was er bewirkt hatte.

Er hatte an nichts weiter als an seinen Vorteil gedacht. Es war keine Entschuldigung, dass er bisher nur fähige Heiler kennengelernt und noch nie erlebt hatte, dass ein Trank eine Person kränker machte, als sie es vorher gewesen war.

Es gab keine Entschuldigung für seinen Fehler.

Das Schiff schaukelte und knirschte. Er konnte gedämpft hören, wie sich die Seeleute auf dem Deck über ihnen etwas zuriefen. Der Wellengang war nicht unangenehm und ihre kleine Kajüte war nicht so schlecht, wie sie hätte sein können. Er konnte kein Ungeziefer entdecken und auch keine Anzeichen, dass es welches gab, und im Raum duftete es angenehm nach Äpfeln. Rhys wusste genau, dass es in einem Schiffsbauch ziemlich schlecht riechen konnte, doch sein alter Freund war wählerisch, wenn es darum ging, welche Waren er lud.

Das Schiff hob sich auf eine Woge, die so hoch war, dass er wusste, sie hatten das offene Meer erreicht. Durch diese Bewegung rollte Madeline zur Seite und der Umhang rutschte von ihrem Hals. Rhys schlich sich an ihre Seite und hüllte sie erneut darin ein. Er liebkoste ihre weiche Wange mit einer Fingerspitze. Dabei bemerkte er, wie rau seine Haut im Vergleich zu ihrer war.

Er hatte einen Kloß im Hals und seine Brust wurde eng, als ob es ihm zum ersten Mal auffiele. Ihm wurde klar, dass er alles tun würde, um Madeline wieder wohlauf zu sehen. Er würde bedenkenlos seine Seele verkaufen, nur damit ihre Augen wieder aufblitzten, nur um zu erleben, wie sie mit tödlicher Genauigkeit einen Apfel nach ihm warf.

Er liebte sie.

Rhys' Hand erstarrte, als ihm diese unanfechtbare Wahrheit bewusst wurde. Gegen seinen Willen hatte er sich in die Frau verliebt, die er zur Gemahlin genommen hatte. Er liebte ihren scharfen Verstand und dass sie nicht davor zurückschreckte, ihn zur Rede zu stellen, wenn sie glaubte, er wäre im Unrecht. Er liebte ihre Vernunft und ihr praktisches Denken und dass sie sich in ihr verändertes Leben hineingefunden hatte, ohne sich zu beklagen oder zu weinen. Er liebte, dass sie stark und edel und loyal war.

Er ging in die Hocke und betrachtete sie. Dabei wusste er, dass er sich ihres Anblicks niemals überdrüssig werden würde, ihres Körpers an seinem und ihres Atems an seinem Ohr. Es lag nicht an ihrer Schönheit, obwohl diese beträchtlich war, sondern es war ihr Wesen, das sein Herz gewonnen hatte.

Rhys erinnerte sich, was Madeline ihm über ihr eigenes Herz erzählt hatte, und er hegte keinen Zweifel, dass sie ihm die Wahrheit gesagt hatte. Sie war eine Frau, die einmal und für allezeit liebte. In der Liebe war Madeline weder wankelmütig noch leichtfertig.

Es war James und nicht Rhys, den Madeline bis zu ihrem Tod lieben würde.

Er ermahnte sich selbst, nicht enttäuscht zu sein, denn er hätte wissen müssen, dass er nichts Besseres erwarten konnte. Auf Liebe durfte man sich nicht verlassen und man sollte sie nicht öffentlich erklären. Liebe war ein Schatz, an dem man sich im Privatleben erfreute. Sollte das Schicksal es gut mit ihm meinen und sie ihm jetzt nicht rauben – obwohl es zu Rhys' Pech in seinem bisherigen Leben passen würde, Madeline genau in dem Augenblick zu verlieren, als er sich seiner Liebe zu ihr bewusst wurde –, sollte er also ausnahmsweise einmal Glück haben, würde er der beste Ehemann sein, der er sein konnte. Er würde Madeline ein gutes Leben ermöglichen, er würde sie wertschätzen. Er würde Freude darin finden, sie so glücklich zu machen, wie er konnte.

Jedoch änderte all das nichts an der Tatsache, dass Rhys die Lady wissentlich auf unehrliche Weise gewonnen hatte. Er stieß einen Seufzer aus und runzelte die Stirn. Den Namen des Lautenspielers, der mit Rosamunde mitreiste, kannte er nicht, doch er konnte ihn sich denken.

Und was war seine Liebe zu Madeline wert, wenn er ihr die einzige Nachricht vorenthielt, die sie glücklich machen würde?

Rhys saß in der Kajüte bei seiner schlafenden Frau und dachte nicht gern daran zurück, wie er sie behandelt hatte. Sie hatte ihn um Aufrichtigkeit gebeten und er hatte sie getäuscht. Sie hatte sich wahre Geschichten aus seinem Leben gewünscht und er hatte sie ihr verweigert. Sie hatte geschworen, dass ihr Herz nur einem Mann gehörte, und er hatte sie jenem einen Mann gestohlen, um sie für sich zu behalten.

In diesem einsamen Raum traf Rhys eine Abmachung mit sich selbst. Er zweifelte nicht, dass Rosamunde nach Caerwyn kommen und James schnell an Madelines Seite sein würde. Obwohl Rhys fürchtete, dass er seine Ehefrau an diesem Tag verlieren würde, wenn auch nur im Geiste und nicht in Wirklichkeit, so blieb ihm immerhin noch die Dauer dieser Reise, um etwas zu bewirken.

Er würde damit anfangen, ihr das eine zu geben, was sie so beharrlich von ihm gefordert hatte: Er würde ihre Fragen beantworten. Er würde die Ehrlichkeit an den Tag legen, die sie sich wünschte. Rhys konnte sich nicht vorstellen, dass Madeline die Wahrheit gefallen würde, doch das war er ihr schuldig.

Und wenn James tatsächlich kam und Madeline wirklich mit ihrer großen Liebe zusammen sein wollte, würde sich Rhys ihrem Weggang nicht entgegenstellen. Er würde sich für den Rest seines Lebens Tag und Nacht nach ihr sehnen, doch er würde sie lieber verlieren und wissen, dass sie glücklich war, als Zeuge davon zu werden, wie sie an seiner Seite unglücklich wurde.

Er nahm ihre Hand in seine und streichelte sie. Kein Mann, der Ehre besaß, wich dem aus, was getan werden musste, nur weil es nicht zu seinen Gunsten ausgehen könnte.

Rhys würde Madeline die Wahrheit sagen.

~

MADELINE WURDE LANGSAM WACH. Sie war benommen und ihre Zunge fühlte sich geschwollen an. Sie war unglaublich hungrig und ihre Glieder hatten sich verkrampft. Schlimmer noch, sie könnte sich in einer Wiege befinden, denn alles um sie herum schaukelte.

Was war passiert?

Madeline reckte sich und öffnete die Augen. Ihre Bewegungen vertrieben Gelert von ihrer Seite. Der Hund streckte und schüttelte sich und gähnte so herzhaft, dass sie lächeln musste. Dann setzte er sich hin und schaute sie erwartungsvoll an. Madeline stützte ihre Hände auf dem Boden ab und stellte fest, dass nicht sie schaukelte, sondern der Raum.

Die Wände bestanden aus Holz. Madeline nahm den Duft von Äpfeln wahr, wodurch ihr Magen noch lauter knurrte. Sie war in Rhys' dunklen Umhang gehüllt, dessen Pelzfutter ihre Haut berührte, und ihre Strümpfe hatten sich um ihre Beine verdreht.

Rhys saß gegen die Tür gelehnt und schlief. Madelines Herz zog sich zusammen, als sie ihn erblickte. Er sah zerzaust aus und da er sich einige Tage nicht rasiert hatte, wirkte er noch verrufener, als er es ihres Wissens war. Schatten lagen unter seinen Augen und seine Stirn war gefurcht, als trüge er die Last der Welt auf seinen Schultern.

Madeline stand auf, dabei hielt sie sich an der Wand fest, um nicht das Gleichgewicht zu verlieren, und richtete ihre Kleidung. Sie faltete Rhys' Umhang zusammen, um nicht darauf zu stehen, und entdeckte, dass ihr Kissen Rhys' Satteltasche gewesen war. Zu ihrer Freude war ein Kamm darin. Sie kämmte und flocht ihr Haar und war sicher, dass sie sich mit einer Kleinigkeit im Magen wieder gut fühlen würde.

Aber wo war sie? Sie versuchte, an Rhys vorbeizukommen, um die Tür zu öffnen. Er schreckte hoch und schaute sie hastig von oben bis unten an, als ob er seinen Augen nicht trauen würde. Dann rappelte er sich mit für ihn untypischer Hast auf. „Bist du wohlauf?"

„Ich bin in Ordnung." Madeline lächelte, denn er schien ungewöhnlich unsicher. Sie war überrascht, dass er sie nicht berührte, doch er trommelte mit den Fingern, als ob er sich nicht darauf verlassen könnte, dass er seine Hand nicht doch nach ihr ausstreckte. „Ich bin unglaublich hungrig und deshalb wackelig auf den Beinen, aber davon abgesehen geht es mir gut."

Er lächelte daraufhin, seine Augen leuchteten beinahe. „Wie erfreulich! Das sind in der Tat positive Neuigkeiten."

Der Raum hob sich und Madeline keuchte, als sie das Gleichgewicht verlor. Rhys fing sie auf und stemmte seine Füße gegen den Boden. Seine Wärme war angenehm und sie lehnte sich an seine breite, starke Brust. Doch sie fühlte eine Zurückhaltung bei ihm, die sie selbst nicht empfand.

Sie küsste seinen Hals und er erschauerte.

„Ich bin wahrhaftig froh, dass du genesen bist", sagte er in ihr Haar. „Ich habe einen schweren Fehler gemacht, als ich diesen Trank gekauft habe, und ich bitte wegen meiner Dummheit um Verzeihung."

Madeline neigte sich ein wenig zurück, um ihn ansehen zu können, während sie versuchte, ihre verworrenen Erinnerungen zu ordnen. „Du meinst den Trunk, den der Wirt nach dem Abendessen gebracht hat, von dem ich eingeschlafen bin."

Rhys schüttelte den Kopf. „Dieser Trunk hat dich krank gemacht. Du solltest aber bloß davon schlafen."

„Du hast einen Trunk gekauft, der mich krank gemacht hat?" Madeline entzog sich seiner Umarmung.

Rhys nickte. „So war es in der Tat, obwohl ich das nicht beabsichtigt hatte. Es war ein schwerer Fehler, den Fähigkeiten einer Fremden zu vertrauen, Madeline, und ich bitte dich um Vergebung."

Madeline trat noch weiter von ihm zurück. Es beruhigte sie kaum, dass er es für angemessen erachtet hatte, überhaupt irgendeinen Trank für sie zu kaufen.

„Warum hast du so etwas getan?" Sie erwartete keine Antwort, denn Rhys war ihren Fragen bisher immer sehr geschickt ausgewichen, doch er wurde rot und starrte zu Boden.

Zu ihrem Erstaunen antwortete er ihr: „Ich dachte, es wäre einfacher, wenn du den Morgen verschlafen würdest." Er seufzte. „Ich wusste, du würdest viele Fragen stellen, vielleicht mit dem Weg, den ich gewählt habe, nicht einverstanden sein und möglicherweise nicht allein in der Kammer in der Herberge zurückbleiben wollen, auch wenn ich dich darum bitten würde."

„Deshalb hast du mir einen Schlaftrunk gekauft und mir nicht gesagt, um was es sich handelte." Madeline ließ deutlich erkennen, dass sie verärgert war. „Du hast mir erzählt, es wäre nur heißer Apfelwein!"

Rhys' Hals wurde puterrot, doch er schaute sie weiter an. „Das habe ich getan. Ich dachte, es wäre das Beste. Ich habe mich geirrt."

Die Kajüte hob sich wieder und Madeline wurde so heftig gegen die Wand geschleudert, dass sie sicher war, blaue Flecken davongetragen zu haben. Diesmal suchte sie nicht bei Rhys Halt, so zornig war sie auf ihn.

„Was für eine Kammer ist das?", fragte sie gereizt. „Wo sind wir, dass selbst der Boden unter unseren Füßen in Bewegung ist?" Bevor Rhys antworten konnte, begriff Madeline und riss den Mund auf. „Wir sind auf einem Schiff!" Sie versuchte, sich an der Wand festzuklammern, als es erneute schlingerte, und stürzte dann zur Tür.

Sie musste raus aus der Kajüte!

Rhys stellte sich vor die Tür. „Was ist dein Problem? Du hast nichts zu befürchten."

„Wir sind auf einem Schiff!" Madeline bemühte sich, ihn zur Seite zu drücken, doch ihre Versuche waren vergebens. „Das allein ist Grund genug, um Angst zu haben."

„Es besteht keine Gefahr. Unser Kapitän hat viel Erfahrung und das Wetter ist gut. Wir sind nicht weit von der Küste entfernt und doch weit genug, um Felsen und Untiefen zu umfahren ..."

Madeline versuchte erneut, Rhys beiseitezudrängen, und riss an der Tür. „Wir sind auf einem Schiff und das ist wahrhaftig gefährlich!"

Rhys fasste sie an den Schultern. „Bist du schon einmal auf einem Schiff gewesen? Warum hast du solche Angst davor?"

„Ich muss weg!"

„Warum?" Rhys schüttelte sie. „Warum, Madeline?"

„Lass mich raus!"

„Sag es mir."

Madeline wehrte sich vergeblich dagegen, dass er sie festhielt. Sie entschied sich schnell, dass sie das schwierige Hindernis in Form ihres Ehemannes am leichtesten überwinden würde, wenn sie seine Zustimmung erlangte. „Meine Eltern sind im letzten Herbst ertrunken. Ihr Schiff sank und alle an Bord sind ums Leben gekommen."

„Ah." Rhys überdachte dies und ließ sich Madelines Meinung nach viel zu viel Zeit dafür. „Also deshalb wolltest du nicht, dass wir an Bord gingen."

„Lass mich raus!" Madelines Atem beschleunigte sich in ihrer panischen Angst, dasselbe Schicksal wie ihre Eltern zu erleiden. „Ich werde nicht in einem Schiffsbauch auf den Tod warten." Sie packte Rhys' Schultern und versuchte wieder, ihn aus dem Weg zu schieben. „Lass mich durch, Rhys, oder ich werde verrückt!"

Er bewegte sich zwar, doch er packte ihren Ellenbogen so fest, dass sie gezwungen war, dicht bei ihm zu bleiben. „Komm mit mir an Deck und schau, was für ein schöner Tag es ist."

Vor ihrer Tür befand sich ein enger Gang, an dessen Ende – Gott sei Dank! – ein Stück blauer Himmel zu sehen war. Madeline hastete darauf zu und stürzte beinahe auf der Leiter.

„Ich klettere vor dir hinauf." Rhys' Ton duldete keinen Widerspruch. „Damit du auf dem nassen Deck nicht ausrutschst. Folge dicht hinter mir."

„Rhys, beeile dich!"

Er hielt inne und schloss sie fest in seine Arme. „Wir sind sicher, Madeline. Das wirst du gleich sehen." Dann ließ er sie los und sie spürte seine beruhigende Wärme nicht mehr und seine Schultern versperrten ihr die Sicht auf den Flecken Himmel, der sie davor bewahrte, vor Angst verrückt zu werden. Sie kletterte hinter ihm her, es war ihr gleichgültig, was für einen Anblick sie dabei bot, blinzelnd stürzte sie sich hinaus ins helle Sonnenlicht eines strahlenden Tages.

Rhys fasste sie um die Taille und zog sie zur Seite, damit sie den beschäftigten Matrosen nicht im Weg war. Die Segel flatterten kräftig im böigen Wind.

„Ein schöner Tag." Rhys' Stimme beruhigte Madeline. Er stellte sich hinter sie, stemmte seine Füße gegen das Deck und legte seine Hände auf die Reling rechts und links von ihr, sodass sie sich in seinen Armen beschützt fühlte. Er zeigte zur Küste. „Siehst du? Das ist die Insel Arran, wenn ich mich nicht irre. Bei diesem Wind werden wir im Handumdrehen zu Hause auf Caerwyn sein."

Madeline atmete zitternd ein. In diesem Sonnenlicht schienen die Hügel auf der Insel besonders grün und sie konnte Ziegen und Schafe sehen, die dort grasten. Als sie es wagte, auf die See zu schauen, glitzerte die Oberfläche, als wäre sie mit Edelsteinen besetzt. Sie blickte nicht hinunter in die dunklen Tiefen, sondern über das funkelnde Wasser hinweg. Die Luft war frisch und vertrieb den letzten Rest des Nebels aus ihrem Kopf.

Sie drehte sich um, als die Matrosen im Chor zu singen begannen.

„Sie singen, damit sie alle gleichzeitig ziehen, um das Segel zu hissen", erklärte Rhys, der damit ihre Frage vorwegnahm. Dann fiel er in das Lied mit ein. Seine volltönende Stimme erfüllte Madeline mit unerwarteter Freude. Sie beobachtete fasziniert, wie die Seeleute Seile schleppten und ein gewaltiges Segel mit gleichmäßigen Bewegungen am Mast hochzogen. Das zweite Segel blähte sich im Wind neben dem ersten und sie merkte, wie das Schiff mehr Fahrt aufnahm.

Es war beruhigend, Rhys so dicht hinter sich zu haben. Seine Stimme milderte ihre Furcht, genauso wie er Tarascon ihre Angst genommen hatte, indem er mit ihr sprach. Sie lehnte sich unwillkürlich an ihn und sagte sich, dass sie einigermaßen sicher zu sein schien.

In Wahrheit konnte sie ja auch wenig daran ändern, dass sie sich auf diesem Schiff befand. Sie konnte nicht schwimmen und es segelte nicht auf die Küste zu. Sie holte tief Luft. Er hatte recht gehabt: An Deck war es besser als in der Kajüte.

Das Lied endete und die Matrosen verknoteten die Seile. Sie riefen sich gegenseitig Kommandos zu, damit die Arbeit gut zum Abschluss gebracht wurde. „Nun wird unsere Geschwindigkeit erheblich zunehmen", meinte Rhys.

„Du hast noch nie gesungen", stellte Madeline fest und er zuckte die Schultern, als ob er sich unbehaglich fühlte, dass sie darauf geachtet hatte.

„So lang kennen wir uns ja noch nicht", entgegnete er schroff.

„Aber du weißt, dass ich Musik liebe."

Sein Gesicht färbte sich ganz untypischerweise rot. „Ich habe keine besonders gute Stimme." Mehr sagte er nicht und schaute übers Meer.

Eine andere Einzelheit ihres Aufbruchs von Dumbarton tauchte in Madelines Gedanken auf. „Ich hatte wegen dieses Tranks einen seltsamen Traum", erzählte sie und wusste, sie bildete sich nicht nur ein, dass Rhys sich versteifte.

„Aye?"

Madeline legte ihren Kopf in den Nacken, um ihn anzusehen, und ihr fiel auf, dass sich seine Augen verengt hatten. Enthielt ihr Traum ein Körnchen Wahrheit? „Ich träumte, dass unsere Verfolger auf sechs schwarzen Schlachtrossen zum Pier kamen, als wir ablegten."

Rhys' Gesichtszüge schienen wie aus Stein gemeißelt.

„Ich träumte, dass es nicht die Mannen des Königs waren, sondern dass meine Tante Rosamunde die Gruppe anführte und sie Hengste von Ravensmuir ritten."

Rhys presste die Lippen aufeinander.

Madeline wagte nicht, nun zu schweigen. Sie würde das Schlimmste aussprechen und es ihn abstreiten lassen. „Und ich träumte, dass du die Wahrheit die ganze Zeit gewusst hast."

Er schüttelte mit solcher Entschiedenheit den Kopf, dass sie dachte, er würde ihren Vorwurf abstreiten. „Ich weiß es erst seit Moffat. Vorher habe ich auch geglaubt, dass die Mannen des Königs uns dicht auf den Fersen wären."

Madeline trat von ihm weg. „Du hast es also tatsächlich gewusst!"

„In der Tat, ja."

Madeline überdachte dies. Ihre Familie war hinter ihnen her, aber warum? Rosamunde war doch die Einzige gewesen, die sich für Rhys ausgesprochen hatte – wenn sie jetzt hinter ihnen herritt, musste sie ihre Unterstützung widerrufen wollen.

Etwas hatte Rosamundes Meinung über Rhys geändert.

Angesichts dieser Tatsache stieg neuerliches Misstrauen in Madeline auf, was Rhys' Beweggründe betraf. Dass er so leicht alles zugab, war ganz uncharakteristisch für ihn. „Wieso gibst du es zu? Es passt nicht zu dir, dass du meine Fragen so bereitwillig beantwortest."

Rhys' Lächeln glich einer Grimasse. „Ich bin zu dem Schluss gekommen, dass es Zeit ist, dir Antworten zu geben. Ich habe dir einen schlechten Dienst erwiesen, Madeline, sowohl mit dem Trank – obwohl ich nie gedacht hätte, dass er auf diese Weise wirken würde – als auch mit meiner Weigerung, dir zu erzählen, was ich weiß. Du hast mich gebeten, immer ehrlich zu sein, und ich war alles andere als aufrichtig zu dir." Er sprach so offen, dass Madelines Ärger nachließ. „Ich möchte es gern besser machen, wenn du mir die Gelegenheit dazu gibst."

Madeline wandte sich um und schaute aufs Meer hinaus. Mit beiden Händen hielt sie sich an der Reling fest. „Du wusstest, dass meine Familie uns verfolgte, und dennoch bist du weiter geflohen."

Rhys nickte, während er sich umdrehte und sich neben sie stellte.

„Weißt du, warum sie uns folgen?"

Er stützte sich mit den Ellenbogen auf das Geländer und rieb sich mit einer Hand das Kinn. Er warf ihr einen schnellen Blick zu, seine Augen brannten. Sie hatte das bestimmte Gefühl, dass er sich unwohl fühlte. „Ich kann es mir denken."

„Würdest du mich dann bitte an deinen Gedanken teilhaben lassen?"

Rhys schürzte die Lippen, als ob er nach Worten suchen würde. „Als Erstes solltest du wissen, dass ich bezweifele, dass sie deine Familie oder mit dir blutsverwandt sind."

Er hätte Madeline nichts Erstaunlicheres mitteilen können. „Wie kommst du darauf?"

Rhys hob einen Finger, damit sie schwieg, dann wandte er der See sein Gesicht zu und erzählte seine Geschichte: „Vor vielen Jahren war ich Zeuge einer Hochzeit. Dafydd ap Dafydd erlebte die Vermählung seiner einzigen überlebenden Tochter mit einem Ritter namens Edward Arundel." Madeline sah, dass sich Rhys' Lippen bei der Erinnerung zu einem Lächeln verzogen. „Sie waren ein überaus glückliches Paar. Ich erinnere mich, wie sie lachten. Sie trug ein Kränzchen aus Tausendschönchen in ihrem tiefdunklen Haar."

Madeline fühlte sich ein wenig unbehaglich bei diesem Detail. Ihr eigener ebenholzfarbener Zopf wehte hinter ihr im Wind.

Rhys blickte sie an. „Die Braut war als seltene Schönheit bekannt. Ihre Augen leuchteten blau, so blau, dass sie oft mit Saphiren verglichen wurden. Ihr Name war Madeline, Madeline Arundel."

Madelines Unbehagen nahm zu.

„Obwohl das Paar glücklich war, entsprach ihre Ehe dem Wunsch ihrer Familien nach Verbündeten. Dafydd war darauf bedacht, eine walisische Allianz mit dem Earl von Northumberland zu schmieden. Edward war der Sohn eines bedeutenden Ritters im Hause des Earls."

„Doch während dieses Bündnis in Kraft war, wurde Henry ‚Heißsporn' Percy, der Sohn und Erbe des Earls, des Verrats beschuldigt und getötet", warf Madeline ein.

„Nay, er wurde später, nämlich 1403, getötet, obwohl alles auf dieselben Unruhen zurückgeführt werden kann."

Madeline versuchte, eine Verbindung zwischen Percy und der Anklage gegen Rhys herzustellen, was ihr nicht gelang. „Du warst zu jung, um damals gekämpft zu haben."

„Aber nicht zu jung, um den Schaden zu sehen." Rhys kräuselte die Lippen, während er aufs Meer hinaus starrte. „Viele Männer starben bei dem Versuch, in diesen Jahren voll Krieg und Zwietracht die Souveränität von Wales wiederherzustellen. Dörfer wurden dem Erdboden gleichgemacht und Verwüstungen bei der Vergeltung für die Rebellion angerichtet. Ich wuchs in einem Land auf, in dem die Abwesenheit und das Schweigen derer widerhallte, die hätten da sein sollen. Im letzten Winter hat auch Dafydd ap Dafydd diese Erde verlassen. Sein Traum von einem unabhängigen Wales endete in Enttäuschung."

Madeline neigte sich zu ihm herüber, gegen ihren Willen war sie fasziniert. „Aber der Tod von Dafydd ap Dafydd muss doch den Ehemann seiner Tochter, Edward Arundel, zu seinem Erben machen."

„Das wäre so gekommen, hätte das Paar länger als der alte Mann gelebt."

„Sie sind tot?"

Rhys nickte. „Viele Jahre später folgte ich ihnen nach Northumberland. Madeline Arundel lebte nach ihrer Hochzeit nur noch ein Jahr, ihr Ehemann ein paar Jahre länger."

Also deshalb war Rhys so weit von zu Hause weg gewesen. Er hatte seine Familie gesucht.

„In dem Fall geht der Besitz an die Krone, oder?"

„In England würde das geschehen. Aber in Wales ist das Blut in den Adern eines Sohnes wichtiger als der Ehestand seiner Eltern. Nach walisischem Gesetz kann ein Bastard Land erben."

„Du sprichst über Caerwyn", vermutete Madeline. „Caerwyn muss Dafydd ap Dafydds Besitz gewesen sein. Bist du der unehelich geborene Sohn von Dafydd?" Sie ging eigentlich davon aus, dass Rhys solch eine persönliche Frage nicht beantworten würde, und war erstaunt, als er es doch tat.

„Ich bin sein Neffe. Mein Vater Henry war Dafydds jüngerer Bruder. Er hatte vier Töchter von seiner Frau und einen unehelichen Sohn von seiner Konkubine." Rhys begegnete ihrem Blick, während er mit den Fingern auf seine Brust klopfte.

„Aber ich könnte mir vorstellen, dass du Caerwyn nur erben kannst, wenn du der Letzte deiner Linie bist", überlegte Madeline.

„Du sagtest, deine Schwestern wären tot und dass Dafydd nur eine Tochter hatte. Hatte Madeline Arundel keine Kinder?"

Rhys lächelte und bedachte sie mit einem so herzlichen Blick, dass Madeline verwirrt war. „Sie hatte eines. Madeline Arundel starb bei der Geburt, aber der Säugling überlebte. Es war ein Mädchen." Er schaute sie unverwandt an. „Meine Base gebar ihr Kind auf Alnwyck und starb dabei. Allerdings wurde der Name ihrer Tochter nicht verzeichnet."

Madeline umklammerte die Reling noch stärker, denn sie erriet, was er ihr zu verstehen geben wollte. „Alnwyck liegt in der Nähe von Kinfairlie", sagte sie. „Du denkst, ich bin diese Tochter."

„Madelines Baby wurde 1398 geboren."

„So wie ich!" Madeline starrte nun auch aufs Wasser hinaus, fassungslos über das, was Rhys andeutete. Was, wenn ihre Familie gar nicht ihre Familie wäre?

Er neigte sich zu ihr herunter und flüsterte in ihr Ohr: „Bei Edward Arundels Beerdigung im Jahre 1403 wurde niedergeschrieben, dass die Lady von Kinfairlie die Tochter des Verstorbenen an Kindes statt annahm."

Madeline wurde plötzlich schwindelig. Es erschien falsch und ergab doch einen Sinn.

„Warum sonst wäre deine Familie so einfach bereit, dich loszuwerden, dass sie deine Hand versteigern, als würden sie Vieh verkaufen? Es ist offensichtlich, dass sie sich die Kosten einer Mitgift für jemanden sparen wollten, der nicht zu ihrer Blutlinie gehört."

Madeline wandte sich Rhys zu und krallte sich in seinen Ärmel. „Warum hast du mich dann geheiratet?"

Er betrachtete sie aufmerksam, war auf der Hut. „Du bist klug genug, um das zu erraten."

„Du hast mich geheiratet, weil, wenn ich diese Tochter bin, nur ich Anspruch auf Caerwyn habe. Ich wäre die Einzige, die verhindern könnte, dass es dir zufällt."

Rhys neigte zustimmend den Kopf und Zorn stieg in Madeline auf. Sein Beweggrund war so kalt, so berechnend. Sie hätte sich besser gefühlt, wenn sie erfahren hätte, dass er sie aus Wollust geheiratet hatte.

„Also hast du mich wegen Caerwyn geheiratet, nur deshalb."

„So ist es."

„Obwohl du glaubst, ich bin das Kind deiner Base! Sicherlich ist eine solche Verbindung Sünde."

Rhys schüttelte den Kopf. „Nicht da, wo ich aufwuchs."

„Barbar!", schrie Madeline.

Rhys machte Anstalten, zu widersprechen, doch sein Verhalten war so schuldbewusst, dass sie begriff, er hielt sich selbst nicht für so unschuldig, wie er sie glauben machen wollte.

Kaum etwas hätte sie wütender machen können. „Du hast mich gekauft, um deinen Anspruch auf die Burg, die du so sehr liebst, zu sichern. Und du wolltest deinen Samen in meinen Schoß pflanzen, damit dein Vermächtnis in deiner Linie weitergegeben wird."

Rhys seufzte. „Nicht nur deswegen, Madeline ..."

Sie hatte keine Lust, seine Ausflüchte zu hören. „Du brauchst nicht zu versuchen, die Wahrheit schönzureden, Rhys FitzHenry!"

Sie wollte ihn stehen lassen, doch Rhys nahm ihre Hand. „Nay, ich meine, das ist noch nicht das Schlimmste."

Madeline hielt sich an der Reling fest. Sie fragte sich, was er noch gestehen könnte. „Sag es mir."

„In Moffat habe ich die Gruppe, die uns verfolgt, gesehen. Vier Personen, die mit Rosamunde reisen, habe ich erkannt, eine nicht."

Madeline hielt den Atem an.

Rhys zählte an den Fingern ab: „Da war Rosamunde, da war Alexander, da war Vivienne, da war deine jüngste Schwester, die Feen sieht ..."

„Elizabeth."

„Da war auch ein anderer Mann, den ich in der Halle von Ravensmuir gesehen habe, ein dunkelhäutiger, der einen goldenen Ohrring trägt."

„Padraig. Er segelt mit Rosamunde."

„Und noch ein Mann." Rhys Gesicht wurde düster, sein Blick war durchdringend. Madeline fürchtete sich vor dem, was er nun sagen würde. „Er hat helle Haut, ungewöhnlich blonde Haare und trägt eine Laute auf dem Rücken."

Vor Erstaunen schlug Madeline die Hand vor den Mund. Mit dieser Enthüllung hätte sie niemals rechnen können. „Weißt du seinen Namen?"

„Ich kann ihn erraten", erwiderte Rhys in reuigem Ton. „Tatsächlich könnte die Rückkehr deines Bräutigams erklären, warum sie dich mit solcher Hast verfolgen."

James. James jagte hinter ihr her.

James!

Madeline presste die Faust an ihre Brust, schockiert über das, was Rhys ihr erzählt hatte, und noch mehr darüber, dass er ihr die Wahrheit verschwiegen hatte. „Und du wusstest es, du wusstest es und hast nichts gesagt. Du hast seit Moffat vermutet, dass James uns folgte", sagte sie, ohne ihre Entgeisterung zu verbergen.

Dem konnte Rhys nicht widersprechen, er senkte den Kopf.

Der Kerl hatte sie angelogen! Sie hatte ihm vertraut, sich ihm hingegeben, sie hatte alles in ihrer Macht Stehende getan, damit ihre Ehe eine Chance hatte, und Rhys hatte sie belogen. Damit nicht genug, hatte er sie auch über die eine Sache getäuscht, die ihre Einstellung zu ihm geändert haben könnte.

„Du hast es geahnt und doch hast du die Flucht vor ihnen fortgesetzt." Sie musste es von seinen eigenen Lippen hören. „Du hast mich von meiner einzigen wahren Liebe ferngehalten, und zwar mit Absicht."

Rhys nickte. „Ich habe nicht behauptet, dass ich stolz wäre auf das, was ich getan habe."

„Du treuloser Kerl!" Madeline wich vor ihrem Ehemann zurück. Zorn verzehrte sie und erstickte die bösen Worte, die in ihr aufstiegen. Tränen verschleierten ihren Blick. Sie hatte den falschen Mann geheiratet und ihre wahre Liebe um nur einen Tag verpasst!

„Madeline, es tut mir leid. Ich weiß, dass es falsch war …"

„Versuche nicht, Ausflüchte für deine Tat zu finden!"

„Ehrlich, ich bin nicht sicher, wer der Lautenspieler ist. Wir können nur raten, Madeline. Vergiss das nicht."

„Es könnte kein anderer Lautenspieler sein", beharrte sie. „Es gäbe keinen anderen Grund für Rosamunde und die anderen, uns zu verfolgen."

Angesichts dieser Wahrheit verzog Rhys das Gesicht. „Es tut mir leid …"

„Nein!" Madeline holte tief Luft und sagte mit einer Ruhe, die sogar sie selbst überraschte: „Eine Entschuldigung wird das nicht aus der Welt schaffen. Worte genügen nicht."

„Was soll ich denn deiner Meinung nach tun? Obwohl es verspätet kommt, verspreche ich dir, so ehrlich zu sein, wie du es dir gewünscht hast."

„Ich glaube, da gibt es nur eins: Suche dir so schnell wie möglich eine Mätresse." Madeline richtete sich auf und hielt den Blick ihres Mannes fest. „Du wirst nie wieder zwischen meine Beine kommen und wie ich verstanden habe, brauchst du einen Sohn."

„Aber …"

Madeline unterbrach ihn mit Worten, die scharf waren wie eine geschliffene Klinge: „Ich war bereit, es mit dir zu wagen, Rhys. Ich war bereit, Regelungen zu treffen, die wir beide annehmbar finden könnten. Aber du hast mich belogen und getäuscht und du gibst all das Unrecht, das du begangen hast, auch noch zu. Damit hast du erreicht, dass eine Ehe in Freundschaft zwischen uns nicht länger möglich ist."

„Aber wir sind verheiratet und unsere Ehe wurde vollzogen …"

„Wenn ich die Tochter deiner Base bin, sind wir zu nahe verwandt, um nach den Gesetzen der Kirche verheiratet zu sein. Unsere Ehe kann wegen Blutsverwandtschaft annulliert werden."

Rhys machte ein so entsetztes Gesicht, dass Madelines Überzeugung einen Herzschlag lang ins Wanken geriet. Konnte sie Rhys das antun?

Aber bestimmt täuschte er sie nur aufs Neue. Sicher wollte er bloß ihren Willen beeinflussen, sodass er seinem eigenen entsprach. Er hatte zweifellos ihren Unmut vorausgesehen. Oder irrte sie sich?

Gewiss kämpfte er nur um sein geliebtes Caerwyn.

„Nicht in Wales!", wiederholte er zutiefst verärgert. „Wir erkennen eine solche Blutsverwandtschaft als Einspruchsgrund nicht an. Ein Mann kann nicht seine Schwester oder Mutter heiraten, wohl aber seine Base, wenn die Verbindung gelegen kommt."

Madeline trat einen weiteren Schritt zurück, denn wenn er sie berühren würde, wäre sie verloren, das wusste sie. Sie war zu empfänglich für seine unwiderstehlichen Liebkosungen. „Wir wurden nicht in Wales vermählt, Rhys. Wir wurden von dem Priester in der Abtei deiner Tante getraut, einem Priester, der dem Erzbischof von Canterbury unterstellt ist."

Rhys schien bestürzt über diese Sicht der Dinge, aber Madeline ermahnte sich, dem Eindruck, den er vermittelte, nicht zu trauen. „Doch das kann keine Rolle spielen …", sagte er und zum ersten Mal, seit sie sich begegnet waren, hörte Madeline Zweifel in seiner Stimme. Er fuhr herum und schaute mit gerunzelten Augenbrauen in die Ferne. „Du würdest doch unsere Ehe nicht annullieren lassen", sagte er mit Nachdruck und suchte dann ihren Blick. „Das könntest du nicht tun."

Madeline lächelte verkniffen. „Warum sollte ich bei dir bleiben? Welchen Grund, Rhys FitzHenry, hast du mir gegeben, um froh zu sein, dass ich deine Frau bin?"

Seine Lippen bewegten sich kurz und sie fürchtete, er war wirklich überrascht. „Wir passen im Bett gut zusammen."

„Eine Ehe muss mehr sein als das, besonders da du mir bereits angekündigt hast, dass ich mich nicht auf deine Treue verlassen kann. Du magst Söhne brauchen, aber ich bin nicht sicher, ob ich einen Ehegefährten benötige. Suche dir eine Hure, Rhys, sie kann dich vielleicht zufriedenstellen."

Rauchend vor Wut ließ Madeline ihren Ehemann stehen, der ihr seinerseits ärgerlich und erstaunt nachstarrte. Ihre Angst vor Schiffen war für den Augenblick vergessen, so groß war ihr Zorn.

Wie hatte Rhys ihr Vertrauen so enttäuschen können?

~

MADELINE GING ZURÜCK in die Kabine. Ihre Tränen begannen erst zu fließen, als Gelert sie begeistert begrüßte. Sie setzte sich zu dem Hund und versuchte, sich das geliebte Gesicht ihres James in Erinnerung zu rufen. Doch zu ihrem Entsetzen konnte sich Madeline nicht daran erinnern, wie James aussah, sondern ihre Gedanken waren erfüllt von dem grimmigen Gesicht eines anderen Mannes.

Madeline versuchte, sich der süßen Magie seiner Stimme zu entsinnen. Doch sie konnte ihn nicht hören, nicht in ihrem Gedächtnis. Stattdessen hörte sie den singenden Tonfall einer tieferen Stimme, die mit Leidenschaft und Humor eine Geschichte erzählte.

Madeline suchte verzweifelt eine deutliche Erinnerung an ihren geliebten James. Ihre Furcht ließ erst ein wenig nach, als sie sich seine schlanken Finger auf den Saiten seiner Laute vorstellte. Sie lächelte und schloss die Augen. Alles würde gut werden, das wusste sie. James würde zu ihr nach Caerwyn kommen, denn Rosamunde kannte Rhys' Ziel. Und Rhys selbst hatte ihr das Detail geliefert, das sie benötigte, um ihre Ehe annullieren zu lassen.

Etwas tief in ihrem Innern verkrampfte sich, denn Madeline war sich darüber im Klaren, dass ihr Rhys ans Herz gewachsen war. Aber er selbst hatte sich geschworen, dass er nicht beabsichtigte, seine Gemahlin zu lieben. Er wollte Caerwyn und Söhne, nicht mehr und nicht weniger. Seine Frau wäre dabei nur ein Gefäß. Das war alles.

James war der Mann für sie, daran zweifelte Madeline nicht.

Sie würden bald wieder vereint werden und bis in alle Ewigkeit zusammen sein. Rhys, vermutete sie, würde sie noch nicht einmal vermissen. Entgegen allen Erwartungen würde Madeline das Einzige bekommen, was sie sich je gewünscht hatte.

Wie seltsam war es jedoch, dass ihr Herz nicht vor Vorfreude sang. Da erinnerte Madeline sich an das Geschenk ihrer Mutter und ihre Finger bebten, als sie das Samtsäckchen von ihrem Hals löste. Sie ließ die Träne in ihre Hand fallen und war beruhigt, als sie das Kleinod anschaute.

Ein starkes Licht brannte in der Tiefe des Steins, heller als der Schein, den sie zuvor gesehen hatte. Es war ein goldenes Licht, ein kraftvolles Leuchten, das ihr verriet, endlich wurde alles gut.

Ihre Tränen mussten Freudentränen sein und sie fielen nur so reichlich, weil sie hungrig war. Das sagte sich Madeline wieder und wieder und starrte auf den hellen Stern in dem Stein.

Doch sie konnte das nicht glauben und fragte sich, warum nicht.

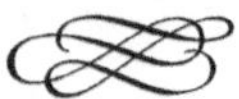

KAPITEL 15

Rhys hatte wenig zu verlieren. An diesem Punkt, sagte er sich, konnte seine Ehe mit Madeline nur besser werden.

Es sei denn, sie endete, natürlich.

Rhys war nicht bereit, sich dieser Aussicht zu stellen, nicht, ohne um die Gunst der Lady zu kämpfen. So wie er es sah, hatte er die Dauer dieser Reise, um ihr Herz zu gewinnen, und er beabsichtigte, nicht einen einzigen Moment, der ihm zur Verfügung stand, zu verlieren.

Wie konnte er vergessen, dass es unterschiedliche Gesetze über die Blutsverwandtschaft in der walisischen und der römischen Kirche gab? Wie konnte ihm ein solcher Irrtum unterlaufen? Wie konnte er Madeline in einer Kapelle heiraten, die Canterbury unterstand, und den Fehler in dieser Wahl nicht erkennen?

Er verlor in der Gegenwart dieser Frau seinen Verstand.

Und schlimmer noch, er wollte um gar keinen Preis ohne sie sein.

Rhys holte zwei Schüsseln des Eintopfs, den die Matrosen aus gesalzenem Kabeljau gemacht hatten, zwei Krüge Bier und einen Laib Brot. Als ein Mann wegen Rhys' Brotportion Anstoß nehmen wollte – denn bevor sie den nächsten Hafen erreichten, würde es kein neues geben –, schaute Rhys ihn so böse an, dass der wie ein geprügelter Hund davonschlich.

Rhys ging den schwankenden Korridor entlang und balancierte vorsichtig seine Last. Dabei gab er sich selbst gegenüber zu, dass er das, was ihn in der kleinen Kajüte erwarten könnte, mehr fürchtete als jede Schlacht, die er je in seinem Leben geschlagen hatte.

Er klopfte an die Tür, doch Madeline antwortete nicht.

Rhys hatte nicht wirklich erwartet, dass sie das tun würde. Er glaubte, sie schniefen zu hören, und verfluchte sich selbst, dass er seine Lady so sehr verletzt hatte, dass sie weinte.

Vor allem war es nun seine Pflicht, sie wieder zum Lächeln zu bringen. Er stemmte seine Füße gegen den schwankenden Boden und räusperte sich, denn er wusste genau, welche Geschichte er ihr jetzt erzählen musste.

„Es gab einmal einen Mann, von dem alle glaubten, er wäre mit einem scharfen Verstand gesegnet. Seine Frau hielt ihn für den klügsten Mann im ganzen Tal, doch schon bald sollte sie eines Besseren belehrt werden."

Rhys vernahm ein leises Kichern hinter der Tür, was besser war als das verweinte Schniefen, das er vorher gehört hatte. Er wagte es, sich ermutigt zu fühlen.

„Dieser Mann war nicht nur klug – zumindest nach Einschätzung seiner Freunde und Nachbarn –, sondern er liebte es sehr, andere fröhlich zu sehen. Also hatte er ein gutes Herz, auch wenn sein Verstand sich bald als weniger gut erweisen sollte. Dieser Mann freundete sich mit einer Gruppe Feen an, die unter einem Hügel in der Nähe seines Heims wohnten. Es wird erzählt, dass er ihnen einen Gefallen getan hatte, auch wenn ich nicht weiß, welcher Art dieser war. Es möge genügen, zu sagen, dass die Feen gewillt waren, ihm eine Freude zu machen, und anboten, ihm einen Herzenswunsch zu erfüllen."

Das Schiff wurde offensichtlich von einer Woge getroffen, denn Rhys verlor kurz den Halt und etwas von dem Essen schwappte über den Rand einer Schüssel. Der Schmerz auf seiner Hand zeigte Rhys, dass der Eintopf noch nicht kalt war, und obwohl er zusammenzuckte und scharf die Luft einsog, bis das Brennen langsam nachließ, war er beruhigt.

Er wusste, dass die Bewegungen des Schiffes Madeline Angst machten, und fuhr hastig mit seiner Geschichte fort in der Hoffnung, sie von ihrer Furcht abzulenken.

„Und so dachte dieser Mann an seine Freunde und Nachbarn, die er so gern fröhlich sah, und bat die Feen um eine Harfe, die von selbst spielte. Diejenigen im Dorf, die gern tanzten, beschwerten sich schon lange, dass die Musiker oft vor ihnen müde wurden, und er dachte, dies wäre ein passendes Geschenk, das allen Freude machen würde. Er war herzensgut genug, um sein Glück teilen zu wollen.

Die Feen schickten ihn nach Hause und als der Mann am nächsten Morgen aufwachte, fand er eine Harfe neben seinem Kamin. Er wusste vom ersten Augenblick an, dass dies nicht die Harfe eines Sterblichen war – sie war aus Gold gefertigt und die Saiten schimmerten sogar, wenn sie nicht gespielt wurden – und er war entzückt. Am selben Abend kamen seine Freunde und Nachbarn zusammen, um das Wunder zu bestaunen, und der Mann legte seine Hand darauf. Kaum hatte er die Saiten berührt, als die Harfe auch schon eine fröhliche Melodie zu spielen begann. Alle, die dort versammelt waren, konnten nicht anders, sie mussten tanzen.“

Rhys verschob erneut alles, womit er beladen war, und hoffte, dass Madeline ihm zuhörte und ihr seine Geschichte gefallen würde. „Die Musik von der Harfe war so fröhlich, dass die Leute ungewöhnlich lebhaft tanzten. Sie sprangen und drehten sich, stampften mit den Füßen und klatschten in die Hände. Sie tanzten bis zur Erschöpfung, doch es war ihnen unmöglich, aufzuhören, solange die Harfe spielte. Ihre Füße waren von der Musik verzaubert, und so tanzten und tanzten und tanzten sie.

Als sie schrien, dass sie nicht mehr konnten, nahm der Mann die Hand von der Harfe. Da, und erst da, verstummte sie und alle stimmten zu, dass es ein Wunder war. Die Ehefrau fand, dass ihr Gemahl ein seltenes Geschenk war, denn nicht nur hatte er seinen

Herzenswunsch erfüllt bekommen, sondern es war auch sein Bestreben gewesen, mehr Menschen als nur sich selbst froh zu machen.

Und so geschah es, dass die Freunde und Nachbarn vorbeikamen, wann immer sie Lust hatten, zu tanzen, und der Mann brachte seine verzauberte Harfe zu jeder Feier im Tal mit. Alle genossen die Musik, allen kam das Geschenk der Feen zugute und sie tanzten, wie sie nie zuvor getanzt hatten. Sie hielten den Mann für bewunderungswürdig, aber nach und nach begann der zu zweifeln, dass er um seiner selbst willen zu den Festlichkeiten eingeladen wurde. Er fing an zu glauben, dass die Leute ihn nur baten, zu kommen, damit er seine Harfe mitbrachte. Er argwöhnte, dass seine Freunde ihre Freundschaft nur vortäuschten und ihre wahre Wertschätzung dem Geschenk der Feen galt, und er fand, seine Freunde und Nachbarn wären ihm nicht dankbar genug, dass er sein Glück mit ihnen geteilt hatte. Diese düsteren Gedanken ergriffen von ihm Besitz und ließen ihn nicht mehr los.

Und so legte er eines Nachts seine Hand auf die Saiten, wie er es so viele Male zuvor getan hatte. Seine Freunde und Nachbarn tanzten, denn sie konnten nicht anders, und sie tanzten und tanzten und tanzten. Aber als sie müde wurden und ihm zuriefen, er solle aufhören, tat der Mann so, als hätte er sie nicht gehört.

Er ließ die Harfe weiter- und weiterspielen, er lockte gewissenlos immer mehr Melodien aus dem Instrument hervor und zwang seine Freunde und Nachbarn, endlos zu tanzen. So tief war seine Überzeugung, dass sie ihn nur zu ihrem eigenen Vergnügen einluden, dass er beschloss, sie sollten mehr tanzen, als ihnen lieb war. Die Älteren und Schwächeren brachen nacheinander vor Erschöpfung zusammen, doch der Mann beachtete sie nicht. Selbst die Starken begannen zu weinen, dass sie nicht mehr durchhalten könnten, aber der Mann legte seine Hand nur noch fester auf die Saiten. Erst als die Morgenröte den Himmel färbte, ließ er die Harfe endlich verstummen.

Er schaute hoch und suchte seine Genugtuung. Zu seinem Entsetzen waren seine Freunde und Nachbarn nicht nur zu Boden gefallen, sondern einige von ihnen waren tot. Viele weitere waren es beinahe. In ihren Lederschuhen waren Löcher vom Tanzen und selbst die, die noch am Leben waren, konnten sich kaum noch bewegen. Seine Frau gehörte zu denjenigen, die bei diesem wahnwitzigen Tanz umgekommen waren.

Der Mann war angewidert über seine törichte Tat, sein Herz so schwer wie Stein." Rhys hielt inne, um seine Lippen mit der Zunge zu befeuchten und das Gewicht der Schüsseln und Krüge erneut zu verlagern. Er konnte Madeline hinter der Tür atmen hören, als ob sie begierig auf seine nächsten Worte warten würde.

„Und als der Mann am folgenden Morgen erwachte – am Tag der Beerdigung seiner Frau –, stand keine goldene Harfe mehr an seinem Kamin. Er sah sie niemals wieder und bekam auch nie mehr die Gelegenheit, den Feen zu helfen. Er hatte nach diesem Streich keine Freunde mehr und seine Nachbarn misstrauten ihm. Nicht einer von denen, die in dieser verhängnisvollen Nacht getanzt hatten, tanzte je wieder.

Der Mann war allein. Er vermisste seine Frau schmerzlich, viel mehr als die Harfe. Er lebte sehr lang, aber nicht in Frieden. Zu spät hatte er gelernt, dass er weder so klug noch so gut war, wie seine Frau geglaubt hatte. Zu spät hatte er begriffen, dass sein Herzenswunsch die ganze Zeit selbstsüchtig gewesen war."

Rhys beendete seine Erzählung und betrachtete das Essen. Der Eintopf war abgekühlt, es stieg weniger Dampf aus den Schüsseln auf. Hinter der Tür herrschte Stille, was ihm zeigte, dass sein erster Versuch, Madeline zu besänftigen, missglückt war.

Dann öffnete sie die Tür. Ihre Augenlider waren rot und geschwollen und sie presste ihre Lippen aufeinander. Ihre Wimpern waren wie dunkle Dornen und noch feucht von Tränen. Ihre Blässe ließ ihn an den Trank denken, der sie so geschwächt hatte, und an ihre Angst vor Schiffen. Ihre Finger am Türrahmen zitterten. Rhys war sicher, dass sie die schönste Frau war, die er je gesehen hatte. Er wusste, dass er ein Schurke war, weil er sie so getäuscht hatte, und seine Geschichte bloß eine armselige Geste.

Doch es war das Einzige, was er ihr schenken konnte, außer sich selbst, aber ihm war klar, dass Madeline kaum mit nur so wenig zufrieden sein konnte.

„Ist das als Entschuldigung gedacht?", fragte sie.

„Es soll nur ein Anfang sein." Er wagte kaum, zu hoffen.

Madeline musterte ihn, doch Rhys konnte ihre Gedanken nicht erraten. „Du erzählst viele Geschichten über Leute, die alles, was ihnen lieb und teuer ist, verlieren. Glaubst du also, dass Glück nie von Dauer sein kann?"

Rhys runzelte die Stirn, denn die augenblickliche Situation schien dies zu bestätigen. „Ich habe es oft gedacht, denn das ist meine Erfahrung."

„Aber?"

„Vielleicht kann man daraus lernen, dass man alles Gute genießen sollte, was einem geschenkt wird, denn man weiß nie, wie lange man es behält."

Da lächelte sie, wenn auch ihr Lächeln traurig war, und kraulte Gelert hinter den Ohren, als ob nur der Hund ihr Trost schenken könnte. „Kann man nicht auf etwas Besseres hoffen, statt zu fürchten, dass alles schlimmer wird?" Sie betrachtete ihn mit lebhaftem Blick, als ob sie gespannt auf seine Antwort wartete.

Rhys benetzte erneut seine Lippen. Er war unsicher, was sie hören wollte, und wünschte sich verzweifelt, er fände die richtige Antwort. „Es wäre schön, wenn man diese Fähigkeit erlernen könnte."

Sie neigte den Kopf. „Was hast du erlitten, Rhys, dass du so wenig erhoffst?"

„Nicht mehr als die meisten", antwortete er schulterzuckend.

Tränen füllten Madelines Augen und sie wandte ihren Blick ab.

Rhys hatte Angst, dass sie die Tür zuschlagen würde, und sprach weiter, bevor er darüber nachdenken konnte, ob das, was er sagen wollte, weise war. „Ich werde dir offenbaren, was du immer wieder von mir wissen wolltest", sagte er unvermittelt. Er machte ihr dieses Versprechen, bevor er den Impuls unterdrücken konnte. Madeline schaute ihn aufmerksam an. „Ich werde dir erzählen, warum ich zum Verräter erklärt wurde."

Sie sagte nichts, nur ihre Augen weiteten sich. Rhys konnte ihre Stimmung nicht einschätzen und fürchtete, dass er wieder etwas falsch machen würde, wenn er mehr sagte.

Vielleicht wollte sie seine Geschichte nicht länger erfahren.

Vielleicht war sie ihr gleichgültig.

Vielleicht hatte er es nicht anderes verdient, nachdem er ihr diese Wunde zugefügt hatte.

„Hast du Hunger?" Rhys bot ihr den Eintopf und das Bier an, das Brot hatte er sich unter den Ellenbogen geklemmt. Der Hund reckte sich, um an dem Essen zu schnüffeln. „Es ist ein bescheidenes Mahl, aber es ist noch ein bisschen warm."

Madeline warf einen Blick auf die Schüsseln. „Ich bin hungrig, wie du wahrscheinlich auch. Wir essen am besten sofort, bevor der Hund alles auf dem Boden findet." Sie betrachtete ihn mit besonderer Eindringlichkeit. „Und dann will ich deine Geschichte hören, wenn du noch geneigt bist, sie mit mir zu teilen."

Rhys nickte bloß, denn in diesem Augenblick konnte er keine Worte finden. Da lächelte Madeline, und bei diesem Anblick wurde ihm warm bis zu den Zehenspitzen. Sie trat zurück, um ihn in die kleine Kammer einzulassen, und. Rhys' Herz klopfte zum Zerspringen.

Die Lady gewährte ihm eine Chance und er wollte dafür sorgen, dass sie nie einen Grund haben würde, es zu bereuen.

RHYS FITZHENRY HATTE VERSPROCHEN, sich ihr anzuvertrauen. Madeline konnte es kaum fassen. Eher hätte sie geglaubt, dass dies ein anderer Mann war, der Rhys nur äußerlich ähnelte. Es war so untypisch für ihn, über sein eigenes Leben zu sprechen, und das auch noch freiwillig.

Madeline fragte sich, was ihn dazu trieb. Sie war jedoch neugierig. Den Eintopf, den er ihr gebracht hatte, schmeckte sie kaum, obwohl das Essen ihren Bauch angenehm wärmte. Madeline war nicht so sehr verärgert, dass sie sich selbst gegenüber nicht zugeben konnte, wie froh sie über Rhys' Gesellschaft war. Sie fühlte sich sicherer mit ihm, denn sie glaubte, selbst wenn das Schiff unterginge, würde Rhys sie nicht im Stich lassen.

Es sprach viel für einen Mann, auf den man bauen konnte.

Sie aßen in geselligem Schweigen. Der Hund schaute hoch, als Rhys seine Schüssel mit dem letzten Stück Brot auswischte.

„Danke, dass du mir das Essen gebracht hast", sagte Madeline. „Ich war hungriger, als ich gedacht hatte, und ich fühle mich nun viel besser."

Rhys nickte. „Ängste lassen immer nach, wenn man einen vollen Bauch hat."

„Ich denke, da hast du nicht unrecht." Mehr sagte Madeline nicht. Sie wartete, denn sie war nicht ganz davon überzeugt, dass Rhys sein Versprechen halten würde. Seine Geheimnisse zu teilen, war im gleichen Maße gegen seine Natur, wie es seinem Charakter entsprach, zu seinem Ehrenwort zu stehen.

Wenn er sich ihr wirklich anvertraute, wollte sie, dass er es aus freien Stücken tat, und nicht, weil sie ihn darum gebeten hatte.

Also saß sie still da und legte eine Geduld an den Tag, die sie sich selbst nicht zugetraut hätte.

RHYS BRAUCHTE EIN PAAR AUGENBLICKE, um seine Gedanken zu sammeln, dann hob er einen Finger. Seine eigenen Erinnerungen waren mit größeren geschichtlichen Ereignissen verknüpft und er wollte eine zusammenhängende Geschichte erzählen. „Du kennst sicher die Geschichte von Owain Glyn Dwr und seinen Traum von der Unabhängigkeit von Wales."

Sie nickte, als er ihr einen Blick von der Seite zuwarf. „Henry

‚Heißsporn‘ Percy war mit ihm verbündet und wurde deshalb zum Verräter erklärt."

„So ist es", stimmte Rhys zu, der es sehr schätzte, dass seine Frau nicht dumm war. „Owain Glyn Dwr und seine Verbündeten wollten Henry IV durch Edmund Mortimer als König von England ersetzen. Außerdem beabsichtigten sie, England zwischen sich aufzuteilen – Schottland und den Norden für den Earl von Northumberland, Wales und den Westen für Owain Glyn Dwr, und der Rest sollte Mortimer zufallen. Natürlich scheiterte der Plan, denn er war zu kühn und Henry IV war zu gerissen."

„Der Versuch, den König zu entthronen, ist wahrlich kühn."

Rhys schmunzelte. „Obwohl Henry IV zuvor genau dasselbe getan hatte. Er setzte Richard III zu seinen Gunsten ab."

„Wenn man Erfolg hat, wird man nicht des Verrats beschuldigt."

Rhys nickte und wurde wieder ernst. „Auf jeden Fall besuchte Owain Glyn Dwr oft meinen Onkel, denn sie hatten Seite an Seite gekämpft und waren alte Kameraden, und erfüllte das Haus mit seinen Träumen, was aus Wales werden könnte. Owain kannte die gesamte Vergangenheit unseres Volkes, er konnte all die alten Geschichten erzählen. Er hatte ein seltenes Charisma und eine klangvolle Stimme und die Leute hörten ihm zu.

Es gibt eine Geschichte, dass Arthur und seine Ritter gar nicht tot sind, sondern nur in Eryri schlafen und erwachen werden, um dem wahren Prinzen von Wales zu helfen. In jenen Tagen wurde gesagt, dass Owain der Mann wäre, der dazu auserwählt war, die walisische Unabhängigkeit zurückzuerobern. Es wurde gemunkelt, er wäre ein Zauberer, so stark zog er seine Zuhörer in seinen Bann. Mich zog er auf jeden Fall in seinen Bann."

Rhys hielt einen Moment inne, dann runzelte er die Stirn. „Owain war jedoch kein Zauberer, aber ein Mann, der die richtigen Worte finden konnte für das, was die Leute hören wollten. Dafür liebten sie ihn. Sie folgten ihm, kämpften für ihn und viele von ihnen starben für ihn."

Er sah die Lady, die neben ihm saß, an und war überrascht, dass sie ihn beobachtete und seiner Geschichte begierig lauschte. Er schaute weg, denn er konnte ihrem wachen Blick nicht standhalten.

„Ich sollte an einer früheren Stelle anfangen, damit du besser verstehen kannst. Wales ist seit Menschengedenken ein Königreich, obwohl es oft keinen Prinzen hatte. In ihren Herzen bewahren die Waliser die Gewissheit, dass sie anders sind, und ihr Stolz hat Gewicht. Die Normannen waren nur die Letzten, die versucht haben, das Land einzunehmen: Sie versklavten uns Waliser oder hielten uns in Fesseln, würdigten uns zu Unfreien herab, doch ihre Oberherrschaft war nie gesichert. Es gab ständig Aufruhr.

Llywelyn ap Gruffydd war unser letzter Anführer. Er wurde als Prinz von Wales von den englischen Königen anerkannt, bis Edward I dies verweigerte. Aus Protest zahlte Llywelyn den Tribut nicht, wurde zum Rebellen erklärt und 1285 getötet."

„Edward I fand auch in Schottland wenige Verbündete", murmelte Madeline.

„Er war ein König, der entschlossen war, die Insel unter seiner Herrschaft zu vereinigen, zumindest das kann man ihm zugutehalten."

„Wenigstens das", stimmte Madeline zu und sie teilten ein unerwartetes Lächeln. Rhys spürte ein feines Band zwischen ihnen und wagte es, ihre Hand in seine zu nehmen.

Sie widersetzte sich nicht, sondern ihre kalten Finger schlossen sich um seine, als ob sie Trost aus seiner Wärme ziehen würde. Sie war zierlich gebaut, diese Frau, die seine war, und so zart und schön wie eine Frühlingsblüte. Er dachte daran, dass er sie verlieren könnte, und beeilte sich, fortzufahren.

„Llywelyns Kopf wurde im Triumphzug nach London gebracht. Seine einzige Tochter wurde in ein Kloster gesteckt, sein Neffe Owain wurde in Bristol ins Gefängnis geworfen. Sein Bruder wurde durch Shrewsbury gezerrt, dann gehängt, gestreckt und gevierteilt. Die Botschaft, die die Krone damit aussenden wollte, war eindeutig: Es würde keine Nachkommen von Llywelyn ap Gruffydd geben, keinen Aufstand mehr und keinen Prinzen von Wales.

Für den Fall, dass jemand an seinen Absichten zweifeln sollte, ließ Edward Festungen um Eryri bauen, einen Kreis aus Eisen und Stein, der alle an seine Oberhoheit und Macht erinnerte. Caernarfon, Aberystwyth, Harlech, Conwy, Beaumaris, Flint, Rhuddlan. Selbst die wenigen walisischen Burganlagen dort, so wie Caerwyn, wurden im Namen des englischen Königs erobert und befestigt. Jedes Kind lernte die Namen dieser normannischen Burgen, jedes Kind sah die Fahnen, die mit den Insignien des englischen Königs geschmückt waren, unter dem Himmel wehen. Und jedes Kind in Wales lernte, Groll zu empfinden über das, was sie darstellten."

„Eine fremde Obrigkeit, Zehntabgaben und Steuern, die ins Ausland gingen."

„Mehr als das." Rhys lächelte, Madeline war wahrlich nicht dumm. „Hinter den hohen Mauern dieser Festungen entstanden Städte, die ausschließlich von englischen Männern und Frauen bewohnt waren. Es gab Häfen, die von englischen Schiffen angesteuert wurden, die den englischen Kaufleuten Waren verkauften. Waliser durften die Städte nicht betreten, geschweige denn dort wohnen oder Handel treiben. Wir durften kein Land besitzen. Mit jeder Aussendung von Streitkräften durch die Tore der Festungen, mit jeder neuen Drangsal wuchs die Unzufriedenheit der Waliser."

„Niemand mit Verstand hätte etwas anderes erwartet", sagte Madeline leise. „Das Land wurde mit harter Hand regiert."

„Außerdem war den anglo-normannischen Adligen Land entlang der ehemaligen Grenze zu England zugesprochen worden. Diese Marcher Lords, deren Besitz in den Walisischen Marken lag, waren zwar Vasallen des Königs, genossen jedoch erhebliche Privilegien."

„Sie konnten tun, was sie wollten", vermutete Madeline und Rhys nickte. „Wir haben in den Schottischen Marken auch solche Lords", sagte sie bedauernd. „Die Krone ist davon abhängig, dass sie einen wie auch immer gearteten Frieden halten. Ich würde wetten, dass einige Waliser zwischen der Mark und diesem Ring aus Festungen ein paar Herrschaftsgebiete errichten durften."

„Das stimmt, obwohl die englischen Richter und das englische

Gesetz selten gegen ihre Landsleute urteilten. Und so kam es, dass Owain Glyn Dwr – Lord von Sytharch, ein wohlhabender Mann und außerdem ein Waliser –, wusste, dass seine Grenzstreitigkeiten mit einem Marcher Lord nie zu seinen Gunsten entschieden werden würden. Im Konflikt mit dem Nachbarn griff er zu den Waffen und entgegen allen Erwartungen siegte er."

„Ha!", rief Madeline aus.

Rhys lächelte flüchtig. „Voll des Triumphes ernannte er sich selbst zum Prinzen von Wales und schwor, dass er die Souveränität des Landes, das er so sehr liebte, zurückerobern würde. Mit jedem Tag und jedem Sieg wurde sein Heer größer. Schließlich vertrieben sie die Engländer aus allen Ländereien zwischen den Marken und der See. Sie eroberten sogar die Burg Harlech, die Owain in Besitz nahm, sowie Aberystwyth und Caerwyn."

„Und Caerwyn wurde das Eigentum deines Onkels."

Rhys nickte. „Er und Owain hatten zusammen gekämpft und Caerwyn war seine Kriegsbeute. Owain errichtete einen Königshof auf Harlech. Er setzte den roten Drachen auf seine Fahne und sandte Boten zum Papst und dem französischen König. Er beschloss, eine Universität zu gründen, um die Priester der walisischen Kirche besser auszubilden, die von Canterbury unabhängig werden sollten. Er hatte kühne Träume – es waren die Träume von Tausenden Walisern. Er nannte sich ‚der mächtige und glorreiche Owain, Prinz von Wales'."

„Ihm mangelte es nicht an Bescheidenheit."

„Sicher nicht! Das Schicksal war ihm hold, er war charmant und von allen, die wir kannten, kam er einem König am nächsten. An seinem Hof tummelten sich Musiker und Dichter, Seher und Weise, schöne Frauen und kühne Ritter. Es schien, als hätte mit ihm ein goldenes Zeitalter begonnen, als wäre das alte Wales, von dem die Geschichten erzählen, unter seiner Hand wiedergeboren worden."

„Haben ihn alle unterstützt?"

„Es gab Berichte über solche, die seine Vision ablehnten, und sie ereilte ein trauriges Schicksal. Doch zu der Zeit um 1405 schien es wirklich, als ob alles, was Owain berührte, zu Gold wurde und nichts, was er in Angriff nahm, scheitern konnte."

„Und dann passierte es doch", legte Madeline ihm in den Mund und lächelte. „Wie meine Schwester Vivienne, die immer rät, was als Nächstes in einer Geschichte passiert. Ich entschuldige mich, denn ich weiß, es ist eine störende Angewohnheit."

„Es stört mich nicht", erwiderte Rhys, entzückt von dem Blitzen in ihren Augen. „Aber du hast recht, denn die Sache ging tatsächlich schlecht aus. Das Blättchen wendete sich langsam, aber sicher gegen Owain, und seine Streitkräfte verloren öfter, als sie gewannen. Sein Sohn wurde 1406 gefangen genommen, sein Bruder fiel in derselben Schlacht bei Usk. Sytharch wurde zerstört und 1408 eroberten die Engländer Harlech. Schlimmer noch, Owains Gemahlin, zwei seiner Töchter und drei seiner Enkelkinder wurden in den Tower von London verschleppt, um dort zu sterben. Diejenigen seiner Männer, die überlebten, wurden Söldner, die entweder nach Frankreich gingen, um gegen die Engländer zu kämpfen, oder in Wales bettelten. Sie waren als Plant Owain – Owains Kinder – bekannt und die Waliser behandelten sie freundlich, denn sie wussten, sie hatten versucht, eine Änderung herbeizuführen."

„Und was passierte mit Owain? Ich vermute, nicht viel Gutes."

Rhys zuckte mit den Schultern. „Niemand weiß es genau. 1415 bot der König an, ihn zu begnadigen, doch er ließ sich nie mehr sehen. Einige sagen, er starb 1414 in Dunmore, andere, dass er sich das Leben nahm, als er 1413 vom Tod seiner Gemahlin erfuhr, die zu der Zeit noch stets in Gefangenschaft war. Einige behaupten steif und fest, dass er mit einer seiner Töchter in Herefordshire lebt. Ich selbst habe ihn nie wiedergesehen, nicht nach dieser Niederlage in Usk."

„Aber Owain könnte noch leben", meinte Madeline. „Das alles geschah vor nicht allzu langer Zeit."

„Genau das sagen die Seher. Es gibt da eine Geschichte –"

„Immer wenn du den Mund aufmachst, gibt es eine Geschichte", neckte sie ihn. Rhys spürte, wie sein Nacken warm wurde. Er wollte sich für diese Angewohnheit entschuldigen, aber Madeline legte eine Hand auf seinen Arm. „Ich mag es, dass du Geschichten erzählst, Rhys. Du hast ein ungewöhnliches Talent dazu. Du solltest auch öfter singen, denn du hast eine schöne Stimme."

Jetzt wurde es ihm im Nacken richtig heiß und die nächsten Worte kamen ihm nur stockend über die Lippen: „Eine Geschichte erzählt, dass Owain bei der Schlacht von Harlech floh, am Boden zerstört, weil er alles verloren hatte, was er zuvor gewonnen hatte. Er litt an Gewissensbissen, dass seine Gattin und weitere Familienmitglieder gefangen genommen worden waren. Ihm war bewusst, er hätte sie nicht schlimmer im Stich lassen können. Und während er ziellos im Gebirge umherirrte, traf er einen Abt. Es war früh am Morgen, der Himmel war noch dunkel, und so sagte er zu dem Abt, als der ihn begrüßte: ‚Du kommst zu zeitig, Abt.‘ Und der Abt lächelte, schüttelte den Kopf und sagte: ‚Nicht ich. Du, Owain Glyn Dwr, letzter Prinz von Wales, du bist zu früh gekommen.‘"

Madeline erschauerte, dann schaute sie Rhys an. „Du hast ihn nach Usk nicht mehr gesehen, sagtest du. Hast du für ihn gekämpft?"

Rhys lächelte betrübt. „Alle Männer, die alt genug waren, ein Schwert zu führen, haben für ihn gekämpft. Ich hatte das Glück, meine Jugend zu überleben."

„Du hast mit Thomas gekämpft", riet Madeline.

„Wir kämpften in der Nachhut. Mein Onkel hat darauf bestanden, denn ich hatte erst fünfzehn Sommer erlebt, und das war der Grund, warum wir überlebt haben."

„Ihr konntet fliehen, als die Schlacht verloren war."

Rhys nickte. „In jenen Jahren haben Thomas und ich die Übersicht darüber verloren, wie oft der eine die Haut des anderen gerettet hat. Es gibt niemanden, dem ich mehr vertrauen könnte. Wir waren jung und dumm, haben viel riskiert, doch unser Wagemut und das Schicksal waren auf unserer Seite."

„Deshalb wurdest du zum Verräter erklärt?"

„Nay. Das war später, im Jahre 1415, dass ich mir diese Anklage eingehandelt habe." Er hob einen Finger. „Aber lass mich zuerst von meinem Onkel erzählen. Obwohl Dafydd mit Owain verbündet war, büßte er Caerwyn nicht ein, als Owain alles verlor."

„Aber wie konnte das sein? Hat er die Seiten gewechselt und dem König Treue geschworen?"

Rhys nickte. „Einige meinen, Owain hat verloren, weil mein Onkel ihm seine Unterstützung entzogen hat. Andere sagen, Dafydd merkte, dass der Wind sich drehte, und handelte nur in seinem eigenen Interesse. Ich weiß nicht, was ihn dazu gebracht hat, doch er ersuchte Henry IV um eine Audienz und sicherte 1407 seine eigene Zukunft mit einem Lehnseid. Der englische König gestattete ihm, Caerwyn als Lehnsgut zu behalten. Hätte jedoch Owain Glyn Dwr jemals die Schwelle überschritten, wäre Caerwyn sofort für ihn verloren gewesen."

„Wäre er gekommen?"

Rhys rollte mit den Augen. „Man kann mit einiger Sicherheit sagen, dass die beiden, die einst so enge Freunde und Verbündete waren, sich entfremdet hatten." Rhys schaute auf seine Hände hinunter. „Damals habe ich mit meinem Onkel gestritten. Das war das erste und einzige Mal. Ich war der Überzeugung, dass er alles verraten hatte, wovon ich gedacht hatte, dass er daran glaubte." Er verstummte bei der Erinnerung an das hitzige Gespräch. Er war so jung gewesen, so vorschnell, so überzeugt, dass er recht hatte.

„Was hat er gesagt?"

„Poni welwch-chwi'r syr wedi'r syrthiaw?", wisperte Rhys mit heiserer Stimme.

Madeline schmiegte sich an seine Seite. „Das klingt so schön, wie Musik mit Worten. Was bedeutet es, Rhys?"

„Es stammt aus einem alten Gedicht, das geschrieben wurde, als Wales an Edward I verloren ging. ‚Siehst du nicht die gefallenen Sterne?'" Rhys holte tief Luft. „Es ist eine Wehklage, ein Trauergesang über die verlorene Würde von Wales. Die letzte Zeile der Strophe lautet: *Poni welwch-chwi'r byd wedi r'bydiaw?* ‚Siehst du nicht, dass die Welt geendet hat?'"

„Oh." Madeline schien mit den Tränen zu kämpfen.

Rhys fuhr grimmig fort: „Mein Onkel sagte, er glaubte, dass die Zeit für Rebellion vorbei wäre, dass wir Wales nicht gegen England verteidigen und dabei gewinnen könnten. Die Macht und der Reichtum der englischen Krone wären zu groß und wir könnten das, was wir an Wales lieben, am besten bewahren, indem wir die Oberhoheit abträten."

„Wie das?"

„Er meinte, es würde den englischen König zufriedenstellen, wenn wir die Zehntabgaben zahlen und für Ordnung sorgen würden, dann würde er seine Aufmerksamkeit von uns abwenden. Dafydd sagte, wir könnten unsere Kinder lehren und sie für den Dienst des Königs erziehen und nach und nach mehr Reichtum erwerben, als wir mit Krieg jemals gewinnen würden."

Madeline schürzte die Lippen. „Das scheint eine höchst pragmatische Vorgehensweise zu sein. Hat sie dich überzeugt?"

Rhys lachte auf. „Nay! Ich dachte, er legt sich eine Geschichte zurecht, die seinen eigenen Verrat rechtfertigt, und das habe ich ihm auch gesagt. Aber dann habe ich Caerwyn verlassen und bin durch Wales gereist und ich habe die Verwüstungen gesehen, die der Krieg hinterlassen hat. Ernten verdarben, die Pest wütete und die englischen Kaufleute hatten die Städte in Wales verlassen und ihr Geld und ihre Handelsabkommen mitgenommen. Mehr Menschen starben hungers nach dem Krieg als in den Schlachten getötet worden waren."

Rhys runzelte die Stirn und ließ seinen Daumen über Madelines weiche Hand gleiten. „Aber ich war jung genug, um zu glauben, dass uns all das Leid von den verdammten Engländern angetan worden war und unsere eigenen Taten keinen Anteil an unserem Unglück hatten. Als Henry IV 1413 starb und Henry V ihm auf den Thron folgte, schien es, als wäre der Sohn das genaue Ebenbild seines Vaters. Er erklärte, dass nicht weniger als ganz Frankreich sein Erbe sein sollte, und wollte den Krieg mit der französischen Krone wiederaufleben lassen."

Rhys seufzte. „Wir waren alle im Namen dieser ehrgeizigen

Könige mit unglaublich hohen Steuern und Zehntabgaben belegt worden. Als ich hörte, dass es wieder ein Komplott gab, um einen Mortimer auf den englischen Thron zu bringen, sagte ich meine Hilfe zu. Ich dachte, dann würde der Irrsinn ein Ende haben, denn die Sippe der Mortimers hatte durch ihr Blut einen Anspruch auf die Krone and konnte sicher nicht so gierig auf Macht und Reichtum sein wie die Brut eines Henry von Bolingbroke.

Der Earl von Cambridge, Lord Scrope von Masham und Sir Thomas Grey von Heton waren die Köpfe der Verschwörung, obwohl wir viele waren. Wir wollten das Schiff des Königs versenken, wenn es nach Frankreich auslief."

„Ihr wurdet gefasst."

„Am selben Abend, an dem der Plan ausgeführt werden sollte."

„Ihr müsst verraten worden sein!"

Rhys nickte langsam. „Das wurden wir tatsächlich."

„Du weißt, wer euch verraten hat."

Rhys schaute sie ruhig an. „Nur ich brach unser Schweigegelübde. Ich vertraute mich einem einzigen anderen Menschen an, weil ich glaubte, er würde unsere Sache unterstützen. Er hatte an dem glanzvollen Traum von Owain Glyn Dwr festgehalten und es gab Gerüchte, dass nur er den Aufenthaltsort des alten Rebellen kannte. Er schwor, mein Geheimnis zu bewahren, doch er log."

„Dein Vater", hauchte Madeline und drückte seine Hand noch fester.

Rhys nickte. „Wir liefen in die Falle, als wir uns am Anlegeplatz versammelten. Thomas und ich konnten in der Dunkelheit entkommen, aber die anderen offenbarten unsere Namen und ein Kopfgeld wurde auf uns ausgesetzt. Die drei Anführer wurden exekutiert und ihr Blut klebt an meinen Händen. Thomas legte sein Mönchsgelübde ab und ihm wurde vergeben." Rhys holte tief Luft. „Ich hatte nicht die Absicht, Mönch zu werden."

„Und du wurdest nie gefasst?"

„In Wales bin ich einigermaßen sicher."

„Aber du wurdest beinahe in England gefangen genommen",

vermutete sie. „Warum hast du die Reise nach Northumberland riskiert?“

Er hätte sich einbilden können, dass sich die Lady Sorgen um sein Schicksal machte, doch Rhys war klar, er sah nur das, was er sehen wollte. Madeline hatte viel Mitgefühl für alle, das wusste er gut. Er beachtete ihre Anteilnahme nicht länger und sagte barsch: „Ich musste mich vergewissern, was aus meiner Base geworden war.“

„Du musstest dir Caerwyn um jeden Preis sichern. Oh, du bist ein Narr, Kopf und Kragen für einen Titel zu riskieren!“

Rhys hielt den Blick abgewandt, denn er wollte nicht genau wissen, ob sie seinen Ehrgeiz verachtete oder um sein Leben fürchtete. „Henry hat die anderen vor ein paar Jahren begnadigt, und ich hatte gehofft, dass auch mein Name reingewaschen werden würde. Vielleicht wird dieser Tag noch kommen. Vielleicht hat der König mich vergessen.“

Madeline schnaubte. „Kein englischer König vergisst einen Mann, der das Schwert gegen ihn erhebt. Glaubst du im Ernst, dass Henry dir die Herrschaft über Caerwyn gewähren wird?“

Rhys begegnete ihrem Blick und ließ sie seine stahlharte Entschlossenheit sehen. „Ich habe nicht die Absicht, ihm eine Wahl zu lassen. Ich gehe davon aus, dass du – auch wenn du die Tochter meiner Base bist – die Klugheit besitzt, meine Autorität ebenfalls nicht in Frage zu stellen.“

Sie hielten den Blick des jeweils anderen fest. Ihr starker Wille ließ die Luft zwischen ihnen beinahe flimmern und Madeline richtete sich auf. „Deine Wünsche wurden bisher nie erfüllt, Rhys, aber ich kann das ändern. Ich trete alle Ansprüche auf Caerwyn ab und ich werde ein entsprechendes Dokument unterzeichnen. Ich weiß, dass Caerwyn der einzige Traum ist, den du im Herzen trägst. Du warst freundlich zu mir. Dies wird deine Belohnung sein.“

Sie erzählte ihm keine Lüge, das war ihm klar, doch sein Triumph war wie Staub in seinen Händen. Er hatte nicht das Bedürfnis, einen Siegesschrei auszustoßen, er spürte keine Befriedigung darüber, dass er sein Ziel erreicht hatte.

Stattdessen sah er, dass Madeline ihm den Rücken zuwandte, und hatte das Gefühl, dass er erneut gefehlt hatte.

„Ich werde Wache halten, während du schläfst", sagte er. Dabei war er sich bewusst, dass er ihr wenig anderes bieten konnte.

„Ich werde auf diesem Schiff nicht schlafen", wandte sie ein, obwohl ihre Erschöpfung deutlich erkennbar war.

„Du benötigst Schlaf, meine Liebe, um dich von jenem Trank zu erholen. Ich werde bei dir bleiben und über dich wachen. Ich verspreche dir, dass ich für deine Sicherheit sorgen werde, falls dieses Schiff ein Unglück ereilt."

„Warum?"

„Weil du zumindest im Augenblick meine Frau bist."

„Das heißt, es ist deine Pflicht?"

„Das heißt, es ist mir ein Anliegen", verbesserte er sie leicht verärgert. „Ich wünsche dir nichts Schlechtes, Madeline. Kann ich dir nicht mal eine kleine Gefälligkeit erweisen, ohne dein Misstrauen zu erregen?"

Ihr Ärger schmolz dahin und ihre Schultern entspannten sich, als sie ihn ansah. „Natürlich kannst du das." Ihre Mundwinkel hoben sich, als sie unerwartet lächelte. „Ich danke dir, Rhys."

Obwohl es nur ein blasser Schatten ihres strahlenden Lächelns war, ließ es Rhys doch verstummen. Er bot ihr schweigend seinen Umhang an und Madeline wickelte sich gähnend in die Stofffülle ein. Sie versuchte, es sich ihm gegenüber auf dem Boden der Kajüte bequem zu machen. Er betrachtete sie einen Moment, bevor er sie auf seine Arme hob. Er lehnte sich mit dem Rücken in eine Ecke und legte einen Finger auf ihre Lippen, damit sie nicht protestierte.

„Ich möchte, dass dir warm ist", sagte er und schlang seine Arme um sie. Sie seufzte, gab nach und legte ihre Wange an seine Brust. Ihre Hand war wie ein junges Blatt, das sich in seiner zusammengerollt hatte. Drei Herzschläge später atmete sie langsamer und schlief.

Rhys war zufrieden. Er sog ihren süßen Duft ein und den schwachen Geruch nach Äpfeln. Gelert schmiegte sich an sein Bein und

Madeline rollte sich in seinem Schoß zusammen. Er war so zufrieden, dass er wünschte, sie würden nie an ihrem Ziel ankommen.

Er entsann sich der Moral seiner eigenen Geschichte und erfreute sich an den Gaben, die ihm gewährt wurden. Dabei wusste er nur allzu gut, dass Madeline bald von ihm fortgehen könnte.

KAPITEL 16

Vier Tage und Nächte segelten sie südwärts. Rhys versicherte Madeline, dass die See besonders ruhig war, doch sie fand es erschreckend, wie sich das Wasser an der Oberfläche kräuselte. Dennoch zog sie es vor, an Deck zu sein, und zum Glück waren sie auf dieser Reise mit so gutem Wetter gesegnet, dass sie draußen bleiben konnten.

Madeline stand stundenlang an der Reling, die Sonne wärmte ihr Haar und Rhys stützte seine Hände an beiden Seiten von ihr ab. Seine Stimme klang immer in ihr Ohr, seine Erzählungen und Lieder verzauberten sie ganz und gar. Jeder Felsen schien ihn an ein Lied zu erinnern, jede Bucht, jede Klippe, jeder Turm regte ihn dazu an, ihr eine Geschichte zu erzählen.

Rhys erweckte den Eindruck, als wäre etwas äußerst dringlich für ihn, doch Madeline glaubte, es lag daran, dass er sich seiner Heimat näherte. Die Tatsache, dass Caerwyn nicht mehr weit entfernt war, ließ seine Stimme beben. Es war die Liebe zu diesem Land, die seine Augen leuchten ließ. Es war die Aussicht, Caerwyn zu sehen, die ihn am fünften Morgen einen lauten Ruf ausstoßen ließ, als sie um eine Landzunge herumfuhren.

Sie gingen von Bord und Madeline stellte fest, dass sie von

Rhys' Vorfreude angesteckt war. Arian war sichtlich erfreut, dass er wieder festen Boden unter den Hufen hatte. Gelert schüttelte sich, als Rhys sich vom Kapitän verabschiedete und die Männer sich die Hand gaben. Madeline wollte ebenfalls so schnell wie möglich von Bord eilen, doch aus einem anderen Grund als Rhys, denn sicher hatten Rosamunde und James Caerwyn inzwischen erreicht.

Sie wehrte sich nicht, als Rhys sie auf sein Pferd hob und sich dann hinter sie in den Sattel schwang. Er legte einen Arm um ihre Taille und gab Arian die Sporen. Sie galoppierten, ganz darauf bedacht, schnell nach Caerwyn zu gelangen.

Sie erreichten die höchste Erhebung auf der Landzunge und die glitzernde Bucht, die sich vor ihnen erstreckte, verschlug Madeline den Atem. Das Wasser war tiefblau, das Sonnenlicht ließ die Oberfläche aussehen, als wäre sie mit Tausenden von Edelsteinen besetzt. Die Klippen, die das Ufer säumten, ragten steil auf, die Hügel in der Ferne waren grün. Hoch über ihnen allen erhob sich das Massiv des Snowdon. Die Berghänge hatten die Farbe von Schiefer, der höchste Gipfel war schneebedeckt.

Genau auf der anderen Seite schien eine Festung aus der See emporzuragen. Die vier quadratischen Türme waren offenbar aus dem Stein der Klippen herausgehauen. Fahnen wehten darüber im Wind.

„Harlech", murmelte Rhys, der ihrem Blick folgte. Er zeigte auf eine andere Festung, die so weit entfernt die Küste hinunter lag, dass sie kaum zu erkennen war. „Aberystwyth." Alles erschien Madeline so vertraut, denn sie erinnerte sich an Rhys' Geschichten und erwartete beinahe, dass der alte Rebell Owain aus dem Ginster hervortrat und sie begrüßte.

Rhys deutete auf eine Burganlage links unterhalb von ihnen. Sie war bescheidener als die anderen, eine Festung, die man bei einem schnellen Blick übersehen konnte. Eine hohe, viereckige Mauer umgab einen einzelnen Turm. Die Tore waren geöffnet und die Häuser eines kleinen Dorfes scharten sich außerhalb der Festungsmauern. Madeline konnte den Hafen sehen und schwach die Glocke der Kapelle läuten hören.

„Caerwyn", riet sie.

„Caerwyn", bestätigte Rhys. Er stieß einen lauten Ruf aus und trieb das Pferd an. Gelert bellte, Arian galoppierte mit donnernden Hufen den Hügel hinunter. Madeline lachte und genoss, wie begeistert sie alle waren, nach Hause zu kommen. Sie drehte sich zu Rhys um, denn sie sah so gern sein Lächeln.

„Zu Hause", sagte er und in seinen Augen stand eine seltsame Traurigkeit. Dann küsste er sie heftig, und Madeline kam plötzlich in den Sinn, dass sie ihn nie wieder schmecken würde.

Sie würde ihn verlassen, wenn sie auf Caerwyn ankamen, und das war ihm klar. Madeline wusste, sie hätte seine Liebesbezeugung zurückweisen sollen, doch sie konnte sich nicht abwenden. Sie konnte Rhys' Kuss nicht widerstehen, konnte sich nicht vorstellen, darauf zu verzichten, denn Rhys erweckte ein Verlangen in ihr, das, so fürchtete sie, kein anderer Mann befriedigen konnte. Sie schlang ihre Arme um seinen Nacken, presste sich enger an ihn und machte diesen letzten Kuss unvergesslich.

Später würde Madeline begreifen, dass dieser Kuss sie beide preisgegeben hatte. Später würde ihr bewusst werden, wie untypisch es für Rhys war, so bedenkenlos zu reiten, mit seinem Helm in der Satteltasche und dem Schwert in der Scheide. Tatsächlich konnte er sein Schwert nicht ziehen, geschweige denn schwingen, während sie vor ihm saß und er seine Arme so fest um sie gelegt hatte.

Später würde sie sehen, welch großen Fehler sie gemacht hatten.

Sie waren bereits im Dorf, als Rhys die Falle entdeckte.

Während sie sich Caerwyn näherten und ihm noch schwindlig war von Madelines süßem Kuss, hatte er sich gefragt, wo die Dorfbewohner waren. Er hatte sich darüber gewundert, dass es so still in den umliegenden Hügeln war. Dort hätten Schafhirten sein müssen, die ihre Herden hüteten, dort hätten Fischer ihre Netze flicken und Frauen Schmutzwasser ausgießen und dabei den neuesten Tratsch austauschen müssen.

Aber es war keine Menschenseele draußen.

Arian galoppierte so wild in das Dorf hinein, dass jeder ihre Ankunft bemerkt haben musste. Rhys hörte ein Pfeifen, fürchtete einen Hinterhalt und dann stürmten Söldner von allen Seiten auf sie zu.

Im Nu waren sie umzingelt.

Gelert bellte wie verrückt, Arian bäumte sich auf und wieherte. Madeline schrie. In einer so beengten Umgebung war das Schlachtross nutzlos, denn es konnte sich nicht umdrehen. Der einzige Vorteil, den Rhys sah, bestand darin, dass seine Angreifer nicht zu Pferde waren.

Er wusste, was – oder wen – sie wollten.

Rhys sprang geschmeidig aus dem Sattel und stolperte nur leicht. Er zog sein Schwert bereits, bevor er festen Halt gefunden hatte, schwang es und tötete einen Söldner.

„Rhys!", schrie Madeline.

„In die Hügel!" Er gab Arian den Befehl auf Walisisch. Das Pferd stockte und zögerte, zu gehorchen. Rhys hatte es noch nie ohne ihn fortgeschickt und Madeline zog an den Zügeln und versuchte, den Hengst zurückzuhalten Seine Nüstern blähten sich bei dem ganzen Chaos um ihn herum und Rhys dachte, dass er wahrscheinlich das Blut roch.

Er sandte zwei weitere Söldner zu ihrem Schöpfer und blickte sich um. Dabei sah er, dass Madeline sich bemühte, das widerstrebende Ross zu ihm hinzutreiben. Sie trat dem Soldaten, der sie ergreifen wollte, ins Gesicht und spuckte einen anderen an.

Seine furchtlose Frau würde zweifellos versuchen, ihn zu retten, wenn sie die Gelegenheit dazu bekäme! Rhys biss die Zähne zusammen und versetzte einem weiteren Mann einen wirkungsvollen Stoß. Ihm stand bereits der Schweiß auf der Stirn und immer noch drangen Söldner aus Häusern und durch Festungstore. Er konnte sie nicht mehr lange zurückhalten, doch er würde ihnen nicht die Chance geben, Madeline etwas anzutun.

Rhys schrie seinen Befehl erneut und schwang dabei mit voller Kraft sein Schwert gegen seine Angreifer. Gelert verstand, was Rhys wollte, und schnappte nach den Beinen des Pferdes. Arian scheute, unsicher, wem er gehorchen sollte, wehrte sich ein bisschen und trat einen Söldner, der dumm genug war, nach seinen Zügeln greifen zu wollen. Der Hund knurrte und sprang hoch, Madeline fügte einem Angreifer mit ihrem kleinen Essmesser eine Wunde zu.

Zu Rhys' Erleichterung entschied das Schlachtross plötzlich, dass der Hund die größte Bedrohung darstellte und es am besten wäre, Gelerts Zähnen auszuweichen. Arian ergriff die Flucht und galoppierte in die Hügel außerhalb des Dorfes, Gelert folgte ihm und schnappte nach seinen Beinen. Rhys war froh, dass niemand sonst den Hengst verfolgte. Er hörte, wie Madeline frustriert aufschrie, doch er wusste, das würde keine Beachtung finden.

Er brüllte, um die Aufmerksamkeit aller auf sich zu lenken, und kämpfte mit neuer Kraft. Die Söldner fielen über ihn her, eine Klinge verletzte ihn an der Schulter, eine andere streifte seinen Oberschenkel. Rhys kämpfte, bis er keine Hufschläge mehr hören konnte, bis er genau wusste, dass seine Madeline von Caerwyn entkommen war.

Dann warf Rhys sein Schwert weg, hob die Hände und ließ sich gefangen nehmen. Sie mochten nun mit ihm machen, was sie wollten. Er wusste, Madeline war gerettet.

DAS SCHLACHTROSS WAR wie von Sinnen.

Arian galoppierte, als ob Höllenhunde hinter ihm her wären, obwohl nur Gelert ihn verfolgte. Madeline riss an den Zügeln, sie stand in den Steigbügeln, schrie und bettelte, aber das Pferd achtete nicht mehr auf sie als vorher. Es rannte den Pfad zum Berg hinauf, weg von Rhys und Caerwyn und über die Kuppe des ersten Hügels, ohne seine Geschwindigkeit zu verringern.

Ein Fremder trieb sein kleineres Pferd von der Straße, aus dem Weg des rasenden Hengstes. Der Mann schien überrascht und Madeline dachte, er hätte noch nie ein solches Schlachtross wie das von Rhys gesehen. Sie winkte wild in der Hoffnung, er wüsste, wie man das Ross zum Stillstand bringen könnte.

Der Mann pfiff und das Tier blieb so plötzlich stehen, dass Madeline beinahe über seinen Kopf geschleudert worden wäre. Sie fiel mit einem lauten Plumps in den Sattel zurück. Arian stand, seine Ohren zuckten und seine Flanken bewegten sich heftig beim Atmen. Dann wieherte er den Mann leise an.

„Du unausstehliches Biest!", schrie Madeline und der Fremde lachte. Er war dunkelhaarig, groß und schmal und strahlte gleichzeitig eine gewisse Autorität aus.

Madeline dachte sich, dass er ein Freund von Rhys sein musste. Ihrer Erfahrung nach war ansonsten nur Thomas in der Lage gewesen, Rhys' Pferd Befehle zu geben. Gelert trottete schwanzwedelnd an die Seite des Mannes und die Reaktion des Hundes milderte auch Madelines Ängste.

Der Mann sah ein wenig älter aus als sie und warf ihr einen abschätzenden Blick zu. „Wie kommt es, dass eine englische Maid Rhys FitzHenrys Pferd reitet?"

„Ich komme aus Schottland." Madeline stieg ab und warf die Zügel über den Kopf des Schlachtrosses, bevor sie zu dem Fremden hinüberging. „Ihr müsst ein Freund meines Gemahls sein", sagte sie. „Er wurde im Dorf bei Caerwyn angegriffen und ich fürchte, man hat ihn gefangen genommen. Wir müssen ihm helfen!"

Statt ins Dorf hinunterzueilen, runzelte der Mann die Stirn. „Ich habe schon geahnt, dass dies ihr Plan war. Ich wollte ihn auf seinem Ritt heimwärts abfangen." Als er Madelines Verwirrung sah, wies er auf die Straße hinter ihnen. „Dies ist der beste Weg durch die Hügel und Rhys benutzt ihn oft."

„Wir sind mit dem Schiff gekommen", erwiderte Madeline und der Mann nickte, obwohl ihn das offensichtlich nicht beruhigte.

„Ah, entschuldigt meine Manieren", sagte er plötzlich und lächelte gezwungen. „Ich bin Cradoc ap Gwilym. Ich bin der Schultheiß von Caerwyn.“

„Aber Ihr seid Waliser. Ich dachte, nur Engländer könnten in Wales Ämter innehaben.“

Cradoc lächelte. „So war es, bis Dafydd ap Dafydd beschloss, das Beste aus allem zu machen, was eintreten würde, und Rhys Fitz-Henry sich für einen Posten für mich einsetzte. Ich verdanke ihm viel. Ihr nennt Rhys Euren Gemahl. Einige Leute werden eine Wette verlieren, wenn dieser Mann sich eine Frau nimmt.“

Madeline hätte beinahe gelächelt. „Dennoch hat er sich eine genommen. Ich bin Lady Madeline, geboren zu Kinfairlie und nun Lady von Caerwyn.“ Als sie ihren Titel, den sie durch Rhys erhalten hatte, zum ersten Mal aussprach, spürte sie, wie sie ihr Kinn unwillkürlich mit einem gewissen Stolz hob.

Cradoc lächelte und verneigte sich. „Möge Gott in seiner Gnade Euch viele Söhne und viele Jahre des Glücks schenken.“

Madeline begriff, dass dies der übliche Segen für verheiratete Paare sein musste, doch er ernüchterte sie. „Gott kann nichts dergleichen tun, wenn Rhys von seinen Angreifern getötet wird. Wer sind sie?“

„Sie kamen erst vor einigen Tagen von Harlech, offensichtlich, um Rhys’ Rückkehr zu erwarten. Sie haben sich versteckt und diejenigen, die kühn genug waren, um gegen ihre Anwesenheit zu protestieren, sind verschwunden.“

„Aber sie hätten doch sicher den Schultheiß verhaftet?“

Cradoc grinste. „Erst hätten sie mich erwischen müssen.“ Er wies die Straße hinunter. „Ich lade Euch ein, mich zu begleiten, Mylady. Nun, da wir ihre Absicht kennen, ist es für uns vielleicht einfacher, zu überlegen, wie wir ihren Plan vereiteln können.“

Madeline pfiff nach dem Hund. Sie zweifelte, ob sie es wagen könnte, einen abgeschiedenen Ort mit einem Mann aufzusuchen, den sie nicht kannte.

Cradoc musterte sie so nachdenklich, dass sie sich fragte, ob er den Grund ihres Zögerns erriet. „Einige haben schon die Kuppe überquert und sich auf der anderen Seite des Hügels versteckt. Ich habe sie heute Morgen auf dieser Straße angehalten. Vielleicht kennt Ihr sie, denn sie kamen auch aus dem Norden."

„Wer sind sie?", fragte Madeline, während ihr Herz erwartungsvoll zu klopfen begann.

„Madeline?", schrie Vivienne. Madeline fuhr herum und sah, dass ihre Geschwister auf sie zurannten. Sie umringten sie mit lärmender Begeisterung und Madeline lächelte vor Freude, sie alle wiederzusehen.

„Geht es dir gut?", fragte Alexander.

„Wurdest du verletzt?", wollte Vivienne wissen.

„Darg!", rief Elizabeth. „Darg sitzt auf deiner Schulter!"

Vivienne küsste ihre Wangen und umarmte sie fest. Madeline ihrerseits umhalste Elizabeth.

Alexander zog sie zu sich hin und drehte sie einmal um sich selbst, um sie gründlich zu betrachten. „Bitte sag mir, dass Kerr keine Gelegenheit hatte, dir etwas anzutun." Er sprach nachdrücklich und mit angespanntem Blick.

Madeline lächelte und küsste seine Wange. „Ich war die ganze Zeit in Sicherheit", sagte sie voll Überzeugung. „Ich war mit Rhys zusammen."

Rosamunde drängte sich in den engen Kreis der Geschwister. Ihre Augen schimmerten verdächtig und ihre Umarmung war ungewöhnlich herzlich. „Habe ich es dir nicht gesagt?", wisperte sie in Madelines Haar.

„Ich habe es doch immer gewusst. Dieses Mädchen ist so hart wie Toledo-Stahl." Padraigs Stimme klang rau. Rosamundes treuer Helfer zwinkerte Madeline zu, doch wie er von einem Fuß auf den anderen trat, verriet ihr, dass selbst er um sie gebangt hatte.

Dann machte ihre Familie Platz, sodass Madeline das letzte Mitglied der Gruppe sehen konnte. James war größer geworden und seine Schultern wirkten etwas breiter, er lächelte ungezwungener und war leicht gebräunt. Madeline wartete darauf, dass ihr Körper auf James' Gegenwart reagierte, doch sie hatte sich bei der Begegnung mit Rhys' Freund Cradoc erleichterter gefühlt als nun, da sie ihrem Bräutigam gegenüberstand.

„Was für eine Freude, Madeline." James beugte sich tief über ihre Hand. Er küsste ihre Knöchel und Madeline empfand überhaupt nichts. Seine Berührung rief nicht einen einzigen Schauer hervor und sie spürte kein Flattern im Bauch. Wie von selbst erinnerte sie sich an Rhys' Behauptung, dass James sie niemals so geküsst hatte wie er.

Genauso leicht konnte sie feststellen, dass es stimmte.

Sicher verlangsamte der Schock ihre Reaktion.

Madeline schloss absichtlich ihre Finger um James' Hand und zwang sich zu einem Lächeln. „Es ist schön, dich zu sehen, James."

Er lachte. „Nur schön? Ich denke, es ist ein Wunder, dass ich mich deinem Liebreiz wieder gegenübersehe. Du bist so strahlend, meine Madeline, wie in meiner Erinnerung, du leuchtest wie der Mond." Er machte Anstalten, die Laute zu schlagen, dabei ließ er seinen Blick über die Gesellschaft schweifen, um sicherzugehen, dass alle ihn beachteten. Dann verzog er das Gesicht, als seine Finger dem Instrument keinen Ton entlockten.

Vivienne lachte. „Rosamunde muss dir die Saiten noch zurückgeben!"

James rümpfte die Nase. „Wer eine schöne Melodie nicht genießen kann, ist zweifellos ein Heide."

„James war mehr auf seine Musik bedacht als auf deine Sicherheit", bemerkte Alexander grimmig. Madeline sah, wie sich ihre Geschwister gegen ihren Bräutigam wandten. Deren Meinung über den Mann war überdeutlich.

„Wäre es nicht passend gewesen, wenn ich Madeline mit einem Liebeslied begrüßt hätte, das ich nur für sie komponiert habe?" James nahm ihnen ihr Verhalten übel. Madeline fiel auf, dass sie sich dennoch ihm gegenüber nicht weniger zurückhaltend zeigten. „Eine Ode auf Madelines aufsehenerregende Schönheit wäre eine angemessene Begrüßung gewesen, aber dank eurer Einmischung habe ich keine solche Gabe für sie."

Seine Bemerkungen über ihre Schönheit fingen an, Madeline auf die Nerven zu gehen. „In diesem Augenblick ist nur von Bedeutung, wie wir Rhys helfen können", sagte sie bestimmt und erzählte den anderen, dass er gefangen genommen worden war.

„Das sind traurige Nachrichten." Rosamunde wandte sich an Cradoc. „Ihr hattet ja schon befürchtet, dass sich Unheil zusammenbraute."

„Sie kamen von Harlech. Robert Herbert, der Lord dort, hat lange versucht, sich als Owain Glyn Dwrs Erbe zu erweisen, wenn auch nicht im Blute, sondern in der Tat. Er begehrt alle Festungen, die Owain besaß, einschließlich Caerwyn."

Rosamunde runzelte die Stirn. „Aber woher konnte er wissen, wann Rhys zurückerwartet wurde?"

„Ein Bote kam vor Tagen und brachte ein Schreiben von Lady Adeles Schwester", antwortete Cradoc. „Sie ist eine Äbtissin in der Nähe von York."

„Miriam!", rief Madeline. „Wir wurden trotz ihres Protestes in ihrer Abtei vermählt."

„Aber wer ist Lady Adele?", fragte Vivienne.

„Sie muss Rhys' Mutter sein, die Geliebte seines Vaters", antwortete Madeline.

Cradoc nickte. „Es leben nur noch diese beiden auf Caerwyn: Henrys Witwe und seine Mätresse. Eine von ihnen muss, vielleicht unabsichtlich, Robert benachrichtigt haben."

„Sie werden möglicherweise alle ins Gefängnis gesteckt", überlegte Rosamunde und gleichzeitig blickte jeder in der Gruppe zur Straßenkuppe. Sie konnten Caerwyn nicht sehen, doch Madeline kam es so vor, als wäre ein Schatten auf sie gefallen.

„Sicher wird doch niemand Rhys verletzen?", fragte sie.

„Nach ihm gibt es keinen Erben von Caerwyn", sagte Cradoc.

Madeline konnte sich gerade noch zurückhalten, ihre Hand verstohlen über ihren flachen Bauch gleiten zu lassen. Könnte es sein, dass sie Rhys' Sohn schon unter ihrem Herzen trug? Würde Rhys sich freuen, wenn es so wäre?

Madeline wagte nicht, daran zu denken. Sie wandte sich ihrer Tante zu, denn sie musste die Wahrheit wissen. „Rosamunde, bitte erinnere dich an meine Geburt. Rhys erzählte mir etwas äußerst Seltsames und vielleicht kannst du dich entsinnen, ob es wahr ist."

„Was hat er gesagt?"

„Er denkt, dass ich das Kind seiner Base Madeline bin …"

„Die Tochter von Rhys' Onkel, Dafydd ap Dafydd, die Edmund Arundel geheiratet hat und nach Northumberland ging", rief Cradoc. Als Madeline nickte, wurde er noch lebhafter. „Jedes überlebende Kind aus dieser Verbindung könnte Rhys' Oberhoheit über Caerwyn anfechten, denn Dafydd war der letzte Lord und seine anderen Kinder sind alle gestorben."

„Madeline Arundel starb bei der Geburt ihres ersten und einzigen Kindes", sagte Madeline und Cradoc bekreuzigte sich ein wenig betrübt.

„Sie muss Catherines erste Wahl gewesen sein, um deine Patin zu werden", sagte Rosamunde zu Madeline. „Ich weiß, dass ich die zweite Wahl deiner Mutter war, denn ihre liebste Freundin war kurz zuvor gestorben. Mehr weiß ich allerdings nicht über diese Freundin."

Madeline nickte, das klang überzeugend. Rosamunde fragte nie nach mehr Einzelheiten, als man ihr zu geben bereit war, vielleicht, weil sie selbst dazu neigte, anderen nur mitzuteilen, was sie wissen mussten. „Madelines Ehemann Edward starb fünf Jahre später im Jahre 1403. Rhys sagte, dass meine Mutter Madelines Kind mit zurück nach Kinfairlie nahm, weil es nun eine Waise war."

„Und er dachte, du könntest dieses Kind sein", vermutete Rosamunde und schüttelte dann den Kopf. „Es erscheint unwahrscheinlich. Ich war schließlich bei deiner Taufe dabei und du warst nur ein paar Tage alt."

„Aber ihr müsst euch doch noch an Ellyn erinnern", sagte Alexander plötzlich eindringlich. Seine Augen blickten lebhaft.

Madeline wandte sich ihm zu, eine schwache Erinnerung geisterte durch ihr Gedächtnis. Ellyn. Bei diesem Namen entsann sie sich undeutlich eines anderen Kindes, eines stillen, kleinen Kindes.

Rosamunde hob einen Finger, weil sie sich offensichtlich auch erinnerte. „Dieses winzige Kind. Ellyn war so kränklich, im selben Alter wie Madeline. Ich habe Catherine geneckt und gesagt, dass sie kein menschliches Kind mit nach Hause gebracht hatte, sondern ein Mädchen, das ihr die Feen untergeschoben hatten und eines Nachts zurückholen würden." Sie schüttelte den Kopf. „Ich hatte die arme Kleine ganz vergessen."

Alexander grinste. „Sie wollte nie mit uns spielen, weißt du noch?" Er stupste Madeline an. „Ich habe ihr wahrscheinlich mehr Aufmerksamkeit als irgendjemand anderem auf Kinfairlie gezollt, so überzeugt war ich, dass sie mitspielen sollte. Du warst nicht mal fünf Sommer alt, Madeline, und du, Vivienne, warst noch jünger. Malcolm war ein Baby."

„Ich erinnere mich nicht an sie." Vivienne zuckte die Achseln.

„Ich glaube, ich doch …", gab Madeline zu.

„Du hast lieber mit Vivienne gespielt", rief Alexander Madeline ins Gedächtnis, dann wurde er ernst. „Erst später habe ich verstanden, dass Ellyn nicht gespielt hat, weil sie krank war."

„Sie starb sehr kurz nach ihrer Ankunft auf Kinfairlie", sagte Rosamunde. „Sie hatte ein kurzes und trauriges Leben."

Alexander nickte. „Ich erinnere mich auch an Madeline Arundel, denn ihr Bauch rundete sich zur selben Zeit wie der unserer Mutter und sie haben einander oft besucht." Er schüttelte den Kopf, offensichtlich gefangen von einer liebevollen Erinnerung. „Sie war eine herzensgute Frau. Sie brachte mir immer kandierte Engelwurz mit, weil ich das so gern mochte und niemand auf Kinfairlie wusste, wie man diese Süßigkeit herstellt. Sie tat überrascht, wenn ich die Engelwurz bei ihrer Stickarbeit fand. Ich weiß noch, wie sehr Mama geweint hat, als sie starb."

„Sie war eine liebenswerte Frau", bestätigte Cradoc. „Ich erinnere mich noch genau an sie. Und sie war so fröhlich. Wo immer sie hinging, machte sie die Herzen der Menschen leichter."

„Ich glaube, Mama war noch mit dir schwanger, als wir von Madeline Arundels Tod erfuhren", setzte Alexander hinzu. „Ich weiß, dass Papa mit unserem Kastellan stritt, ob man Mama so kurz vor ihrer Niederkunft diese schlimmen Nachrichten überbringen sollte. Er bestand darauf, dass sie es erfahren müsste, während der Kastellan meinte, es würde ihr nur schaden." Er tippte mit einem Finger auf Madelines Schulter. „Wahrscheinlich hast du deinen Namen zum Andenken an Mamas Freundin bekommen."

Madeline gefiel diese Vorstellung, ob sie nun zutraf oder nicht. „Aber Ellyn ist gestorben?"

Alexander nickte traurig. „Auf dem Kirchhof von Kinfairlie gibt es einen Stein für sie, nicht sehr groß und mit einer Putte darauf. Mama hat oft dort gebetet und ihrer Freundin und auch der kleinen Ellyn gedacht."

Cradoc schüttelte nachdenklich den Kopf. „Ah, ich erinnere mich an Madelines und Edwards Hochzeitsfest. Nie sah man ein glücklicheres Paar. Sie waren so verliebt ineinander und freuten sich so auf ihr gemeinsames Leben. Es ist wirklich schade, dass ihnen nur so wenige Jahre vergönnt waren."

„Vielleicht haben sie jeden Augenblick voll und ganz ausgekostet", sagte Madeline mit leiser Stimme und die anderen nickten.

Die Gruppe stand einen Moment schweigend da und trauerte um das Paar und ihr Kind. Madeline hatte den Eindruck, dass selbst der Wind eine Klage anstimmte. Sie nahm sich vor, wenn sie das nächste Mal auf Kinfairlie war, würde sie den Stein besuchen, der im Gedenken an Ellyn aufgestellt worden war – dieses winzige, stille Kind, das sie beinahe vergessen hatte –, und sie würde für alle ein Gebet sprechen.

~

DIE MÄNNER, die Rhys gefangen nahmen, gingen grob mit ihm um, doch sie verletzten ihn kaum. Er vermutete, dass man ihn aus irgendeinem Grund lebend wollte, auch wenn er keine Ahnung hatte, warum.

Gut zwanzig Söldner umgaben ihn und führten ihn durch die Tore von Caerwyn, was er als Kompliment für seine Kampffähigkeit auffasste Es verwunderte ihn nicht, dass er gezwungen wurde, die Leiter zum dunklen Kerker von Caerwyn hinunterzusteigen, und auch nicht, dass er in das einzige kalte Verlies geschoben wurde. Genauso wenig war er überrascht, als die Eichentür hinter ihm zuschlug, der Raum in Dunkelheit getaucht war und der Schlüssel im Schloss herumgedreht wurde.

Doch er war erstaunt, als sich jemand hinter ihm räusperte.

Er erschrak und fuhr herum, griff nach seiner leeren Scheide, aber da war keine Waffe, die er mit der Hand umschließen konnte.

„Rhys?", fragte seine Mutter mit zitternder Stimme, „Rhys, bist du das?"

„Mutter!" Rhys trat mit ausgestreckten Händen in die undurchdringliche Dunkelheit. Seine Mutter gab einen Laut von sich, der verdächtig nach einem Schluchzen klang. Sie packte seine Hände, dann sank sie in seine Umarmung. Sie war kleiner als er, fühlte sich noch stets so weich an und sie duftete nach Parfum, so wie immer.

Aber sie zitterte bis ins Mark und weinte, wie er sie noch nie weinen gesehen oder gehört hatte. Rhys hielt sie fest und schwieg, denn er konnte nicht viel sagen, was sie beruhigen würde.

Rhys kannte dieses Verlies gut genug, um zu wissen, dass es kein Entrinnen gab. Der einzige Weg nach draußen ging durch die Tür und das Schloss war ein unüberwindbares Hindernis. Ihm war klar, sie würden dort bleiben, bis es ihrem Häscher gefiel, sie freizulassen, und er kannte die Menschen gut genug, um davon auszugehen, dass jede Freilassung für ihn und seine Mutter kein fröhliches Ereignis sein würde.

Die Tür würde aufgeschlossen werden, weil sie entweder bereits tot waren oder zu ihrer Hinrichtung geführt werden sollten. Sein einziger Trost war, dass Madeline dieses Schicksal erspart geblieben war.

Vielleicht würde sie mit James glücklich werden.

Vielleicht sollte er sich in seinen vermutlich letzten Stunden nicht mit solchen Gedanken quälen.

Seine Mutter hatte jedoch anderes im Sinn. Sie richtete sich schließlich auf, schniefte und bohrte ihm gebieterisch einen Finger in die Brust. „Du hast geheiratet. Und ich musste das von meiner Schwester erfahren!", knurrte sie angewidert. „Wie konntest du mir das antun? Du weißt, wie sehr sie es liebt, alles über jeden zu wissen, wie sie es genießt, wenn sie eine kleine Neuigkeit kennt, die andere noch nicht gehört haben. Wie konntest du es versäumen, mir selbst eine Nachricht zu schicken?"

„Die Sache war kompliziert", sagte Rhys. „Und unter Umständen ist es auch nicht von Belang."

„Wie meinst du das?"

„Madeline strebt eine Aufhebung an." Er fühlte, dass seine Mutter schockiert war, und konnte sich ihren Gesichtsausdruck vorstellen, als sie sich leicht von ihm zurückzog.

„Das kann nicht wahr sein! Mein Sohn hat seine Ehe nicht vollzogen?" Adele schüttelte so heftig den Kopf, dass Rhys es spüren konnte. „Du bist kräftig genug, Rhys, und du magst Frauen. Es kann doch sicher keinen Grund für sie geben, etwas zu bemängeln."

„Ich glaube, sie ist die Tochter von Dafydds Tochter, Madeline Arundel. Darum habe ich sie geheiratet."

„Du hast sie geheiratet, um dir Caerwyn zu sichern", vermutete seine Mutter. „Darum hast du mir keinen Hinweis gegeben. Du hast mir noch nicht einmal mitgeteilt, was du suchtest, als du aufgebrochen bist. Hmmm, Miriam kennt dieses Detail nicht."

„Aber wenn das wahr ist, sind meine Madeline und ich zu eng miteinander verwandt, um nach den Blutverwandtschaftsgesetzen von Rom verheiratet zu sein." Bevor seine Mutter verächtlich äußern konnte, dass solche Gesetze in Wales keine Geltung hatten, legte Rhys eine Hand auf ihre Schulter. „Wir wurden in Miriams Abtei getraut von einem Priester, der Canterbury und daher auch Rom untersteht. Madeline wird diese Annullierung mit Leichtigkeit erwirken. Ich habe einen Fehler gemacht, indem ich die Unterschiede im Kirchenrecht vergaß, und nun werde ich meine Ehefrau verlieren."

„Du musst in der Tat vor Liebe blind gewesen sein, dass du in deiner Entschlossenheit, in Eile verheiratet zu werden, solch einen Irrtum begangen hast. Es passt nicht zu dir, Rhys, dass du eine Einzelheit in einem Plan übersiehst."

Rhys fühlte, wie es ihm im Nacken heiß wurde. Er hatte sich wie ein Narr benommen und hätte auf die Bestätigung dieses Umstands durch seine Mutter verzichten können.

Adele stieß einen entrüsteten Laut aus. „Was nützt dir eine Frau, die deine Verdienste nicht sieht?" Sie tätschelte seine Schulter. „Ist das Mädchen blind? Hat es keinen Verstand? Du bist ein tapferer Krieger, du bietest einen angenehmen Anblick und dein Besitz wird sie ernähren ..."

„Mutter, wir befinden uns im Kerker dieses Besitzes." Rhys fühlte sich genötigt, darauf hinzuweisen. „Es ist unwahrscheinlich, dass ich jemals wirklich der Lord hier sein werde."

„Es ist nicht gerecht!"

Rhys konnte merken, dass seine Mutter vor Zorn kochte über das Unrecht, das ihrem einzigen Sohn angetan wurde. Ihr Beschützerinstinkt brachte ihn zum Lächeln. Es war wirklich nicht schlecht, jemanden zu haben, der gut von ihm dachte.

„Das ist alles die Schuld dieser Hexe Nelwyna", sagte sie mit Nachdruck.

„Vaters Witwe?" Rhys zog die Brauen zusammen. „Sie ist dafür verantwortlich? Ich fand sie immer äußerst liebenswürdig."

„Wohl kaum. Jeder in der Burganlage glaubte, sie wäre so lieb und nett, aber ich habe oft die Bosheit in ihrem Blick gesehen, wenn sie mich betrachtete. Ich mochte sie nie, aber um deines Vaters willen war ich höflich zu ihr. Er schien zu glauben, dass sie Mitleid verdiente, und hier stehen wir nun und ernten die Früchte dieses Mitgefühls. Er hätte sie verschmähen sollen, als sie nur Töchter zur Welt brachte. Er hätte sie verstoßen sollen, als meine ersten beiden Söhne starben –"

„Welche ersten Söhne?"

„Du hattest zwei ältere Brüder, doch sie starben, als sie noch sehr klein waren. Einer wurde tot geboren mit der Nabelschnur um den Hals. Zu der Zeit äußerte die Hebamme etwas Böses über Nelwyna, dem Sinne nach, dass sie keine Hilfe gewesen wäre, aber Henry forderte sie auf, den Mund zu halten. Und dann starb der zweite Junge, während Nelwyna ihn hielt, nur Augenblicke nachdem er schreiend geboren worden war. Selbst Henry konnte nun nichts mehr einwenden und er sorgte dafür, dass sie nicht im Raum war, als du zur Welt kamst."

„Das wusste ich gar nicht", sagte Rhys erstaunt.

„Niemand war sicher, außer der Hebamme. Henry war vorsichtig und hat dich beschützt. Ich selbst habe die Wahrheit erst Jahre später geglaubt." Mit ihrem Finger klopfte sie wieder gegen seine Brust. „Erinnerst du dich, wie du als Junge aus dem Sattel fielst und dich verletzt hast?"

„Natürlich. Es war aber unbedeutend."

„Ha! Das sollten wir alle denken! Aber da war ein Dorn unter dem Sattel des Pferdes, das für dich ausgesucht worden war." Seine Mutter tippte erneut auf seine Brust. „Weißt du noch, wie du krank wurdest, nachdem wir Owains und Dafydds Sieg gefeiert hatten und nach Caerwyn kamen und es zu unserem Heim machten?"

„Ich war zu jung, um so viel Bier zu trinken", bemerkte Rhys. „Natürlich bin ich krank geworden."

„Du warst krank, weil man dir vergiftetes Bier gegeben hat. Wir erfuhren die Wahrheit erst, als du schliefst und gar nicht mehr wach wurdest. Eine Frau in der Küche gestand Henry, dass sie daran beteiligt war. Sie hatte geglaubt, es wäre ein Scherz, und nun fürchtete sie, an einem Mord mitgewirkt zu haben. Sie nannte Nelwyna als Täterin, aber die stritt alles ab."

In ihrem Zorn knurrte Adele beinahe. „Und Dafydd sagte, er könnte nicht auf die Aussagen einer Dienstmagd hin handeln, die wahrscheinlich selbst zu viel von dem Bier gekostet hatte. Nelwyna war bekannt dafür, unfreundlich zu den Frauen in der Küche zu sein, und Dafydd dachte, diese Beschuldigung wäre ein weiblicher Racheversuch." Sie zupfte an seinem Tappert. „Aber wieder wärst du beinahe gestorben. Gelobt sei Gott, dass du die Lebenskraft meiner Familie hast!"

„Und wieder wusste ich nichts davon!"

„Henry wollte deine Gedanken nicht vergiften. Es war die einzige Angelegenheit, über die wir gestritten haben, denn ich fand, du müsstest gewarnt werden." Noch einmal tippte sie ihm auf die Brust. „Dann war da dieser Unfall während deiner Ausbildung, als der Marschall ein echtes Schwert benutzte, während deines nur aus Holz war."

„Ich dachte, das wäre ein Test gewesen."

„Er war bestochen worden", zischte Adele. „Obwohl ich nicht sagen kann, womit. Dafydd verbot ihm, nach Caerwyn zurückzukommen, und hatte ein Streitgespräch mit Nelwyna. Er hat dich außerdem weggeschickt, um mit Owain Glyn Dwr zu kämpfen, denn endlich hatte man eingesehen, dass sie eine Bedrohung für dich darstellte."

Rhys war verwundert. Er hätte nie gedacht, dass er in seiner Jugend solcher Gefahr ausgesetzt gewesen war. „Und Nelwyna ist auch dafür verantwortlich, dass wir hier eingesperrt sind?"

„Ich dachte, sie hätte sich seit Henrys Tod gebessert, denn ich glaubte immer, dass Eifersucht auf die Zeit, die ich mit ihm verbrachte, die Wurzel allen Übels wäre. Aber dann schickte Miriam mir den Brief und als ich von meinem Mittagsschlaf erwachte, war er nicht mehr dort, wo ich ihn hingelegt hatte. Ich vermutete, dass sie ihn gelesen hatte, denn sie teilt Miriams Vorliebe für Klatsch."

Adele seufzte. „Ich ging nicht davon aus, dass mehr dahintersteckte, bis Robert Herbert und seine Ritter an unseren Toren auftauchten." Adele schluckte. „Und sie hieß ihn mit offenen Armen und gespreizten Beinen willkommen." Sie spie in eine Ecke des Verlieses. „Und ausgerechnet sie nennt mich eine Hure!"

Rhys dachte über diese Enthüllung nach. „Es ergibt einigen Sinn.

Herbert hat Caerwyn immer schon begehrt. Sie muss ihm gesagt haben, wenn er schnell handelt, könnte es sein Eigen werden."

„Und sie hat sich immer gewünscht, Lady von Caerwyn zu sein. Das hat sie mir erzählt, als ich hier eingesperrt wurde. Sie haben einen Handel abgeschlossen, die beiden Verbrecher, und damit sie ihren Ehrgeiz verwirklichen können, musst du sterben." Adele krallte sich in Rhys' Tappert und Angst klang in ihrer Stimme mit. „Aber wir werden nicht sterben, oder, Rhys?"

Rhys hielt seine Mutter fester, denn er wagte nicht, sie anzulügen. Er sah keinen Ausweg. Ohne Hilfe würden sie dem Tod nicht entrinnen können und er hatte keine Ahnung, wer ihnen nun helfen sollte.

Seine Mutter verstand die Bedeutung seines Schweigens und er wisperte ihr tröstlichen Unsinn zu, als sie wieder zu weinen begann. Er hatte sich noch nie so machtlos gefühlt. Niemals hatte er sich solcher Verzweiflung gegenübergesehen.

Ihn tröstete nur, dass Madeline nicht auch gefangen genommen worden war. Indem sie ihn verschmähte, hatte sie ihre eigene Haut vor Nelwynas Ehrgeiz gerettet und zum ersten Mal war Rhys froh, dass Madeline sich dafür entschieden hatte, die Annullierung der Ehe anzustreben.

Wenigstens schien es, als müsste er nicht lange über ihre Abwesenheit trauern.

„Was geht uns das das Leiden dieser Leute an?", fragte James mit plötzlicher Ungeduld, dann fasste er nach Madelines Hand. „Caerwyn und Rhys FitzHenry brauchen uns nicht länger zu kümmern."

„Rhys ist Madelines Ehemann", erinnerte Vivienne ihn ungehalten.

„Sie ist meine Braut." Seltsamerweise rief James' Anspruch keine Reaktion in Madeline hervor.

Cradoc schnaubte. Seiner Meinung nach gab es offensichtlich keinen Zweifel, wessen Rolle Vorrang hatte.

„Du hast nie Kontakt zu Madeline aufgenommen, um ihr mitzuteilen, dass du noch am Leben bist." Elizabeth reckte ihre Nase in die Luft. „Ich kann dein Band noch nicht einmal sehen und Darg hat dich gerade angespuckt. Du hast Glück, dass meine Manieren erheblich besser sind als ihre."

James warf dem Mädchen einen befremdeten Blick zu, dann lächelte er Madeline an. „Auf diese Weise bist du einen Ehemann los, Madeline. Unser Schicksal liegt im Norden in meines Vaters Haus."

„In deines Vaters Haus?"

„Er hat mir finanzielle Unterstützung versprochen, wenn ich dich heirate." James zwinkerte ihr zu. „Er mag dich gern und ich mag noch mehr die Vorstellung von jährlichen Zuwendungen." Er lachte über seinen Scherz, doch niemand fiel ein.

„Aber was willst du tun?", fragte Madeline vorsichtig.

„Ich werde Musik erschaffen." James lächelte siegesgewiss.

Madeline betrachtete ihn und dachte dabei an Rhys' Aussage, dass jeder Mann eines Tages kämpfen muss, um das zu beschützen, was er sein Eigen nennt. Sie begann, die Regungen ihres Herzens zu verstehen und klar zu erkennen, was sie schon vor langer Zeit hätte erraten müssen. „Sicher hast du in Frankreich kämpfen gelernt und bist begierig, dies auch weiterhin zu tun?", fragte sie höflich.

James lachte fröhlich. „Ich? Mir ist es bei der frühesten Gelegenheit gelungen, den Männern meines Vaters zu entkommen. Ich habe meine Zeit in Frankreich in Kirchen zugebracht und dort himmlischer Musik gelauscht."

„Dann warst du noch nicht einmal in Rougemont." Alexanders Stimme klang kalt und anklagend.

„Was glaubst du, warum ich noch lebe?" James' Frage klang bissig. „Ich habe keine Eile, für Geld und Land zu sterben."

„Obwohl du die Vorteile, die beide bringen, zu schätzen weißt", erwiderte Madeline ruhig. James bedachte sie mit einem scharfen

Blick und sie richtete sich auf. „Und was soll ich im Haus deines Vaters tun? Deine Mutter hat genug Hofdamen und Töchter um sich."

James ergriff ihre Hand, als wollte er sie zum Tanz führen. „Du wirst irgendwo sitzen und schön sein. Du wirst die Gäste anlächeln und ich werde mich im Glanz deiner Anmut sonnen. Du wirst mich inspirieren. Du wirst Oden und Gedichte von mir bekommen und wenn du es als Notwendigkeit empfindest, wirst du irgendwelches Zeug besticken." Er machte eine wegwerfende Handbewegung und lächelte aufs Neue. „Du, Madeline, wirst meine Muse sein."

Es schienen ziemlich magere Aussichten, verglichen mit Rhys' Traum, Wohlstand für jeden in seiner Obhut zu schaffen und dafür zu sorgen, dass überall Gerechtigkeit herrschte und genug Nahrung für alle da war. Madeline war überzeugt, dass seine Frau größere Verantwortung tragen würde, als ein Stück Stoff für eine Stickerei auszuwählen.

„Wir könnten ein Kind haben", schlug James vor, der anscheinend Madelines fehlende Begeisterung bemerkte. „Immerhin bin ich sicher, dass du noch Jungfrau bist, nicht wahr, Liebste?" Er wirkte nun etwas besorgt. „Es wird keinen Zweifel geben, wer der Vater eines Kindes ist, das du zur Welt bringst, oder? Oder?"

„Ich bin keine Jungfrau mehr", erwiderte Madeline ruhig, wobei sie James nicht aus den Augen ließ.

Er wandte seinen Blick ab und räusperte sich. „Aber du kannst doch sicher nicht schon ein Kind empfangen haben? Schließlich waren es nur ein paar Tage." Seine eigene Begründung schien ihn zu beruhigen. „Ihr könnt bloß einmal miteinander im Bett gewesen sein. Alle wissen, eine Jungfrau kann nicht schwanger werden, wenn man zum ersten Mal von ihr kostet."

„Natürlich kann sie das." Rosamunde lachte. Cradoc und Padraig lächelten hinter vorgehaltener Hand und ließen ihre Blicke mit vorgetäuschter Faszination über die Hügel schweifen.

James wurde rot und presste die Lippen zusammen. Sein Blick war nun feindselig. „Wie oft hast du den Beischlaf mit dem Kerl vollzogen?"

Vivienne und Elizabeth lauschten begierig, ihre Augen waren weit geöffnet, als wüssten sie, dass sie nicht auf Madelines Worte achten dürften, es jedoch nicht fertigbrachten, sich so zu verhalten, wie es sich gehörte. Madeline spürte, dass sie ebenfalls rot anlief, denn dies war keine Angelegenheit, die vor so vielen Zuhörern besprochen werden sollte.

„Mein Ehemann und ich haben viele Male miteinander geschlafen, so oft, dass ich den Überblick verloren habe." Trotzig fühlte Madeline den Drang, zu beobachten, wie James der Wahrheit ins Gesicht sah. Sie hatte nichts falsch gemacht, indem sie ihren rechtmäßigen Gatten respektvoll behandelt hatte. „Rhys ist besonders darauf bedacht, Söhne zu bekommen. Wir waren verheiratet. Wie hätte ich ihm verweigern können, was ihm als meinem Gemahl zustand?"

James erbleichte und ließ ihre Hand los. Er trat zurück, griff sich an die Stirn und war deutlich erschüttert über diese Kunde.

„Wenn du so besorgt um meine Jungfräulichkeit warst, hättest du dir vielleicht die Mühe machen sollen, mir eine Nachricht zukommen zu lassen, dass du noch am Leben bist." Madeline wandte James den Rücken zu. Sie merkte, dass sie zitterte, so groß war ihr Zorn. Vivienne drückte ermutigend ihre Finger.

Rosamunde stand mit gerunzelter Stirn bei Cradoc. „Ich werde Rhys helfen, wenn ich kann, bevor ich abreise", sagte sie. „Ich schulde ihm einen Gefallen, denn er hat dafür gesorgt, dass mein Name nie mit dem gescheiterten Putsch von 1415 in Verbindung gebracht wurde. Hätte er nicht für mich gebürgt, wäre mir in vielen Häfen nie die Erlaubnis erteilt worden, vor Anker zu gehen."

„Aye, das ist sicherlich so." Padraig nickte. „Dank seines Schweigens wurden wir nicht aufgeknüpft. Ich werde ihm auch beispringen."

„Ich werde Rhys ebenfalls unterstützen." Elizabeths Entschlossenheit war ungewöhnlich für ihr Alter. „Er ist ein Nachfahre von Feen", erklärte sie, als die anderen sie verwundert anschauten. „Es mag nicht viel geben, was ich machen kann, aber ich werde alles mir Mögliche tun."

„Vergesst mich nicht!", rief Vivienne. „Ich werde nicht zusehen, wie ein Mann, der solche Geschichten erzählen kann, verraten und getötet wird."

Alexander lächelte Cradoc und dann Madeline an. „Mein Schwert soll Rhys dienen." Er klopfte auf einen Sack voll klingender Münzen an seinem Gürtel. „Lasst uns erst dafür sorgen, dass er unversehrt bleibt. Dann werde ich ihm sein Geld zurückgeben und die Aufhebung deiner Ehe erwirken, Madeline."

Madeline betrachtete den Geldsack mit Entsetzen. Nun, da die Annullierung so unmittelbar bevorstand, schien sie ihr plötzlich gar nicht mehr so erstrebenswert.

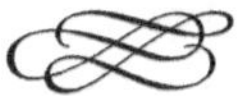

KAPITEL 17

Cradoc und Rosamunde berieten sich, dann schlichen sie zur Kuppe des Hügels, um zu beobachten, was unten vorging. Als sie eine ganze Weile später zurückkehrten, sah Rosamunde entschlossen aus und Cradoc machte einen skeptischen Eindruck.

„Der einzige unbewachte Weg in die Anlage führt durch die Abflussrinne", sagte Rosamunde in einem Ton, der keinen Widerspruch zuließ. Sie schaute zwischen allen hin und her, die gelobt hatten, Rhys zu helfen. „Jemand muss durch die Kloake, die ins Meer mündet, in die Festung eindringen und dann die Tore für den Rest von uns öffnen."

„Ich mache es", sagte Alexander. Vivienne und Elizabeth protestierten, doch er schüttelte den Kopf. „Es ist für euch beide zu gefährlich und ich bin schlanker als Padraig. Cradoc muss bei euch bleiben, denn nur er allein kennt Freund und Feind."

Cradoc wandte sich an Rosamunde. „Was er sagt, ist vernünftig."

„Das passiert gelegentlich", stimmte sie mit einem Augenzwinkern in Richtung ihres Neffen zu. Die Gruppe begann, den Hügel zu erklimmen, doch James ergriff Madelines Ellenbogen und hielt sie zurück.

„Ich sehe keinen Grund, warum wir unsere Haut zu Markte tragen sollten", sagte er missmutig. „Lass uns fliehen, Madeline. Beeilen wir uns, das Haus meines Vaters zu erreichen. Überlass es deinen Geschwistern, diese Angelegenheit zu klären, wenn sie darauf bestehen. Die Pferde sind unbewacht, wir könnten weg sein, bevor sie uns zurückhalten können."

Den bloßen Gedanken, ihre Familienmitglieder im Stich zu lassen, nachdem sie ihr von so weit her zu Hilfe geeilt waren, nicht zu vergessen Rhys, fand sie ganz und gar verabscheuungswürdig. „Ich dachte, du wolltest nur eine Braut, die noch Jungfrau ist", erinnerte sie James und entzog sich seinem Griff.

James nickte, dann zuckte er die Schultern. „Stimmt, aber ein Mann muss Opfer bringen, um sich die Gunst seines Vaters zu sichern. Ich werde dich immer noch heiraten, obwohl du beschmutzt bist."

Er hätte kein schlechteres Wort wählen können.

„Ich bin nicht beschmutzt. Ich wurde vor der Torheit bewahrt, dich zu heiraten!" Madeline ließ den erstaunten James stehen und rannte hinter ihrer Familie her. Sie erwischte Rosamunde am Ärmel. „Rhys liebt nichts mehr als Caerwyn. Ich möchte, dass es sicher in seinen Besitz übergeht. Ich bin kleiner als Alexander. Lass mich diese Aufgabe übernehmen."

„Aber Madeline, das ist zu gefährlich!", protestierte Alexander.

„Ich kann meinen Atem länger anhalten als du, das weißt du genau."

Alexander wurde unter Cradocs verwirrtem Blick rot. „Ich habe mich früher ins Badezimmer geschlichen und meine Schwestern untergetaucht, wenn sie in der Wanne saßen. Madeline lernte, ihren Atem so lange anzuhalten und so still zu bleiben, dass ich oft Angst bekam, ich hätte sie getötet."

„Und dann hat Papa ihn beinahe umgebracht, weil er uns so gefoltert hat", erzählte Vivienne.

Cradoc unterdrückte ein weiteres Lächeln und Padraig schmunzelte ganz offen.

„Ihr solltet nicht darüber lachen, dass sie durch einen solchen Streich eine nützliche Fähigkeit erworben hat", meinte Rosamunde. „Ich würde sagen, wir lassen es Madeline machen."

Die anderen nickten, aber bevor jemand etwas sagen konnte, mischte James sich ein: „Madeline! Das kannst du nicht tun!" Er packte ihren Arm, als ob er sie mit Gewalt zurückhalten wollte.

Madeline zog ihren Arm weg. „Rhys hat mich vor Kerrs Überfall gerettet. Ich bin es ihm zumindest schuldig, es ihm auf gleiche Weise zu vergelten." Sie warf ihrem ehemaligen Verehrer einen kühlen Blick zu. „Du willst mich nur, damit du genügend Muße hast, aber was, wenn dein Vater stirbt? Was machst du, wenn er deine Musik nicht länger bewundert? Sag nicht, das würde er niemals tun – warum sonst hättest du dich in Frankreich wiederfinden sollen? Es ist zuvor geschehen und es wird wieder passieren."

Madeline drehte James den Rücken zu und begegnete dem anerkennenden Blick ihrer Tante. Sie nahm das Samtsäckchen von ihrem Hals und küsste es, bevor sie es Rosamunde reichte. „Ich möchte dich bitten, dies für mich aufzubewahren."

„Es ist warm." Rosamunde befingerte den Samt.

„Wahrscheinlich von meiner Körperwärme", meinte Madeline, doch Rosamunde schüttelte den Kopf. Lächelnd löste sie die Kordel und ließ das Schmuckstück in ihre Handfläche fallen. Allen in der Gruppe stockte vor Bewunderung der Atem, als sie den prachtvollen Stein sahen. Madeline konnte nicht glauben, wie sehr er sich verändert hatte. Er hätte ein Tropfen Sonnenlicht sein können. Tatsächlich strahlte das Kleinod so stark, dass niemand es direkt anschauen konnte.

Rosamunde lachte. „Genauso war es am Hochzeitstag deiner Mutter." Ihre Stimme klang heiser.

Sie griff in ihre Tasche und holte etwas Goldenes heraus. Es war eine Fassung aus Golddrähten für den Stein, die ein zierliches Geflecht bildeten. Strahlen gingen wie Licht von dem leuchtenden Juwel aus. Der Anhänger war an einer zarten goldenen Kette befestigt, die Rosamunde Madeline umlegte. Der Stein schmiegte sich in ihre Halskuhle, seine Hitze wärmte sie durch und durch.

„Du brauchst nun keine Angst mehr zu haben, dass du das Kleinod verlierst", sagte Rosamunde. „Seine Helligkeit wird dir auf deinem Weg leuchten und die Kette ist kurz genug, sodass es nicht unbemerkt herunterfallen kann."

„Aber sie könnte zerreißen", wisperte Madeline und betastete den Stein, denn sie fürchtete, das wertvolle Stück in der Kloake von Caerwyn einzubüßen.

„Dieses Band ist stärker, als man vermuten würde." Rosamunde küsste Madeline auf die Stirn. „Du hast dich richtig entschieden, Kind. Die Träne verkündet dies deutlicher als Worte: Es wird Zeit, Rhys zu helfen."

MADELINE HATTE ANGST.

Sie und Alexander bewegten sich vorsichtig den steilen Hügel hinunter, sodass sie unbemerkt ins Meer eintauchen konnten. Bei jedem Schritt war sie sicher, dass man sie entdecken und ein Bogenschütze mit tödlicher Genauigkeit einen Pfeil abschießen würde. Dann wäre ihre Mission verloren.

Doch sie erreichten das Ufer ohne Zwischenfall, nur mit Kratzern an Händen und Knien. Sie ließen den größten Teil ihrer Kleidung versteckt am Ufer zurück und trugen beide nur noch ein Hemd. Alexander bestand darauf, dass sie ihren Gürtel und ein kleines Messer behielten.

„Du musst schnell sein", riet er. Sorge furchte seine Stirn. „Wir wissen nicht, wo der Abfluss endet. Wahrscheinlich wird es im unteren Bereich der Burganlage sein."

„Im Kerker", vermutete Madeline.

Alexander zog eine Grimasse. „Hoffen wir, dass es nicht in einem Verlies ist."

Madeline schüttelte den Kopf, obwohl sie alles andere als sicher war. „Das kann nicht sein, denn dann könnten die Gefangenen leicht entkommen."

„Es sei denn, ein Gitter ist darüber befestigt." Alexanders Stirnrunzeln vertiefte sich. „Im Abflussrohr sollte Luft sein, denn sie muss auf gleicher Höhe wie der Boden verlaufen, um von der Burganlage ins Meer zu führen. Denke daran, dein Gesicht nach oben zu drehen, wenn Abwasser durch das Rohr geströmt kommt."

„Wird das passieren?"

„Wer kann das wissen?" Alexander fasste Madeline an den Schultern. „Ich wünschte, ich könnte das für dich machen. Ich wünschte, du würdest dich nicht in solche Gefahr begeben."

„Aber der Weg ist vielleicht schmal und ich muss meinen Atem lang anhalten …"

„Ich weiß, ich weiß." Alexander zwang sich zu einem Lächeln. „Ich wünschte, du hättest weniger recht, Madeline." Er umarmte sie fest und sagte mit heiserer Stimme: „Pass auf dich auf. Sei schnell. Mögest du gesegnet sein bei dieser Aufgabe."

Alexander – dieser Bruder, der Madeline die Brust so leicht eng werden ließ vor Liebe für ihn – nahm ihre Hand, bevor sie ihm antworten konnte, und führte sie ins Wasser. Immer tiefer wateten sie in die wogenden Wellen hinein.

Sie behielten nur ihre Köpfe über Wasser, auch wenn die Wellen sie oft überspülten. Sie klammerten sich an den Felsen der Küste fest wie Muscheln an einem Schiffsrumpf. Madeline hoffte, dass ihre dunklen nassen Köpfe, falls jemand sie bemerkte, denen von Ottern oder Seehunden genug ähnelten, sodass kein Alarm ausgerufen wurde.

Sie brauchten nur ihren Nasen zu folgen, um den Anfang des Abwasserrohres zu finden. Haufen tanzten auf der Wasseroberfläche. Es wurden mehr, als sie sich dem gähnenden schwarzen Loch näherten. Es war in die Klippen gebohrt worden und nicht mit einem Gitter verschlossen.

„Das müssen die Römer gemacht haben", sagte Alexander beeindruckt. „Papa sagte immer, es gab viele in Wales, weil sie hier Metalle abgebaut haben." Er ließ seine Hand über den Stein gleiten und bewunderte, wie er bearbeitet worden war. „Caerwyn muss alt sein."

Madeline nickte. „Rhys sagte so etwas."

Bei der Erwähnung des Namens ihres Ehemannes schauten die beiden Geschwister sich an. „Bist du sicher?", fragte Alexander. „Die Öffnung hier ist groß genug für mich."

„Das wird nicht so bleiben", beharrte Madeline. Sie küsste ihn auf die Wange. Dabei wusste sie, dass ihr Versuch zum Scheitern verurteilt sein könnte. „Vater hat dir mehr beigebracht, als du denkst", sagte sie leise. „Kinfairlie und deine Geschwister sind bei dir in guten Händen, Alexander. Lebewohl."

Madeline tauchte in den tiefen Tunnel ein, bevor ihr Bruder etwas sagen konnte, was sie möglicherweise zum Weinen gebracht hätte. Ihr Atem ging schnell, obwohl sie wusste, dass sie ihn kontrollieren musste, um erfolgreich zu sein. Ihr Herz schlug so laut in ihrer Brust, dass sie fürchtete, das schmutzige Wasser, in dem sie sich bewegte, würde das Hämmern weiterleiten, sodass die Wachen es hörten.

Mit jedem Schritt wurde der Tunnel enger. Der Gestank des Schmutzwassers, das jetzt träger floss und dickflüssiger wurde, stieg ihr in die Nase. Es ging ihr bis zu den Knien und war kalt. Sie vermutete jedoch, sie würde sich noch mehr ekeln, wenn es warm wäre. Sie konnte die See nicht länger hören und nur noch einen schwachen Lichtschimmer sehen. Da war nur der Gestank des Wassers und der leicht abschüssige Weg aus behauenem Stein unter ihren Füßen.

Der Gedanke an Rhys trieb sie voran. Der Edelstein an ihrem Hals schimmerte schwach und dieser Lichtstrahl bewahrte sie davor, vor Angst den Verstand zu verlieren. Wenigstens musste sie sich nicht blind vorantasten.

Madeline konnte ihre Furcht bezwingen, bis sich der Tunnel plötzlich verengte und nicht mehr breiter als ihre Schultern war. Sie stand gebeugt in dem langen Gang und betrachtete das Loch, aus dem Jauche hervorquoll. Es gab keinen anderen Weg. Sie überlegte, dass sie sich genau unter der Burganlage befinden musste, denn es kam ihr so vor, als wäre sie ewig lang gegangen. Vielleicht gab es hier eine andere Art von Stein. Vielleicht würde das Loch weiter vorn noch enger werden.

Sie weigerte sich, daran zu denken, dass sie stecken bleiben könnte. Sie musste Rhys helfen. Panik würde ihnen beiden einen schlechten Dienst erweisen. Madeline kletterte in das Loch und legte sich flach auf den Rücken. Halb zog sie sich voran, halb wand sie sich. Die Steine bohrten sich in ihren Rücken und irgendwie kam sie voran. Sie wusste nicht, wie weit oder wie schnell sie sich bewegte, die Dunkelheit war hier noch tiefer.

Furcht überkam Madeline.

Wasser strömte plötzlich über sie hinweg, das nach Urin und schmutzigen Nachttöpfen stank. Madeline zog eine Grimasse und hielt sich an den Steinen fest, als sie mit voller Kraft überspült wurde. Ihr Herz raste, sie dachte an ihre Eltern, die in der Dunkelheit auf dem Meeresgrund gefangen waren. Waren ihre letzten Augenblicke so gewesen? Sie hatte Angst, zu ertrinken, wusste, dass sie nie gefunden werden würde, dass niemand ihr hier helfen konnte …

Und dann dachte sie an Rhys, der ihr an Bord des Schiffes Geschichten erzählte. An seine Überzeugung, dass sie sicher wären, und fühlte sich beruhigt. Sie hörte wieder den Klang seiner Stimme und lächelte bei der Erinnerung.

In der Tat, sie hätte sich schlechter verheiraten können. Mit James.

Wenn sie und Rhys einen Weg aus dieser Prüfung fanden, wenn er sie weiter als Ehefrau wollte, dann würde sie, das wusste sie, gern an seiner Seite bleiben. Vielleicht würde er sie eines Tages lieben lernen. Vielleicht konnte sie die Taten des Mannes und seine Tapferkeit mehr wertschätzen als alle süßen Worte, die er ihr sagen könnte.

Vielleicht sollte sie die Vorzüge dessen, was sie bekommen hatte, erkennen und sich daran erfreuen.

Sie schloss ihre Finger um das Juwel, das ihre Mutter getragen hatte, und fand Kraft in seiner wunderbaren Wärme. Madeline wurde klar, dass sie das frühere Vorzeichen missverstanden hatte.

Erst war der Stein dunkel gewesen, weil sie bereits beschlossen hatte, vor Rhys davonzulaufen. Die Träne musste Kerrs Angriff vorausgesagt haben.

Sie war von einem Leuchten erhellt worden, nachdem Rhys sie vor Kerr gerettet hatte. Dann waren sie und Rhys vermählt worden und das war der erste Schritt gewesen, um ihre Schicksale miteinander zu verbinden.

Der Stern in dem Juwel war heller geworden, als Rhys ihr seine Fehler gestanden hatte. War ihm vielleicht bewusst geworden, dass er eine gewisse Zuneigung für sie hegte?

War das augenblickliche Strahlen der Träne ein Zeichen, dass seine Wertschätzung für sie zugenommen hatte? Oder zeigte es ihre eigene Liebe zu ihm an?

Vielleicht funkelte der Stein am stärksten, wenn zwei Menschen einander mit ungewöhnlicher Kraft liebten, denn diese Liebe würde ihren gemeinsamen Weg in die Zukunft erleuchten.

Madeline musste Rhys aufspüren, um es herauszufinden.

Ermutigt fand sie Halt an einem der Steine über ihrem Kopf und zog sich vorwärts. Madeline rief sich erneut die Geschichte von dem Mann mit der Feenharfe in Erinnerung. Sie wusste, dass sie einiges vergessen hatte und dass sie sie nie so gut erzählen könnte wie Rhys. Sie hielt ihre Augen geschlossen, weil sie nicht sehen wollte, was alles um sie herumschwamm, und kämpfte sich trotz der Schmerzen in ihren Armen weiter voran.

Plötzlich stieß sie sich den Kopf. Sie verbiss sich einen Fluch und schaute hoch, um den Stein zu sehen, der dafür verantwortlich war. Sie keuchte laut auf.

Der Tunnel führte geradewegs nach oben und direkt über ihr befand sich ein hellerer Kreis. Diese Öffnung war nicht einmal allzu hoch, vielleicht nur zwei Mannshöhen. An einer Seite waren Kerben zum Festhalten in den Stein gehauen, als ob Jungen ab und zu in den Abfluss hinunterkletterten müssten, um ihn zu reinigen.

Und die Öffnung war nicht mit einem eisernen Gitter verschlossen.

~

BRENNENDE HOFFNUNG ERFÜLLTE MADELINE, als sie sich um die Biegung im Abwasserrohr herumhievte. Ihre Hände zitterten, doch sie zwang sich, klar zu denken. Vor ihr lag eine Herausforderung, daran hatte sie keinen Zweifel. Sie holte tief Luft, dann kletterte sie mit neuem Mut weiter.

Sie erreichte den höchsten Punkt des Rohrs und spähte über den Rand.

Der Tunnel endete in einem Raum aus Stein. Es war dunkel, das einzige Licht kam von einer Laterne auf einem wackligen Tisch. Madeline vermutete, dass die Kammer unterirdisch war, vielleicht unter dem Turm von Caerwyn lag. Die Steine an den Wänden sahen groß genug aus, um zum Fundament zu gehören.

Eine Leiter am anderen Ende führte zu einem Lichtfleck hinauf. Auf der linken Seite befand sich eine stabile Holztür mit einem so furchterregenden Schloss, dass sie zu wissen glaubte, was sich dort befand.

Sie konnte nur eine Person sehen. Ein feister, kahlköpfiger Mann saß auf einer Bank bei der flackernden Laterne. Sein Mund hing offen, während er leise schnarchte.

Madeline stieg geräuschlos aus der Röhre, Schmutzwasser tropfte von ihrem durchweichten Hemd. Sobald sie sich aus dem Abfluss befreit hatte, griff sie nach ihrem Messer und ließ den schlafenden Mann nicht aus den Augen. Die Luft hier war kalt und sie fröstelte, als sie sich näher an ihn heranschob. Ein Schlüsselring lag auf dem Tisch neben einem Schwert, das Madeline als Rhys' Waffe erkannte.

Madeline sah, dass der Mann eine beträchtliche Größe hatte, und ihr war klar, dass sie nur eine einzige Chance gegen ihn bekommen würde. Er brauchte nur eine seiner riesigen Hände gegen sie zu erheben und sie wäre so gut wie tot.

Der Überraschungseffekt und vielleicht ihr Verstand waren ihre einzigen Trümpfe. Madeline tat einen weiteren Schritt auf ihn zu, das Messer zitterte in ihrer Hand. Das Wasser, das von ihrem Hemd auf den Steinfußboden tropfte, schien einen schrecklichen Lärm zu machen. Tausend Zweifel plagten sie.

Was, wenn Rhys nicht hinter dieser Tür eingesperrt war?

Was, wenn Rhys dort schlief?

Was, wenn Rhys tot war?

Was, wenn niemand da war, der ihr helfen konnte? Was würde dieser Mann mit ihr machen, wenn er sie einmal überwältigt hatte? Madeline konnte sich vorstellen, dass ihr nicht gefallen würde, was auch immer geschehen mochte, wenn sie versagte. Sie tat den letzten Schritt und ergriff die Schlüssel.

Sie waren schwer, aus Messing, und es waren zwei an dem Ring. Sie musste also auch den richtigen wählen! Sie zog den Ring vom Tisch und die Schlüssel klimperten leise. Madeline hielt die Luft an und erstarrte.

Der Mann runzelte die Stirn, dann schnarchte er weiter. Erleichtert atmete Madeline aus, erschauerte plötzlich in der Kühle und nieste.

Im Bruchteil eines Wimpernschlags war der Mann wach und auf den Beinen. Er brüllte und griff nach seiner Klinge. Madeline ergriff die einzige Chance, die sie hatte, und rammte ihm ihr Messer ins Auge.

Er schrie auf vor Wut und Schmerz, dann fluchte er. Er stolperte rückwärts, Blut strömte über sein Gesicht und Madeline hätte beinahe die Schlüssel fallen lassen.

„Wer ist da?", rief Rhys hinter der verschlossenen Tür. „Was ist los da draußen?"

Madeline hörte, dass er verzweifelt gegen die Tür hämmerte. Sie packte Rhys' Schwert und flog geradezu durchs Zimmer. „Welcher Schlüssel?", schrie sie.

„Der längere", antwortete eine Frau.

Der Kerkermeister stürzte sich auf Madeline. Sie steckte den Schlüssel ins Schloss, drehte ihn heftig um und sprang zur Seite, als Rhys die Tür beinahe aus den Angeln hob, als er sie aufstieß.

„*Anwylaf!*", sagte er, offensichtlich verwundert, dann erfasste er mit einem Blick den ganzen Raum. Er nahm sein Schwert aus Madelines Hand und als der Kerkermeister auf sie zusprang, trieb er es ihm in die Brust.

Die Klinge des Mannes fiel klappernd zu Boden.

In ihrer Erleichterung lehnte sich Madeline an die Wand. Erstaunt stellte sie fest, dass ihre Knie zitterten. Grimmig vergewisserte Rhys sich, dass der Kerkermeister tot war, dann wandte er sich ihr zu. Ein Licht tanzte kurz in seinen Augen und Madeline starrte ihn an. Ihr Herz zersprang beinahe.

Wenn er doch nur etwas sagen würde, wenn er doch nur gestehen würde, dass er froh war, sie zu sehen, dann wüsste sie, dass nicht alles, was sie getan hatte, vergeblich war.

Doch Rhys konnte nicht begreifen, woher sie plötzlich kam. Er runzelte sogar die Stirn, als ihr Blick über sie wanderte. Er zog seinen Tappert über den Kopf und warf ihn Madeline zu. Sein Verhalten wirkte so abweisend, dass sie zurückzuckte.

„Du solltest dich bedecken, Madeline, damit nicht alle denken, du bietest mehr, als es deine Absicht ist", sagte er, dann drehte er sich einmal um sich selbst, um den Raum erneut in Augenschein zu nehmen.

Da wurde Madeline bewusst, dass ihr das nasse Hemd so am Körper klebte, dass sie genauso gut nackt hätte dastehen können. Sie nieste erneute, dann zog sie seinen dicken Tappert über ihren Kopf. Er hing ihr bis zu den Knien und gab Rhys' Körperwärme an sie ab. Sie schlug ihre Arme um sich und zitterte, während sie beobachtete, wie Rhys durch den Raum lief. Er blieb unten an der Leiter stehen und lauschte.

„*Anwylaf*", sagte eine Frauenstimme nachdenklich. Madeline schaute hoch und erblickte eine ältere Frau, die in der Tür zum

Verlies stand. Sie sah amüsiert aus. Eine Augenbraue hatte sie hochgezogen und sie lächelte liebevoll, während sie Rhys betrachtete.

Er beachtete sie nicht.

„Du hast mir nicht gesagt, dass Madeline deine *Anwylaf* ist", neckte ihn die Frau. Rhys' Nacken nahm unübersehbar eine rötliche Färbung an.

„Das ist wohl kaum von Belang", entgegnete er barsch.

„Er nennt mich immer so", erwiderte Madeline, „denn ich bin seine Ehefrau."

Die Frau schmunzelte und reichte ihr graziös die Hand. „So wie ich Adele, seine Mutter, bin. Ich bin entzückt, dich kennenzulernen." Sie trat näher an Madeline heran. „Aber du irrst dich, meine Liebe. *Anwylaf* bedeutet nicht ‚Ehefrau'. Wie seltsam, dass Rhys dir den Unterschied nicht erklärt hat." Sie lachte ein wenig, als ob sie die Angelegenheit überhaupt nicht seltsam fände.

Rhys beachtete die Unterhaltung bewusst nicht. Stattdessen schien er darauf bedacht, auf ein Geräusch von oben zu lauschen, das Madeline nicht wahrnehmen konnte.

Madeline war verwirrt. „Aber was bedeutet *Anwylaf* denn?"

„Es bedeutet ‚Geliebte'." Adeles Lächeln wurde breiter. „In meiner Familie benutzen wir es nur für die, die wir wirklich lieben. Du musst verstehen: Nun, da ich weiß, dass mein Sohn dich seine Geliebte nennt, bin ich noch glücklicher, dich kennenzulernen."

Madeline konnte nicht verhindern, dass sich ihre Mundwinkel hoben und sie das Lächeln erwiderte. Sie hatte sich immer ein süßes Geständnis von Rhys gewünscht und nicht gemerkt, dass er ihr die ganze Zeit eins gemacht hatte.

Es gab sicher Schlimmeres, als dass seine Mutter seine Herzensgeheimnisse an seine Frau verriet – die entschlossen war, ihre Ehe annullieren zu lassen –, doch in diesem Moment fiel Rhys nichts ein.

Er hatte keine Zeit, über solch einen Unsinn nachzudenken, und tatsächlich wäre das auch überflüssig, wenn alle drei nicht überleben würden.

Madeline nieste und zog seine Aufmerksamkeit auf ihren jämmerlichen Zustand. Sie war durchnässt und stank, aber in ihren Augen stand ein eigensinniges Funkeln, das ihn stolz machte. Sie war ein seltener Schatz, diese Frau, mit einer Kühnheit, die seiner eigenen in nichts nachstand. Rhys war der Meinung, sie passten gut zueinander und das hatte er bereits gemerkt, als er sie zum ersten Mal auf Ravensmuir erblickt hatte.

Sie beobachtete ihn und er wagte zu hoffen, dass sie nicht nur aus Pflichtgefühl zurückgekommen war. „Ich habe versprochen, den anderen die Tore zu öffnen", sagte sie.

„Wie viele sind es?"

„Nur fünf. Cradoc ap Gwilym, der Schultheiß, hat Rosamunde auf der Straße getroffen und sie davon abgehalten, nach Caerwyn zu reiten. Er wollte dich warnen, denn er fürchtete Robert Herberts Absichten."

Rhys nickte. „Cradoc ist ein braver Mann und ein guter Kämpfer. Und da ist also auch Rosamunde. Wer noch?"

„Alexander, Vivienne und Elizabeth." Madeline lächelte ein wenig über seine Enttäuschung. „Es sei denn, du zählst die Fee mit, die nur Elizabeth sehen kann und die sie Darg nennt."

„Es ist keine Kleinigkeit, eine Fee auf unserer Seite zu haben", meinte Adele wohlwollend. Ihr Ton änderte nichts an der Tatsache, dass ihre Chancen eindeutig schlecht standen.

„Was ist mit unseren eigenen Leuten? Wurden sie gefangen genommen oder getötet?", fragte Rhys.

„Sie haben gelobt, Robert zu dienen", antwortete Adele, „denn sie erklärten, dass sie Nelwyna ergeben wären."

„Glaubst du, es ist so?"

Adele lächelte. „Niemand ist Nelwyna wirklich ergeben, Rhys. Sie haben gelogen, damit sie dir besser helfen können. Robert ahnt das, denn er hat sie voneinander getrennt und sie unter den Rängen seines eigenen Gefolges verteilt."

„Aber wenn sie die Gelegenheit bekommen, könnten sie sich auf deine Seite schlagen." Madeline nieste erneut.

Sie hatten keine andere Wahl. Sie mussten den kühlen Kerker verlassen und ihr Bestes tun. Rhys zog Madelines Messer aus dem Auge des Kerkermeisters und wischte es am Tappert des Mannes ab. Er gab es ihr zurück, dann sagte er schnell: „Ich übernehme die Führung. Mutter, du folgst dicht hinter mir. Madeline, du bist die Nachhut. Wir müssen zusammenbleiben, denn wenn wir getrennt werden, kann ich euch nicht beide verteidigen. Wir müssen Robert und Nelwyna ergreifen und hoffen, dass dies den Kampfeswillen der anderen schwächt."

„Sie werden in ihrem Privatgemach sein." Adele überkreuzte die Arme vor der Brust. „Nelwyna hat geradeheraus gesagt, was sie Robert anbietet, und ich habe gehört, wie sich die Männer darüber beklagten, dass er nie ihr Bett verlässt."

Rhys nickte. Ein besonderer Vorteil von Caerwyn bestand darin, dass es so schlicht angelegt war. Es gab eine Treppe innen an der Mauer des Turms. Die Halle war direkt über dem Kerker und nahm das gesamte Erdgeschoss ein. Darüber waren zwei Kammern: die von Nelwyna und seinem Vater ging aufs Binnenland hinaus, die seiner Mutter auf Sonne und See. Darüber lag Dafydds Privatgemach, das die oberste Ebene des Turms ausmachte.

Es gab nur wenige Plätze im Turm von Caerwyn, wo man sich verstecken konnte, sodass es leicht sein würde, Robert und Nelwyna zu finden.

Doch dies könnte ebenso gegen Rhys arbeiten, denn wenn sie entdeckt würden, gäbe es keine Zuflucht.

„Was ist mit dem Tor?", fragte Madeline.

Rhys schüttelte den Kopf. Er wusste nicht, wie er das auch noch bewerkstelligen sollte. Er wollte ihre Gefühle nicht verletzen, doch er zweifelte, dass die anderen viel gegen Dutzende von Söldnern ausrichten konnten. „Wir werden sehen, was wir tun können." Er nickte den Frauen einmal zu, dann kletterte er mehr als beklommen die Leiter hinauf.

~

RHYS HATTE KEINE VORSTELLUNG, wie viel Zeit im Kerker vergangen war, deshalb war er überrascht, die Halle im Dunkeln vorzufinden. Die Nacht war hereingebrochen und der Geruch von Fleisch verriet ihm, dass die Männer gegessen hatten. Sie schliefen ausgestreckt auf den Strohlagern, die den Boden beinahe ganz bedeckten. Ein halbes Dutzend Fackeln flackerten unruhig an der Wand.

Er hatte gerade genug Zeit, seine Mutter verwundert ausatmen zu hören, dann erspähte er eine winzige Bewegung. Adele hatte etwas im Sinn, als sie sich von ihm entfernte und ihre Röcke hochhob, während sie vorsichtig den Raum durchquerte. Sie zwinkerte ihm zu, bevor sie die Tür zum Hof öffnete, hinausschlüpfte und verschwand.

Rhys starrte ihr hinterher. Sicher mussten doch Wachen unterwegs sein? Doch kein Laut war zu hören, kein Geschrei, kein Alarm. Er stellte sich seine Mutter vor, wie sie über den Burghof lief, dem schlafenden Torhüter den Schlüssel aus der Hand nahm und das Tor öffnete.

Madeline schien sich ein Lächeln zu verbeißen. Rhys zuckte die Achseln, dann drehte er sich zur Treppe um. Dabei dachte er, dass diese Sache vielleicht einfacher gelingen würde, als er zu hoffen gewagt hatte.

Schließlich wusste niemand, dass er aus dem Kerker befreit worden war. Vielleicht wendete sich nun alles zum Guten. Er sprang auf die unterste Stufe und griff mit einer Hand hinter sich, um Madeline eng bei sich zu halten.

Sie erreichten das zweite Stockwerk und standen Rücken an Rücken in der Kammer seiner Mutter. Langsam drehten sie sich um sich selbst und hielten nach Lebenszeichen Ausschau. Niemand schien im Raum zu sein, allerdings war es hier dunkler als in der

Halle unten. Das Kleinod auf Madelines Brust leuchtete und erhellte ein kleines Stück ihrer Umgebung.

Ihre Blicke trafen sich und Rhys sah, dass Madelines Nase zuckte. Er ergriff sie, bedeckte ihren Mund mit seiner Hand und drückte ihr Gesicht in dem Augenblick gegen seine Brust, als sie wieder nieste.

Beide erstarrten gleichzeitig, doch außer ihren rasenden Herzen gab es keine Bewegung. Rhys atmete aus, streichelte Madelines Wange, dann zeigte er auf die Tür zu Nelwynas Kammer. Mit grimmigem Gesicht nahm sie ihr Messer und nickte zustimmend.

Die Tür war nicht verschlossen und schwang leise auf. Der Raum dahinter war dunkel, zu dunkel für Rhys' Geschmack. Er dachte, er könnte Atmen hören, als ob jemand in den Schatten schlafen würde. Mit hoch erhobenem Schwert tat er vorsichtig einen Schritt hinein, und in dem Augenblick schrie seine Mutter von weit unten.

Rhys schaute voll Angst über seine Schulter. In diesem Augenblick fühlte er eine Bewegung neben sich. Madeline sprang vorwärts und rammte ihr Messer in den Angreifer, der in den Schatten gelauert hatte. Die Klinge dieses Kämpfers war nur Zentimeter von Rhys' Kehle entfernt.

Der Mann war nur benommen, doch Rhys schwang sein Schwert und sorgte dafür, dass er niemanden mehr überraschen würde. Der Söldner fiel zu Boden. Rhys schaute sich erneut um. Sein Herz sank ihm in die Hose. Das Licht von Madelines Juwel spiegelte sich in den Klingen von einem Dutzend Männer, die auf die Füße gesprungen waren. Sie machten gleichzeitig einen Satz auf ihn zu.

„Bleibe dicht hinter mir", schrie Rhys, als ob er vorhätte, sich tiefer in die Kammer hineinzustürzen. Stattdessen sprang er zurück und schlug die Tür zu. Die Männer fielen schwer dagegen und einige fluchten.

Madeline lächelte ihn an, dann nieste sie erneut. Rhys ergriff ihre Hand und floh auf die Treppe zu, die zum dritten Obergeschoss hinaufführte. Sie waren nun nicht mehr so leise, denn sie mussten sich beeilen. Sie waren erst die Hälfte der Treppe hinaufgelaufen, als die Männer die Tür von Nelwynas Kammer aufrissen und aufbrüllten, als sie Rhys erblickten.

Ein Posten oben auf der Treppe erwachte, doch er war nicht schnell genug, um Rhys' Klinge auszuweichen. Im Licht von Madelines Stein sah man deutlich, dass es ein Fremder war, wahrscheinlich einer von den Kriegern, denen Robert am meisten vertraute.

Rhys nahm Madeline das Messer ab, beugte sich vor und schlitzte ihm die Kehle auf. Man hörte ein Gurgeln, nicht mehr, dann lag er still. Rhys wischte die Klinge ab und gab ihr das Messer zurück, dann trat er die Tür ein.

Ein weiteres Dutzend Männer schrien nach Blut und wollten sich auf Rhys stürzen. Sie saßen zwischen den beiden Gruppen in der Falle. Rhys brüllte und stürmte in die Kammer, Madeline folgte dicht hinter ihm. Rhys erhob sein Schwert und streckte zwei Kämpfer so schnell nieder, dass sie sogar im Tod erstaunt wirkten. Er beugte sich hinunter, um sein Werk zu vollenden.

„Links von dir!", schrie Madeline und Rhys richtete sich auf und schwang erneut sein Schwert. Er hörte Madeline ächzen, als sie ihre eigene Klinge in einen armen Teufel stieß, dann drückte sie ihm den Griff eines Messers in die linke Hand. Sie kämpften gut zusammen, denn obwohl sie lange nicht so stark war wie er, sorgte ihr Juwel dafür, dass sie mehr sehen konnte.

Ein Angreifer rannte auf Rhys zu und schwenkte sein Schwert mit solcher Wut, dass Rhys aus dem Weg springen musste. Stampfende Schritte kamen die Treppe herauf, doch er wagte nicht, dort hinzuschauen. Er ging um den Söldner herum, mit Madeline dicht hinter ihm, und hörte das Klirren von Schwertern am anderen Ende des Raumes.

Mit jedem Erfolg wurde der Kampf schwieriger. Es gab viele Leichen und das Licht war nicht gut. Der Boden war glitschig von Blut und Rhys musste aufpassen, dass er nicht ausrutschte. Mit einem Grunzen tötete er einen Krieger, dann merkte er, dass er noch etwas verloren hatte.

Madeline war nicht länger hinter ihm.

Rhys fuhr herum, suchte sie und sah stattdessen den Lichtschimmer, der von dem Edelstein ausging. Niemand anders als Robert Herbert wurde von dem Stein beleuchtet. Die Klinge seines Schwertes blitzte an Madelines Kehle. Er trug nur sein Hemd, hatte bloße Füße und hielt Madeline an ihrem Haar fest. Er stand neben dem Himmelbett.

Rhys erstarrte. Er richtete sich auf und hob die Hände, um sich zu ergeben. Sein Schwert hielt er mit der Spitze nach unten gerichtet, ließ es jedoch nicht fallen, denn er sah, dass Alexander sich an Robert heranschlich. Was er vorher gehört hatte, musste Alexanders Ankunft gewesen sein – des jungen Mannes, der ebenfalls für den Tod einiger ihrer Feinde verantwortlich zeichnete.

„Ihr könnt Caerwyn haben", sagte Rhys. „Ich weiß, das ist Euer Begehren. Ich erbitte nur, dass ihr die Lady freigebt."

Robert schnaubte. „Ihr habt nichts, womit Ihr feilschen könnt."

„Ich feilsche mit meinem Leben. Tötet mich an ihrer Stelle." Rhys setzte sein Schwert mit der Spitze auf dem Boden auf und stützte sich mit beiden Händen auf den Knauf. „Es sei denn, Ihr seid ein Mann, der sich nur zutraut, Frauen umzubringen."

„Ich habe nicht so lange gelebt, weil ich töricht genug wäre, bei einem solchen Köder anzubeißen", sagte Robert aalglatt. Er ließ die Spitze seiner Klinge an Madelines Hals hinuntergleiten. „Vielleicht habe ich andere Pläne für die Lady, die nicht ihr Ableben erforderlich machen."

„Das würdest du nicht tun!", rief Nelwyna vom Bett aus. „Du hast mir etwas gelobt, du Mistkerl!"

In nackter Wut sprang sie heraus. Robert drehte sich um und Rhys wusste, dass er Alexander nun sehen musste. Tatsächlich schrie Robert auf und erhob sein Schwert, um Madelines Bruder zu treffen. Rhys machte einen Satz durchs Zimmer. Er fürchtete, er käme zu spät, um den jüngeren Mann zu retten. Alexander rannte auf Nelwyna zu. Vielleicht hoffte er, sie als Schutzschild gebrauchen zu können.

Madeline erkannte Rhys' Notlage. Sie sprang Robert von hinten an und schlang ihre Arme fest um sein Gesicht.

Robert schrie auf vor Schreck und stolperte. „Dieser Gestank! Ich kann nicht atmen! Lass mich los, Frau!" Erst da erinnerte sich Rhys, dass Madelines Hemd von Abwasser durchtränkt war.

Ihr Eingreifen gab Rhys die Zeit, die er brauchte.

Er schob Madeline hastig hinter sich und schlug Robert mit der Faust ins Gesicht. Der Mann schwankte, dann zielte er mit dem Schwert auf Rhys' Lenden. Rhys tänzelte aus der Stoßrichtung.

Auf allen Seiten brach der Kampf erneut aus und Rhys stellte fest, dass die anderen gekommen waren, um ihm zu helfen. Am anderen Ende der Kammer hob ein gestürzter Söldner den Kopf und griff verstohlen nach seinem Schwert.

Vivienne schrie eine Warnung, dann schlug sie dem Mann mit einem Schürhaken auf den Kopf. Elizabeth schwenkte zwei flammende Fackeln und setzte die Kleidung eines jeden Kriegers in Brand, der dumm genug war, ihr zu nahe zu kommen. Rhys sah, wie sie einem von ihnen trotz seiner Schreie eine Fackel ins Gesicht rammte.

„Diese Lammergeier-Frauen sind aus starkem Holz gemacht", murmelte er, während er Madeline rückwärts in eine Ecke drängte. Sie kicherte, dann nieste sie, und so wusste er, wo sie war, ohne dass er riskieren musste, in ihre Richtung zu blicken. Bestimmt wurde sie nach den Strapazen dieses Tages langsam müde, und er war entschlossen, dafür zu sorgen, dass sie nicht länger zu kämpfen brauchte.

Robert schlug sich wie ein Mann, der nur halb so alt war, und Rhys war froh über das Licht von den Fackeln. Die beiden täuschten und wichen aus und trafen verdammt häufig. Rhys' Hände waren blutig und ein Schnitt über seiner Braue wollte unbedingt in sein Auge bluten. Ihre Klingen begegneten sich wieder und wieder und wieder, keiner von beiden wollte nachgeben, der eine kämpfte so gut wie der andere.

Alexander und Nelwyna rangen am anderen Ende der Kammer

miteinander. Nelwynas beachtlicher Umfang und ihr Zorn machten sie zu einer ebenbürtigeren Gegnerin in diesem Kampf, als sie es sonst vielleicht gewesen wäre.

„Männer!", schrie Nelwyna. Sie sah aus, als wollte sie Alexander den Kopf von den Schultern reißen. „Ihr seid alle Lügner und Halunken, Schurken – einer wie der andere. Ihr denkt bloß an eure Schwänze, euren Ehrgeiz und euer Bier!"

„Au!", rief Alexander und trat sie vors Knie.

„Au!", schrie Nelwyna und trat ebenfalls zu. Alexander sprang zurück und erhob sein Schwert gegen sie.

„Ihr werdet doch wohl keine Frau töten, die alt genug ist, um Eure Großmutter zu sein!", säuselte Nelwyna. Sie stand gebeugt da, sodass sie älter und schwächer wirkte, als sie war. Alexander zauderte. „Ich bin alt und runzlig und Ihr seid ein zu ehrenwerter Ritter, um eine alte Frau umzubringen, die sich nicht wehren kann."

„Solange du deine Zunge im Mund hast, bist du wohl kaum wehrlos", murmelte Robert.

Nelwyna wandte sich um. In ihrem Blick lag Hass. „Du verdammtes Ungeziefer. Ich habe dir alles von mir geschenkt …"

„Und das war herzlich wenig, denn es wurde zuvor schon ausgekostet."

Nelwyna keuchte auf vor Empörung. Sie machte einen Satz auf Robert zu und Rhys sah seine Chance gekommen. Er jagte seine Klinge so heftig in Roberts Bauch, als sollte die Spitze auf seinem Rücken wieder austreten. Rhys zog sein Schwert heraus und Robert taumelte, stürzte jedoch nicht.

Er drehte sich um und schlug Nelwyna brutal ins Gesicht, sodass sie das Gleichgewicht verlor. „Ich hätte nie auf deine Lügen hören sollen", zischte er. „Ich hätte mir denken können, dass Caerwyn nicht so leicht mein Eigen wird." Dann ging er in die Knie und Rhys durchbohrte ihn erneut. Robert landete mit dem Gesicht nach unten mitten unter seinen gefallenen Söldnern. Dennoch hielt Rhys sein Schwert weiter auf ihn gerichtet.

Nelwyna taumelte unter der Einwirkung von Roberts Schlag, sie hob eine Hand an ihr Gesicht. Alexander richtete sich hinter ihr auf und erhob sein Schwert. Er schwang es mit solcher Kraft, dass sein Hieb tödlich sein musste.

Oder er wäre es gewesen, wenn er die ältere Frau getroffen hätte.

Nelwyna stolperte. Sie alle sahen, dass sie stolperte, obwohl sie sich später nicht einigen konnten, was sie zum Straucheln gebracht hatte. Auf dem Boden lag nichts im Weg, doch es geschah trotzdem.

Alexanders Klinge sauste an ihr vorbei und die Gewalt des Hiebes trieb das Schwert tief in den Holzboden. Rhys glaubte, ein merkwürdiges, hämisch gackerndes Lachen zu hören, und sah den Ausdruck von Entsetzen auf Nelwynas Gesicht, als sie durch die Fensteröffnung fiel und aus dem Blickfeld verschwand.

Nelwyna kreischte, während sie in den Burghof von Caerwyn stürzte, und dann verstummte sie.

„Ha!" Rhys lächelte, als er den Triumphschrei seiner Mutter unten hörte. „Gut gemacht, würde ich sagen!"

Man konnte Rosamunde zusammen mit Adele lachen hören, also waren diese beiden Frauen offensichtlich unversehrt.

RHYS DRÄNGTE Madeline weiter in seine Ecke, dabei starrte er die ganze Zeit auf seinen gefallenen Feind. Er wagte nicht, sein Schwert sinken zu lassen oder seinen Blick abzuwenden, nicht, bevor er genau wusste, dass sein habgieriger Nachbar nicht mehr lebte.

Er traute Robert nicht und erwartete beinahe, dass der Mann seinen Tod bloß vortäuschte. Rhys wollte Madeline keiner weiteren Bedrohung aussetzen, sondern genau wissen, dass sie in Sicherheit war.

Aber die Lady schmiegte sich mit der Brust an seinem Rücken. Er fühlte, wie das feuchte Hemd seine eigene Kleidung durchnässte, er nahm ihre Rundungen wahr, wie sie erleichtert aufseufzte, wie sie noch stets das Zittern überkam. Seine Hände legten sich um ihre Taille, als ob nur er sie aufrecht hielte, und sie klammerte sich an ihn.

Rhys hoffte, sie wollte mehr, als sich nur an ihm zu wärmen. Seine Anspannung ließ etwas nach, als Alexander bestätigte, dass Robert wirklich tot war. Madeline wisperte Rhys' Namen und die Erschöpfung, die ihre Stimme verriet, zerriss ihm das Herz.

Rhys nahm Madelines linke Hand in seine und verschlang seine Finger mit ihren. Sein Ring prangte noch stets an ihrem Mittelfinger, dieser silberne Ring, den er all diese Tage zuvor in Miriams Abtei von seinem kleinen Finger gezogen hatte. Dieser Anblick und die Tatsache, dass sie ihn nicht abgestreift und weggelegt hatte, machten ihm Hoffnung.

Immerhin war sie hier.

Rhys hielt Madelines kalte Finger fest und presste sie an seine Brust, wo sie spüren konnte, wie sehr sein Herz hämmerte. Flach lag ihre Hand unter seiner heißen Handfläche. Vielleicht würde sie wirklich an seiner Seite bleiben.

Sie nieste, dann schmiegte sie ihre Wange mit einem Seufzer an seinen Rücken. Die Finger ihrer anderen Hand krallten sich in sein Hemd, als wollte sie ihn festhalten.

„*Anwylaf*", wisperte sie und ein Kloß bildete sich in Rhys' Hals.

Mit diesem einen Wort sagte Madeline ihm alles, was er wissen musste. Rhys verstand nicht nur, dass sie auf Caerwyn bleiben würde, sondern auch, warum.

Er hob ihre Hand an seine Lippen und wollte sie küssen, dann wich er vor dem Gestank zurück. „*Anwylaf*, du brauchst ein Bad", sagte er streng. Madeline lachte, dann nieste sie dreimal schnell hintereinander. Rhys nahm sie in seine Arme und rief mit lauter Stimme nach heißem Wasser. Er würde sie jetzt nicht durch Krankheit verlieren!

„Ich habe keine Kammerzofe", sagte Madeline und ihre Augen funkelten schelmisch.

„Ich werde dafür sorgen, dass du gut bedient wirst", gab Rhys zurück und grinste auf sie herunter. „Du brauchst dich um nichts zu kümmern."

Die Lady lachte und drückte sich an seine Brust. „Ich liebe dich, Rhys FitzHenry“, sagte sie mit leuchtenden Augen.

„Und ich liebe dich, meine Madeline.“ Rhys verstärkte seine Umarmung. Er konnte keine Worte finden, die ausdrückten, wie erleichtert er war. „Es scheint, wir haben heute Nacht viel zu feiern.“

„Söhne“, sagte Madeline entschlossen. „Heute Nacht haben wir Söhne zu zeugen.“

Und Rhys FitzHenry lachte laut, zum ersten Mal seit Jahren und zum offensichtlichen Entzücken seiner Frau.

EPILOG

Rhys wollte ein Fest geben für alle, die auf Caerwyn wohnten, und für seine Nachbarn, damit sie seine neue Frau kennenlernen konnten, doch es dauerte vierzehn Tage, bis alles vorbereitet war. Natürlich musste auch einiges berichtet werden. Rhys hatte nichts von Ellyn gewusst und alle erzählten von den Abenteuern, die sie auf ihrer Reise von Kinfairlie bis hierhin erlebt hatten, und von der Rolle, die sie bei der Rückeroberung von Caerwyn gespielt hatten.

Die Bestattungen von Robert Herbert und Nelwyna mussten geplant werden, ebenso galt es, die Söldner zu beerdigen. Die Priester von Caerwyn und Harlech berieten ausführlich über den geistlichen Stand dieser Kämpfer. Letztendlich wurden nur wenige in Caerwyns geweihte Erde gelegt.

Die Lords der Nachbarschaft wurden zu den Feierlichkeiten eingeladen und Vorbereitungen für das Festmahl getroffen. Freundschaften wurden geschlossen und Caerwyn musste auch erforscht werden. Begleitet von einer großen Gruppe Männer von Caerwyn gingen Alexander, Vivienne und Elizabeth mit Rosamunde und Adele auf die Falkenjagd. Dass die Küche Fleisch für das Festessen benötigte, war ein guter Vorwand, und sie hatten eine schöne Zeit. Alexander beschloss, seinem Onkel, Falk von Inverfyre, zu sagen, dass Falken ein passendes Geschenk für das jungverheiratete Paar wären.

In jener Nacht hatte Madeline fortwährend geniest, denn ihr war kalt bis ins Mark gewesen. Rhys hatte ihre Pflege selbst übernommen und sie hatten sich sechs Tage und sechs Nächte in dem Privatgemacht des Lords eingeschlossen. Rhys hatte die Tür nur geöffnet, um Essen entgegenzunehmen, und hatte rätselhafte Bemerkungen über Söhne gemacht.

Die anderen hörten ihn oft singen oder das Paar lachen. Nachdem Adele ihnen zu essen gebracht hatte, berichtete sie, dass beide Bewohner des Privatgemachs gesund genug aussahen, doch niemand war geneigt, sie daraus zu vertreiben.

Als sie sich endlich den anderen wieder anschlossen, gab es eine weitere Verzögerung, denn Adele bestand darauf, einen Wirbel um Madelines Festgewand zu machen.

Zur großen Erleichterung aller wurde ein altes Schreiben in einer von Nelwynas Truhen gefunden. Es war 1416 von König Henry V gesandt worden und besagte, dass Rhys zusammen mit seinen Gefährten begnadigt wurde unter der Bedingung, dass er der Krone in Zukunft die Treue hielt. Nur Nelwyna hatte diesen Brief jemals zu Gesicht bekommen, denn sie hatte ihn versteckt, und nun freuten sich alle auf Caerwyn, dass Rhys letztlich doch sicher vor dem Zorn des Monarchen war.

Rhys sandte seinerseits eine Botschaft an die Krone betreffend die Oberhoheit über Caerwyn, und die Antwort kam überraschend schnell. Dem König, so schien es, war zu Ohren gekommen, wie kompetent Rhys Caerwyn unter Anleitung seines Onkels verwaltet hatte. Er sah Rhys als geläutert und ehrenwert an und erachtete ihn würdig, Caerwyns Siegel zu tragen.

Madeline vermutete, dass der Monarch zu sehr beschäftigt war und dass Dafydd recht gehabt hatte. Prompte Bezahlung des Zehnten und kein Anzeichen für Rebellion hatten das Augenmerk des Königs auf anderes gelenkt.

Angesichts des Titels, den Rhys nun innehatte, waren Madeline und ihre Schwestern der Meinung, er sollte seine Insignien ändern. Jahrelang hatte er nur das Emblem seines Heimatlandes getragen. Madeline bestand darauf, es wäre an der Zeit, dass Rhys seine eigene Fahne bekam.

Er protestierte nicht allzu sehr.

~

UND SO GESCHAH ES, dass sich alle Gäste eines Abends bei abnehmendem Mond auf Caerwyn versammelten. Sie kamen, um Caerwyns neuen Lord zu feiern, der ihnen vertraut war, und um Caerwyns neuer Lady zu begegnen, die es bis jetzt noch nicht war.

Eine neue Fahne wehte über Caerwyns hohem Turm und dieselben Insignien schmückten den dunklen Tappert von Caerwyns neuem Lord. Vom roten Drachen von Wales gingen nun sowohl auf dem Tappert als auch auf der Flagge goldene Strahlen aus, die ein wenig denen glichen, die Madelines kostbare Träne der Jungfrau umgaben. Sie erinnerten auch an die glänzende Kugel in den Insignien von Kinfairlie. Die Nadeln der geschickten Schwestern ließen es so aussehen, als befände sich die Kugel von Kinfairlie hinter dem roten Drachen von Wales, so wie die untergehende Sonne von einem Schiff auf dem Meer verdeckt wird.

„Die Insignien sowie das Blut mischen sich", hatte Madeline mit einem Lächeln geäußert, wobei sie eine Hand über ihren flachen Bauch gleiten ließ. Ihre Schwestern fragten sich, ob sie nur auf ein Kind hoffte oder ob sie schon wusste, dass sie eins unter dem Herzen trug. Vivienne und Elizabeth waren sich einig, dass Rhys ein guter Vater sein würde.

In dieser Nacht der Nächte stand Rhys am Fuß der Treppe, ganz in Schwarz gekleidet bis auf die glänzenden Insignien auf seinem Tappert. Alexander neben ihm mit den Farben von Kinfairlie auf seinem Tappert hatte die Hände hinter dem Rücken gefaltet. Rosamunde in ihrem ungewöhnlichen Aufzug war prächtig anzusehen. Sie warteten darauf, dass die anderen Frauen herunterkamen. Alle waren auf den Beinen und trugen ihre beste Kleidung. Die Musiker spielten eine gefällige Melodie. James war jedoch ins Haus seines Vaters zurückgekehrt.

Alexander hielt dies für wünschenswert und er war es auch gewesen, der James darin bestärkt hatte, abzureisen.

Nun räusperte er sich und sagte leise: „Ich möchte gern eine Sache zwischen uns klären, Rhys."

Rhys warf dem jüngeren Mann nur einen ganz kurzen Blick zu. „Wirklich?"

„Ich habe dein Geld auf diese Reise mitgenommen, denn ich wollte dir den Ersteigerungsbetrag zurückerstatten, falls Madeline James zu heiraten wünschte", erläuterte Alexander hastig. „Ich dachte, es wäre unziemlich, dass du für eine Braut bezahlst, die dich verlässt."

Rhys zuckte die Achseln. „Was für ein Glück für uns beide, dass Madeline dies nicht getan hat. Du kannst deine prall gefüllte Geldbörse behalten, wie du ursprünglich gehofft hattest, und ich habe die Braut, auf die ich ursprünglich gehofft hatte." Er wandte sich um und betrachtete die Treppe.

„Aber ich habe meine Meinung geändert."

Anscheinend hatte Rhys diese Bemerkung nicht gehört.

Alexander griff nach dem Ärmel seines Gastgebers. „Rhys, ich weiß, dass ich einen Fehler gemacht habe. Ich weiß, dass ich Madelines Hand nicht hätte versteigern dürfen."

„Die Sache ist gut ausgegangen", mischte Rosamunde sich ein.

„Wenn du um Verzeihung bitten möchtest, würde ich vorschlagen, du entschuldigst dich bei Madeline", sagte Rhys mit dieser entnervenden Ruhe. „Sie ist die Einzige, der du einen schlechten Dienst erwiesen hast."

„Ich will dir dein Geld zurückgeben", entgegnete Alexander unwillig und wurde von Rhys mit einem erstaunten Blick bedacht. Er nahm die Hand seines Gastgebers und legte den schweren Beutel hinein. „Hier! Ich will nicht, dass nur Geld unser Verhältnis bestimmt. Lass uns Freunde und Verbündete, lass uns Brüder sein."

Rhys betrachtete den Geldbeutel. Er schien verwundert. „Bist du sicher?"

„Ich kann nichts anderes tun, um den Fleck zu entfernen, mit dem ich den Namen unserer Familie beschmutzt habe."

„Ich dachte, du brauchst das Geld."

„Niemand kann so viel Geld brauchen, dass er dafür eine solche Mauer zwischen sich und seiner neuen Familie errichtet." Alexander wusste nicht, was er wegen der Ernte unternehmen sollte, die sicherlich schlecht ausfallen würde, aber es musste eine andere Lösung als diese geben. In Wahrheit war er froh, die Bürde des Geldes loszuwerden.

Rhys lächelte bedächtig und legte seine Hand auf Alexanders Schulter. „Du wirst zusehends zum Mann." Er betrachtete ihn mit festem Blick und Alexander war erleichtert, dass er keinen Tadel mehr in diesen dunklen Augen lesen konnte. „Wenn du dir jemals Geld leihen musst, Alexander, komm zu mir. Du wirst sehen, dass meine Bedingungen leichter zu erfüllen sind als die eines Geldverleihers."

Leider empfand Alexander es nicht als angemessen, sofort um solch ein Darlehen zu bitten. Er nickte und senkte den Kopf. „Ich danke dir, Rhys." Dann zeigte er auf die oberste Stufe der Treppe. „Schau mal. Die Frauen kommen endlich zu uns herunter!"

Aller Augen richteten sich auf die Ladys. Elizabeth stieg als Erste die Treppe hinunter. Ihr Gesicht war röter, als Alexander es jemals gesehen hatte. Auf der untersten Stufe stolperte sie über ihre Röcke, doch Rhys stützte sie mühelos am Ellenbogen ab. Sie dankte ihm und die Röte ihrer Wangen vertiefte sich, während sie an Alexanders Seite eilte.

„Wie grässlich", wisperte sie. „Warum konnte ich nicht einfach hier unten mit dir warten?"

„Weil du die Schwester von Caerwyns Lady bist", erinnerte Alexander sie.

„Rosamunde ist ihre Tante", gab Elizabeth zurück.

Diese lächelte. „Ich mache schon so lange meine eigenen Regeln, dass ich vergesse, es gibt auch andere. Missachte nicht so schnell die Erwartungen deiner Mitmenschen, Elizabeth. Ich bereue meine Entscheidungen nicht, aber du tätest es vielleicht, wenn du dieselben treffen würdest."

Alexander fiel nichts ein, was er diesen Worten hinzufügen könnte. Er schaute zurück zur Treppe.

Ganz im Gegensatz zu Elizabeth genoss Vivienne die Aufmerksamkeit der Anwesenden sichtlich. Sie lächelte und schritt mit wiegenden Hüften anmutig die Treppe hinunter.

Sie wurde gefolgt von Rhys' Mutter. Adele strahlte geradezu vor Freude. Sie küsste Rhys und kniff ihn in die Wange, als sie neben ihm verharrte – eine vertrauliche Geste, die Alexander für undenkbar gehalten hätte.

Noch unglaublicher war, dass Rhys diese nicht nur hinnahm, sondern auch noch lächelte.

„Enkelkinder", sagte Adele mit gespieltem Ernst und tätschelte Rhys' Wange, als wäre er ein kleiner Junge. „Ich wünsche mir viele Enkelkinder und ich wünsche sie mir bald."

„Ich werde sehen, was ich tun kann, Mutter", erwiderte Rhys und zwinkerte Alexander zu. Der war geschockt. Seine Reaktion musste offensichtlich gewesen sein, denn Rhys schmunzelte.

Dann erschien Madeline. Auf dem Treppenabsatz blieb sie stehen. Ihr Haar war mit einem Schleier bedeckt, ihr Gesicht von Seide gerahmt. Ihre Schönheit war atemberaubender als je zuvor, denn aus ihr leuchtete ein neues Gefühl des Glücks. Ihr Gewand hatte dieselbe tiefrote Farbe wie der Drache in Rhys' Insignien, und es war reich mit goldener Stickerei an den Ärmelaufschlägen und dem Saum verziert. Die Kette mit der Träne der Jungfrau hing um ihren Hals, und der Stein leuchtete in unübertroffenem Glanz.

„Dieses Kleinod ist erstaunlich", murmelte Alexander.

Rhys grinste. „Aye, kein Schatz ist so wertvoll wie das Juwel von Kinfairlie." Er ging zum Fuß der Treppe und streckte seiner Lady und Ehefrau die Hand entgegen. Er küsste ihr die Hand, als sie zu ihm trat, und das Paar schien alle anderen in der Halle zu vergessen.

„Aber es gibt kein Juwel von Kinfairlie“, sagte Alexander.

Rosamunde neben ihm lachte. „Wirklich nicht? Zeige mir ein strahlenderes Kleinod als deine Schwester.“

In diesem Moment drehten sich Rhys und Madeline um. Der Lord von Caerwyn hielt die Hand seiner Frau hoch. „Ich bitte Euch, heißt alle meine Lady und Ehefrau willkommen.“

„Deine *Anwylaf*“, unterbrach Adele ihn zufrieden.

Die beiden lachten und Madeline wurde rot. „Meine *Anwylaf*“, stimmte Rhys leichthin zu und die Menge schmunzelte. „Lady Madeline von Caerwyn!“

„Er wird sie gleich küssen, da könnt ihr sicher sein“, sagte Vivienne entzückt. „Es ist einfach ein rundum perfektes Ende ihrer Geschichte.“

„Es ist erst der Anfang“, widersprach Elizabeth und das ließ beide Schwestern lächeln.

Das glücklich verheiratete Paar schaute sich in die Augen. Die beiden nahmen niemanden wahr außer einander, und so umfasste Madeline Rhys’ Kinn und küsste ihn herzlich vor allen Männern und Frauen von Caerwyn. Die Leute applaudierten und begannen, mit den Füßen zu stampfen. Alexander merkte plötzlich, dass er mit den anderen jubelte, so froh war er, dass Madeline das Glück gefunden hatte, das sie verdiente.

„Huhu!“, schrie eine fröhliche Stimme und jeder in der Halle drehte sich um.

Ein stattlicher Mann, dem Gewand nach ein Mönch, grinste die Gesellschaft erfreut an. Er führte ein Pferd am Zaumzeug. Das Tier schlug mit dem Schweif und seine Ohren zuckten.

„Anscheinend sind wir zur richtigen Zeit angekommen“, sagte er zu dem Pferd. Das Tier stieß ihn sanft mit der Nase an und knabberte an dem verbliebenen Haar des Mönches, als ob es zustimmen würde. „Ein Fest ist kein kleiner Willkommensgruß, besonders für solch bescheidene Reisende, wie wir es sind.“

„Thomas!“, schrie Rhys mit unverkennbarer Begeisterung, und viele unter den Gästen wiederholten diese Begrüßung.

„Tarascon!", rief Madeline, raffte ihre Röcke und eilte durch die Halle. Verspätet wurde Alexander klar, dass es tatsächlich der Zelter seiner Schwester war, der dem Mönch in die Halle gefolgt war.

Der Lord und die Lady hießen die Neuankömmlinge mit großer Freude willkommen und die Gäste versammelten sich um sie herum und wollten wissen, was passiert war. Alexander lächelte, als der Mönch viele in der Gesellschaft herzlich begrüßte. Dieser Thomas war hier offensichtlich gut bekannt und sehr beliebt.

Alexanders Lächeln wurde breiter, als er seine Schwester Madeline beobachtete. Ihr Gesicht strahlte. Rosamunde hatte recht gehabt. So jammervoll diese Ehe auch begonnen hatte, es hätte nicht besser ausgehen können. Er brauchte sich um Madelines Zukunft keine Sorgen zu machen, nicht mit Rhys an ihrer Seite.

Er hätte nicht mehr vom Schicksal erbitten können.

Nun, vielleicht hätte er sich ein bisschen mehr Geld in Kinfairlies Schatzkammer wünschen können, aber für diese Sorge würde er schon eine Lösung finden.

Nur Elizabeth sah, dass die Spriggan über die Köpfe all derer hinwegsprang, die an diesem Tag dort versammelt waren. Nur Elizabeth sah, dass Darg das blaue Band ergriff, dass plötzlich von Madeline auszugehen schien.

Nur Elizabeth sah, dass Darg es mit dem goldenen und dem silbernen Band verflocht, die beide schon hinter Madeline und Rhys miteinander verbunden waren. Jedes einzelne dieser Bänder war sehr lang und Elizabeth war froh, dass dieser Madeline viel mehr Jahre mit ihrer wahren Liebe vergönnt sein würden, als Madeline Arundel genießen konnte.

Aber Elizabeth bewahrte das Geheimnis. Sollte doch die ganze Familie neun Monate lang warten, bis sie erfuhren, was – oder wen – Madeline und Rhys gemacht hatten. Darg zwinkerte ihr vom anderen Ende der Halle zu und Elizabeth zwinkerte zurück. Es genügte ihr, für sich zu behalten, was die Fee ihr anvertraut hatte.

Für den Augenblick.

HÖHERGESCHÄTZT ALS GOLD sind die Juwelen von Kinfairlie und nur die Würdigsten dürfen um ihre Liebe kämpfen ... Der Laird von Kinfairlie hat fünf unverheiratete Schwestern – jede für sich ein Kleinod. Und er hat keine andere Wahl, als sie in aller Eile zu verheiraten.

Wie eine Heldin in einer alten Erzählung wartet Vivienne im höchsten Turmzimmer von Kinfairlie auf den Liebhaber, den ihr das Los bestimmt hat. Er kommt in der Dunkelheit zu ihr, mit Umhang und Kapuze, sodass sie sein Gesicht nicht sehen kann. Er liebt sie süß und hingebungsvoll ... und Vivienne weiß, sie ist ihrem Schicksal begegnet.

Doch im Morgenlicht zerbricht ihr Traum. Erik Sinclair von

Blackleith ist kein romantischer Held, sondern ein enterbter Krieger, der ihre Entführung geplant hat, um sein Erbe zurückzugewinnen. Empört über Eriks Behauptung, sie nur für die Zeugung eines Sohnes zu benötigen, und doch verführt von der Leidenschaft, die er in ihr erweckt, wird Vivienne klar, dass ihr schweigsamer Ehegatte mehr Vorzüge hat, als er selbst zugeben würde. Erik betrachtet ihr wachsendes Vertrauen in seine Ehre und ihren Wunsch, sein gestohlenes Geburtsrecht zurückzuerlangen, mit Skepsis …

Er ahnt nicht, dass seine Braut, dieses seltene Juwel, beabsichtigt, auch sein verschlossenes Herz zu gewinnen.

Die rosenrote Braut
Die Juwelen von Kinfairlie, Band 2
Jetzt erhältlich!

DIE ROSENROTE BRAUT

DIE JUWELEN VON KINFAIRLIE, BAND 2

Höhergeschätzt als Gold sind die Juwelen von Kinfairlie und nur die Würdigsten dürfen um ihre Liebe kämpfen ... Der Laird von Kinfairlie hat

fünf unverheiratete Schwestern – jede für sich ein Kleinod. Und er hat keine andere Wahl, als sie in aller Eile zu verheiraten.

Wie eine Heldin in einer alten Erzählung wartet Vivienne im höchsten Turmzimmer von Kinfairlie auf den Liebhaber, den ihr das Los bestimmt hat. Er kommt in der Dunkelheit zu ihr, mit Umhang und Kapuze, sodass sie sein Gesicht nicht sehen kann. Er liebt sie süß und hingebungsvoll … und Vivienne weiß, sie ist ihrem Schicksal begegnet.

Doch im Morgenlicht zerbricht ihr Traum. Erik Sinclair von Blackleith ist kein romantischer Held, sondern ein enterbter Krieger, der ihre Entführung geplant hat, um sein Erbe zurückzugewinnen. Empört über Eriks Behauptung, sie nur für die Zeugung eines Sohnes zu benötigen, und doch verführt von der Leidenschaft, die er in ihr erweckt, wird Vivienne klar, dass ihr schweigsamer Ehegatte mehr Vorzüge hat, als er selbst zugeben würde. Erik betrachtet ihr wachsendes Vertrauen in seine Ehre und ihren Wunsch, sein gestohlenes Geburtsrecht zurückzuerlangen, mit Skepsis …

Er ahnt nicht, dass seine Braut, dieses seltene Juwel, beabsichtigt, auch sein verschlossenes Herz zu gewinnen.

Die rosenrote Braut
Die Juwelen von Kinfairlie, Band 2
Jetzt erhältlich!

Die mit Preisen ausgezeichnete Bestsellerautorin Claire Delacroix hat über siebzig Romane und Erzählungen veröffentlicht. Ihr erstes Buch, „Romance of the Rose", erschien 1993. Ihre Werke sind USA-Today-Bestseller und gehören auch landesweit zu den bestverkauften Büchern. Ihr mittelalterlicher Liebesroman „The Beauty" war ihr erstes Werk, das es auf die Bestsellerliste der New York Times schaffte.

Claire Delacroix ist das Pseudonym, das Deborah Cooke für ihre historischen und fantastischen Liebesromane benutzt. Sie schreibt auch moderne und paranormale Liebesgeschichten unter ihrem eigenen Namen und veröffentlichte außerdem Bücher als Claire Cross. 2009 wurde sie Writer in Residence der Toronto Public Library. Es war das erste Mal, dass die Stadtbibliothek von Toronto dieses Residenzstipendium im Genre „Liebesroman" vergab. 2012 wurde Deborah Cooke die Ehre zuteil, vom Verband amerikanischer Liebesromanautoren und -autorinnen (Romance Writers of America, RWA) zur Mentorin des Jahres ernannt zu werden. Sie steht ebenfalls auf der Ehrenliste dieses Verbandes.

Claire lebt mit ihrer Familie in Kanada und strickt leidenschaftlich gern.

http://Delacroix.net